草根闯央企

孟拾年 | 著

Cao Gen
Chuang
Yang Qi

人民文学出版社

图书在版编目(CIP)数据

草根闯央企/孟拾年著. —北京：人民文学出版社，2013
ISBN 978-7-02-010115-3

Ⅰ.①草… Ⅱ.①孟… Ⅲ.①长篇小说—中国—当代 Ⅳ.①I247.5

中国版本图书馆CIP数据核字(2014)第298043号

责任编辑　周昌义　徐子茼
装帧设计　赵　迪
责任印制　王景林

出版发行　人民文学出版社
社　　址　北京市朝内大街166号
邮政编码　100705
网　　址　http://www.rw-cn.com

印　　刷　北京天来印务有限公司
经　　销　全国新华书店等

字　　数　341千字
开　　本　700毫米×1000毫米　1/16
印　　张　22　插页3
印　　数　1—10000
版　　次　2015年1月北京第1版
印　　次　2015年1月第1次印刷

书　　号　978-7-02-010115-3
定　　价　35.00元

如有印装质量问题，请与本社图书销售中心调换。电话：01065233595

目　录

序篇
一　辞职考研　　003
二　再入校园　　012
三　求职之路　　025

上篇
四　央企报到　　031
五　基层锻炼　　042
六　返回总部　　052
七　出师未捷　　060
八　柳暗花明　　067
九　倏忽一年　　076
十　陪同参会　　084
十一　舍友婚礼　　092
十二　西部调研　　098
十三　东部调研　　107
十四　出棋致胜　　115
十五　同事聚会　　122
十六　年度会议　　126
十七　女中豪杰　　133
十八　创业梦想　　136
十九　琐碎工作　　146

二　十	海外游学	154
二十一	高层变局	162
二十二	就业波折	170
二十三	痛苦分手	177
二十四	职业思考	184

下篇

二十五	艰难转型	195
二十六	初来乍到	202
二十七	联欢聚会	211
二十八	偶获表扬	220
二十九	接近领导	228
三　十	股市残酷	237
三十一	项目出差	244
三十二	投资论坛	252
三十三	投行失色	261
三十四	运程转好	270
三十五	忙碌工作	277
三十六	竞聘风云	285
三十七	人生多舛	293
三十八	时来运转	297
三十九	辛苦工作	303
四　十	关系恶化	310
四十一	无欲则刚	316
四十二	缘分终尽	322
四十三	工作生活	328
四十四	虚无缥缈	334
四十五	重新起航	342

序　篇

一　辞职考研

那是一个雨夜，BP机猛响，宋扬飞奔到屋外IC卡电话机回了电话，当他得知硕士研究生入学考试分数的那一刻，宋扬对着空气狂吼，就像达到高潮时瞬间无意识的歇斯底里。之后，便是从云端跌落的落寞。宋扬或许并没注意到，他已经涕泗横流，分不清那是雨还是泪，是被自己感动，抑或是劫后余生的庆幸……

宋扬，20世纪90年代末大学毕业，那个年代的大学生，虽然在三线城市还有点稀奇，但已算不上天之骄子。宋扬大学的专业是计算机，当年算是热门专业，为了上这个专业，他放弃了一本的机会，读了南方的一所二本院校。找工作时，虽然费了一些周折，但结果总算满意，特别是宋扬的父母。毕竟，到山南省江东市商业银行工作，工作很稳定，收入相对当地物价水平也说得过去。

那些天，父母总是神采奕奕，多年的辛苦现在终于有了回报，独宝儿子上班挣工资了，他们的负担可以减轻一些。宋扬的父亲是当地一家国企的小领导，母亲是镇上小学语文老师，父母都是老实人，基本上就是死工资，这些年，为了供宋扬上学，没有多少积蓄。现在宋扬大学毕业了，他们感觉一块石头落了地，踏实了。

宋扬小时候是一个听话的孩子，尊师敬长，努力学习，从小就知道要靠读书改变自己的命运。虽然天资并不是很好，但靠着自己的刻苦努力，宋扬的成绩始终保持在中上游的水平，小学升初中，全校第一。初中升高中，全校第二，上了县里的重点高中。父母本来想让宋扬上中专，那个年代，中专很吃香，但宋扬坚持要读高中考大学。上高中后宋扬再也没有得过第一第二,毕竟,以前是在乡镇竞争,现在是在全县范围内竞争。

宋扬一如既往地努力,一如既往地死记硬背那些历史、政治、地理等学科,从来没有想过这些东西对以后有什么用,只是希望能转化成一个漂亮的分数,但结果并不太好。有些同学并没有宋扬刻苦,甚至天天看武侠,但每次考试都比他高,宋扬从那时就已经隐约知道,高中的成绩并不是仅靠刻苦就能搞定的,人与人之间确实存在差距。不过,对于这种人与人之间的差距,宋扬还是理解得过于朴素。

当然,宋扬也的确有一些值得骄傲的地方,那就是他的数学成绩很棒。高二时,有一次全班数学平均分只有50多分,上及格线的屈指可数,他那次竟然考了80多分。说起来,宋扬就读的县中,也是省重点高中,大家都不赖,那宋扬能够考出高分,是不是说明他是个厉害的人物呢?虽然这仅是一次班级测验,虽然宋扬在全省、全国性的数学竞赛中从未获过奖,但并不妨碍他用此来满足自己的自豪感。另外,宋扬的作文水平还不错,曾经在当地的报纸副刊上发表过一两篇豆腐块文章,所以,宋扬有时也自称是文学青少年,那个年代,这玩意也能增强自信心。好强的他,太需要为脆弱的内心找到一个寄托。回头看看,在一个人的成长中,这种阶段性的自豪感非常重要,即使是盲目的自信也好,它能够支持一个人义无反顾地向生命的未知地带进发。

宋扬引以为豪的数学没有让他失望,高考时,宋扬基本正常发挥,满分150分,他考了146分,也就是说错了一道选择题,或许还是笔误,但其他科考得就比较差了。虽然总分比一本高了50多分,不过,由于报的是热门专业,所以只能上二本。

大学4年,波澜不惊,之前一直向往的计算机专业却不是兴趣所在。严格地说,他并不向往计算机专业,因为高考志愿是父母咨询了好多人后帮他定下来的,他不愿违背父母的意志,再说他的确也不知道读什么专业好。在他心中,只要考上大学就行,至于考上大学以后学什么、怎么学从来没有想过。要说真正感兴趣吧,宋扬对数学的兴趣比较大,曾经想报北大数学系,但被班主任教育了一通:"宋扬,你毕业后还想不想找工作啊?"

正好大学可以读第二学位,宋扬就选择旁听了金融类的课程,当然不是因为宋扬对金融多感兴趣,更不是因为宋扬对自己以后的职业发展有全盘规划,那样就太抬举他了。宋扬根本就不知道以后想干什么,他选择旁听金融课程主要是因为当年与计算机一样热门的就只有金融了。不过,生活也罢,事业也罢,收获似乎总是在不经意的地方。

大学毕业后,宋扬被分配到了老家,来到了山南省江东市商业银行,一同进银行的人有四个人,第一年需要到基层实习。在地市而言,所谓基层,基本上就是银行的最末端即分理处了。不过,分理处也有好坏,有的是在市区,有的是在偏远的郊区。四个人中,有三个人都留在了市区的分理处,就宋扬被分配到了一个离市区大概几十公里的开发区分理处。这个开发区,当时相当落后,里面只有一家企业,叫东南造纸厂。虽然只有一家企业,但这家企业不一般,是一家外资企业,而且规模非常大,当时的产能位居亚洲第二位。可想而知,排污量也是相当大,当地居民怨声载道,曾经有人去市政府抗议,但一点用都没有。即使这样,江东市政府给予很多优惠条件,才把这只金凤凰吸引过来,也算是市政府一大政绩。市委书记因为招商引资有功,被提拔到山南省当了副省长。

到银行人事部报到没有几天,人事部主任就找宋扬谈话,"小宋啊,按照惯例,你们大学生要下基层一年,熟悉一下基本业务,东南造纸厂规模很大,员工几万人,你去的这个分理处主要是给造纸厂服务的,业务很多,很锻炼人,你要珍惜这个机会。"这样,宋扬就屁颠颠地卷起铺盖去了东南造纸厂分理处。

刚上班时就是熟悉一些柜台业务,带宋扬的师傅是个好人,快40岁了,在分理处有相当长的年头,但烟瘾特别大,只要没有客户在,上班的时候也要抽几根,宋扬经常被熏得头发晕。不过,人家是师傅,也不好意思说,反而时不时地要"孝敬"几包烟,时不时地陪着抽几根,这样才能和师傅打成一片。

师傅教得比较认真,但宋扬似乎领悟力不够高,搞得师傅对他这个大学生的能力表示怀疑。实际上,宋扬对现在的工作提不起兴趣,在大学时代把工作想象得过于美好,现在每天如此琐碎的工作一时难以适应。为了表示对师傅的感谢,宋扬买了一条红塔山香烟送给他。宋扬这点关系还是会搞的。

大学期间,为了入党,为了以后找工作,当然也是为了完成父母的心愿,宋扬多次带着烟酒往系支部书记家里跑。开始时,每次都要自我鼓励好长时间,才敢敲书记家门,进门后,也不知道怎么说话,结结巴巴,虽然每次都会编一些看似巧妙的理由,但在系支部书记这样的老江湖面前,还是显得很嫩。回头想想,当年送礼的手法实在非常拙劣,甚至不忍回首。不过,没耽误事,毕业前总算入了党,在求职时可以写上"党员"这个光荣的称号。

师傅很高兴,拉住宋扬问,"宋扬,这段时间也算把你培养出来了,我这块业务你基本上差不多了,你来了多长时间了?"

"我7月1号报到的,到现在已经4个多月了。"

"这几个月,咱们挺谈得来的,说实话,从你身上我能看到一些我过去的影子。当然了,我是中专毕业,你是大学生。"宋扬心想,当初自己差点也成了中专生。

宋扬关于师傅的情况,几个月来也了解不少,那个时候,能考上中专的,其实都是挺牛的人。师傅一开始还挺受领导器重,后来不知因为什么事和领导产生了矛盾,一直被领导压着,没有升迁的机会。据说,师傅有两次差点辞职,但还是没有下决心,毕竟在银行工作还是不错的。

师傅继续说:"这些天,我也在观察你,我说几点啊,你看对不对。第一,你并没有安心工作;第二,你心里很矛盾,落差很大;第三,你对其他3个人留在市区耿耿于怀。"

宋扬有些惊讶,虽然一直提醒自己工作精神要饱满,但还是被师傅看出来了。的确,刚参加工作的新鲜感没有多久就过去了,当前这种生活状态,离他的设想差距太大,骨子里的不安分又开始发酵。既然话已经说到这份上,宋扬也不想再掩饰了,忙接话道:"师傅,你给指点指点吧。"

"我告诉你,其他3个人家里都挺有路子的,你没有背景,所以你来这里了。当然,相对他们几个,你大学毕业能到银行来,说明你还是相当优秀的,你是党员、当过班长、学过计算机和金融,条件好,银行的确不能全招关系户啊,还要招些能干活的人。世俗的眼光看,能到银行工作还算不错,听说没?现在就算县长打招呼,估计都不一定能进咱银行。"师傅吐了一个烟圈,接着说:"但是,有些人呢,是为梦想而生的,就像传说中的荆棘鸟,一辈子都在奔跑。我曾经就是一只荆棘鸟,但现在我跑不动了,后悔,真的后悔啊。我看得出来,你是一个心志很高的年轻人,再为自己的未来好好考虑考虑吧。"

说着说着,师傅的眼角有些湿润。宋扬知道,师傅流露的这种真情,是人世间最美好的情感之一,是值得他终生珍藏的。

师傅一席话,激发了宋扬体内的雄性荷尔蒙,那是一种强烈的征服欲、一种睥睨天下舍我其谁的感觉。瞬间,宋扬感觉到自我极度膨胀,感觉到没什么困难不能克服。其实,参加工作不久,宋扬就意识到这里不是他想来的地方,但父母的谆谆教导尚在耳边,宋扬一遍遍地问自己:"我是好高骛远吗?别人都能待下来,为什么就我不能?"反复思考之后仍然不得其解。但无意中师傅湿润的双眼给了他答案。是的,只有在长时间认真思考之后,潜意识才能瞬间抓住稍纵即逝的答案。

宋扬不禁轻轻地背诵起汪国真的《热爱生命》。

> 我不去想是否能够成功
> 既然选择了远方
> 便只顾风雨兼程
>
> 我不去想能否赢得爱情
> 既然钟情于玫瑰
> 就勇敢地吐露真诚
>
> 我不去想身后会不会袭来寒风冷雨
> 既然目标是地平线
> 留给世界的只能是背影
>
> 我不去想未来是平坦还是泥泞
> 只要热爱生命
> 一切,都在意料之中

宋扬很喜欢这首诗。既然现在有了答案,宋扬开始制定下一步行动方案。其实,也没有什么其他法子,只有一条路,就是考研,考金融方面的研究生,而且要到北京去读研。想来也奇怪,那时除了考研就没有别的想法。

正好宋扬的朋友唐礼兵已经在燕京财经大学读研,宋扬咨询后,决定报考燕京财经大学金融系马尚教授的研究生,马尚是美国的海归。为了搞定导师,宋扬请唐礼兵安排了一下,到北京和未来的导师见一面,这是宋扬第一次来到伟大的首都北京,但他没有一点心思欣赏风景。

宋扬曾经设想过和未来导师的见面地点,办公室?导师家里?饭馆?事实证明宋扬的想象力实在欠缺。唐礼兵告诉宋扬:"马教授说在西直门附近的旅中大厦的一楼咖啡厅见面。"宋扬以前基本没有喝过咖啡,要喝也是那种速溶的,从来没有进过咖啡厅,总觉得那是很高档的消费场所。宋扬赶紧恶补了一些咖啡知识,至少得知道怎么点咖啡吧。当服务员问他点什么咖啡的时候,宋扬有点发愣,幸好有些准备,不然真不知道怎么说。

未来的导师说了一些勉励宋扬的话:"像你这种理工科背景的学生读金融,有优势,我很喜欢,我以前上大学时是学工程的。"导师顺便给宋扬点了几本专业书。这一次见面还是相当有收获,至少大概知道了专业课的范围。临别时,宋扬把从老家带的一些土特产送给了未来的导师。在北京火车站附近,宋扬也顺便带了一些北京的特产果脯,回去准备送给领导。

回到江东市后,宋扬开始给父母打电话,说要辞职考研。父母根本不同意辞职考研,一是他们认为现在工作还不错,二是现在做决定太匆忙,风险太大。但这时的宋扬,根本听不进任何劝说,硬是要辞职,结果母亲在电话里都哭了,甚至央求宋扬一边工作一边复习,如果考不上也不至于太被动。宋扬心里很难受,父母刚以为能够歇一歇,谁知道自己却要辞职,怎么就不能让父母安心点呢?

父母是第一道关,还要见银行的领导,人事部主任对宋扬说:"你这是违约,知道吗?按照之前我们签的协议,你要交5000块钱的违约金。"实际上,这几个月的积蓄除了开销,加起来也不够5000元。宋扬想了想,去买了两条中华烟,加上从北京带回来的特产,鼓起勇气直接到行长室找到了行长,希望能少交一些钱,毕竟,的确是自己违约在先。不过,行长的表态倒让宋扬有点出乎意料。行长说:"小宋,我们这里从来还没有人上班4个月就辞职的,别人想进还进不来呢。不过呢,既然你主意已定,我就成全你,违约金的事我会和人事部说一下,就免了。"宋扬不知道是自己的真诚还是北京的特产抑或是香烟起了作用,反正事情搞定了,宋扬千恩万谢地出了行长办公室。也许,他这一走空出的指标,能给行长带来不少额外的收入。

父亲从单位找来一辆面包车,帮宋扬把分理处宿舍中的一点家当拖走,不过没有拖回家,而是拖到了江东理工学院,准备复习迎考。宋扬的大学同学兼老乡在这里当辅导员。宋扬的印象中,那天父亲一直黑着脸,几乎没有说话。父亲一辈子安分守己,以父亲的生活阅历,打死了也想不通宋扬为什么会有这种鲁莽的举动。

一切安排好,宋扬赶紧报名,那时已经是11月22日,离考试只剩下两个月时间。宋扬将要开启两个月的考研复习之旅,也是一次精神上的炼狱。

其实,临时决定报考金融系的研究生,宋扬并不是一点底气没有,毕竟,大学期间还是认真学习了金融类的课程,不像很多同学,大学期间基本上在泡妞与玩电脑游戏中度过。这时,宋扬才知道什么叫"技不压身",只恨自己当初没有更好好地学一学金融知识。

跨系考研究生,时间紧,宋扬也不是志在必得,底气并不很足。苦涩、辛酸的滋味时常在心中翻滚,这时候宋扬觉得生活好累。宋扬问自己,为什么就不能快活一点呢?难道是自己注定要经受平凡人梦想成为巨人的痛苦吗?生活是一杯烈酒,是一杯苦茶,人活着就是为了受罪吗?也许,真正重要的是过程而不是结果,但看不到结果的过程真的有意义吗?也许,真正做出了抉择,就不要再去想后果。宋扬自嘲已经快变成哲学家了,考什么金融学研究生,还不如考哲学系研究生。

不管心里怎么想,行动上一点也不敢耽误。宋扬知道,别人在这个时候已经准备冲刺,而他才开始购买复习参考书。报完名,宋扬告诉自己,时间只有60天,也就是1440小时,无论如何要把时间充分利用起来。当时,宋扬借用朱总理的话来勉励自己,既然走到了这一步,前面就是地雷阵、万丈深渊,都要勇敢地跨过去,绝对不能让自己失望。宋扬对自己的要求是:不管是死是活,一定要将这最后两个月的时间拿下来,不允许浪费一分一秒!要知道,多一分钟就多一分希望;要相信,千锤百炼始得真金。既然坚信自己是一块金子,就应该经得起锤炼。

于是宋扬的生活,除了吃饭、睡觉、上厕所,全部时间都用来复习。当时宋扬主要把精力放在了英语和政治上,因为这是统考课,一点余地都没有,专业课找找老师可能还有点回旋的余地。宋扬也不知道是什么精神激励他一天14个小时以上的复习时间。因为开始的时候斗志很高,所以在最初的30天,体力上基本上还过得去。在逆境中有人一跃而起,但更多的人是销声匿迹,宋扬是哪一种人呢?经过一个月的封闭集训,宋扬自信心有所增强,但体能似乎到了极限。

有一天,宋扬忽然感觉到身体不行了,头疼得厉害。想想也是,在银行上班,天天就像玩一样,现在天天精神高度紧张,每天复习十几个小时,真吃不消啊。宋扬告诉自己,一定要坚持下去,现在倒下去,太不值了。于是就到理工学院的超市里去买了脑黄金,为什么要买脑黄金呢?也许与在大学里读过史玉柱大侠的报道有关吧。也许是脑黄金起了作用,也许是自己心理起了变化,吃了几天,头还真不疼了。上苍在帮忙。

1999年12月20日,也就是澳门回归日,天气异常寒冷,宋扬似乎有了一点懈怠。好在宋扬及时提醒自己,千万不能松下去,行百里者半九十。那天宋扬在日记里是这样写的:"放下所有的思想包袱,奋力最后一搏,要对自己充满信心,千万不能妄自菲薄,要让历史去证明你的伟大。拿出男儿本色,让20世纪的最后一个月和21世纪的第一个月充满血泪的成功吧。"就是这种近乎失去理智的激情,支撑着宋扬一天天往下走。

当时的作息基本是早上7点钟起,吃个鸡蛋牛奶什么的,然后去教室,一坐就是一上午,中午吃完饭,休息一下。下午继续整,晚上继续整,大概11点钟,教室关灯。宋扬只好背书包回到租的房间,一般要继续搞到深夜1点左右。

那时晚上很冷,没有空调暖气什么的,脚冻得不行,宋扬唯一的办法就是加袜子,最多的时候,可怜他一次穿四双袜子。对了,离职前银行发了一大箱红富士苹果,宋扬正好把它带走,每天吃一两个,好像吃了很长时间。这箱苹果,成了宋扬对第一个工作单位最后的印象。

生活有时真的像一场梦。

两个月的时间很快过去。1月21日晚,也就是考试的前一天,宋扬在日记中写道:"也许痛苦孕育的仍然是痛苦,但重要的是我已经找回了丢失多日的精神。既然选择了远方,就只顾风雨兼程,既然目标是地平线,留给身后的就只能是背影。我没有退缩,退缩不是我的本性,要迎接挑战,主动出击更显英雄本色。去搏一次吧!"

就在一种近似亢奋的状态下宋扬走进了考场。

第一天上午考的是数学,宋扬以为自己底子好,就没有花多少时间去复习。事实上,这是一个严重的失误,当年数学比较难。不过,也没有办法,两个月时间必须有侧重点。100分的试卷宋扬真正填上去的估计只有70多分,有些基本的公式竟然忘记了,需要临时在考场上推导。走出考场,宋扬有些绝望,他去小卖店买了一包烟,一人躲在墙角里猛抽。宋扬在考虑,是否还有必要参加下午的考试?

江东理工学院的朋友因为找不到宋扬吃午饭,急得不行,生怕宋扬因为考得不好想不开做傻事。好在宋扬经过激烈的思想斗争,决定还是参加下午考试。宋扬回到朋友的宿舍,朋友已经把饭菜打好,但宋扬一点胃口都没有。

有了上午数学考试的刺激,其他考试反正也就这么回事了,不再想了。宋扬发觉人有一套调节机制,当你很紧张的时候可能就不紧张了。两天多的时间很快就过去了,考试结束那天,天空下着大雪,就在那个雪夜里,宋扬一个人在学院操场的雪地里狂奔,大声地吼着Beyond的《海阔天空》,脸上流下了两个月来辛酸的眼泪。

考试成绩出来后,总分500分,宋扬考了380分吧,但数学只考了60.5分,好在过线了。当北京市体检站证明宋扬体检全部合格后,他长舒了一口气,历史性的时刻到来,宋扬终于考上了研究生!但是,多日的徘徊、等待、痛苦,似乎并没有被称之为快乐的东西所代替。

6月26日,宋扬收到了录取通知书。当天,他在日记中写下:

>人生无常,苦海无边。
>居安思危,知足常乐。
>谦虚谨慎,修善养德。
>荣辱不惊,得失两忘。

二 再入校园

背起书包上学堂,宋扬第二次来到了北京。宋扬想起了很俗的一句话,"年轻,真好!" 宋扬对即将到来的崭新的生活充满了憧憬,甚至天真地认为,只要考取了研究生,其他的问题都会迎刃而解,似乎考研是一生中最大的障碍。这也难怪,拼死拼活搞了两个月,无论精神上还是身体上都是一个挑战,一旦挑战胜利,主观上难免会产生错觉。

其实,人的一生就是不断爬山的过程,当你站在一个山脚下,你最大的愿望就是登上这座山,殊不知过了这个山头,后面还有别的山头。用不了多久,宋扬就会认识到自己的幼稚。中国的高校从1999年开始扩招,研究生招生规模大幅提高,就像通货膨胀一样,研究生的含金量已经开始下降。

北京与南方的二三线城市就是不一样,城市设施不必说,主要是人的意识,比一般城市要领先至少好几年,宋扬对于自己来北京读研究生的决定感到庆幸。当然,北京的沙尘也够他受的,有时晚上开窗睡觉,早上起来发觉嘴里、鼻子里全是土。由于天气干燥,宋扬经常上火,算是水土不服吧。

宋扬的班上共50人,来自五湖四海,能考上研究生,素质应该都还不错。在新生联欢那天,大家都发了言,谈了一些感想,宋扬感觉大家和他一样,都对未来充满了憧憬,都是有抱负的青年,都想干一番事业。

从1999年开始,北京的不少大学引入了不少海归,这些海归又引进了许多国外原版教材,燕京财经大学当时也引进了一些海归博士,为提高经济学教学水平做出了贡献,宋扬的导师马尚就是一个代表。

那时的基础课"高级微观经济学"和"高级宏观经济学",让很多学生头疼。当时教高级宏观的方军培教授曾在课堂上说："虽然我教这门课,并不代表我对这本书的内容都非常熟悉,我不是谦虚,因为高级宏观对数理基础要求很高,而我的基础不好。所以,我有什么讲得不对的地方,请你们帮我及时指出来。"

有一次,方教授在黑板上推导一个经济增长模型时,卡住了,是宋扬帮助他找到了症结。不过,宋扬对这位方教授很尊重。宋扬认为,能够公开在学生面前承认自己不足的教授不太多,大多数财经系教授都忙着掩饰自己的不足。也是,都忙着赚钱,哪有时间作研究?

当时的公共课,博士研究生与硕士研究生一起上,本来宋扬对博士生尚有一些崇拜,但一起上课几个月,宋扬对博士生的神秘感荡然无存。因为不少博士生要参考他的笔记、抄袭他的作业、甚至考试时还需要他的帮忙。其实,宋扬并不觉得自己有多牛,实在是这些博士太滥了。这是宋扬以后坚决不考博士的重要原因。

刚入学时,同学们个个壮志凌云,但时间一长,昔日的理想更多地变成了幻想。一学期以后,宋扬将班上的同学大概分成了以下几派:出国派、考证派、赚钱派、泡妞派、休闲派。

出国派的人相对较少,形成了自己的一个小团体,经常往新东方跑,为了"寄托"(GRE、GMAT与TOEFL)而奋斗,这群人追求的目标最高,似乎也比较清高,天天手持"红宝书",看的书都是英文;考证派的人多了一些,CPA是当时的热门,似乎有了这个,找工作就容易了;赚钱派的人比较多,研究生集中上课的时间并不太多,空闲的时间如果不用来读书写文章,还不如做兼职赚些钱,所以有些同学一学期见不了几次面;泡妞派的人也不少,青春的大好时光,谈谈恋爱可以理解;休闲派是相当有个性的一个派别,上上网、聊聊天、睡睡觉,有时还打打球,基本上活在自己的天地中优哉游哉。当然,也有些人是集大成者,每个门派都可以看到他的身影。

宋扬给别人分派别,但不知道自己属于哪派。同屋的舍友叫胡斌,典型的赚钱派,基本不上课,每次都让宋扬帮着签到。有一天,胡斌回来对宋扬说:"有赚钱的机会,你搞不搞?"

看到有那么多同学出去赚钱,有的已经将BP机换成了手机,宋扬难免也有些心动,他也想给家里减轻一些负担。想到这,宋扬就说:"有什么机会说给我听听?不犯法我就搞。"

"旁边的青年经贸学院你知道吧?三本大学,学生素质比较差,他们有个班在找代课老师,教国际金融、高等数学,每门课一周上两次,一次三节课,一节课50元。你算算多少钱?"

"50乘以3乘以2再乘以2是600块钱,一个月可以挣2400块,真不少啊。"

"还说得过去。我兼职的那家投资公司很忙,没时间去上课,我就介绍你去吧,怎么样?"

"好,多谢。不过,我没给学生上过课,没经验。"宋扬有些不安地说道。

"经验?要什么经验?你把一堂课的时间填满就行,多找几个女生回答一下问题,顺便讲几个笑话,就行。"胡斌一副玩世不恭的样子。

"行,我去试试看。"

开始的时候,宋扬还花不少时间来备课,后来发觉似乎没有必要。宋扬总结出了一套方法,每次上课时先给学生们出一道题或几道题,然后自己迅速地把当天要讲的内容过一遍,等学生们把题目做完,他的课也备完了。宋扬曾经想过这样是不是误人子弟,不过,很快就想通了,这帮小孩,也是在这里混张文凭而已,不值得自己花太多心思。有一次给他们解释"东南亚金融危机是怎么形成的",费了半天劲,这帮学生还是不明白。

每个月领薪酬的时候,都是宋扬最幸福的时候。有了钱的生活,当然滋润了一些。宋扬给自己装备了一部摩托罗拉手机,用胡斌的话说,"便于进一步开展业务"。不过,应了那句古话"由俭入奢易,由奢入俭难",宋扬在一个学期代课后,已经无法忍受清贫的日子,他继续寻找其他的赚钱机会。一天,同系的博士师兄刘涛,给宋扬带来一本英文书《计量经济学》,道:"宋扬,千字50块钱,你的数理基础好,我们一起翻译吧,出版社我已经联系好了。"宋扬想都没想,就答应了,能挣钱又能学些知识,何乐而不为?

之后,宋扬还参与过编写畅销书。2001年9月11日上午9时左右(北京时间11日晚21时左右),美国纽约世界贸易中心大楼和五角大楼遭遇恐怖袭击。2001年9月12日,胡斌找到宋扬,说:"我已经和书商联系好了,要编一本书,名字就叫《"9·11"后美国何去何从》,书号、发行什么的都不用管,我们只要在半个月内编出来就行。"

"半个月,时间太紧了吧?再说,我们也不懂这个啊?"宋扬有些担心地说道。

"时间是很紧,我们还要再找几个人。懂不懂没关系,关键是要快,不然被别人占了先机,就少了卖点了。当然,我们也不能全部抄袭,同样的意思,我们改一改说法,改一改结构,就不算抄袭了。"同样是财经研究生,胡斌的思路比宋扬要灵活得多。

就这样,宋扬、胡斌还有班上另外两个同学组成了编书小组,先定了大纲,然后分头去找资料,大学的图书馆与网吧在这个时候发挥了最大的作用。半个月后,他们果真编出了这本书,经过出版社的专业排版,还挺漂亮。大概一个月后,这本书就出现在书店,效率真是高啊。

宋扬心想,这就是传说中的写手吧。讽刺的是,这本书还真卖得不错,说明书商的运作是成功的。书是编完了,当然宋扬也看了,看了几遍愣是没看明白,"9·11"后美国到底会怎么样?宋扬想不通的是,读者的口味竟然是这个样子,这本书真能给读者什么帮助吗?可以增加一些聊资?在饭桌上吹吹牛,显摆一下?或许,这就是时代的特点,浮躁、虚荣,很少有人静下心来认真做些事。

宋扬还做过"枪手",替一个自考本科生考试,当然,身份证、准考证什么的统统都是假的。说实话,宋扬还是有些紧张,担心被揪出来。好在,有惊无险,替考的几科都过了,宋扬得到了8000元报酬。

夜深人静的时候,宋扬会想起当年复习考研的两个月的苦难,也会想起当年在开发区分理处的师傅,师傅的话仿佛就在耳边,"有些人,是为梦想而生的,就像传说中的荆棘鸟,一辈子都在奔跑。"宋扬觉得自己有些堕落,现在的生活离当初的设想越来越远。有时宋扬会在心里怪胡斌,要不是他,自己可能会一心向学。但是,很快宋扬就感到自己的卑鄙,这怎么能怪胡斌呢?胡斌也是好心,他完全可以把机会给别的同学,要怪只能怪自己。宋扬把这一年多的经历仔细想了一想,想搞清楚到底是怎么发展到现在这种地步的。或许是环境使然,或许是自己骨子里就是贪图享乐的人。宋扬想起了一句话,"越堕落,越快活"。

唯一可以安慰的是,宋扬在书本上花的时间比班上大多数同学都要多,在同学眼中,宋扬算比较爱学习的那一类人。宋扬从研二开始参与了导师的一些课题,导师对他还比较满意。当然,参加导师的课题,偶尔会发一些辛苦费,但基本上是无偿劳动。

深夏的傍晚,太阳已经日落西山,凉风习习,吹到身上感觉很惬意,大学里的情侣三三两两谈笑而过。经过一天的浮躁,校园此刻显现出难得的宁静与美好。

从宿舍到一号教学楼,要经过一个长廊,长廊被爬山虎覆盖着,几乎不透阳光,在绿荫的荫蔽下,宋扬心情也禁不住欢快起来。虽然别人卿卿我我的时候,宋扬在教室里看书,但并不代表他对爱情无动于衷。

初中的时候,有一个叫李明霞的女生用作业本纸给他写过情书,那个女生发育得早,而宋扬当时还只是一个豆芽菜,也不知道她看上了宋扬哪一点,或许就是成绩好吧,宋扬收到情书时,内心既激动又害怕,生怕被父母发现,考虑再三还是把情书丢到池塘里去了。后来,这个女生辍学了,宋扬难过了好一段时间。

高中的时候,班上有个叫周小梅的女生似乎对他有意思,但他不太敢,毕竟高考关系到自己的未来,如果考砸了,对不起父母也对不起自己。不过,宋扬还是很够意思的,因为周小梅成绩不好,宋扬经常把笔记给她看,周小梅能考上大学宋扬也有一部分功劳。高中的这种朴素情感,大部分是没有结果的。

大学时,宋扬对两三个女生曾有过意思,但发觉别人无意,那就拉倒吧。宋扬是一个感情上比较矜持的人,不喜欢死皮赖脸地去追求姑娘,虽然他知道有些姑娘就吃这一套。不过,班上也有一位女生对宋扬有好感,但宋扬似乎对她不来电。就这样,阴差阳错,感情上一直没有着落。

来北京读研后,宋扬开阔了眼界。事物总是辩证的,开阔眼界的同时,宋扬觉得自己有些土、没钱、没房、没车、没音乐细胞、没体育特长,想多了就有些自卑,过去那种阿Q式的精神胜利法似乎不再起作用。不少来读研的同学家境比较好,也有一些同学,之前有过几年工作经历,有一些积蓄,这些人更容易得到女生的青睐。当然了,有些女生很现实,看着那些漂亮女生被校外的名车接走时,宋扬忍不住会骂上几句。

宋扬曾冷静地解剖过自己,自己急着去赚些钱,或多或少是受到了外界的刺激。宋扬一直觉得自己是个内心强大的人,但有时发觉自己其实是个很脆弱的人,也需要有人来安慰。上帝是仁慈的,总会给一些机会。机会来了,能不能抓住就是另一个问题了。

夏天已过,但秋老虎一点也不示弱。虽然已经到"十一",天气仍然还有些热,学校里不少姑娘抓紧最后的时光来享受裙子带来的凉爽。"十一"放假七天,不少人出去玩了,学校里的人比平日少了不少。

吃过晚饭,冲了凉,宋扬拖着有些坏的拖鞋,吧嗒吧嗒地提着两个大水壶向水房走去,水房人很少,只碰到了同班的女生邱芬妍。

邱芬妍不能说很漂亮,但比较有气质,身材也不错,会让人想入非非。

不过,她大部分时间穿着比较稳重,偶尔也会穿一些比较短的裙子。

恋爱宝典上说这样的女生比较容易追到手,不过,班上有四个男生在追她,最后好像都失败了,这年代,宝典根本靠不住。宿舍里,邱芬妍是经常被谈起的一个女生。胡斌说:"看她的穿着,似乎比较保守,但有时又穿短裙,说明内心又比较狂热。上课总是在第一排,上自习的时间很长,宋扬,她上自习的时间和你差不多,你们会经常碰到吧?你应该有机会啊。"宋扬苦笑道:"四大金刚都失败了,我有什么机会啊,上自习时倒经常碰到,但真没说过几句话。看她不食人间烟火的样子,我搞不定。"

宋扬打完水就往宿舍走,没走多远,突然听到"啊"的一声惨叫,回头一望,原来是邱芬妍手上的水壶爆了,滚烫的开水从小腿流到了脚上。宋扬赶紧把水壶往旁边一放跑了过去,邱芬妍脚上已经起泡,烫得很严重。看着邱芬妍痛苦的表情,宋扬有点不知所措。很快,他就镇定下来,对邱芬妍说:"你的腿烫得很严重,但估计这个时候学校医务室没人,必须马上去医院。"邱芬妍迟疑了一会儿,微微地点了点头。

但怎么去医院呢?去宿舍叫人过来抬她去医院,不行,耽误时间。宋扬感觉自己正处在战场的前线,他就是指挥官,战机稍纵即逝,他对战争的胜负负有绝对的责任。宋扬对邱芬妍说:"你的腿要尽早处理,这样吧,我马上背你去最近的医院。"

邱芬妍又迟疑了一下,不知道是担心宋扬有没有这个力量,还是担心男女授受不亲,不过,最后还是点头同意了,估计是疼得厉害。

宋扬叫邱芬妍搂住自己的脖子,双手在后面托住邱芬妍的屁股,就开始向医院奔去。由于宋扬恰好穿的是一双破拖鞋,怎么也走不快,宋扬一下决心,把拖鞋狠狠地踢走了,光脚在路上快走起来。可怜的宋扬,脚被石子磨破了,但似乎并没有感觉到疼痛,也没有感觉到背上的邱芬妍有多沉,他甚至希望医院远一些,好让他多背一会儿。当然了,宋扬的耐力相当好,每天5公里的跑步锻炼,今天发挥了重大作用,不然,100斤左右的人背在身上,虽然只有几百米的距离,也绝不是轻松的事。

到医院后,汗流浃背的宋扬直接将邱芬妍送到了急诊室。医生在治疗的时候,叫宋扬去交费,这时宋扬才想起身上没有一分钱,估计邱芬妍也没有带钱。宋扬和邱芬妍说了一下,赶紧回学校取钱。

医生仔细看了看,说:"是二度烫伤,来医院很及时,没有太大问题。"说完便用消毒针刺破水泡边缘放水。医生和邱芬妍开玩笑地说:"刚才那位是你男朋友吧？小伙子真不错，光着脚就把你背过来了，鞋都不穿。"邱芬妍不置可否地应了几声。

宋扬回到学校后，偷偷地回到了宿舍，正好"十一"长假期间，楼道里人并不多，留守的人也正在打扑克，所以没有人注意到宋扬光着脚。宋扬到水房简单冲了下，换上运动鞋，带上钱和手机，快步往医院走去。

宋扬到医院的时候，医生正在给邱芬妍的伤口上敷白色药膏，完了又用纱布包了起来。医生开了方，宋扬去窗口交费，然后取了一些药膏。一切完了之后，已经到夜里九点多钟。宋扬问邱芬妍说："咱们怎么回学校去？"

"听你的安排吧。"

"我打电话再叫几个人来吧，把你抬回去。"

"太兴师动众了吧。"

"要不打车回去？"宋扬问道。

"这点路，有司机愿意载吗？"

"那我再背你回去吧？"

"你还有劲啊？怕你吃不消哎。"

就这样，宋扬又背起了邱芬妍，向学校走去。

秋天的北京是最美的季节，今天夜晚的景色不错，还能看到天上的星星。由于这次回学校时间比较充裕，再加上穿上运动鞋，宋扬感觉心情比来时轻松多了。邱芬妍脚上没有之前那么疼，心情也好了一些。

也不知道为什么，虽然之前和邱芬妍并没有多少沟通，但现在交流起来似乎没有一点点紧张，一切都是那么自然。这是不是就是所谓的缘分呢？

走到半路上，宋扬对邱芬妍说："我有点背累了。"

"你想把我放下来吗？"

"你说呢？"

"不知道，不过，你要是真累了，我就下来走吧。"

"哈哈，生气了吧。告诉你，我是说背累了，我可以抱着你啊。"

"宋扬，你真坏！"

"坏就坏吧，反正也没有人看见。"

宋扬感觉邱芬妍没有反对的意思，就小心地把邱芬妍放在一个平地上，然后双手横抱着她。这次两个人如此地接近，宋扬能够更加明显地感觉到她起伏的胸脯,甚至一低头就能吻到邱芬妍。不过,宋扬没有敢继续放肆下去。

快到学校的时候,宋扬又背起了邱芬妍,直到把她送进宿舍里,当然他又是一身汗。

"刘佳妮怎么不在宿舍,我给刘佳妮打个电话吧,叫她早点回来照顾你一下。"宋扬对邱芬妍说。

"不用打了,她'十一'出去玩了,这几天都不在。"

"那我打电话给你男朋友吧?"

"谁说我有男朋友了?"

"噢,这样啊。"宋扬内心很高兴,虽然刚才问得有些不太礼貌,但毕竟摸清了底细,有一种癞蛤蟆吃天鹅肉的快感,但仍然不露声色。

"要不我就回宿舍了?"宋扬把邱芬妍安全送到宿舍,估计基本上没啥事了。

"你不管我了?"

"我不是这个意思,主要我是男同志,我怕在这里不方便。"

"那你也要帮我打些热水来吧。"

"对,你这里没水了,不仅没有水,而且是没有壶了。"说完,宋扬下楼去买了一个质量好的水壶,并且打满了水,顺便在超市里买了一些葡萄,帮邱芬妍接了一盆凉水,又陪她聊了一会儿。

"时间不早了,我应该回宿舍了,你也早点休息。"虽然有点依依不舍,宋扬还是觉得应该回去了,今晚和邱芬妍说的话比他过去一年多时间和她说的话还要多,"对了,你最好别吃巧克力这类颜色深的东西,容易导致色素沉淀,你的脚和腿上会留下疤痕。"

回到宿舍后,宋扬仔细回想了今天晚上发生的这一幕,想起和邱芬妍的亲密接触,他竟然有些莫名的紧张。自己是不是对她有意思了?邱芬妍和自己颇有几分相像之处,上进,有想法,还有些清高。想到这里,宋扬竟然有些惺惺相惜的感觉。

接下来的几天,邱芬妍对宋扬有些不冷不热,搞得宋扬有些摸不着头脑,怎么她像变了个人似的。宋扬有些奇怪,上网去搜一搜,看看有没有启发。搜了半天,无意中打开的一篇文章让他茅塞顿开,宋扬觉得自己挺有悟性的,不过,结果如何,还有待实践的检验。

宋扬是这样分析的:第一,那天从医院回宿舍,她要求我背她,而不坐出租车,说明她是有意的;第二,那天夜里,她同意我抱她一会儿,这一点更足以说明她对我有好感;第三,至于这几天的冷淡,一方面是她对自己的反省,觉得一个女生,那天夜里的做法有些过分,担心我觉得她水性杨花,另一方面,她也想考验一下我。毕竟,她不知道我对她什么感觉,万一只是同学之间的正常帮助,她就自作多情了。结论是:不管敌人如何狡猾,我方继续加强攻击,只要能保持足够火力,敌人最后只有束手就擒。

之后一段时间,不管邱芬妍对他如何,宋扬总是一如既往地献殷勤。宋扬虽然也有一些犹豫,但仍然有信心。邱芬妍对他的态度逐渐热情起来。宋扬知道在球门前的动作已经足够花哨,现在已经到了临门一脚的时候。宋扬是幸运的,他对邱芬妍的这几点分析基本上都正确。

在一个月光皎洁的夜晚,宋扬把邱芬妍约了出来,送给她一部高档手机。邱芬妍觉得这个礼物太贵重,不肯收。宋扬知道可能就是这个结果,就死皮赖脸地说:"反正我已经送给你了,要不要就是你的事,如果你不喜欢,就把它扔了。不过,就算把它扔了,你至少要开一下机吧。"说完就走了,把邱芬妍一人留在那里。

邱芬妍不知道宋扬的葫芦里卖的什么药,她打开了手机,开机音乐是她最喜欢的歌——老鹰乐队的《California Hotel》中的吉他旋律。开机画面上是一行字:"芬妍同学,嫁给我吧,我一辈子对你好!"很俗气但很管用的一句话,芬妍的双眼有些湿润。她拨通了宋扬的手机:"宋扬,你给我过来!"

宋扬掐掉香烟,赶紧跑过来,就像一个犯人等待着法官的宣判。

"你是男人吗?"

"我、我怎么不是男人了?"因为走得急,也因为有些紧张,宋扬有些结巴。

"那你怎么不敢当面跟我说?"

宋扬的脾气又上来了,"谁说我不敢,我现在就说,你仔细听着。邱——芬——妍,嫁给我吧,我一辈子对你好!"讲完了,宋扬觉得不过瘾,又加了一句,"如有变心,五雷轰顶!"

邱芬妍一下子抱住了宋扬,嘴里却说:"我凭什么嫁给你啊?你想娶我,你的要求也太高了吧?"

宋扬再也不紧张了,笑着道:"那就先做女朋友过渡一下。"说完就去吻芬妍。芬妍没有拒绝,狠狠地在宋扬嘴唇上咬了一下,似乎有些出血。说起来,这是宋扬这一生中最得意的一个时刻。

芬妍说:"宋扬,从我脚被开水烫到现在不过一个多月时间,你就吻了我,还要我嫁给你,也太便宜你了吧?"

"我说你嫁给我,是想表明我的真心。再说,一个多月时间也足够长了,关键是看效率。别人处几年,不也就那么回事。你要是觉得亏了,以后我做牛做马,抓紧时间补回来。"

"那是你说的,不能反悔。你给我跪下。"

宋扬果真扑通一声跪了下来。

"赶紧起来吧,跟你开玩笑的!"芬妍笑得前仰后合。

"芬妍,我有句话想问一下,我总觉得有些不踏实,四大金刚条件都不错,你怎么会喜欢我?"

"你和他们不一样,你是一个挺特别的人,有一种吸引人的魅力。你每天在操场上跑步,我都看在眼里。我在教室里看到你的次数最多,你比他们都努力,都踏实,他们虽然现在条件比你好,但那些都是暂时的,你以后一定会超过他们的,我相信自己的眼光。"停顿一会儿,又说,"而且,你比他们更坏。他们坏在表面,你坏在骨髓里。"

宋扬听了芬妍这一席话,哪怕是被骂,也觉得特别开心,那一刻,宋扬的自信心得到了极大的满足,感觉自己是世界上最牛的男人,现在宋扬为芬妍去死的心都有了。刹那间,他明白了当年吴三桂"冲冠一怒为红颜"的心情。宋扬心想:"都说好女人是一所好学校,要我说,好女人简直就是哈佛大学。"

时间飞快。

在胡斌的介绍下,宋扬做了不少兼职,钱不算多,但对于在校研究生来讲,也不算少。

宋扬和芬妍在一起的日子充满了快乐,一起逛超市、一起看电影、一起上自习,宋扬感觉每天都有无穷的力量。这是宋扬有生以来最幸福的一段日子。芬妍的清高,只是给别人看的,和宋扬在一起的热烈,可能比其他女子更甚。

芬妍的舍友刘佳妮经常不在宿舍,听芬妍说刘佳妮的理想就是嫁给一个北京大款,有车有房有存款,可以少奋斗N年甚至坐享其成。芬妍虽然不太认同刘佳妮的婚姻观,倒也不妨碍她俩相处,除了婚姻观差别比较大,芬妍觉得刘佳妮是个挺好的姑娘。刘佳妮不在宿舍的时候,宋扬就去芬妍那边。国家政策已经明确规定,研究生期间可以结婚。有了这个尚方宝剑,宋扬每次去芬妍那边都觉得底气很足。

那天晚上,宋扬和芬妍在宿舍里看了一个爱情片《云上的日子》,宋扬一边看,一边忍不住手乱摸,芬妍先是不同意,但经不住宋扬的纠缠。芬妍斥道:"手脏不脏啊?"宋扬理了理裤子,到水房里认真洗了洗手。回来后,发觉芬妍已经把电脑关了。在芬妍内心中,她已经完全接受了宋扬,这个时刻只是迟早的事情。

宋扬把芬妍抱在怀里深吻起来,这是他在心中设想过无数次的场景。宋扬并不缺少经验,上大学时就冒着被警察抓的风险,在录像厅看过通宵的A片,现在互联网更方便了,在网上有许多学习的材料。理论联系实际的时候到了,关键时候不能掉链子。芬妍很快就被剥得精光,虽然关了灯拉起了帘子,但窗外的月光还是执着地探了进来,更增添了一份神秘的色彩。这是他第一次看到真实女人的身体,芬妍一直闭着眼,有些害羞。在宋扬的抚摸下,芬妍开始轻声地呻吟,宋扬感觉到一阵头晕目眩,不能再等了,挥鞭上马。理论联系实际非常成功,初次结合圆满,芬妍问宋扬:"你像个老手啊?是不是有过很多次?"

"我对天发誓,这是我的第一次!"

"你挺熟练的啊?"

"跟A片学的,A片看多了,自然就熟练了。"

"什么时候看的?"

"主要是上大学的时候,哪个男生没有看过通宵录像?我们上大学的时候,离学校不远的地方就有一个录像厅,据说当地的公安局长在里面有股份,所以扫黄打非时也不会出问题。很多人周末就带些面包、水,在录像厅里一待就是一天。我看得算少的。"

"你是不是一直都想着这一天啊?"

"不想还正常吗?这至少说明我是正常的人,再说,君子爱财,取之有道,有什么不好?"

"你太坏了,把人家搞到手了,你满意了吧?"看着宋扬得意的样子,芬妍一下子忧郁起来。

宋扬意识到自己刚才没有注意芬妍的感受,赶紧说道:"妍妍,你放心,你是我的人,这辈子我会为你赴汤蹈火,有我吃的,绝不让你饿着,没有我吃的,也绝不让你饿着。"虽然听起来非常俗的话,但芬妍还是很受用。这之后,芬妍对宋扬更加依恋,宋扬也比以前更加努力。

一天,宋扬接到导师马尚教授的电话:"宋扬,你下午到我家来一下。"

宋扬以为是课题的事情,天天和芬妍在一起,差点忘了这档子事。宋扬赶紧整理了一个汇报提纲。下午到了马尚教授家,师母给他开了门。"师母好,马导好。"

"小宋,快进来,里面坐。"师母热情地把宋扬迎进了客厅。刚坐下,师母就笑着说:"小宋啊,今天是我找你,有个事想听听你的想法。"

"师母,您说,您的事就是我的事。"

"好,我就直说了。我们一位朋友的女儿在北京上班,小姑娘各方面条件都挺不错,还没有男朋友。朋友嘱咐我,要我帮他女儿留心一下,有没有合适的小伙子。"

原来不是课题的事,宋扬放松了一些。师母继续说:"你是老马的学生,老马经常提起你,我也觉得你不错,就想把你介绍给这个朋友的女儿。"

宋扬赶紧说:"师母,我已经有女朋友了。"

师母说:"噢,是吗?宋扬你的感情生活处理得还挺低调,没听你说过啊。"

宋扬傻傻地笑了笑。

师母接着说:"主要是我这位朋友实在太忙,现在是河西省的厅级干部,正要提副省长,实在分不出神来,才请我帮忙操心下闺女的事。年轻人的终身大事,还得自己做主,我们看你挺稳重,说话办事很有分寸也牢靠,所以,人家一提,我们第一个就想到你了。"

"师母,马导,真是感谢你们这么关心我,但希望你们能理解我。"宋扬停了一下,又说,"马导,您记得我同屋的那个胡斌吗?他很能干,现在单身呢,要不把胡斌介绍给您朋友的女儿?"

"胡斌,想起来了,他选过我的课,很有礼貌,长得也挺帅。你们关系怎么样,你了解他的人品吗?"

"人品没问题,不过,我最好回去和他说一下。"

"你回去问一下,胡斌要是同意的话,就叫他来找我一下,成不成,就看他们自己了。"

"我先代胡斌谢谢马导和师母。"

宋扬出门后,马上给胡斌打电话:"胡斌,在哪儿呢?马上回来,有要事相商。"

"我上班呢，什么事这么急，你和芬妍吵架了？"

"你赶紧回来吧，我们没吵架。这个事比你这个破工作不知道值多少钱呢？你不回来会后悔的。"

"好，我马上打车回来，你在宿舍等我。"

一会儿，胡斌西装革履手提电脑包回来了，气喘吁吁地说："到底是什么事啊？"

宋扬把事情的经过说了一下。胡斌两眼放光，说道："兄弟，够意思。"说完，里里外外收拾了一下，和宋扬去见了马导。

马导和胡斌聊了一会儿，对胡斌印象挺好。马导说："这几天，我来安排一下，小胡，你好好把握。"

晚上，宋扬和芬妍说起了这件事，芬妍问宋扬："人家老爸要当副省长了，马导推荐一下，你当这个乘龙快婿的可能性很大。你后悔吗？"

"有什么好后悔的，别说副省长，就算省长、国长，我也不稀罕。不过，要不是碰见你这个小妖精，可能我真会动心的。"

"不许骂人。"

"胡斌这人很够意思，有什么赚钱的机会总想着我。他总和我说，这几年在外面打工，感觉过得很累，好几次听他说，要是能找一个有家庭背景的老婆就好了，正好有这个机会。"

"宋扬，胡斌看得比你透。我真担心你会后悔，要不是我……"

"芬妍，我再和你说一遍，我心中只有你，绝不后悔，绝不！"宋扬在自己心爱的女人面前，坚定无比地表达了自己的决心。宋扬要让芬妍知道，她为他的付出是值得的。

三　求职之路

2003年是一个多事之年,对全世界,对中国。

公元2003年3月20日,就在夜幕降临的一刹那,第一枚战斧式巡航导弹划过晚霞尚未燃尽的美索不达米亚平原的美丽天际,击中了巴格达。2003年4月,另一场没有硝烟的战争正在亚洲大陆的另一端悄然拉开,中国进入全民抗击"非典"的阶段。

实际上,在2003年4月份之前,"非典"已经传播了几个月,但官方一直坚称得到了控制。这次非典起源于2002年11月16日,广东佛山发现了第一起SARS病例,但并没有引起足够重视,此后开始逐步蔓延。

2003年初的一天,黄金贵神秘兮兮地跑到班上说:"我老爸托关系搞了一个中药配方,据说是给中央领导的特别配方,你们看一下。"并且特别强调,"据说,北京很快就会封校甚至封城,要是想回家找工作的,最好早点回去,不然到时就回不去了。"

宋扬去药店买药,发现人满为患,口罩脱销,板蓝根脱销,中药需要等三天才能取;去超市买醋,发现两人正在为最后几瓶醋归谁争执不下,差点大打出手。看来,问题越来越严重了。

3月中旬,感染SARS的人越来越多,由于政府始终没有公开疫情的真实情况,网上开始大范围流传各种谣言,"北京疫情","北京封城",人们开始谈"非"色变,基本上把"非典"等同于不治之症。

4月中旬,高校果真开始封校,燕京财大也在其列,保卫处在两个校门口都设置了岗哨,出去要有假条,不过,一般只有食堂与超市的人才能够出去。从封校开始,各班天天查人数,谁要是发热、咳嗽,不仅当事人,旁边的人都紧张得要死,校医会把相关人员首先隔离到专门的区域进行观察,症状明显的会被送到医院去检查。

在实际情况越来越严重的情况下,中央政府终于坐不住了。4月20日这一天,应该写进历史,标志性的事情有四件:一是,北京"非典"确诊病人和疑似病例,较之前一天成倍增加;二是,党中央、国务院明确提出要以对人民高度负责的态度,及时发现、报告和公布疫情,决不允许缓报、漏报和瞒报。卫生部决定,原来5天公布一次疫情,改为每天公布;三是,"非典"被列入我国法定传染病;四是,由于防治"非典"不力,卫生部长张文康、北京市委副书记孟学农被免职。在中央决定公布疫情后,每天感染的人数直线上升。

在2003年那几个月,连不认识26个英文字母的人,也早已熟悉了SARS所代表的恐怖。这场"非典",改变了很多人的命运,首当其冲的是"非典"患者,以及一些疑似患者,据说有不少人因为疑似去医院而被感染。

其次是当年的高校毕业生。2003年,全国普通高校共有212万学生毕业,这一数字创新中国成立以来高校应届毕业生人数之最,比2002年高校毕业生总数增加67万。2003年上半年,正是找工作的高峰期,但很多用人单位的招聘工作陷入停滞状态。

可能因为找工作不顺利,也因为复习考博比较紧张,考试前几天的一天夜里,芬妍竟然开始发烧,芬妍自己感觉快要崩溃了,她对宋扬说:"宋扬,我会不会得了'非典',我感觉不行了。"

宋扬也有些紧张,但这个时候,他必须镇定:"妍妍,不会的,你一直都在校园里,怎么会被传染呢?"

芬妍说道:"要是我死了怎么办?"

宋扬说:"你要死,我和你一起死。"说完就要去吻芬妍。

芬妍推开了宋扬:"你找死呢?"

宋扬说:"考验一下有什么大不了。我们以后还会遇到很多想不到的事,但我向你保证,无论发生什么事,我都会坚定地和你站在一起。当然了,哪天你发达了,也不要抛弃我。苟富贵,勿相忘。"

"我就是喜欢听你说这样的话,我怎么会抛弃你呢,傻瓜。"芬妍说,"其实,仔细想想,我感染'非典'的可能性不大。主要是最近太郁闷了,工作一直也没有着落,我都不想考博了。"

宋扬故作笑状:"多大的事啊,找不到工作我养你。再说了,也不是你一个人,谁知道会碰到"非典"这档子事呢?考博嘛,就当另一条路,考得上就上,考不上拉倒。反正我已经找到工作了。"

宋扬因为成绩好,又是研究生干部,本科又是学计算机的,当然,还加上了一些运气,马尚教授帮着推荐了一下,2003年年初,就成功签约了中国信息科技集团公司。这是一家多元化的特大型央企,主要经营移动通信、固定通信、互联网、通信设备制造,还在全国多地经营房地产、酒店等,总资产5000多亿,在全国31个省市均设有分公司,员工总数超50万。当时大家都说这是好机会,宋扬也没有多想,就签了。是啊,有多少人挤破了头想进去。

宋扬还有一个去证券公司的机会,但当时股票市场惨淡,股市2001年6月14日见大顶2245点,之后一路下行,到2003年年初的时候,最低跌到了1311点。大家都不看好证券行业,认为股市就是赌场,搞股票投资就是不务正业。虽然宋扬学金融的,对证券更感兴趣,但他也不敢冒这个险。毕竟,SARS还在蔓延,谁也不知道会是什么结果,感觉去央企心里更踏实些。

虽然费了一些周折,班上的同学最后大多有了着落。

胡斌由于成功攀上了未来副省长的女儿吴姣,去了一家房地产公司。

黄金贵更不用愁,回家等待接手家族企业。

8个申请出国留学的,有4个人成功了,在得知被录取后,有人把一堆"寄托"书全烧了。

7个人去了高校,高校每年的假期最多。

5个人考取了国家公务员与北京市公务员。最郁闷的是佟星同学,报考国家发改委的公务员,笔试第一、面试第二,找司长打了招呼,原以为没问题,但硬是没有上。佟星想,死也要死得瞑目啊,就找人去打听内幕,原来替代他的人更牛,直接跟副部长打了招呼,佟星称死得其所。佟星后来也不错,去了天银证券公司。

13个人参加了博士考试,有6个人成功,其中有邱芬妍。邱芬妍并没有感染SARS,由于有宋扬这个坚强的后盾,她发挥得很出色,或许这就是爱情的力量。当初,由于担心博士考不上,北京工作也不好找,父母在老家的税务局帮她联系了一份工作,但她想都没想过那条路。

反正猫有猫路,狗有狗道,各位同学基本上都找到了工作,7个人离开了北京,据说回去的待遇都不错,有几个人还分了房。最后还剩几个同学,到毕业时仍然在找工作。

  当然,"非典"最后也战胜了。经过4月、5月的攻坚战,2003年6月2日,北京"非典"疫情出现三个"零的突破":当日新收治确诊病例、疑似病例转确诊病例、"非典"病例死亡人数均为零。6月5日,北京最后一处疫情工地解除隔离。2003年6月24日,世界卫生组织宣布,将北京从"非典"疫区名单中排除。至此,中国内地抗击"非典"的斗争取得了决定性胜利。胜利来之不易。据统计,截至6月24日,中国内地累计报告"非典"患者5327名,死亡348名。宋扬心想,如果从一开始,就充分相信人民群众,依靠人民群众,公开疫情实际状况,可能不需要付出这么大的代价。政府从"非典"中汲取了足够的教训了吗?

  宋扬找到工作后,父亲打电话来说,今年初从单位办了内退,因为宋扬在找工作,怕影响到他,就一直没有和他说。宋扬问父亲为什么内退,父亲说厂子不知道为什么说不行就不行了,要改制,据说要卖给私人,父亲也算一个小领导,可以入股,但父亲和母亲商量了一下,决定还是不入股,说要把剩下的一点钱留给宋扬。父亲是一位老党员,把毕生的心血都放在了工厂里,从来没有想过要离开这个工厂,但在离退休还有好几年的时候,却失去了工作。宋扬庆幸自己毕业后进入了中信科这家央企,至少现在看来,不用担心下岗的问题。

上　　篇

四　央企报到

"非典"结束,学校打开了大门,企业也打开了大门。之前,单位曾对宋扬说,由于"非典",报到的日期尚不能确定。现在好了,一切都烟消云散。

7月1日是宋扬去单位报到的日子,宋扬在央企的战斗就从这一天开始。

早上宋扬穿上之前为参加面试而准备的西装,打上领带,拎上公文包,来到了位于市区繁华地带的中国信息科技集团公司总部。总部大楼共有22层,楼顶上方的6个大字"中国信息科技"显得异常耀眼。办公楼正门前是一个很大的停车场,在市中心占了这么一大块地,除了国家部委,也只有央企有这个能耐。宋扬刚要往里走,就被保安叫住:"请出示证件。"

宋扬回答说:"我是来报到的,还没有办证件。"

保安一本正经地说:"那你到里面登记。"

宋扬走到前台接待小姐处,小姐给了他一张会客单。会客单的内容包括:本人姓名、联系电话、会见人姓名、会见人联系电话、会见时间、会见人签字等。宋扬很快填完了,就要往里走。前台小姐把宋扬叫住:"先生,请稍等一下。"说着拨通了电话:"请问是纪开明吗?楼下有位宋先生找您。"一会儿,小姐对宋扬说:"宋先生,可以了,您拿着会客单上楼。会见完毕后,请记住让会见人签字。"

宋扬心想可真麻烦啊。他走到玻璃闸门前,保安看了一下会客单,刷了一下卡,门打开,宋扬走了进去。

大楼还真气派,8部电梯,宋扬随便按了一个就进去了,但6楼的按钮怎么按都不亮,只好出来了,仔细一看,电梯外面写着:"6楼以下不停。"原来刚才没有注意到这个提示,宋扬重新选了一部梯顺利到了6楼。

一出电梯,就看见墙上钉了一个指示牌,上面写着:"集团管理部(办公厅)",宋扬不明白为什么集团管理部又叫办公厅,印象中办公厅一般是国家机关的机构,现在搞政企分开,企业还有叫办公厅的?他妈的行政色彩太浓厚了,这到底是企业,还是政府?

集团管理部下面有10个处:综合处、秘书一处、秘书二处、综合调研处、文秘处、宣传处、品牌处、保卫处、行政处、信访办公室。宋扬要去的地方是综合调研处。

很快,宋扬在611房间找到了纪开明。纪开明比宋扬早来一年,已经把总部摸得门清,很热情地给宋扬介绍:"宋扬,这是刘处长。"

宋扬赶紧说:"刘处长,您好。"他对刘处长有印象,面试的时候,他是主考官之一。记得没错的话,叫刘江。

刘处长和宋扬握了握手,认真地说:"宋扬啊,欢迎。"

刘处长带宋扬来到综合调研处的大开间,拍了拍掌说:"各位,我们新来了一位同事,叫宋扬,大家欢迎。以后大家一起共事,有什么事,大家给张罗一下。"

大家都站了起来,跟着刘处长象征性地鼓了鼓掌,七嘴八舌地说道:"应该,应该。"

纪开明说:"刘处,要不我带宋扬见一下张主任?"

刘处长说:"还是我带宋扬去见张主任。一会儿你再带他转一转。"

张主任是主管综合调研处的部门副主任,是刘处长的直接领导。

刘处长带宋扬去见了张主任,宋扬恭敬地说:"张主任,您好,我今天来报到。"

张主任说:"小宋,欢迎,原来还以为'非典'你来不了呢。"

宋扬笑了笑,一时也不知道再对张主任说什么。刘处长说:"张主任,我再带宋扬去见一下李主任。"

"好,好,你去吧,今天李主任正好在家。"

集团管理部的头儿叫李泽凯。在中国,"主任"这个头衔是范围最广的一个词,低到村委会主任,高到人大常委会主任。如果一个人的头衔是主任,可要仔细看一看是哪一级的主任,不然有可能被骗的。宋扬今天运气不错,李主任平常很少在办公室。

宋扬跟着刘处长来到李主任的办公室。门外站了三个人,每个人手上都拿着文件什么的,看样子是汇报工作或是等着签字。等办公室里的人出来后,刘处长看了看门外几个候着的人,估计都比较熟悉,和他们打了个招呼,说:"不好意思,我插个队先进去一下,就一分钟。"

宋扬和刘处长来到李主任的办公室,刘处长毕恭毕敬地说道:"李主任,这是今年新招聘的研究生宋扬,今天来报到。"

宋扬赶紧说:"李主任,您好。"面试时见过,宋扬还有印象。

李主任往老板椅上一靠,说:"好,好,队伍又壮大了。小刘,你把宋扬都安排好。"

刘处长说:"李主任,您放心,一定安排好。外面还有不少人等着您呢,我们就先出去。"

李主任说:"好,好,你们先去吧。对了,小宋,你找时间过来一下。"宋扬感觉到意外地受到了尊重,顿时一股暖流温暖了心田。

出来后,刘处长意味深长地说:"宋扬,领导很器重你啊,我们平时都难得有机会向领导汇报工作。"

宋扬和刘处长回到了综合调研处,刘处长对纪开明说:"小纪,下面是不是要转一下单?"

纪开明说:"我刚才已经去综合处要了一张转单,我这就带宋扬去。"

所谓转单,就是到各个部门走一走,公司又来了一个人,每个部门在单子盖一个章,表示已经知道这件事。然后,凭这个单子去办理各类卡或证件,比如门禁卡、餐卡、工资卡等。

宋扬以为一会儿就会结束转单,后来发觉想得太简单了。纪开明说:"宋扬,你要是运气好,今天能把单转完就不错了。"一共二十几个部门,宋扬跟着纪开明楼上楼下地跑,跑了一上午也没有盖成几个章,大家不能等着你去盖章吧,管章的人碰巧有事不在,那就只好多跑几次。

眼看就要中午了,纪开明说:"宋扬,今天上午肯定是办不完了。这样,我们先去行政处把饭卡办了。"理论上讲,转完单才能去办各类卡。不过,中国的事情,有原则就一定有例外,央企也不例外。

宋扬随纪开明来到了行政处,这是一个大处,估计有20多人,负责档案、计划生育、公积金、物业、各类卡等,用纪开明的话说就是,"凡是技术含量不高的事,统统都在行政处。"当然了,技术含量不高,不代表就没有地位。这不,今天来报到的毕业生,就宋扬一个人上午能办饭卡。

"费姐,这是今天来我们部门报到的宋扬,单还没转完,您看能不能先给办个饭卡,中午吃饭要用。"纪开明拉了拉宋扬说道。

宋扬抱了抱拳,说:"费姐,您好,刚来报到,麻烦您了。"

"噢,帅哥啊,欢迎。单还没有转完是吧?没关系,费姐还有点小权力,谁叫你是到咱们部门呢。"费姐名字叫费玉,快40岁的样子,打扮比较入时,看起来是一个见多识广的人。宋扬听了费姐的话,感觉到了组织的温暖。

没过一会儿,费姐就把饭卡办好了。"小宋,现在还不能给你充值,因为这个必须等其他手续办完了才行。不过,你要是带现金的话,我可以给你充进去。"

宋扬从皮夹里掏出一百元钱,说:"费姐,就麻烦先充一百吧。"

很快到了午餐时间,纪开明带宋扬来到了位于20层的一个餐厅。据说,当初在选择哪一层楼作为餐厅的时候,还颇有一番争论。一派说,应该放在低层,不然把饭菜往楼顶运,多麻烦。另一派说,天天埋头上班,只有吃饭时能轻松一下,还是放在楼顶好,能欣赏一下外面的风景。两派争执不下,最后消息传到了集团公司高层领导的耳朵里,领导说:"大家说得都有道理,这样吧,楼上一个,楼下一个。想看风景的去楼上,不想看风景的就在楼下。"大家都说领导到底是领导,这么复杂的问题就简单解决了。

楼顶餐厅其实也分为两个区,一个是自助区,10元钱随便吃。肉、蔬菜、水果都有。不过,上次体检后,很多人有脂肪肝,后来就蔬菜多了;另一个是非自助区,点一个菜交一份钱。宋扬和纪开明选了自助区。

宋扬的确有些饿了,也有些累了。一个上午说得最多的就是"感谢"、"麻烦"之类的话,上楼下楼就没有闲着。宋扬有些不好意思:"纪哥,上午真是辛苦你。"纪开明道:"小意思。"

到20楼餐厅一下子看到那么多菜,宋扬有些眼花缭乱,暗骂道:"他妈的,一定要多吃点,比学校里强多了。"

宋扬拿了很多东西,猪蹄、鸡翅、带鱼、素三鲜、海带、花菜、豆沙包等等,吃完了,又吃了不少水果。纪开明早就吃完了,在一旁看着宋扬吃。宋扬有些不好意思,对纪开明说:"纪哥,不好意思,是不是吃多了?"

纪开明说:"有什么不好意思,以前我也和你一样,比你吃得还多。从吃饭的样子,就大概可以看出谁是刚入职的。"

今天宋扬和纪开明午饭时间比较早,他们吃完了,还有人陆陆续续地来到餐厅。宋扬和纪开明回到大本营,6层集团管理部的综合调研处。

"你就先在那个空位子上歇着吧,"纪开明对宋扬说,"回头,刘处会安排座位。"

离门最近的那个位置,宋扬心想这肯定是自己的位置了,因为只有这个位置是在众目睽睽之下,只有刚来的他"当之无愧"。以前听说有一些公司,专门让普通员工坐在风景好、空气流动好的地方,而老板坐在光线不好、空气流动不好的地方;甚至有的公司老板就坐在大庭广众之下。宋扬心想,看来在这个单位是一种幻想。李主任的办公室估计就有他现在整个屋这么大,朝南的落地飘窗正对着一个市区公园,景色很好。看来,一个人所占有空间的大小,基本上与身份是成正比的。

下午上班后,纪开明仍然带着宋扬去转单,到快下班的时候终于转完了。宋扬也有了自己的座位,正是离办公室大门最近的那一个。忽然间,他想起来,李主任叫他去一下办公室,差点忘了这个茬。

李主任的门基本上闭着,只露一个小缝隙,但不知道是不是有人在里面谈事,等了一会儿,不见动静。宋扬心想:这样等也不是个事,敲下门试试。

"请进。"李主任的声音。

"李主任,我是宋扬,上午您说要我过来一下?"

"噢,来吧。"原来房间里没有其他人,"坐,坐。"

"谢谢李主任。"

"小宋,报到手续办得顺利吗?"

"都挺好,同事们都很关照,纪开明带我转了一天。"宋扬心想,纪开明带我转了一天,还是应该提一下他的名字。宋扬的情商并不低,也是一个懂得感恩的人。

"好,我们这个部门最大的特点就是团结,以后你就会知道了。"李主任说这话时充满了自豪,像一个将军在指点江山,"小纪比你早来一年,现在完全融入了团队。"

"还是主任您领导有方,虽然我刚来一天,就已经感觉到了。"宋扬并不怯场,回答也挺得体。

"我给你说啊,小宋,你是我要过来的。当时,面试时和你一同竞争的还有4位研究生,都不错,我也很难办,只有一个名额。你可能不知道,这次集团公司应届生招聘,报名人数是录用人数的1000倍,1000倍啊。"说到这里,李主任呷了一口茶。宋扬当然知道竞争激烈,但真不知道录取比例竟然达到了1000∶1。

李主任继续说道:"你们5个人,我掂量来掂量去,最后在你和一个北大研究生之间选择,你们各有千秋,你的金融背景强,而且本科学过计算机,特别是在研究生期间发表过不少经济与金融方面的文章;他一直学技术,辅修过经济学,技术方面比你要强,学生会干部,但金融方面可能比你要弱一些。你的导师马尚教授推荐过你,但他的导师也推荐过他。难啊。最后,我只好忍痛割爱,毙了他,留下你。"

"真是要感谢李主任,我一定会好好工作,不辜负您的希望。"宋扬激动地说。

"嗯。综合调研处虽然是近几年刚成立的,但地位很重要。中国信息科技集团一直是一家技术主导型的企业,不缺技术人才,但现在上市了,金融、资本运作也很重要,金融市场对企业影响很大,你有很大的发展空间。"

宋扬没明白最后促使李主任选择他的原因到底是什么,也许过一段时间他就会知道。不过,这个答案现在不重要,主任的话,是想告诉他发展空间很大,是想让他感恩戴德,努力工作。

同事们看到,宋扬刚来就到李主任的办公室里待了挺长时间,不知道宋扬有什么来头,明显比上午刚来时热情了许多。宋扬当然知道,其实啥都没有,狐假虎威而已,既然大家以为他和李主任有什么关系,就先这么着吧。

下班的时候,宋扬想起了包里的那张会客单,就拿出来请纪开明签字。纪开明说:"你不是已经办好门禁卡了吗?不用再签了。"

"对呀,我已经办过门禁卡了。"宋扬心想,"从现在起,我已经是这里的人了,是中信科集团的正式员工,还要什么会客单,要会也是别人来会我,我给别人签字。"宋扬把那张会客单痛快地扔向垃圾桶。

报到的第一天,中信科给宋扬留下了深刻的印象。从进大楼起,宋扬就初步感受到了央企的风格,从外表看,拒人于千里之外,一旦进去后,感觉像一部巨大的机器,死板但又精确地运行着。一天之内,见的人有几十个吧,大多数人都不错,宋扬对这里总体上比较满意。

宋扬仿佛进入了一个大型保险柜,他感觉自己选择来这里是对的。宋扬想起了自己的第一份工作江东市商业银行,在当地还挺有气派,但和现在这个公司一比,简直是一天一地,可为什么当初有那么多人都觉得那是一份好工作呢?当年师傅要不是觉得那份工作还不错,说不定也会下定决心冲出鸟笼,也会有别样的天地吧。

接下来的两天,宋扬就忙活着自己的一亩三分地,领电脑、装电话、领办公用品、申请全球通手机号。根据公司规定,神州行不能报销,只有全球通才能报销。办工资卡、办健身卡、办图书卡,还领了一批书,什么《员工守则》《企业文化》《集团通讯录》《集团员工百问》《集团办公自动化系统用户手册》等等,忙得不亦乐乎。拿着这些东西,宋扬有了一种归属感,又有点刘姥姥进大观园的感觉。宋扬叹了一口气,心想:央企就是不一样,不仅注重员工的身体健康,也重视精神生活,不知道会不会关心员工的情感生活?宋扬想对了,公司每年还真为单身员工举办相亲会。

周四,宋扬接到通知,下午3点到501会议室参加新入职员工会议。下午的会议由集团管理部行政处牵头,市场部、人力资源部、党群部三个部门参加。

会议首先由市场部发言,主要介绍了集团的基本情况。中国信息科技集团2000年上市,是中国第一家在上交所、港交所、纽交所三地同时上市的公司,2002年营业收入共3000亿元,利润300亿元……集团总部大约2000人,全集团大约50万人。市场部讲了半个小时,宋扬有些犯困,对这些数字没有太多概念,也记不得这些数字,总结一个字就是"大",总结两个字就是"多"、"大"。估计其他人听了也和宋扬感觉差不多,有些人在不停地打哈欠,夏日的午后本来就容易犯困。

不过,等到人力资源部介绍的时候,大家都竖起了耳朵,生怕漏掉了什么重要内容。人力资源部首先介绍了集团公司内部的职级体系。从大的分类看,从上至下分为三级:集团公司级领导、部门级领导、处级领导。处级干部之下基本上不算什么干部,不需要竞聘,基本上按工作时间逐步提升,但处级以及部门级干部需要通过竞聘产生。宋扬心想:在这里处长以下都是兵。

集团公司一把手是唐才军总经理,和唐总走得比较近的人,都称呼唐总为唐部长,因为唐总来集团之前,曾是某国家部委的副部长,现在是中央候补委员、中管干部。这些是宋扬之后知道的。宋扬一直不明白,企业为什么要挂行政级别?有的央企一把手还是正部级。

接着人力资源部又详细介绍了处级以下的职级体系。处级以下统称为业务经理,但细分为四级,分别是经理初级,经理一级、二级、三级。硕士、博士应届毕业生从一级开始,但有3个月的试用期,试用期内,工资以及福利按经理初级执行;试用期转正后,按一级执行;如果连续两年考核合格,则转为二级;再连续两年考核合格后转为三级;到三级后就有资格参加处级竞聘。也就是说,正常情况下,至少要4年多时间,才能有参加竞聘的机会。当然,有资格并不代表就能上,还要看两个因素:首先,有没有职位;其次,你能不能竞争过别人。

人力资源部又说,从今年开始,集团公司党委将实施一项人力提升计划,凡是没有基层工作经验的毕业生,要去基层锻炼半年至一年,熟悉基层情况。宋扬这一批进来的毕业生,大部分人没有基层工作经验或者基层工作经验不足,所以都要去基层锻炼。

财务部则介绍了与员工收入相关的问题,比如什么时候发工资、工资的组成、工资的级别等等,这也是大家最关心的事。宋扬发觉不少人不停地在本子上记些什么。

综合管理部是由行政处的费姐来介绍的,介绍了集团公司的基本规定、集团公司的福利制度、公司的报销制度、公积金、住房补贴等。福利制度不错,每个月餐补350元,报销350元的通信费、报销1800元的交通费、每年有六次金额比较大的节日补贴,每次3000元至5000元不等;还有一些小的节日补贴,比如"三八"节、儿童节什么的;工会还会发放电影卡、书卡、运动卡;另外,由于刚取消福利分房,公司住房补贴制度正在研究之中,很快就会下文。宋扬听到同事们在窃窃私语,大意是搞得太复杂了,还不如一次发算了,不过,埋怨的语气中明显带着兴奋。宋扬也感觉有些头晕,要把公司的福利搞清楚,还真得摸索一段时间。

党群部最后介绍,主要是做思想工作,提醒大家来中信科这家央企不容易,要珍惜工作岗位之类。宋扬这才知道,这次招聘的毕业生一共有50人,年龄大多在25岁至30岁之间,这搁到小单位哪吃得消,企央就是不一样,随便就50人,其实分到20多个部门,每个部门也就两个人,还是相当少。50人中,有一半是财经法律类毕业生,其他是理工科毕业生;50人中,有35个是硕士研究生,13个是博士生,两个是本科生。

最后,费姐通知大家:"周五下班后大家不要回去了,周末要去郊外搞拓展训练。"拓展训练,在当时还不普遍。费姐解释道:"拓展训练就是大家一起玩玩,做做游戏,彼此熟悉一下,增进感情,以后方便开展工作。"最后费姐还加了一句,"各位,因为要做运动,建议穿运动衣,如果裤子破了走光,不要说我没有提醒大家。"

入职第一天,宋扬听到最多的词汇就是"集团""集团公司""总部"。为了便于区别,讲"集团公司"时,一般就是讲"总部",就是指这个大楼里的机构;讲"集团"时,一般就是指集团的全体公司,不仅包括总部还包括子公司或分公司。

实际上,国资委直接管理的中央企业有100多家,有相当一部分都叫"中国××集团公司"。

宋扬回到住处,天太热,芬妍正穿着内衣在炒菜。宋扬调侃道:"老婆,看到你我终于明白什么叫秀色可餐了。"

芬妍说:"人家都热死了,你还开玩笑。"

自从宋扬上班后,芬妍就和他住到了一起,在北四环附近的一个旧小区租了一间房,不到三十平米的地方愣设计出一室一厅一厨一卫还带一阳台。客厅,长不够一步跨栏,宽不够双手平伸,就这点地方还塞进了一台洗衣机,还有一个小折叠餐桌,剩下的地方只够放两张不带靠背的圆凳子。据说香港茶餐厅文化就起源于此,家里太小,没法请客,只好去茶餐厅,从而带动了茶餐厅的繁荣。

芬妍一会儿做好了两菜一汤,红烧冬瓜、洋葱炒鸡蛋,还有一个西红柿汤。虽然没有中午饭菜好吃,但宋扬还是吃得津津有味。现在有几个博士生老婆能做饭?

饭后,宋扬向芬妍汇报了今天下午的情况,兴奋地说:"等发工资,我就给你买一样东西,你猜,我第一笔工资会给你买什么?"

芬妍一边洗碗一边说:"无所谓。"

宋扬说:"我要给你买一个圈圈。"

"什么圈圈?"芬妍问。

"笨蛋,就是戒指啊。"宋扬一副得意的样子。

看着宋扬的样子,芬妍打击他说:"你们这批去的,都不是吃素的,别看现在太太平平,以后竞争大着呢,你以为四五年后你能当处长啊?"

宋扬没有仔细想过这个问题,现在基本上还沉浸在欢乐的喜悦中。宋扬说:"管他呢,到时再说,我就不信,努力干还不行?"宋扬明显对这个问题的重视程度不够,这为他几年后的痛苦埋下了种子。

周五下午5点,一行50多人,浩浩荡荡地从集团公司出发,去郊区拓展训练。两个小时后,在一个度假山庄停了车。晚上没啥活动,领房卡、吃饭、聊天、睡觉。

第二天上午开始拓展。第一个项目就是记名字，50个人围成一大圈。教练说："下面每个人简单介绍一下自己，各位要认真听，每个人都要报出其他人的名字。记得最少的人，要表演节目。"每轮结束后，每个人再介绍一下自己，然后再按一定顺序报名字。谁能记住50个人的名字呢？就这样，反反复复，每个人把自己介绍了大概有十几遍，最后还是记不全，不过有的人记性比较好，已经记得差不多了。

教练安排的第一个项目还是很有作用的，因为大家基本上都不认识，通过这个项目，大家熟悉了很多。之后，教练把大家分成了四个组，每个组有组长、有吉祥物、有组歌。下面的项目很多都是各组之间的PK。

第二个项目是空中走断桥。大约十几米高的断桥立柱，队员站立于断桥桥面之上，两臂自然平伸，保持身体平衡，移步至桥面一侧边缘，以后用脚的蹬力，跨过断桥落于桥面另一侧，平稳走到终点，断桥的距离大概是1.5米左右。可能有的人真有恐高症，就是不敢跨，但为了集体荣誉，只好闭眼往前跨，最后有两三个女生果真没跨过去，被保护绳吊在了空中，吓得花容失色。

穿越电网的项目很有意思。自上而下竖着四张用绳编织起来的大网，有大小形状都不规则的20多个洞口，假想为有高压的钢丝，队员要互相配合在不碰触到网绳的情况下全部穿过去，并且穿过的洞口不能再过人，碰到"高压网"就表示任务失败，要重新再来。每个组一张网，进行计时比赛。

前面可选择的洞眼较多，通过的人相对容易些，排在后面的人难度就大些。有一个组遇到了问题，有一位排在后面通过的女同事叫李剑蕊，胸部比较大，两次都卡在胸部。大家在发愁的时候，李剑蕊说："为了集体的荣誉，我豁出去了。"说完，她走到树后，在几个女同事的包围下，毅然把Bra（文胸）解了下来，之后，在女同事的帮助下，顺利通过。

宋扬这组也遇到了一点问题，有一位男同事叫王宇。由于穿在外面的短裤比较肥，怎么也穿不过去。后来，大家起哄说，女同事都那么勇敢，你把外面的裤子脱掉算了。王宇的集体荣誉感的确是强，他对大家说："各位女同胞，为了穿越电网，为了祖国的荣誉，我要脱裤子了，你们最好不要看。"他真把外面的裤子脱了，只穿了一条内裤，内裤上还有几个洞，引得大家捧腹大笑。宋扬心想这种情况下，估计他不会这么做，他没这个勇气。宋扬在心里暗暗佩服这哥们的勇气。

还有个项目叫传字游戏。教练给一个字，每组只有一个人看到，这个人用手指在第二个人的手心上写出这个字,第二个要闭上眼睛;第二个人再写给第三个人……宋扬后面是个女同事,不知道为什么,在她手上写了好几遍,她就是搞不明白是什么字,最后这个女同事想了一个办法,把身一转,比画着,意思是:"来,在我背上写。"似乎背上面积大,容易识别。宋扬想了想,是这个理,写就写吧。估计是怕她感觉不到,宋扬的一横一竖都特别用劲,但女生的背后不像爷们那样光滑,"啪"的一声,这个女同事的Bra断开了……大家瞬间沸腾了,笑得直不起身,教练说这个游戏没法再进行下去。事后宋扬多次向这位女同事表示抱歉,倒是这位女同事挺大度,说没什么大不了的。

就这么嘻嘻哈哈中,两天的拓展训练时间很快就过去了。宋扬也和一些同事建立了比较好的关系,财务部的赵洪超,北大毕业;法律部的康辉,清华毕业;国际部的李向峰,外经贸大毕业。

这帮初出江湖的年轻人,对未来充满了向往,他们还不知道,未来会有多少磨难在前面等着他们。用不了几年时间,他们就会感觉到生活的无奈甚至是残酷。幸福总是相似的,不幸则各有各的不幸。尽情地笑吧,年轻人。

五　基层锻炼

根据集团公司要求，从7月15日开始，没有基层工作经验的总部新员工需要去基层工作半年至一年。这批新入公司的50名新员工中，有35名员工需要下赴基层，其中当然包括宋扬。35人分成了4组，每组大概8人左右。宋扬这一组被安排去西部省份，西新省。西新省面积100万平方公里，人口约3000万，在全国各省GDP排名居后几位。其他几组去的也都是经济不发达省份。

这下可难为了宋扬，自从他和芬妍谈恋爱开始，分别最多也没超过两个星期，这次一去要这么长时间，真有点舍不得。不过，他和芬妍约好，等他到那边安顿下来，芬妍过去玩一段时间。

宋扬一行9人，由人力资源部王处长带队，从集团公司坐小巴浩浩荡荡向首都机场出发，一路上大家有说有笑。和大家一样，宋扬的心情也是愉悦的。

从小到大，宋扬从未坐过飞机，上大学的时候挤绿皮火车，坐绿皮火车的经历就像刻在脑子里一样，怎么也忘不了。记得当时火车的距离大概是1000多公里，要坐24小时，为了省钱，大学四年一直买硬座票，从来没有买过卧铺。放假的时候，车厢里人满为患，过道里也坐满了人，从座位到厕所十几米的距离，要艰难地花好几分钟才能过去。所以，在火车上，宋扬基本上不怎么吃喝，二十几个小时估计就上一次厕所，幸好人年轻，膀胱还比较争气。有些中途下车的乘客，实在没有办法走到车门，只好从窗户跳下去。有时候人少一点了，就能听到"香烟啤酒矿泉水，白酒饮料方便面"的叫卖声，宋扬对车厢里推小车卖东西的乘务员简直是佩服至极，在那种狭窄的空间，竟然能把车推走。有时，车上还会有小偷；有时，车上有人大打出手。反正，大学时代坐火车给宋扬留下的印象就是"恐怖"，每次下火车，宋扬都感觉像重生一般。

来北京读研后，条件改善了一些。火车也提速了，可以坐T字头的特快火车，有时买硬卧车票，虽然上车时还是一样挤，但上车后就好多了，毕竟卧铺是一人一铺。宋扬心想，以后只要有条件，绝不再坐硬座，人活着不是为了受罪。

这是宋扬第一次乘飞机，第一次坐飞机还有一些新鲜感，在飞机上看了两部电影，倒也没有觉得太累，大约四个小时后，飞机着陆在西新省省会西萨市松原机场。

下了飞机，宋扬感觉这里的气温比北京低好几度，空气中有一种遥远的气息，不是城市里面那种百转千回的风，而是从野地里扑面而来的风。宋扬贪婪地呼吸这种无法名状的风，虽然不能说让人回味无穷，但也的确沁人心脾。

下了飞机，就看到有人举着牌子，上面写着"中国信息科技集团"，宋扬一行9人很快聚集到牌子下面。原来，这是西新省公司安排来接机的中巴车，上车之后，中巴车直接将他们送到了机场的贵宾室。西新省公司办公室的陆风航主任正在里面等着。

"王处长，您好。我本来想到机场里面去接大家，但机场这边不允许。"陆主任握着王处长的手说道。陆主任似乎之前认识王处长。

"哪里，已经很好了。好久不见，陆主任，您风采依旧啊。"王处长说道。

"我们要做好服务，集团公司领导满意就行。郭总特意关照我，要把大家照顾好。" 陆主任又说。

宋扬心想，陆主任所说的郭总应该就是郭风亮，是西新省公司一把手，据说才42岁，是全集团31个省公司中最年轻的一把手。

陆主任接着又说："大家都坐吧。服务员，先来些茶，普洱吧。"

宋扬和大家一样，每人找了一个位子坐了下来。到这边见到的任何一个人都是初次见面，也不知道怎么打招呼，静观其变。

一会儿，服务员把茶上好。陆主任说："各位，有托运行李的把机票给我一下，我叫服务员把行李都送到这里来。"

大家都有打持久战的准备，在这里要待半年以上，要过一个冬天，大包小包的不会少，很快，大家把机票都交给了陆主任。

宋扬一行就在贵宾室喝喝茶,看看电视。过了大概有半个小时的样子,服务员把行李都送了过来。

"大家检查一下行李,看有没有问题。"陆主任说道。

"没有,没有。"大家七嘴八舌地说道。

"好,没有问题我们就出发。大家跟我走,车在外面。"说完,陆主任去帮王处长拎包,他俩上了一辆小车。

宋扬一行,则自己提着行李向省公司派来的中巴车走去。

这时天色已近傍晚,眼前的落日是那样的平静舒缓,丝毫没有北京落日的那种张狂和刺眼。中巴车行走在高速公路上,两旁都是黑色的山峦,此时的天边已经布满了彩霞,从金黄到绯红,彩云在夕阳的照射下,亲吻着或近或远的山峦,美不胜收。看着窗外,宋扬有些惆怅,他想起了李商隐的"夕阳无限好,只是近黄昏"。如果不是工作的缘故,如果不是去了这家央企,他或许也会走在这条路上,但绝不是现在。大约45分钟的车程,中巴车在一栋宏伟的建筑物旁边停了下来。从窗户向外望去,映入眼帘的是"金鸿国际大酒店"7个大字。"不错,五星级酒店,看来今晚住这里了。"宋扬心想。虽然到五星级酒店不是第一次,但下榻五星级酒店还真是第一次。

车门打开后,门童立马过来搬运行李。一个小伙子过来给一行人发门卡,宋扬估计是省公司的接待人员。

"大家先回房间休息,行李马上会送过来。北京时间晚上9点,大家到二楼的春晓厅就餐,省公司郭总宴请各位。"陆主任知道大家从北京来,特意强调了北京时间。

宋扬看看表已经是北京时间晚上8点多钟,当地时间才6点多钟。北京属于东8时区,而西萨市所在的时区是东6时区。宋扬有种出国的感觉,以前只是书上说中国地大物博,今天真实感觉到了中国的地大。入乡随俗吧,还是尽量适应当地的时间。

宋扬到房间洗了一把脸,简单收拾了一下,看看时间不早了,在楼道里招呼了一声,大家一起去二楼的春晓厅。9点的时候,集团总部一行人已经到齐,陆主任也在。9点05分,省公司的郭总来到宴会厅,省公司副总经理张平陪同。

"不好意思,迟到了,大家都饿了吧,快坐快坐。"郭总一进门就大声说道。郭总以及张总同总部一行人握了握手,发了名片。

郭总说完后,看见大家仍然站在那里,就说:"好,我带头先坐。"

郭总坐下后,大家陆续入座。张副总和总部的王处长分别坐在郭总的两边,陆主任坐在王处长的旁边,宋扬一行自由发挥,随便找位子坐了下来。这是一个比较大的桌子,12个人坐一点也不嫌挤。采购部的王刚坐在陆主任旁边,集团工会的刘小军坐在了王处长旁边,宋扬挑了一个离郭总比较远的位置。

服务员上菜,斟酒,白的、红的都有。

宋扬看了一下桌面,省公司领导与总部的王处长都是白的,有好几个同事倒的是红的,宋扬先叫服务员来些红的,先看看情况再说。

估计是陆主任看到这个形势不太好,赶紧招呼大家说:"总部各位领导,今天红的白的都有,不勉强大家,头一次来西新省,前几杯都换白的,大家加深一下感情,之后大家随便。"说完,陆主任亲自动手,给几个喝红酒的又倒上了一杯白酒。

陆主任倒好最后一杯白酒后,郭总举杯说:"先欢迎总部王处长一行,第一杯我敬大家,来来。"说完站了起来。大家都跟着站了起来,觥筹交错一番,一杯酒下肚,晚餐正式开始。

"集团公司党委高瞻远瞩啊,毕业生刚入职就下基层,这是头一次吧,王处长?"郭总说道。

"是,是,集团唐总非常重视今年这一批录用的毕业生,基本上都是研究生以上学历,唐总的意思是,一入职就应该了解基层的实际情况,以便日后开展工作。"王处长说。

"总部都是精英啊,像我们西新省这样的西部省份,缺的就是人才,很多人上大学后就不回来了,留不住人。感谢总部对我们这里的支持。"张副总趁机插了一句话,然后举杯敬了一杯。要论级别,郭总和张副总比宋扬这些新入职的小兵,不知道高了几个级别,不过,小兵归小兵,都是总部的人。

"这次总部在选择基层锻炼省份的时候还颇费脑筋。当时,我们向各个省公司都发了一个征求意见,意思是,如果总部一下子派下去8至10人,能不能安排。原来以为响应的省公司不会多,谁知道省公司都反馈说没问题,还说再多来几个都没有问题。最后,我们部门的毛道冰总经理召集我们商量了几次,定下了3个省份,西新省就是其一。"王处长解释说。

"好啊,说明在总部那里,西新省还是很受重视的,有了总部的重视,有我们郭总领导,西新省公司业务收入一定会迎头赶上。"陆主任接了一句话,表面上说给大家听,更多的是说给郭老大听。

"陆主任,总部8个人都安排好了吧?"郭总问。

"郭总,您放心,按照您的盼咐,全安排好了,晚上就住金鸿酒店,都在20层的观景房。咱们自己的酒店,这方面总是有优势的。按总部要求,明天下午就要到地市。这次总部8人一共去3个地市,哈尼市、北泰市、全将市。"陆主任连忙回答。

宋扬这时才知道:第一,这个酒店也是省公司控股的;第二,他和王刚、刘子华三人要去的地市是哈尼市。相对于北京总部来讲,到地市一级就算基层了,不过,这个基层离最底层还有几级呢。想当年,在江东市商业银行工作时,那个分理处才是真正的底层。

自从郭总开头后,酒就相互喝起来,好在宋扬一行8人之间不用互相喝,所以,酒喝得并不太多,但也有点头晕。8人之中,王刚和刘小军表现最积极,其他同事和宋扬差不多,基本上应付就行。宋扬有些看不惯王刚和刘小军,心想这表现也太明显了。不过,宋扬也承认,因为他俩,场面热闹了许多。

酒足饭饱之后,陆主任要给大家安排唱歌活动。"我说同志们,时间还早,我们去五楼的KTV唱歌去。"陆主任有些高了。

王处长征求了一下大家的意见,对陆主任说:"大家都比较累,明天还要赶赴地市,今天就免了吧,还是早点休息,感谢主任的好意。"

宋扬躺在酒店的床上,感觉挺累。今天的经历对他还是有一些小冲击。今天完成了很多第一次,第一次坐飞机、第一次穿越了时区、第一次住五星酒店、第一次被人称为领导,当然不是对他一个人。宋扬心想,在央企总部就是好,到各个地方都有接待,研究生毕业能到这里来工作也算是修成正果。真是这样吗?不同的人可能不一样,不过,时间总会给出答案。

第二天下午,宋扬、王刚以及刘子华3人坐支线飞机去哈尼市。这次没有省公司的人陪同。哈尼市地处西新省的西南角,离西萨市大约600公里,坐汽车要7个多小时,坐飞机则不到1个小时。

这是一架大约40个座位的支线螺旋桨小飞机,宋扬感觉进机舱时有一种压抑的感觉,若不是发动机在轰鸣,可能会感觉是在一个大巴上。飞机飞行有些颠簸,明显比昨天从北京飞西萨的飞机颠簸得厉害,一会儿上一会儿下,宋扬担心飞机会不会掉下去,以后要是有选择,还是坐汽车算了。

不到一个小时,飞机就着陆了。在出口处,哈尼市分公司一个叫刘明的小伙过来接他们,3人拖着行李跟着刘明上了车。哈尼市的山也多,车就在山与山之间穿梭,天色接近傍晚,天空显得那么遥远,虽然仍然是盛夏,但并不热,这里的空气似乎更加新鲜。

没多久,车子就到了市区。这个市区看起来可不怎么像市区,和江东市一比,简直是一天一地,可能只能和江东市下面的镇比一比。市区里正在修路,有些路段灰尘满天,宋扬刚才的好感一下子大打折扣。虽然昨天晚上在西萨市听郭总说过,这次下基层都是条件比较艰苦的地方,宋扬也有思想准备,但这个地市的规模也太小了,超出了他之前的预期。

车到一个招待所前停了下来,刘明说:"几位哥,今天你们就住招待所,明天白天我带你们去公司宿舍,今天还没有收拾好。你们先休息一下,一会儿我来叫你们,晚上我们办公室马主任请吃饭。"

9点钟左右,刘明又过来了,带着他们去了一个酒店。宋扬见到了马主任,马主任似乎不苟言笑,也没有很热情的感觉。宋扬心想,在省公司,一把手都出来陪了,到这里怎么就一个办公室主任出来接待?

马主任说:"欢迎啊,高总本来说要来招待大家的,临时有事,来不了了,给大家打个招呼。对了,刘明,酒搬来了没有?"

刘明说:"马上就到。"说完,有人送了一箱酒过来。

马主任说:"今天,一共10瓶酒,一人两瓶。"

宋扬以为是啤酒,后来才知道是白酒。宋扬说:"要是啤酒还差不多,白酒实在喝不下。"

刘明介绍道:"这是本地产的酒,叫哈尼特,产量少,基本上就在本地消化了,不瞒你说,你们在西萨市都喝不到。一瓶酒只有6两,度数也不高,两瓶酒才一斤,没问题。"

入乡随俗,宋扬3人喝吧。这酒还真不错,比较绵。最后也不知道喝了多少酒,反正5个人竟然把10瓶酒都快喝完了。刘明酒量大,应该喝得也最多。

喝完酒,刘明拉着宋扬3人要去唱歌。3人先是不去,经不住刘明的纠缠,就跟着去了一家歌厅。原来这家歌厅是刘明的一个结拜大哥开的。刘明又拿了一些啤酒,这小子真能喝。不知道唱到什么时候才回招待所,印象中这两天总是在喝酒。

第二天睡醒的时候,天已经大亮,宋扬一看手表已经11点钟,吓了一跳,忽然想到当地时间才早上9点钟。宋扬叫醒了王刚、刘子华,在招待所吃过早饭,准备往宿舍搬行李。

刘明过来帮忙,宋扬一行跟着刘明来到了一个老式筒子楼面前。刘明说:"到了,你们住二楼,三个房间挨着。我也住这儿,公司住这里的一共不到10个人。"

宋扬推开门一看,还真叫简单,一张床,一张桌子,还有一些蜘蛛网,其他啥都没有了。不过,刘明说有网线可以上网,这算意外的惊喜。

基层锻炼的日子正式开始。宋扬3人都不是学技术的,主要在市场部、财务部、工程部、人事部等部门转一转,基本上一个部门待半个月到一个月,了解一下情况。其实也没有多少事,每个部门都把宋扬3人当作总部来观光的,几个月之后就会回去,所以都挺客气的。

公司为住宿舍的员工雇了一个师傅做饭,也不知道为什么,做饭的地方,姑且称作食堂吧,旁边就是厕所,经常有苍蝇飞来飞去。也许老员工已经习惯了,但宋扬感觉很不舒服。

另外,楼里没有一个像样的洗澡的地方,只能在厕所里面冲一冲。有一天,楼里的水管坏了,仨人没地方洗澡,当天正好下大雨,仨人就跑到外面淋雨去了。后来,王刚说:"我靠,这样不行,还是要找个洗澡的地方,我们问一下刘明。"刘明给他们指了一个澡堂,到了一看,比较破,但总算有一个洗澡的地方。

这件事之后,3人一商量,就去找马主任,说这边洗澡的条件太差了,而且天气冷了,不能总在厕所冲吧,能不能解决一下。马主任想了想说:"这样吧,给你们一把招待所房间的钥匙,你们就到那边洗澡吧。"

这批从总部来西新省的同事,一共去了3个地方,有一次宋扬和另一拨人通电话,了解到那边分公司给每人配了一部手机,并且免话费。想想也是,公司当然有这种条件,中信科本身主营业务之一就是搞移动通信运营,不过是举手之劳。

宋扬和王刚、刘子华一合计,又去找马主任,婉转地和马主任提了需求,马主任说:"我们这边条件比那边苦,这样吧,我们给你们一人提供一个小灵通吧,信号没有手机好,但也够用,话费也免了,怎么样?"3人虽然有些不高兴,但也罢了,毕竟,3人有了免费电话。

是啊,宋扬每天都要和芬妍通电话,长途电话费也是一笔不小的开销。前三个月还在实习期,一个月就3000块钱,其他福利什么,暂时还没有。好在,在这里基本上也不用花什么钱。

过了一个多月,在北泰市的同事提了一个建议,轮流到其他两个地市转转,当地的同事负责住宿餐饮,这一提议得到了一致同意。其实,从总部下来的这帮人,当地根本都没有人管,也没法管,几个月之后,人家就回北京了,有什么好管的?再说了,人家回去一提拔,说不定很快就能当处长,就和分公司的一把手一个级别了。不管怎么样,也没法对这帮人进行管理,让他们好吃好喝,随他们去吧。

一般说,各个部门聚餐时,只要3人中有一个在这个部门,都会把其他两人一起叫到。宋扬在市场部实习的时候,市场部搞了聚会,就把王刚和刘子华都叫上了。

吃饭的时候,市场部白总问话说:"你们都没有结婚吧?都有对象吗?"他们都说没有结婚,对于有没有对象则不置可否地对付了一下。白总接着说:"小杜,西新大学毕业的,到这里来两年了,给你们介绍介绍?"小杜说:"白总,别开玩笑了,他们都是集团总部的领导,哪会看上我啊?"白总说:"这说不定,你们没事多聊聊,年轻人没有什么事不可能。"白总的话,宋扬听了不是太明白。杜丽是当地人,宋扬对她并不陌生,甚至说有些好感,一方面是因为年龄差不多,另一方面小杜做事特别认真,长得也还可以。据说,别人给介绍了几个对象,她都看不上。自从他到市场部实习后,小杜经常找话和他聊,问他一些北京的事,读研究生的事。

那天喝酒的气氛不错,宋扬喝了不少酒。结束之后,大家说要去唱歌。在这个地方,主要的娱乐活动就是KTV。白总带队,一起到刘明把子哥那唱歌。宋扬已经到这里好几次,对这个KTV比较熟悉。可能酒喝得有点多,中间宋扬觉得要吐,和白总以及王刚、刘子华打了招呼,就要先回宿舍,说完起身就走。到门外没走多远,听到有人叫他的名字,回头一看,原来是杜丽。"扬哥,我送你回去吧。"宋扬说:"没事,还没有到不能走的地步。"杜丽坚持要送,宋扬也就不坚持了。

到了宿舍,宋扬和杜丽一起进了门,杜丽给宋扬倒了一大杯水,宋扬说想吐,杜丽端来了水盆,宋扬"哇哇"地吐了,吐了才感觉舒服。杜丽在旁边给他捶背,和他挨得很近,宋扬能够感觉到杜丽身上那种女人特有的气息。

宋扬觉得有些不好意思,漱了漱口,站了起来,说:"吐了就好了。"看着杜丽没有要走的意思,宋扬也不好意思要她走。

两人就坐在房间里聊天。有几次看到杜丽欲言又止的样子,宋扬开玩笑地说道:"有什么事就说吧,扬哥帮你做主。"

杜丽一鼓勇气就说道："这可是你说的，扬哥，我做你女朋友吧。"

宋扬一下没有回过神来，他怀疑自己听错了，又问一句："你说什么？"

杜丽红着脸说："不说了，反正你肯定看不上我。"

宋扬这才相信刚才听到的没有错，杜丽想做他的女朋友。宋扬想了想说："杜丽，真不是看上看不上的问题，我已经有女朋友了。听说别人给你介绍了好几个，你都看不上。"宋扬想岔开这个话题，但杜丽说："她现在不在这边吧，那我就这段时间做你女朋友怎么样？"说完拉住了宋扬的手。宋扬猜想，现在他有什么要求，杜丽都会同意的。以前都是求别人，现在也有人求自己，真是三十年河东，三十年河西，我宋扬也会有今天。但理智告诉他，这样做不行。宋扬赶紧把手拿开，对杜丽说："杜丽，你快别这样。你还年轻，有的是机会。"宋扬也不知道说什么，说出来之后，感觉就像领导对下属说话。

也不知道为什么，杜丽开始小声哭泣，对宋扬说："扬哥，你能帮我找找人，把我调到省公司去吗？"宋扬有些震惊，这女子不简单。原来今天她所说的话是有目的的。幸好自己有分寸，万一杜丽碰到另一个人，可能不是今天这个结果。换句话说，杜丽是想用可能失身的代价去换取可能无法兑现的承诺。说到底，是想利用自己。

宋扬叹了口气说："杜丽，你也知道，我也刚上班，哪有那个本事。"

杜丽说："扬哥，你是总部的人，你们讲话省公司的人会听啊。不瞒你说，我都已经找过省公司的关系，但都不是什么硬关系，实在不好办。其实，我们这里穷，省公司的人也不怎么过来。这次正好你们来这里锻炼，我觉得和你谈得来，所以就想请你帮忙。其实，我也没有说马上就要办，以后有机会，你能帮我这个忙就行了。"

杜丽高考前生病，考得不好，去了一所不太好的大学，毕业后来到了这里。在当地来说，应该也算不错。不过，杜丽心气高，不想在小地方过一辈子，这两年试过不少办法想去省公司，但没路子。后来她想明白了，靠她自己，这事做不成。

宋扬觉得杜丽有些地方和自己很像，甚至比自己强，如果自己在杜丽的位置上，敢有她今天晚上的所作所为吗？要打一个大大的问号。宋扬有些可怜她，但无法拒绝她。

宋扬说："杜丽，你今天的做法有些傻，以后要小心了。你说的事，我记在心上了，找机会吧。不过，我建议你考研究生，你不是也问过我考研的事吗?这也是一条路。你要是打定主意的话,我从北京给你寄一些好的资料过来。"

杜丽说:"我也在这么考虑,扬哥以后你帮我指点指点。真羡慕你和嫂子,起点高,感情好。"

宋扬说:"杜丽,咱们也算有缘分,别的就不说了,只要你肯努力,日子会好起来的。"

也不知道过了多久,宋扬才把杜丽送走。虽然什么也没有发生,但宋扬心里有些说不出的滋味。宋扬其实有些疑问,自己在总部有这么大的能量吗?杜丽是不是高看了总部的人?不管了,过几天芬妍就要来西新省。

9月份开学,芬妍继续读博士,"十一"芬妍来西新省和宋扬碰面。宋扬坐长途车从哈尼市到松原机场。之前,宋扬找了省公司的陆主任,按内部协议价订了金鸿大酒店的房间。原来宋扬想省公司帮忙出这部分费用,但感觉陆主任没有这个意思,只好作罢。不过,协议价已经比市面价便宜了70%。

芬妍从机场出来时,宋扬给了她一个大大的拥抱。芬妍一进酒店就问宋扬:"这里多贵啊,找一个一般的房间就行了。"

宋扬说:"娘子难得来一回,不能寒碜吧。"

芬妍一进房间,刚把包放下,就被宋扬推到了床上,像一只饿狼扑向一只绵羊,憋得太久了。宋扬和芬妍一番云雨之后,才发现芬妍还带着卫生巾,上面还有血。宋扬心疼地说:"妍,你怎么不告诉我啊,你还在例假。"芬妍说:"看你那个样子,我能扫你的兴吗?"宋扬说:"真对不起,我不是有意的。"芬妍说:"好了,没事的,反正也快结束了。"宋扬暗骂了自己一声畜生,觉得自己有些龌龊;另一方面觉得自己幸运,这样的女子,怎么爱都不过分。

"十一"期间,宋扬和芬妍报了一家旅行团,玩了好几个地方。多么快乐的日子,不需要工作,没有压力,天天面对蓝天白云,看看闲书,呼吸呼吸新鲜空气。不过,快乐的日子似乎总是短暂的,几天后,芬妍就要回北京。送芬妍上飞机后,宋扬一人坐长途车回到了哈尼。

在基层实习的日子很快就过去了,喝酒、唱歌、打牌、打球、游玩成了这段时间生活的主旋律,其实不仅是宋扬3人,去其他地市的同事也差不多。大家说,这是来集团总部的第一份福利,先休息半年,把精神养好了,和基层关系搞好了,再投入战斗。

六 返回总部

根据规定,去基层锻炼的员工可以选择半年或一年,绝大多数人都选择了半年期,赶在春节之前回到了北京。宋扬3人全部选择半年结束回北京,说实话,半年的时间,该玩的都玩了,学也学不到什么东西,再待下去没有什么意思,早点回总部才是正道。这可能是人力资源部在制定这项政策时没有想到的,原以为大家会非常珍惜在基层的工作经历,所以搞了两档时间。

宋扬回京之前,在如何给领导、同事准备礼物上花了不少心思。不能太贵,贵了买不起,但也不能看起来太俗气。集团管理部人太多,不可能都送,也没有必要都送。吃的东西就不送了,东西吃了就没了。考虑再三,宋扬选择了当地特色产品宝石画,价格可以接受又有档次。在送礼对象上,宋扬也动了脑筋。他在的这个综合调研处,连他在内一共有5个人,分别是刘江处长、高峰、任开达、纪开明,给他们一人送一幅画,处长的要稍好些,其他4人档次一样;部门领导李主任以及张副主任,当然要送更好一些的;对了,行政处的费姐也送一幅吧。其他处的就送一些吃的干果什么的,只是打个招呼,表示自己回来了。

给自己处里送点礼比较好办,反正大家都有。一大早,宋扬就把礼物拿了出来,先送给了刘江,"刘处长,这是西新省的地方特色画,送给您,请笑纳。"宋扬说。

"谢谢,谢谢,你回来就行,还带什么东西啊。这半年都忙死了,你回来马上就会有很多事情,不少事还指望你呢。"刘处长说道。

"是啊,本来说可以在基层待一年的,这不,半年一过,我就赶紧回来了。昨天那边下大雨,飞机晚点,直到昨天夜里才到北京。"宋扬说。

"这幅画很漂亮,不会很贵吧?"刘处长笑着问道。

"不贵,不贵,很便宜。"宋扬心想,要的就是这个效果,让人不知道这画的深浅。说完,宋扬又从办公桌里拿出其他几幅图,给每人送了一份,这几幅画比刘处长的要稍小一些,不过,差别不明显。

纪开明说:"宋扬,西新是个好地方,玩得挺爽吧?"

宋扬说:"还行,就是生活条件比较艰苦,洗澡都不太方便,你们想象不到。"

"根据我出差的经验,越穷的地方越好玩,毕竟,开发程度低,去的人就少嘛。对了,宋扬,公司发的电影票、健身票、购物卡什么的,我都给你收着呢。"纪开明说完就从抽屉里拿出来。

3个月实习期过后,宋扬就能享受到正式员工的福利,什么卡啊、票啊,他也有份了。纪开明帮他收着。纪开明一下给他不少东西,宋扬顿时幸福感大增。

高峰和任开达这两个人,资历都比宋扬和纪开明老,但一直还没有提拔。当然,宋扬也给他们送了礼,两人对宋扬回来都表示了欢迎。

给部门领导送礼可就要小心一点,搞不好被其他人认为有什么企图,就不好了。宋扬把部门领导的两幅宝石画放在抽屉里,一直等待一个好的机会,把它们安全送过去。由于李主任就在综合调研处的斜对面,宋扬的办公桌正好最接近大门,所以能够观察到李主任门口的一些情况,一个上午,都人来人往,没什么机会。

午饭时,纪开明叫宋扬去吃饭,宋扬说肚子不饿,再等一会儿。到12点钟的时候,全处的人都去吃饭了,李主任还没有去吃饭,难得的好机会。宋扬赶紧回到办公室,把宝石画放在带有公司LOGO的手提袋中,这是宋扬买的最大的一幅画,原价2000元,最后以500元价格买了下来。宋扬来到李主任房间前,竟然有些紧张,宋扬告诉自己,也没做什么坏事,有什么好紧张的,于是鼓起勇气敲了几下门,李主任头未抬地应了一声"请进"。

"李主任,您好。我刚从西新回来,给您带了一件小礼物。"说完,宋扬就把手提袋送了过去。

"小宋,回来了,好,好,时间真快。这是一幅画啊,真不错,有特色。对了,在那边怎么样,都习惯吧?"

宋扬看见李主任比较喜欢,终于松了一口气,像李主任这样的身份,很难找到一个合适的礼物送给他。"李主任,都还可以,不过,我更希望早些回来,听您的安排。"

"好,好,不要急,有用得着你的地方啊。"李主任拍了拍小宋的肩膀。

"我一定全力以赴,李主任,时间不早了,改天再向您汇报工作。"

"好,吃午饭去吧。"

宋扬刚出来一会儿,就看到部门另一个同事,进了李主任的办公室。原来,领导的办公室不是他一个人在盯着。宋扬对自己把握战机的能力还比较满意,如果刚才自己稍一迟疑,这个同事先进去,这幅画今天可能就送不出去。今天送不出去,万一领导出差,下次就不知道什么时候了,那时再送就没有今天这么新鲜了。

宋扬回到自己的办公室,长长叹了一口气,明明就给领导送一幅画,也不值多少钱,怎么搞得像个贼似的?幸好李主任态度和蔼,对自己比较热情,感觉自己仍然被领导重视。到公司已经半年多了,整体对公司的感觉不错。以后要努力工作,以工作业绩取得领导的信任。

李主任的画送完后,宋扬感觉压力小多了,张副主任那边再找合适的机会。宋扬拨了集中采购部王刚的电话,王刚竟然还在办公室,"王刚,吃了没?"宋扬问。

"还没有,你吃了没?"王刚说。

"一起去吃吧,去楼下B1层吧,搞些小炒。"宋扬建议。

"好,楼下餐厅见。"王刚说。

午餐高峰一般在12点半之前,现在时间已经12点40分,人比较少,B1层餐厅提供了小炒服务,据说主要是服务那些因为工作原因吃饭时间比较迟的员工。宋扬觉得公司挺人性化,考虑得比较周全,又对公司多了一份好感。宋扬与王刚点了两菜一汤,边吃边聊。王刚问:"听说下周一下午大老板要听我们汇报。"宋扬知道,大老板就是指唐总。

宋扬问:"什么汇报?"

"就是以前人力资源部提过的,我们从基层回来,领导想知道效果怎么样。"

"消息属实吗?"

"差不多吧,刘子华上午在MSN上和我聊的,估计下午就会发正式通知。"

"是每人都要汇报吗?" 刘子华是人力资源部的,从他那里传出来的消息,可能性还是挺大的。

王刚说:"每人汇报哪有那么多时间?听说,一个地市选一个代表汇报一下。"

"我们这组就你汇报得了,你最会和领导搞关系。"宋扬和王刚开玩笑说道。

王刚说:"要论写稿子,还是你最行。上次你给哈尼公司写的市场营销总结报告,还得到了省公司的表扬。"

宋扬说:"不行,不行,我们再找子华商量一下。"

下午,宋扬果真收到了通知,下周一下午两点召开基层锻炼员工汇报会。宋扬、王刚、刘子华坐在一起,商量谁来汇报。

这次是向大老板汇报工作,既是挑战,又是机遇。很多人在集团一辈子,也没有机会向大老板汇报工作。向大老板汇报工作是身份的象征,岂是谁想汇报就能汇报的?宋扬感觉大家都有点矛盾,都不想失去这一次机会,但又不好直接说自己去汇报,毕竟,这次汇报不是领导布置任务,派谁就谁去。宋扬3人分属不同的部门,没有领导来操心这件事。3人最后抓阄来决定谁来汇报,但是,汇报人需要自行完成汇报材料。幸运或是不幸运,抓阄的结果,由宋扬来负责汇报。

周末两天,宋扬没有闲着,毕竟要准备一下,10分钟的时间,也不能准备太多内容,主要精神还是肯定党委的决策英明,新员工基层锻炼的作用大,以后要继续推进这项工作等等。宋扬写完后给芬妍看了一下,芬妍说:"全是好话,你就拍马屁吧。"

由于人力资源部在上周的通知中已经强调,必须提前到会议室,1点55分,除领导座位外,其他人已经悉数入座,每个人前面都放了桌签。一进会议室大门,就看到一个大大的红色横幅"集团公司员工赴基层锻炼汇报会"。赴基层实习的员工中有30名参加今天的汇报会议,人力资源部的人早早就在会议室门口张罗,刘子华鞍前马后地跑来跑去。1点59分,领导入场。首先进来的就是集团一把手唐才军总经理,后面跟着的是主管集团人力资源的集团公司姜华副总经理,再往后是人力资源部的毛道冰总经理,后面还跟着人力资源部的几个副总。

领导入座后,毛总首先讲话。"同志们,下面我们开始开会。首先,我们今天非常荣幸地请到了唐总、姜总,同志们首先欢迎。"说完,便带头鼓掌,接着又说,"你们可能不知道,在我们集团,凡是唐总、姜总一起参加的会议,都是很重要的会议。两位老总百忙之中参加今天的会议,是对大家的鼓励。去年,集团党委认真研究后决定,为了了解基层情况,以便在总部更好地开展工作,新录用的员工赴基层锻炼一段时间。同时,为了让同志们了解基层工作的辛苦,这次锻炼去的地方都是经济欠发达的西部省份,不少地方条件十分艰苦,有些同志在当地还遇上了地震,有的同志因为不适应高原气候而病倒。不过,同志们都经受住了考验。今天这个会,同志们给两位老总好好汇报一下在基层工作的感受。下面请唐总讲话。"

"同志们,辛苦了。你们这次去基层锻炼,是这么多年来的第一次。以前只有总部的干部下去挂职,从你们开始,普通员工也要走下去,我跟道冰讲了,要尽快拿出方案。去年集团总收入增长了20%,达到了3600亿,这个数字马上要对资本市场公布,3600亿是怎么来的?是我们一分一分赚来的。相信这次大家下基层,多少都有感受了吧。中国信息科技集团家大业大,不容易啊,以后的重担要落在你们身上。道冰邀请我参加这个会时,秘书提醒我说今天还有另外一个会,我说就把另外那个会改时间吧。我够真诚了吧?希望同志们畅所欲言,不要受拘束。我就不多讲了,主要是听大家讲。"唐总笑着对大家说。

唐总说完后,又是热烈的掌声。宋扬心想,领导就是领导,说话有水平,唐总几句话就让大家觉得在集团总部工作非常崇高,但又不让人有压迫感。

"好,下面我们正式开始汇报,一共有10个人汇报,每人10分钟,大家注意一下时间。最前面一排的同志是今天的汇报人,就按照从左至右的顺序开始吧。"毛总说道。

首先汇报的是财务部的王宇,上次拓展训练时勇敢脱裤给人留下很深的印象。"唐总、姜总、各位领导,下午好。我是财务部王宇,这次锻炼去的是云南省的文山州,与我一起锻炼的还有人力资源部的李剑蕊、审计部的王海卫。文山壮族苗族自治州地处祖国西南边陲的云南省东南部,东与广西百色市接壤,南与越南社会主义共和国接界,西与红河哈尼族彝族自治州毗邻,北与曲靖市相连,是一个欠发达的边远地区。我们十分重视这次锻炼机会,经过半年的锻炼,我们一致认为这是人生中不可多得的一段经历。

"下面主要汇报两大点:一是基层锻炼基本情况,二是锻炼感受。首先我来谈一下锻炼基本情况,主要分为三部分:第一,加强与基层员工的交流与沟通,尽快融入工作;第二,扎扎实实从小事做起;第三,将理论联系实际。……

"经过这次锻炼,主要有以下三点感受,第一,集团党委的决定非常正确;第二,珍惜现在的工作岗位;第三,建议让更多的人到基层去锻炼……"

王宇的发言不错,赢得了不少掌声。下面几个人也大同小异,都是说收获很大,领导的决策英明。一开始唐总还挺有兴致,听到后面有些不耐烦,唐总说:"同志们,一开始我就说要畅所欲言,有什么话放开说,怎么全是表扬话,就没有发现一些问题吗?"人力部的毛总接着说:"对,大家不要有思想负担。有问题,说问题,才好解决嘛。"

宋扬排在第7个,这是一个比较尴尬的位置,一方面,前面6个人已经把他想讲的都讲得差不多了,另一方面,唐总又对汇报提出了新的要求。说实话,宋扬的发言稿和前面差不多,基本上就是歌功颂德。宋扬迅速地盘算着:如果我照发言稿念,老总肯定不满意;如果我讲一些问题,说不定能引起老总的关注,不如就讲讲问题,但要注意分寸。唐总百忙之中过来也是想听些真话,如果都像前面那样汇报,真有点浪费他的时间。宋扬甚至想,"我不入地狱,谁入地狱"。

"唐总、姜总,各位领导,大家下午好。前面的同事已经讲了很多锻炼实习情况,下面我就代表人力资源部的刘子华、集中采购部的王刚,将这次基层锻炼的情况作一汇报。我们这次去的是西新省哈尼市,也是比较穷的一个地方。

"首先是锻炼的基本情况,这一方面与其他同事差不多,的确有不少收获。

"其次,在这次锻炼中,我也发现了一些问题,现在向领导汇报一下。第一方面,是酒喝得太多。"话刚说完,引得哄堂大笑,会场气氛似乎比之前轻松了一些。

宋扬接着说:"隔三差五地喝酒,的确拉近了与基层同事的关系,但是,喝酒要花钱,刚才,唐总也讲了,集团挣每一分钱其实都不容易。而且,据我了解,不少同事在基层都有被灌醉的经历,有些时候实在是不想喝,但也没有办法。我觉得,以后要是能明确规定基层锻炼时不得劝酒就好了。"

唐总看了看宋扬前的桌签,插了一句话:"这位叫宋扬的小伙子,讲得不错,大家都要向宋扬学习,有话讲话。道冰,你们考虑考虑。宋扬,你继续讲。"

宋扬没有想到会得到唐总的表扬,真有点受宠若惊。这是今天唐总为数不多的点评,而且,明显是肯定的态度。这让宋扬的自信心一下子膨胀起来,原来提醒过自己要注意分寸,现在抛到了九霄云外。

"第二,基层把我们当客人。其实不太像前面各位同事所讲,我们挺难融入到基层的实际业务中去。当然,表面上大家都很和气,但这种和气是把我们当作客人的和气。他们都知道,我们半年后就会回总部,一些具体业务的操作细节,一般不太会和我们来交流。我们尽管可以到各个部门去实习一番,但基本上就是走过场。"宋扬发现唐总在认真听,就继续说道:

"第三,半年的时间安排有点尴尬。要想真正了解基层的运作,半年的时间可能不够。当然,人力资源部在安排时,考虑到这个问题,所以让我们下基层锻炼时选择半年或一年的时间,愿望是好的,但我们看到,90%以上的人都在半年锻炼期后就回集团公司总部了。这说明,某些地方还是有一些问题。建议在下一批同事基层锻炼时,再充分考虑一下……"

虽然赴基层锻炼这事是唐总点头的,但人力资源部作为实施部门,对这次基层锻炼的政策、机制,具有直接的责任。宋扬说这些话,就是在批评人力资源部的工作。宋扬发现人力的毛总脸色越来越难看,但是一把手在这里,毛总也不好随便打断他的话。再往两边一看,似乎大家脸色都有点不对劲。宋扬忽然感到自己的话说得太多了。

宋扬最后说道:"正如唐总所说,以后集团的重任要落在我们肩上,所以我们要有强烈的责任感。虽然我前面谈了一些问题,但总的来看,这次基层锻炼作用是明显的,对于我们以后开展工作有很大的帮助。最后,我们再表个态,坚决支持总部基层锻炼政策。"宋扬希望这样能挽回一点局面,但明眼人都知道这有点牵强。

汇报结束后,唐总带头鼓掌。毛总说道:"宋扬同志讲得很好,下面同志汇报时要向宋扬学习。"既然到这个地步,毛总要显出度量,不能把不满表现在语言上。

下面的3位同志中规中矩,在肯定基层锻炼工作的时候,最后都提了一些无关痛痒的小问题,显然是为了提问题而提问题,没有人再响应前面宋扬的激昂文字。宋扬有种被孤立的感觉,甚至有些恐惧的感觉。

虽然唐总在宋扬汇报结束后带头鼓了掌,但并不能打消宋扬此刻内心的恐惧。现在,宋扬发觉自己完全没有了刚才的自信,反而觉得刚才实在太傻了,简直就是傻×一个。你说,去基层让你好吃好喝好玩,还给你发工资,你有什么不满意的?还在这里大放厥词,毛总能不生气?

宋扬不知道会议是怎么结束的,散会后,宋扬找到王刚和刘子华,赶紧道个歉。"哥们,今天我头脑发热,说了很多不该说的话,很对不住,明天我请客,算我赔礼道歉。"

刘子华说道:"我们在一起半年时间,也不说怪谁,唐总对你的汇报还是很满意的,你也不用太往心里去。"

王刚说道:"哥们,倒不怪你,我们倒是担心你,今天形势对你不利啊。"

的确,宋扬需要重新梳理一下思路,下面会有什么变化呢?

当天会议结束后,毛总就给李主任打了电话,讨论了一些人事方面的问题,毛总顺便说道:"李主任,对了,今天下午开了基层锻炼汇报会,你知道吧?"

"知道,知道,唐总还参加了吧?"李主任说。

"对,你们部门来了一个叫宋扬的?"毛总故意说道。

"是啊,你们搞了基层锻炼,很好啊,宋扬去西新省锻炼的吧。"李主任不知道毛总什么意思。

"这个小伙子胆子比较大,敢说话,今天给我们人力资源部提了不少好的建议啊。"毛总平静地说。

"噢,有这回事?毕业生刚工作,不太懂事吧。"李主任警觉地说。

"没事,集团需要这样的年轻人,只有这样,我们集团才有希望。你们部门人才辈出啊。"毛总的话里带话。

李主任和毛总都是集团的强势人物,毛总表面上表扬宋扬,实际上是在批评宋扬,顺带批评李主任。李主任何尝感觉不到,感觉不到还能当办公厅主任?笑话。和毛总通完电话后,李主任心情很不好。本来李主任对宋扬印象还不错,看宋扬也不像那种愣头青小伙子,今天到底是怎么了?是不是要让宋扬付出一些代价?李主任在思考这个问题。

七　出师未捷

宋扬原来以为会发生什么,但一连几天都没有什么动静,宋扬以为这事就这么过去了,精神上刚一放松,就发生了一件超出他的想象力的事情。这天,刘处长把宋扬叫到旁边,跟宋扬说:"小宋,李主任让我和你商量一下,想让你去行政处待一段时间,原来行政处的张娴,正好休产假,你去帮帮忙。"

宋扬一下蒙了,张娴原来就是做做发报纸、信件,打印资料之类的杂事,完全是那种边缘化的事情,现在李主任叫自己去那边,也就是说自己也被边缘化了。宋扬问刘处长:"刘处,您说是商量一下,到底还有没有商量的余地啊?"刘处长没有正面回答,而是反问宋扬:"你觉得呢?"

宋扬想去问问李主任,但理性告诉他,不能这样做,否则死得更惨。既然李主任叫刘处长通知这件事,他肯定已经考虑过了,去找他,一是改变不了结果;二是反而加深了负面印象。除非不想在这里混了,千万不可当面问李主任。

宋扬说:"既然主任已经安排了,我就服从吧。"

刘处长说:"小宋,想开一些,估计时间不会长。"

宋扬没有想到刚回到集团总部,就发生了这么一件事情。之前多次设想过,回北京后要好好干工作,尽早干出一点成绩来。现在可好,不给你机会,而是让你去发报纸,纵使你有天大的本事,难道发报纸还能发出成绩?宋扬真有一种"出师未捷身先死"的悲哀。

下班后回去,芬妍见宋扬一副愁眉苦脸的样子,就问发生了什么事。开始的时候,宋扬支支吾吾不想说真话,禁不住芬妍的追问,只好坦白了。

芬妍听了后,就问道:"我记得你的发言稿全讲的是好话啊,怎么会这个样子呢?"

"别提了,也不知道当时大脑哪根神经短路,冲动是魔鬼啊。"宋扬有些愤怒地答道。

芬妍的确觉得宋扬有些傻,那种场合哪能那样说话?不是找死吗?当时本来想提醒一下宋扬,但看到宋扬的稿子没有什么问题,也就没有说,但还是发生了这样的事情。不过,想想宋扬也已经挺难受了,不能再雪上加霜。于是,芬妍安慰宋扬说道:"有什么大不了的事,以后注意就行,开局不利,也不是就没有翻盘的机会。"

宋扬从芬妍的话语中找到了慰藉,宋扬暗自发誓以后一定要注意。

宋扬到行政处后,碰巧和费姐在一个办公室,原来一直没有找到合适的机会把那幅画送给费姐,现在方便了。"费姐,这是我去西新回来带的一幅宝石画,本来想早些送给你,但你们这里人很多,一直没有找到机会。现在老天成全我,哈哈,现在天天和你坐一起,有的是机会。"宋扬有些自我解嘲地说道。

"小宋,能想着我就行了,还带什么东西啊,真是的,费姐谢谢你。"费玉一边说,一边打开宝石画,"挺好看的,异域风情的感觉。"

"就冲着您给我先办饭卡,我就要谢谢您。"宋扬说。

"那是举手之劳,不要总记在心上,"费玉继续说道,"听你讲话的口气,你的心情不太好。"

宋扬说:"碰到这样的事,心情好才怪呢。"

费玉开导说:"小宋,自己要学会调节一下,别看我们公司里,似乎个个光彩照人,郁闷的事多着呢。我到公司快20年了,我保证你这件事还不算太郁闷。"

"费姐,以后您多指点小弟一下。我听纪开明说了,咱们集团的事,没有您不知道的。"

费玉说:"集团的掌故,我多少知道一点,毕竟我在这里的时间长了嘛。不过,我要是什么事情都能知道,费姐也不会待在这里。"

的确,宋扬对费玉为什么在行政处感到好奇,像费玉这样能说会道、长得也不错的女人,怎么会在行政处做一些充饭卡、办理公积金之类的杂事呢?当然,行政处大部分人都是在干一些杂事。

宋扬问费玉:"费姐,您知道主任为什么把我调到这儿来吗?我想了好几天,实在想不清楚。"

费玉说:"小宋,本来不想和你说的,你既然问了,我还是透露一点吧。"

宋扬心想,费玉果然名不虚传,看来纪开明说得靠谱。宋扬说:"那真谢谢费姐!"

"我也是听说,不一定准确,你了解一下就行。你的事本来也不至于此,只是人力的毛总给主任打过电话,说过你的事,主任才不得已。你知道就好了,记在心里,不要再向别人说这件事,本来这事不太适合说的。"费姐说。

"噢,是这个样子。谢谢费姐。这个我明白。"宋扬对费玉的消息灵通感到有点不可思议。如果是毛总给主任打电话,这个事怎么会让费玉知道呢?

"不过,小宋啊,不要太郁闷了,你就当过来陪费姐说说话吧。不出意外的话,估计你在这边也就待一段时间,张娴生过小孩就会回来。"

宋扬对毛总的做法感到不可思议,他一个部门总经理值得和一个新员工这么过不去吗?宋扬对李主任的做法也感到有点不可思议,就算毛总说了几句,就一定要处理吗?

自从发生这件事后,宋扬不知道怎么面对李主任才好。幸好李主任出差了一段时间,宋扬不用和李主任照面。

宋扬给胡斌打了电话,想和他商量一下。胡斌今非昔比,和准副省长的女儿关系发展得不错,借着这层关系,毕业不到一年,现在已经是北京金源房地产开发有限公司的财务部副经理。

"胡总,最近怎么样?"毕业后,宋扬与胡斌一直互称"总"。

"宋总,你还在西新吗?"

"已经回来半个月了。"

"回来也不通知一下,我给你接风啊。哪天你把芬妍叫上,我们一起吃饭。"

"先不说这个,你和副省长的千金最近发展得怎么样,要结婚了吗?"

"吴姣比较难缠,总有优越感,有好多地方我都在忍着她。她的性格没有芬妍好。"

"那是,高干的女儿,总得付出一些代价,该忍就忍一些吧,是你的福气。等你翅膀硬了,再换一个。"宋扬和胡斌开玩笑地说道。

"也就只能想了,好在工作上发展得还算顺利。"胡斌说道。

"你工作是爽了,哥们我现在可惨了。"

"咱们同学都羡慕死你了,你有什么惨的?"胡斌有些不相信。

宋扬把回来发生的这件事和胡斌说了一下。胡斌说:"这件事对你的确有些负面影响。别的我也不说,你肯定已经很郁闷,没有什么后悔药可以吃,我也没有多少在央企里面混的经验,你把现在的工作做好,静观其变。"

宋扬说:"是啊,我也是这么想的,先混着再说。"

隔两天,宋扬、芬妍、胡斌、吴姣四人聚了一次,这是宋扬第一次见到吴姣,长得还可以,打扮入时。相对吴姣,芬妍则打扮比较简单,不过,比吴姣要显得成熟,也更有气质。这次聚会,当然由胡斌买单。

周一上班,李主任出差回来了。在楼道里、厕所里,宋扬都尽量避免碰见李主任,吃午饭的时候也尽量早去,以免碰上李主任。但怎么能不见呢,每天送报纸必须要到李主任的办公室。上午,宋扬把李主任的报纸、信件什么的整理了一下,今天共有6封信、4份报纸。到了李主任办公室,宋扬敲了一下门,说道:"李主任,您的报纸,还有几封信。"李主任说道:"行,放那边吧。"

宋扬感到李主任的语调有些冷漠,莫不是对自己还有意见?难道打倒了还要踩上一脚才行?宋扬感觉到有些郁闷,怎么领导一句话就让自己不高兴,是不是自己太敏感了呢?

光分发报纸与信函,就要花费不少时间。部门1正7副,每人都有自己的报纸,正总的有4份报纸与1份杂志,副总有2份报纸与1份杂志;其他10个处,根据公司规定,每个处每年可以订2份报纸与1份杂志,不订都不行。这样,一共有38份报纸与18份杂志,每天大约要花上一个半小时的时间来整理与分发。时间一长,宋扬发现,好多处的报纸都撂在那里,根本就没有人看,想想也是,现在都能够上网,信息差不多网上都有,还有多少人看报纸?现在报纸的广告多,一份报纸有几十页,十天半月的一累积,就是一大摞,宋扬还要及时清理过期报纸,用部门的小车推到指定地点卖掉。宋扬真想不通,这不是劳民伤财吗?本来这一切都可以免掉的,硬是折腾出来一些事情做。

有一天,宋扬发现综合调研处的人多了一人,宋扬一惊,难道自己在综合调研处的位置这么快就被人替代了?午饭时,宋扬找到纪开明。"纪哥,又来了一个人?"

纪开明说:"噢,你说罗伟广,他上个星期刚来报到,是从苏江省公司借调过来的。"

宋扬有些担心地问："那我还能回去吗？"

纪开明为难地说："这个事只能问主任，我哪能知道？我们处最近事情多，忙不过来，但处长也不好问主任你什么时候回来，就和主任试探着说，是不是从省公司借调一个人过来帮帮忙。我估计，处长本来是想探探风，可能是想叫你早些回来，谁想到，主任直接就同意借调一个人过来。没有办法，罗伟广是省公司里面笔头子不错的人，既然要借调，就调一个有用的人吧。"

宋扬也不知道纪开明说得对不对，说："这样啊，那我估计是没戏了。"宋扬想起处长和费姐都说过，可能不会在行政处待太久，但现在来看，似乎不是这个样子。如果自己很快就回到调研处，主任又何必同意再借调一个人呢？宋扬越想越郁闷，觉得自己挺悲哀的。

下班的时候，在电梯里碰巧碰到了毛总，碍于面子，总得打个招呼，"毛总，您好。"

"噢，宋扬，你好。最近怎么样？"毛总问道。

宋扬暗骂，我操，还问我怎么样，不是因为你，老子会天天发报纸吗？"还行，天天发报纸。"宋扬平静地回答道，反正死猪不怕开水烫。

"噢，这样啊。对了，宋扬，我要告诉你，上次你提的意见很好，人力部正在完善基层锻炼办法，相信对下一批下去锻炼的新员工有用。"毛总笑着说道。

毛总这样一说，宋扬倒有点不好意思。作为人力一把手，公司的强势人物之一，不管当时态度怎么样，事后能够采纳宋扬的建议，说明他还是知道是非的。

时间过得很快，宋扬掐指一算，已经发了3个月报纸。有一次给李主任送报纸的时候，李主任主动问宋扬："小宋，从西新回来几个月了吧，最近工作还好吧？"

宋扬说："还好。"

李主任点头笑着说："还好就好。继续好好干。"

宋扬感觉李主任又回到初次见面时的那种热情。李主任的神态给了宋扬一丝安慰，也许李主任并没有像自己设想的那样生气，是不是自己把问题想得太严重了？这时，宋扬对李主任感到了一种亲切，甚至有了一种温情的感动。

回到办公室后，宋扬把主任刚才的表情与神态反复揣摩，觉得自己并没领会错。宋扬感觉自己一下解放了，这样一来，觉得有点对不住李主任，之前对李主任的种种猜测,真是有点小心眼。是李主任最终决定把自己留在中信科的,上次的事也是自己有错在先,我不能错怪他,李主任还是一位好领导。宋扬意识到,领导身上真有一种特别的力量,他们的一句话一种神态,可以使人感到卑微,甚至难受多少天;也会让人充满力量,甚至心甘情愿卖命工作。这种一天一地的感觉,竟然在领导的不经意的片言只语中,真是奇妙。

有句话叫,思路决定出路。此话不假,心态一变,宋扬发觉在行政处的工作也不是一无是处。至少,在行政处待了几个月,宋扬和费玉倒是处出了一点感情。通过费玉,宋扬了解了不少集团公司的事情。

比如说,费玉告诉他,不少领导的饭卡里已经结余上万元了,一个月350元,一年4200元,两年多不在食堂吃饭才能结余上万元的钱。有一次,费玉把饭卡余额的排名给宋扬看,问宋扬看出什么门道?宋扬说:"好像饭卡里的钱余额越多,官就越大。"费姐表扬宋扬:"你还不赖,还能看出来。有些领导,一年到头,基本上就没在公司吃过饭。"

对公司的了解,当然主要应该感谢费姐。其实,宋扬对费玉的来历也挺感兴趣,不过,不好直接问,不太合适,经过上次锻炼汇报的失言,宋扬谨慎了许多。好在,公司的消息来源多,没有多长时间,宋扬对费姐的来历也清楚了一二,再通过多路消息拼凑,基本上了解了费玉的来历。

费玉今年38岁,是从部队转业到集团公司的,在部队的时候,她是通信兵,姑夫是某军副军长,所以,费玉也算半个高干子弟。姑夫的原则性很强,费玉受姑夫影响,人也很刚直,看不惯公司的不少人和事,也不愿意借助姑夫的地位往上爬,阴差阳错,就是得不到提拔。直到现在,还是经理三级,每次竞聘,她都没有份。虽然一直没有提拔为处级干部,但她的实际水平并不比处长差,看什么事都看得很明白,别人刚一开头,她就知道别人下面要说什么话。也许是因为太聪明,处长压着她,部门领导一直也没有提拔她。现在快到了40岁,她自己也想开了,也不再奢想提拔,俗话说,无欲则刚,她现在也活得自在。

有一天,宋扬和费姐提到了毛总。宋扬说:"费姐,前几天在电梯里碰到毛总,他说正在修改基层锻炼制度,还感谢我呢。我现在对毛总的印象没有那么差了。"宋扬以为费玉也会觉得毛总是个知错就改的人。没想到,费玉说:"你怎么会这样想?我不客气地说,你还是有点书生气。像毛总这样的人,特别会揣摩大领导意图,否则怎么能当人力的头?你看他在很短的时间内,就重新制定了基层锻炼制度,可能早就把上次在那次会议上丢的分找回来了,甚至赢得更多,增加了大领导对他的信任,比如,对工作兢兢业业、重视普通员工的意见、宽容大度、执行力强。你没想到吧,你不仅被毛总黑了一把,又被利用了一把。当时会议上,唐总基本上肯定了你的说法,毛总必须不折不扣去执行唐总的意图。反过来讲,如果当时唐总对你的发言没有表态,毛总根本就不会修改基层锻炼制度的。所以,你要想清楚,毛总不是执行你的建议,而是执行唐总意图,千万不要高看自己。"

宋扬听完这席话,觉得身上有些冷意。说实话,他真的没有往这方面想过。宋扬问道:"费姐,要是当时唐总没有支持我的说法,我现在会是什么状况呢,会不会把我辞了?"

费玉说道:"辞了?不可能,央企还没有学会怎么辞退员工。据我了解,我们公司到今天只主动辞退了一位员工。那位员工的表现实在太差,而且犯了点错误,领导就顺势把小事化大,找个理由开了他。除这个人之外,还没有其他人被开。你最多在公司发展不太顺利,还不到辞退你的地步。"

对于宋扬来说,发展不顺利与被辞退差不多。整个下午,宋扬都蔫头耷脑,一直回想着费玉刚才的一番话。费玉的话,让他开始重新思考央企的人和事,大海波涛浅,小人方寸深,是不是自己把这里想得太好了?

八　柳暗花明

在行政处待了几个月后,忽然,有一天,李主任打电话叫宋扬去办公室,这是几个月来,宋扬第一次被李主任叫进办公室。宋扬心中忐忑,不知道又会有什么意外等待着他。

"李主任,您找我?"宋扬疑惑地问道。

"小宋,来,坐,近来怎么样?"李主任亲热地说道。

"还行,不管在哪里,都要把工作干好。有时间就加强学习。"宋扬小心地说。

"你们行政处的高处长跟我汇报过,你在那边表现不错,同事关系处得融洽,工作也很细致。"李主任表扬宋扬。

"哪有,高处长过奖了,只是做一些琐碎的事,谈不上多好的表现,比不上其他处的工作。"宋扬谦虚了一下。

"行政处的工作看起来不起眼,很琐碎,好像不出彩,但是,一不小心就会出错误。在行政处工作需要有耐心,心态还要好,这几点你都做到了,所以说你做得不错。以前,行政处是犯过一些错误的,你可能都不相信,有人把领导的邮件给放错了,有人把公积金发错了,虽然没有带来什么很坏的后果,但往小里说,会影响到别人对我们的看法,往大里说,会影响到别人的工作效率。像你这样研究生毕业后,能够在行政处待几个月,而且表现不错,不简单啊。"李主任继续表扬宋扬。

李主任的表扬,让宋扬有些措手不及,不知道葫芦里卖的是什么药,这是完全没有想到的。想想自己在行政处其实也没有干什么事,甚至还有些消极,一点情绪没有是假的。如果一毕业就去行政处也就罢了,关键是说了不该说的话，被调到了行政处，明眼人都知道是"贬"过去的。不过，李主任绝口未提上次锻炼汇报的事，好像这件事就从来没有发生过。宋扬的感觉是，主任是为了考验他，或者是栽培他，故意把他调到行政处的。既然主任这么说，宋扬也只好顺水推舟。"在哪里工作都是干，都要干好。"

李主任喝了一口茶，"小宋，张娴休产假很快就回来，你还是回到综合调研处吧。综调处的任务很重，是我们部门成立最晚的处，但是作用大啊。"

"谢谢主任。"宋扬心想终于要解放了，想起以前刘处长和费姐都说过，可能不会在行政处待太久，现在看来，还真是这样。

"不过，你回综调处后，有一件很重要的事情，需要你来办。"主任说。

"李主任，您就直说吧，我宋扬一定全力以赴。"宋扬表了态。

"是这样，咱们集团公司的章明建副总，在香港港京大学读了一个DBA，两年时间，今年是第二年，要完成博士论文。香港那边不像内地，不仅要按时上课，还要按时提交博士论文。章总每个月都要到香港上几次课，那边对博士论文的要求很高，听章总说他的上一届就有几个没有拿到学位的。你研究生阶段在杂志上发表了不少文章，我记得有一篇还是在《经济研究》上发的吧，不简单，要是在地方高校，一篇这样的文章，就可以评副教授了。当时招你过来，我也是看重你的笔头子啊。"

宋扬大致明白了，主任是叫他帮助章总写博士论文。"DBA是什么，主任？"宋扬知道MBA、IMBA、EMBA，还真没有听说过DBA。

"DBA就是工商管理博士。"李主任解释。

"主任，我只是一个硕士，写博士论文怕是有困难，您也说，香港那边要求高，别因为我耽误大事啊。"宋扬有些忐忑地说。当然，也有必要把困难说在前面，免得李主任以为这事情很好办。

"港京大学要求的确高，要求博士论文中必须有模型进行实证分析。章总谈谈总体思路、大观点肯定没有问题，但要做模型显然做不了。你的数理功底强，我看过你发表的几篇文章，都用到模型嘛，别有思想负担，我相信你，相信你不会让我失望的。你们当初几个毕业生，我选了好久最终选择你，相信没有错。"

宋扬这才明白，李主任把自己招聘进来的首要目的。最初还真以为自己比其他一同面试的毕业生强，现在看来不是这么一回事。幸好，自己在研究生期间还发表过一些文章，当时总觉得没有多大用处，谁知道关键时候还真用上了,如果没有这些文章,李主任在权衡时的天平,可能就不会偏向自己这边。要是没有DBA这件事,可能自己也来不了这家央企。人生啊,总是一个个偶然组成,或许这就是所谓的命中注定吧。但这种偶然,到底是好是坏,很难说清楚。从宋扬现在来看,这种偶然是好事,不然自己来不了这家公司。但是,如果把眼光放远,往未来多看几年,就未必是一件好事。

"主任,我尽力完成吧,但真有点担心。"宋扬说。

看宋扬有些底气不足,李主任继续说道:"小宋,有压力正常,不用太担心,我还另外找了一个人,北大的王辉博士,你和他合作一起完成论文。这两天,我把王博士叫来,你们见一下。章总他们上一届有一个王总,就是中国华恒集团的二把手,论文观点不错,但通篇都是文字,不符合港京大学的要求,最后香港那边硬是没让他按时毕业。这种事情,章总这边不应该发生啊。"

宋扬知道,不管这个工作有多么困难,自己也必须完成,而且必须要让章总的博士论文通过,不然就没法在这儿混了。幸好,有另一个人一起搞,压力会小一些。

回到行政处,宋扬对费玉说:"费姐,您说得还真对,我在这里不会待太久,刚才主任找我,说要我回综合调研处去。"

费玉说:"是吗?这么快,费姐有点舍不得你走,少了说话的人。"

宋扬看看四周没人,就小声说道:"费姐,我跟您说,主任叫我给章总写博士论文。"这段时间,费姐没有把宋扬当外人,说了不少公司的情况给宋扬听,宋扬心里有数。

费玉看了看四周,说:"噢,是这么一回事,以后少跟别人说这个事,我估计主任不希望知道的人多。"

"我明白,就告诉费姐您一个人。"宋扬要的就是这么一个效果,"费姐,DBA这个玩意很流行吗?"

费玉说:"DBA,不就是一个头衔吗,领导有了位置,还需要再包装得鲜亮一些。"

宋扬进一步问:"这个DBA,需要不少钱吧?"

费玉说:"估计几十万吧,不过,也不用自己出,甚至也不用咱集团公司出,美国的那家公司,很有名气的,叫什么诺星科技,咱们集团是这家公司的大客户,每年采购的设备都几十亿,诺星科技实际上在搞高层公关。"

不经费姐点拨,宋扬还真没有想到里面有这层关系。李主任实在厉害,跟章总跟得这么紧。现在看来,招聘自己过来最重要的任务就是写论文。想到这里,宋扬觉得自己只不过是李主任的一个棋子,一个被别人摆布的小人物。而且,这一着,李主任想得很远,去年7月份,估计章总刚去读DBA没有多久,李主任就开始为章总筹划博士论文的大事。宋扬有一种"人为刀俎,我为鱼肉"的无奈感觉。

快下班的时候,宋扬给采购部的王刚打电话。"王刚,诺星科技这家公司你知道吗?"

王刚说:"当然知道,怎么了?"

宋扬说:"咱们在诺星科技每年采购不少设备?"

王刚说:"这个嘛,具体不太清楚,但估计有百亿左右人民币吧。你有什么事?"

宋扬说:"噢,没事,随便问问。对了,我们李主任叫我回综合调研处,我不用再发报纸了,大家好久没见了,改天叫子华,我们聚一聚。"

王刚说:"好,你不说我不想,一想还真是,从西新省回来,虽然天天在一座楼里面,但这几个月似乎没有怎么见过面。"

隔两天,在李主任的办公室里,宋扬见到了王博士。王博士瘦瘦高高的,看起来是能够吃苦耐劳的那种。李主任说:"我来介绍一下,这是北大的王辉博士,这是综合调研处的宋扬,论文的事以后就要靠你们两个人,希望你们能按时按质完成任务,不然,我也没法对章总交代。"

宋扬连忙说道:"您放心,我们一定精诚合作,争取早日完成论文。"

王辉也说:"李主任放心,我们尽快启动这件事。"

李主任点了点头说:"好,有什么困难,你们就直接找我,我做你们的后盾。"

中午的时候,宋扬请王辉博士在集团公司的食堂吃了便饭。

"王博士,中午就在这里随便吃点。"宋扬说。

"别博士博士的,你叫我王辉就行了。咱们现在也算同事,共同做事。你们这里的伙食不错啊,不比外面饭馆的差。"王辉说。

"也不一定多好吃,但肯定比外面卫生。公司里不少人,不想做饭,也不想在外面吃,就在单位买了饭菜回家。听说,我们集团公司最近联系了一家郊区的农场,以后我们吃的就从那边直供过来。"宋扬说。

"那多好,全是有机的,还是央企好,10块钱可以吃这么多。"王辉羡慕地说。

"你想来这里工作还不容易？你和李主任这么熟悉,李主任打个招呼什么的,不就解决了？"宋扬开玩笑地说道。

"我和李主任哪里熟啊,今天只是见第二面,"王辉说,"我和你们的章总比较熟一点。"

"噢,那更好啊,章总权力更大。你路子真广,连章总都能搞定。"这下轮到宋扬羡慕王辉了。

"谈不上什么关系,我去年碰巧在港京大学做博士交流,章总在港京大学读DBA,在一次学校组织的活动中偶然的机会认识了章总。后来,章总就说起了论文的事,要我帮他搞一搞。我和他说,我数理方面不太擅长,一个人搞不定。"王辉说。

"原来我这个任务是你派给我的啊。本来是你一个人搞的,现在把我给拉进来了。"宋扬开玩笑地说。

"我怎么知道会是你呢,也算咱们有缘分吧。"王辉说道。

章总的博士论文题目是《中国信息产业发展对经济的影响》。宋扬和王辉倒是比较投缘,两人很快达成了合作方式。王辉负责大框架及文字部分,宋扬主要负责模型这部分。从写作量上来讲,王辉多;但从内容的重要性上来讲,宋扬这部分是核心,甚至可以说,博士论文能不能通过,主要就是看宋扬这部分。

和王辉讨论过之后,宋扬感觉自己这部分压力比较大,需要用不少计量经济学上的研究方法,读研究生时,跟导师做课题时倒是用过,但现在过去这么长时间,也有些生疏了。不过,到这个地步,也只有霸王硬上弓,先把任务接下来再想办法。

宋扬也有自己的小九九,因为帮助领导写博士论文,这是和领导建立关系的重要途径,搞得好,不仅能洗刷上次基层汇报所受的"侮辱",甚至能和集团公司的章总拉上关系,对自己以后在公司的发展肯定有帮助。想到这里,宋扬觉得即使再大的困难也要想办法克服。

回到综合调研处,刘江处长显得很高兴,"宋扬,终于回来了,这段时间都忙死了,这不,连苏江省公司的罗伟广都借调过来了,你们认识吧？"

"认识,早就认识,"宋扬对罗伟广说道,"苏江省的笔杆子。"

罗伟广说:"哪里,跟刘处长一比,就差远了,我们都要向刘处学习。"

宋扬郁闷的是,原以为罗伟广会坐在离门最近的位置,但罗伟广的位置比他的位置好,原先放打印机的那个座位现在被罗伟广坐了,打印机放到了地下。但不管怎么样,从行政处到综合调研处,宋扬感觉回到了主流处室,这下可以做些有分量的事情。

宋扬回来后,现在综合调研处一共有6个人,刘江副处长、高峰、任开达、纪开明、宋扬、罗伟广。原来在集团公司的电话簿上,宋扬排在综合调研处的最后,现在罗伟广来了,在新的一版集团公司电话簿上,宋扬终于不用垫底。一般来说,每个部门电话簿上的最后一位,都是资历最浅的。像王刚、刘子华等等,现在都在各个部门电话簿的最后一位。

其实,要说起来,罗伟广的资历还真不比宋扬差,罗伟广和宋扬一般大,本科毕业后就在苏江省公司干,后来读了一个在职的硕士研究生,工作时间加起来已经有5年,对基层业务也相当了解。相对来讲,宋扬并没有多少在中信科集团的工作经验,先是下基层锻炼,其实就是吃吃喝喝玩玩,学不到啥东西;回北京后,前面几个月还在行政处发报纸,也没有学到啥东西。不过,这个罗伟广,好像是有备而来,宋扬对他有些防不胜防。

周一上午照常是处内例会。按照顺序,每个人都要介绍上周的工作,当然,宋扬就免了,第一次参加处内例会,主要是听大家讲。听完每个人的发言后,刘处长开始总结,并安排工作。刘处长说:"这段时间大家工作抓得都很紧,每人的事都在按计划进行。集团年中工作会议就要召开,按照惯例,我们处每年的年中会议,都要提供一份材料供集团公司领导参阅,这个选题非常重要,必须要抓住领导的核心关注点。李主任成立我们这个处,就是希望我们关键时候写一些重量级的报告。集团公司领导非常忙,年中会议是我们汇报的一个好时机,希望大家高度重视这个事情。好在,我们今年又多了两位年轻人,大家集思广益,一定会写出高质量的调研报告。这样,每人想一个题,并说明选题的理由,过两天我们再讨论。其他各人负责的日常工作,继续照常推进。"

刘处长干净利落地结束了会议,对每个人的工作都做了安排,但对宋扬是个例外。会议后,刘处长跟宋扬小声地说:"宋扬,主任和我说过,最近这段时间你有一些其他的事情,所以,这段时间,处里的工作你就先简单了解一下,以你那边的事情为主。"

宋扬还是要表一下决心,"刘处,其实我很想和大家一起,撰写这个年中的重要报告。"

"没事,以后机会还多着呢,领导的事情大。在不影响领导事情的前提下,你可以适当参与一些工作。"李主任交代过的事,刘江当然很重视,毕竟,刘江的转正要李主任点头才行,一个副处长,在主任那边,就是干活的小兵一个,"对了,你要是工作比较累,晚上加班什么的,上班也可以迟点来,没有关系,特殊事情,特殊对待。"

周四,经过激烈的讨论,综合调研处决定今年年中会议的高层参阅报告的题目是《国内移动业务进入爆发期的前夜》,这是一个绝对吸引眼球的题目,对公司的战略决策也有重大影响。刘处长拿着题目与提纲去找部门的张副主任,张副主任对这个选题充分肯定,张副主任又带着刘处长去找了李主任。李主任说:"这个选题很好,有冲击力,如果论述充分,是提高综合调研处地位的一次契机。对了,这个题是谁想出来的?"

"噢,是张主任提出来的,我们处又进行了细化。"刘江抢着说。

"没有,没有,主要是小刘他们处讨论出来的。"其实,虽然张主任分管综合调研处,但这次张主任还真没有怎么操心这件事。

"好了,不管谁想出的题,这个题做好了,就是咱们部门的光荣,也是综合调研处的光荣,题选得不错,但是这个题能不能写好,小刘你要想全面一些。"

"那是当然,既是李主任与张主任都同意,我觉得这个观点大方向不会错,我们在细节方面再想一想。对了,主任,这次可以再借助一下研究院的力量吧?"刘江小心地问道。

研究院,全称是信息科技研究院,全院大约有300人,是集团公司直属的研究单位,行政级别上算集团公司下属的一级部门,但一把手由集团公司的章副总兼任,主要体现对研究院的重视。研究院的主要作用是进行前瞻性技术研究以及支撑集团的发展战略。

"可以,你直接去办吧。"

有了李主任的首肯,刘江感觉信心足了一些,回到办公室后,刘江赶紧给研究院战略决策部的林华部长打电话,林部长算是正处级,刘江是副处级,但刘江身在集团公司总部,同时也有集团公司李主任这个强势人物撑腰,所以直接给林部长打电话也不为过。否则,他也不敢直接给林部长打电话,毕竟,官大一级压死人,央企里很讲究级别的对等。"林部长,我刘江啊,有一段时间没给您打电话了。"刘江说道。

"刘处啊,你好,是有一段时间了,集团公司不是要开年中会议嘛,我们最近也在忙啊。"林部长说道。

"你说年中会议,我正有事要找你呢,我们综调处要上一份高层参考报告,想请你们那边帮帮忙。"刘江直入主题。

"最近实在是忙,集团公司好几个部门都在找我们。"林部长有点无奈地说道。

"是啊,现在集团公司好多部门离开你们,工作都没有办法正常开展,也说明你们研究院起到了重要的作用啊。对了,我刚从李主任办公室出来,李主任本来说要亲自给你打电话的,但实在忙,就叫我直接联系您。"刘江半开玩笑半认真地说道。

"哪里,哪里,我们研究院主要是为集团公司服务嘛,再忙也要抽出人手。"听到李主任的名字,林部长说道,"刘处,你放心,回头都会安排好。"

刘处长打完电话,回头对处里的几位同事说:"两件事,一是我们的选题领导同意了,二是刚才给研究院打了电话,他们会派人来帮忙。"

高峰开玩笑地接着说道:"刘处,这次会安排什么酒店?"

"看研究院的安排,应该不会差吧。"刘江回答道。

"上次安排得还可以,呵呵。"不知道谁插了一句话。

说实话,宋扬刚来这里,对有些对话还不是太明白。有人帮忙与酒店有什么关系?

"大家根据提纲也按照各自的任务开始写吧,至于大家提到的国外移动业务发展经验这一部分,比较难写,就交给研究院吧。"

说干就干。宋扬这边也没有闲着,论文的工作也不宜迟,宋扬已经开始论文的准备工作。先是收集资料,现在找资料不像在学校时那样方便,在互联网找的那些资料根本派不上用场,都是抄来抄去,基本上没有原创性。幸好芬妍还在燕京财大读博士,宋扬借助芬妍的学生证到学校的网络室收集资料。由于要搞比较复杂的计量建模,而国内这方面做得并不多,宋扬翻了不少国外教科书,时间一长,这些东西都陌生了,读得很痛苦。虽然读研时,曾经翻译过《计量经济学》,但那是为翻译而翻译,也没有太认真地学习,再说,那本书还比较简单。芬妍也帮不了他,芬妍博士读的是投资银行方向,偏向实务。

上班的时候,别人在工作,宋扬埋头读资料,读得很累,但成效不大。王博士那边已经有了一些起色,论文的结构基本搭了起来。宋扬有些着急,这样下去不是办法。宋扬认真地分析了一下,仅凭自己的能力在短时间内无法完成论文的建模工作。想了又想,只能借助外力,宋扬通过导师马尚认识了一位正在读计量经济学的马博士,马博士在同济大学数学系读的本硕,博士转攻计量经济学,在国内计量经济学领域可以排上位置。

宋扬和马博士谈好条件,马博士在两个月内把模型搞出来,宋扬付1万元报酬。宋扬有些心疼,幸好有导师这层关系在,否则费用更高。没办法,宋扬下了血本,到这个时候,先不管用什么办法,关键是把这件事做下去。这个1万元也不好去找李主任报销,总不能说,"主任,我做不下去,我花钱找别人做,你帮我报销吧。"有了马博士的帮忙,宋扬不需要再去读那些论文,而是只要把马博士做的模型理解消化就可以,当然,这个任务也并不轻松。

一天快下班的时候,刘江对大家说:"各位,研究院战略决策部的小张刚打过电话,明天下午研究院会派车过来,我们这次去芙蓉山庄,消消暑,大家带好衣服,宋扬也一起去吧。"宋扬这才明白,处内要集体出去封闭三天,美其名曰"思想碰撞"。

九 倏忽一年

第二天，研究院小张按时到达集团公司大楼门前，大家相拥而出。由于刘江临时接到任务，不能同行，自然就由高峰来负责。论资排辈，刘江下来就是高峰。由于还未到下班高峰时间，中巴车开起来还比较顺畅。大约一个半小时后，来到了郊区芙蓉山庄。这个山庄实际是个四星级标准的酒店，算集团公司的一个孙公司，在保证集团公司各部门使用的前提下，也向社会开放。宋扬问纪开明后才知道，集团公司在北京一共有3家附属的酒店，一家就是这次来的芙蓉山庄，另一家是在市中心的花园酒店，还有一家是在南四环的莫里斯酒店。这3个酒店都是孙公司，集团公司都有控股权。宋扬想起了去年在西新省锻炼的时候，西新省公司也有两家控股的酒店，而且是两家五星级酒店，比集团公司在北京的酒店的级别还要高。

到了芙蓉山庄后，宋扬一行在前台休息，小张去办入住，因为是常客，酒店有集团公司的员工信息，很快就办好了。小张过来给每人发了一张房卡，然后又给每人发了一张签单卡，上面写着限额1500元，签单卡可以在酒店消费，包括娱乐、购物什么的。虽然刘江没有来，小张还是给他办了一张签单卡，上面是限额2000元，由高峰收着。宋扬心想，当了官后，到底是不一样，连消费的级别也会高一些，如果是李主任来的话，估计要到5000元了吧。想想以前，辛辛苦苦上N次课，才挣了一点钱，这里随便一下，就是一两千。再想想父母，一个月工资也就2000块左右，真是不能比啊。大家都已经习以为常，收起签单卡就向房间走去。

刘江不在，大家都比较自由，晚上7人点菜吃桌餐，太好的菜不太敢点，但也吃得不错，一顿饭吃了1000多块钱。吃完饭后，大家一起去

HAPPY,今天就算会议报到,报到第一天不能搞得太紧张。到娱乐的地方一看,人还挺多,不少人都有点眼熟,应该还有不少其它部门在这里开会。后来大家分头行动,宋扬和高峰、纪开明、罗伟广4个人在棋牌室里玩升级。

之后两天,大家就猫在一个会议室里讨论报告,水果随便吃、饮料随便喝。宋扬也在会议室里,不过他在继续写领导的论文,但和大家在一起,纸里终究包不住火,很快大家都知道宋扬在给章总写论文。纪开明说:"宋扬,你这下可好,和章总攀上关系,论文写好了,你就等着提拔吧!"其实不仅纪开明会这么想,其他的人也有这种想法,这是很自然的事情,说的人多了,宋扬自己也有这么一层想法,但他不能表现出来。

中国人喜欢开会是有道理的,还别说,几个人一起讨论讨论,的确有些好处,在高峰的主持下,几个人把报告整得差不多了。当然,研究院的小张功不可没,《国内移动业务进入爆发期的前夜》这份报告有相当一部分是他写的。第三天下午,刘江来了,主要来看报告的完成情况,高峰做了汇报,刘江总体感觉不错,提了一些小意见。高峰带头把报告又理了一遍,基本上就完事了。报告最后15000字左右,刘江嘱咐再整理一个简版,A4纸3号字体大约8页,字数3000字至4000字。领导一是要看大字体,二是报告不能太长,否则哪有时间来看?

3天时间很快就过去了,1500元的签单卡没有谁全用在娱乐上,剩余的费用当然不会白白浪费,大家就到商店里购物。这里的东西真不便宜,比外面要贵一倍,好在大家觉得签单卡上的钱是意外之财,花起来不心疼。宋扬还剩1000多块钱,就给芬妍买了一个GUCCI钱包。3天吃喝玩乐的费用全部由研究院的小张来买单,不用占综合调研处自己的费用。

宋扬有点疑惑,研究院不仅帮助写报告,还付了房费、娱乐费,就去问纪开明。纪开明到底是早来了一年,比宋扬要明白:"我就告诉你一句话,羊毛出在羊身上,明白了吗?"

"纪哥,还是不太明白。"

"这么给你讲吧,研究院的人每年收入分为两大部分,一部分是固定工资,另一部分就是奖金,而奖金是和每年课题挂钩的,课题多经费多,奖金就多。经费哪里来?"

"经费是集团公司各部门年初给研究院的吧?"

"对,各部门年初要向集团公司主管课题的部门报计划,然后有一个讨价还价的过程,最后根据各部门的情况,核一个全年的课题经费,批准的课题经费各部门可以自由使用。原则上课题是找研究院来完成,所以集团各部门算是甲方,研究院是乙方。乙方不把甲方服务好,甲方就会有意见。"纪开明解释道,"而且,研究院内部也有竞争,有的课题可以给A,也可以给B。还有,集团公司各个部门有强有弱,强势部门就能要到更多的课题经费。课题经费多,出手就大方,我们部就是强势部门,所以研究院要重点照顾咱部门。有的部门课题经费就比较少,这些部门办事就比较难,找研究院做事就没有那么容易。"

"这也算潜规则吧。"宋扬说。

"要说算也算,说不算也不算。肉烂在锅里,你就当这是集团公司的福利,就不会有什么想法了。"纪开明解释道。

有了纪开明的点拨,宋扬对央企的理解又进了一步,宋扬心想估计还有不少自己不知道的潜规则。时间长了,经历多了,就会见怪不怪。

中巴车把大家拉到集团公司,已经是快下班的时候。宋扬回到办公室,放下一些资料,这时接到一个女人的电话:"猜猜我是谁?"

宋扬一下子蒙了,猜了几个没有猜对,对方说,"扬哥,这么快就把我忘了?"

"杜丽啊,好久没联系,考研分数下来了吧?"称宋扬叫扬哥的,只有杜丽一个人。

"就是告诉你这个事,我被西新大学电子系录取了。"

"恭喜你,我就说你一定能考上。"其实,宋扬多少有些意外。

"多亏你给我选的那些参考书,真挺有用。"杜丽感激地说。

"你现在安心把研究生读完,到时去省公司工作肯定没问题。"

"这可是你说的,我去不了省公司,就抓住你不放。"

"凭你自己的力量就可以。如果不行,我一定帮你。说话算数。"

其实宋扬和杜丽并没有发生什么,大可不必承诺。但不知道为什么,他感觉似乎欠了这女孩什么,应该为她做点什么。回北京后,他首先托人找了一些内部的考研资料给杜丽,然后又找人和西新大学的老师联系了一下。当然,不能说没有这些,杜丽就上不了研究生,但这些的确给了杜丽很大的帮助。

下班后回到住处,宋扬把GUCCI钱包送给芬妍,芬妍有点怀疑地问:"这包是真的还是假的?"

宋扬:"你把我问住了,没有问过真假,不过,看这个价格,一个小包卖1000多块钱,不应该是假的吧。"

芬妍高兴地说:"亲爱的,谢谢你啦。对了,下周导师要带我们出差。"

芬妍博士读的是投资银行方向,做投行要有实践经验,天天看书本是不行的。芬妍的导师史大海在国内金融界还有一点名气,50岁左右,燕京财大证券研究所的副所长,主要研究方向是证券市场、投资银行,都是很热的方向,在多家上市公司担任独立董事。这几年,中国投资银行越来越热,史导的项目也越来越多,钱自然也挣得越来越多。项目多,忙不过来,学生来帮忙,似乎天经地义,大家各取所需。

宋扬好奇地问:"你们这次是做什么项目?"

芬妍说:"投行项目,你感兴趣啊?"

宋扬忙纠正说:"我不是在给集团副总写博士论文吗?这里面也涉及到金融知识。你说我听听,说不定以后我会跳槽到金融行业呢。"

芬妍说:"你想听,我就说说。你知道中国石油化学集团公司这家央企吧?简称就是中油化,和你们中信科集团公司一样,都是国资委下属的央企,已经在香港和美国两地上市。但是,与你们公司不同的是,中油化在A股市场有3家上市公司。一个企业要上市,两条基本原则就是要减少关联交易和规避同业竞争。中油化股份2000年香港上市时,由于国内已有这3家上市公司,为了保证招股成功,其承诺在未来会对旗下公司进行整合,以确保遵守香港监管机构对于规避关联交易和同业竞争的规定。这次,为了解决中油化股份与其下属上市公司同业竞争问题,以及减少和规范关联交易,中油化要将其下属A股3家上市公司进行私有化,私有化的方式就是要约收购,要约收购的核心是收购价格。现在这个价格还没定,这个价格不能太高,也不能太低。他们有一些想法,但需要我们评估一下,同时还请了摩盛投行进行评估。想起来了,你们公司上市的时候,摩盛也是主承销商之一。"

宋扬有点佩服地说道:"芬妍,这一年你进步不小啊,讲的东西我都有些听不懂。三天不学习,就赶不上邱主席。"

宋扬说的是实话,毕业后到中信科集团公司后,自己放松得很厉害,一年来浑浑噩噩,的确没有多少长进。一方面感觉研究生时学得比较累,上班后需要先休息一下,另一方面,也是受到了环境的影响。一起入公司的同事,好像都和他差不多,头上顶着央企的光环,一下子似乎失去了进一步奋斗的动力。在西新省的半年,混过来的;在行政处的几个月,郁闷过来的;现在又给领导写论文,心情也并不好,主要是论文不好搞,压力比较大。

晚饭后,芬妍说:"宋扬,我们是不是考虑买房子啊,在租的房子里面总觉得不踏实,我总觉得北京的房价迟早要涨起来。"

宋扬到这家央企一年,基本上没怎么关心经济形势,反正旱涝保收,经济差,收入也不会减;经济好,收入也不会高多少。但芬妍博士读的是投资银行专业,对经济形势比宋扬敏感得多。

宋扬现在还真没有想过买房子的事,虽然现在公司每个月扣公积金1500元,发房补2500元,与房子相关的收入就有5500元,加上工资与其他福利,如果家里再资助一些,还是能买一套房的,至少付首付问题不大,但现在芬妍在读博士,自己也刚工作一年,房子的迫切性并不太高。"再等一等吧,我刚工作一年,也没有多少积蓄。买房还是要靠自己,父母的那点钱我不想要。再说了,你还要读书。"

芬妍没有再说什么,的确,现在买房有点牵强。

芬妍出差的几天,宋扬正好集中精力继续写论文。宋扬有时就住在公司里,一天三餐都有着落。累了就到三楼运动馆、健身房去跑几圈。还有洗澡的地方,洗几次都可以,反正24小时热水不清场。宋扬买了一张简易的折叠床,晚上太迟了,就在办公室里住一宿,办公室空调还足。

李主任已经催过他和王辉了,这件事李主任抓得很紧,毕竟,这是向章总表功的一个重要机会。在马博士的帮助下,前后花了3个多月,宋扬和王辉终于把初稿赶了出来。李总听了他们的汇报后,又带他们去向章总汇报。章总肯定会提一些意见,否则,这个论文全是宋扬和王辉的功劳了。好在,基本上不是大问题。

中间,章总飞了两次香港,带着论文去和导师沟通,导师看了后表示没有大问题,但给章总提了一个醒:"你这篇论文中用的模型不错,答辩委员肯定会问相关的问题,你要做好准备。"这下又给宋扬增加了工作量,他还需要用通俗的语言,或者说,用章总的智商能够明白的语言介绍模型的前因后果,包括每个模型参数的含义等等。为了避免意外,宋扬把模型这一块可能会在答辩中遇到的问题也全部列了出来,并写好答案,给章总参考。最后,还和王辉一同制作了论文答辩PPT。

论文答辩顺利通过,并且由于论文的技术性比较强,论文评审委员给了论文一个A-,虽然离A+和A还有一点差距,但也算相当不错了。章总这一届学员,一共有20人,通过答辩的18人,论文档次在A的只有5人。

事情顺利完成,章总很高兴,对宋扬和王辉表示了口头感谢,还送他们每人一本纸质论文。宋扬翻看论文时无意中注意到一个细节,那就是在电子版的"致谢"中,有他宋扬和王辉的名字,纸质版就没有他的名字了。宋扬以为自己看错了,但看了几遍,的确是这个样子。这不是过河拆桥吗,宋扬有一种被人利用的感觉。妈的,老子还花了一万块钱,没有老子这部分内容,你休想毕业。现在事情搞定了,连名字都不提一下。那么多人都能致谢,难道自己这位写论文的核心人物,没有资格被致谢一下?宋扬原来以为给章总写了论文,章总会有什么表示,但现在致谢人名中都没有他的名字,莫不是章总以为让下属为他做些事,是给下属面子,特别是像宋扬这样的最底层员工,让你做事就是看得起你,还奢求什么领导的感谢?

不过,宋扬又自我安慰,是不是为了避嫌呢?如果以后章总要提拔我,写论文的事知道的人越少越好,高层领导都看得远、想得远。想到这里,宋扬心情好了一些。

李主任像卸了一块大石头,终于给上司办了一件重要的事,自己在集团公司的分量又重了一些。李主任把宋扬叫到办公室,"小宋,这几个月你辛苦了,表现不错。以后业务上的事,刘江会多安排一些,你很快就会熟悉。"

宋扬说:"能给领导做些事,也是我的荣幸,领导满意就好。"

"这个事完了,你下面就可以参加综合调研处的事情了,综调处的事情多,都是重要的事,都能够出彩,相信有你表现的地方,不像行政处,做了不少事,但没有办法出彩。"李主任不知不觉中,给宋扬画了一张饼,让宋扬努力工作的饼。宋扬记得李主任之前也曾经说过,行政处的事情很重要。

"对了,刘江和你说过吧,集团年中会议上,你们处提交的《国内移动业务进入爆发期的前夜》,得到唐总的高度评价,唐总说这样的报告一定要多出。年中会议上,各省公司老总都认真阅读了这个报告,并进行了充分的讨论。估计这份报告将要影响到集团的整体战略,你看你们处的事情重要不重要。你是学经济金融的,一定会有你表现的地方。"

报告得到高层领导好评,刘江已经在处内和大家说过,宋扬之前已经知道,但感觉不像李主任这样绘声绘色、热血澎湃。或许,这就是官大官小的区别吧。

有了这篇报告的画龙点睛,刘江在之后的处长竞聘中,一点悬念都没有,因为竞聘的条件基本上就是量身定做的。虽然,也有部门内其他3个人参加竞聘，据说这些人有的是配合人力部门工作才来参加竞聘的。不然，如果就刘江一个人竞聘，就会有内定的嫌疑。其实，又有什么用呢？这简直就是皇帝的新装。人力部门也真是傻得可爱。

刘江升处长后，高峰也升到了副处长的位置。高峰和刘江年龄差不多，都快40了，研究生毕业后，在公司也熬了十几个年头，也该有一个位置了。宋扬不知道，自己有没有耐心为副处长的位置等十几年？

综合调研处有了一正一副之后，兵就更少了。现在当兵的就剩下了任开达、纪开明、宋扬、罗伟广，综合调研处一共6个人，两个当官，4个当兵，官民比2：4，这个比例算比较高的。其实，央企就是中国社会的一个缩影。

网上有一个官民比例表：西汉1：7945，唐高宗时1：3927，元成宗时1：2613，康熙时1：91，建国初1：600，现在1：28。这些数字是不是完全正确，并不重要，重要的是反映了一种趋势。现在公务员考试美其名曰"国考"，有的职位录取比例真是万里挑一，公务员作为官员的代名词，无可争辩地高踞于全社会的"金字塔顶端"，是国人向上层流动的不二法门，一旦"流"入了公务员的圈子，立马美美地品尝到了权力这个"桃子"的甜头。央企实际上仍可以看作是一个政府部门，"处长"、"部长"的称谓，就是政企未分的重要标志。

当然了，在中信科集团，也要看部门看处室。比如同样在集团管理部，行政处有几十个人，当官的也才三四个，这就与部门主管领导的关系很大，部门领导愿意把蛋糕多分一些给哪个处室，哪个处室的人升迁得就快一些。行政处几十人，估计有些人到退休，也混不上一官半职。从这方面讲，李主任对综合调研处的偏爱是有目共睹的。

男怕入错行，女怕嫁错郎。其实，在央企，大家都怕进错了部门、进错了处室，在好部门好处室，如乘风破浪；在差部门差处室，如逆水行舟。大家对谁在的部门好、处室好，非常敏感，但是对于更重要的问题，是不是入错行，大家反倒不太关心。宋扬就是一个例子，他毕业后到中信科集团，从来没有仔细考虑过这个问题。别人都说，央企多好啊，稳定、收入也不错，听多了，在别人羡慕的眼光中，宋扬自己也这么想。

在综合调研处待了几个月时间，宋扬大概熟悉了这几个人的性情。任开达30多岁，工作很认真，专业能力比较强，有些时候爱较劲，一心扑在工作上，至今未婚；纪开明，比宋扬早来一年，比较活跃，主管综调处的张主任对他印象不错，但不知道为什么，李主任对他印象一般般；还有就是罗伟广,苏江省的笔杆子,名不虚传,而且这家伙好像比较会来事,时间不长,和部门的几个领导关系都挺近,特别是张主任;宋扬自己呢,虽然基层锻炼汇报会上丢了不少分,但通过给领导写论文这件事,也赚了不少分,至少可以把丢的分追回来。而且,通过写论文和领导走得近了一些,对以后发展会有好处,大家都有点羡慕宋扬。

本来宋扬还打算去读一个博士,但这几个月搞得比较累,就犯懒了。上次和芬妍聊天,宋扬发觉自己最近一年荒废了不少,但想到公司很多人都是这样,自己可能还算好的,就没有了动力。像章总这样,不用自己花钱,论文也是别人写,竟然搞了一个香港的博士文凭。连香港都这个样子,内地的博士文凭实在是可想而知,不读也罢。

掐指一算,宋扬毕业后到中信科集团公司已经一年多了,时间过得真快,宋扬想起了一句话,"天空没有留下翅膀的痕迹,但我已经飞过"。一年多时间,宋扬从自己的视角观察央企这个大保险柜,现在他的心态已经从一个新入职的员工转变过来。新一批入职的毕业生又像去年宋扬一样,已经下基层锻炼,而新的基层锻炼制度的诞生,宋扬应该算是"始作俑者"。只不过,新员工可能不知道这一段故事,谁会告诉他们呢?

十　陪同参会

"小刘,你来一下。"李主任电话中说道。

"噢,主任,马上到。"刘江刚升处长不久,心情不错。

刘江这次能当上处长,自己努力是一方面,与李主任的提携也密不可分。集团管理部中,不乏资历比刘江老但现在仍然没有转正的副处长。到底提谁不提谁,李主任具有绝对的权力,当然,张副主任作为主管副总,也有建议权,不过,也只限于建议。

理论上说,综合调研处归张副主任管,刘江的工作由张副主任来布置。但综合调研处是李主任一手组织成立的,所以,李主任有时也直接找刘江。张副主任有时难免有点想法,但也只能是想法,李主任是一把手,统管全部门的工作,人事上的这点自由还是有的。

"主任,您找我有什么指示?"刘江在李主任的办公桌前站着说。主任不叫坐,刘江在主任的办公室里一般都站着,这已经形成了习惯。

"小刘啊,你坐,有一件比较重要的事要处理一下。下个月在广南省明海市召开全球移动通信与互联网高层论坛,这是邀请函,一会儿你看一下具体内容。这次高层论坛,是诺星科技公司主办,广南省公司承办,集团公司章总要参加这个会议,需要准备一个发言稿。本来是移动业务部的徐总那边来牵头准备这个材料,但他最近特别忙。正好你们处在年中会议上的那篇内参报告,集团公司领导评价很高,所以,这个材料还是由你们处来完成。对了,小宋的担子可以多压点。"李主任顺手把邀请函给了刘江。

集团公司共有7位领导,按顺序是:唐才军、周万胜、王晓云(女)、章明建、姜华、朱居正、王冰。7位领导每人有一位行政秘书,主要负责出行、会议等方面的事宜,根据惯例,男性领导的行政秘书必须是男性,女性领导的行政秘书必须是女性,这些秘书编制在秘书一处。一把手和二把手的发言稿,一般由秘书二处负责牵头完成,每年的工作会议报告,也是由秘书二处在各部门提供素材的基础上,统撰而成,所以秘书二处都是"笔杆子";其他领导的发言稿,一般由相关业务部门牵头完成。章总在集团公司7位领导中,排名居中,所以他的发言稿,必须由相关的业务部门来提供。

这些有关集团公司的知识点,不会写在公司的员工手册中,要想了解这些东西,一是靠自己悟,二是靠老员工口口相传。宋扬很依赖费玉,有什么不明白的,首先就去请教费玉。对于综合调研处成立的背景,也是最近从费玉那儿真正搞明白的。

综合调研处成立于2001年,定位于集团重大战略战术问题的辅助决策,为集团公司高层领导提供内参报告。当时,反对意见还挺多,一是秘书二处可以提供内参报告,二是各个部门都可以做重大问题的辅助决策。李主任向集团领导陈述的理由是:第一,各业务部门都有自己的思维定式,本能上会维护本部门的利益,很难跳出本部门的条条框框;第二,中信科集团是技术主导型企业,但上市后,技术与资本运作并重,集团同时懂技术与资本运作的人才还不多;第三,条件成熟时,可以将综合调研处的职能剥离到其他部门或处室。

这些都是面上的理由,李主任在底下也做了很多工作,虽然有一些周折,但集团公司领导给了他这个面子。实际上,李主任有自己的私心,综合管理部给人的印象是沉稳,甚至是有些死板,没有创新。通过成立综合调研处,招一些精兵强将,将综合调研处打造成为部门的一匹黑马,不时地冲击集团公司高层领导的眼球,借以提高自己在集团公司的位置。这样,有机会的时候才能再向上升一步。说白了,成立综合调研处,是李主任为自己升迁而谋划的一步棋。再想想李主任招聘宋扬到综合调研处工作的直接目的,宋扬感觉李主任的确是个有谋略的领导。看来,集团公司各个部门的一把手之间也是竞争不小,要从部门一把手升到集团公司领导,不仅要与总部20多个部门的一把手竞争,还要与各省公司30多个一把手竞争,谁都不是省油的灯。

俗话说,听话要听音,刘江深谙其中的道理。刘江回到办公室后,考虑了一下,把宋扬叫了过来。"宋扬,前一阵子你比较辛苦,现在事情完了,你要发挥长处,争取多承担一些处内的工作,以后多往下跑跑,我也会给你多创造一些机会。"

"谢谢刘处,我尽力。"宋扬感谢地说道。

"章总下个月有个重要的会议,需要一个发言稿,我想这个任务主要由你先来做吧。"刘江说。

"好,什么会议?"宋扬问。

"下个月在广南省明海市召开全球移动通信与互联网高层论坛,章总要做一个发言,主要是关于全球移动通信与互联网产业的发展趋势。"刘江说。

"噢,虽然最近也学习了不少报告,但我怕这个写不好啊。"宋扬一般都会先示弱。

"没事,你先写,我会把关的。你参考一下上次我们处写的高层内参《国内移动业务进入爆发期的前夜》。对了,小纪,你把以前的领导发言稿找几份,给小宋参考参考。"说实话,刘江觉得这个工作不太适合给宋扬,一是他没有参加前期内参的写作,二是他没有多少写领导发言稿的经验。但是,李主任最后给他交代的那句话,"小宋的担子可以多压点",让他拿捏不定,当然不能再去问李主任到底是什么意思,只能靠自己猜测。为了保险一点,还是让宋扬来写这个发言稿,不行的话就自己多修改。

这个发言稿本身难度并不大,因为之前已经有不少资料,另外,互联网业务部也提供了一些关于互联网的报告,宋扬的工作是把这些材料有机地组织好。经过一个星期的斟酌,宋扬拿出了初稿,自己感觉还不错,有理有据,起承转合,论述充分,报告的字数大概有8000字。

宋扬把初稿发给刘江看,原以为刘江会表扬一下自己,但却发现刘江眉头皱得厉害。刘江对宋扬说:"小宋,你把这个报告打印两份,我们到那边讨论一下。"宋扬心里其实有点不服气,心想博士论文都搞定了,这个发言稿还有多大问题?

"宋扬,我刚才大概看了一遍,先不说内容,有这么几个问题,你要注意一下。

"第一,你这个发言稿,有大一、有括号(一)、有小1,三层结构,这种结构在学术论文中肯定没有问题,但是,在公文报告中,一般最多就两层结构,即大一与括号(一)。在发言稿中,一般来说,能够一层结构就一层结构,发言的时候,别人可能没有你手中的稿子,你讲的层次越多,别人越不容易理解。而且,每个层次之间内容不能有重复,不能在这里讲这个事,在那里还讲这个事。

"第二，要在开头就亮明你的观点，而不是经过一番论述之后，在结尾才说出观点。领导事情忙，有时候就看你报告的第一页，你要是不在第一页就把观点亮出来，可能这份报告就白写了。

"第三，公文报告中经常会涉及到别人的职位称呼，比如说这里，'尊敬的省长×××'，应该写成'尊敬的×××省长'，把别人的称谓放在后面，以示尊重。

"第四，篇幅。你这个发言稿大概有8000字，一般这种发言，也就十分钟左右，按照领导的语速，4000字足够。实际上，领导讲话时，你这个发言稿只是一个参考，他不会照着念，他会有自己发挥的地方。而且，发言中会有不少口语，这样，十分钟左右时间，3000字就可以了。你可能会想，3000字怎么能把事情讲清楚呢？其实，不要说3000字，就是1000字，你也要能够讲清楚。问题的关键是你要能够理解你所写的东西，理解了，写多写少只是字数问题；没有理解，洋洋洒洒一万字，也未必能讲清楚。

"第五，报告是写给别人看的，一定要站在读者的立场来考虑行文的结构与层次，而不是我们想怎么写就怎么写。如果你把自己想象成领导，你希望看到什么样的报告？"

虽然刚入公司时，公司就发了一本《公文写作》让新员工学习，但那本书太枯燥，宋扬根本没有去读，倒是刚才刘江这一番话，让他明白了公文的一些真谛。虽然刘江刚才否定了自己写的发言稿，但他讲的确实有道理。看来，还是要从写学术论文的角度早点转变过来。

宋扬并不傻，刘江一点拨，就知道了问题所在。从这方面讲，宋扬还是感谢刘江的，毕竟，如果要自己摸索，可能时间会长一些。宋扬又修改了两次，给刘江看，这次刘江表扬了宋扬："宋扬，你的进步很大，李主任当初选择你，还是很有眼光。你再把我标红的地方考虑考虑。"

宋扬不知道刘江是表扬自己，还是表扬李主任，或者两者都有。在前后共修改了5次后，刘江终于认可了这份报告。刘江带着宋扬来见张副主任，张副主任看了一下，说："你们直接去找李主任吧。"

刘江和宋扬来到李主任办公室，"李主任，我们完成了初稿，这次主要是宋扬执笔的，您给把把关。"刘江说。

"好，先放这边，回头我看一下。"李主任正忙着看文件。后来，李主任又提了一些意见，不过都是无关痛痒的小问题，叫刘江再斟酌斟酌。在宋扬看来这些问题都可改可不改,但刘江全部按照李主任的意思修改了。

这次全球移动通信与互联网高层论坛,参会费是每人12000元,费用不菲。根据惯例,集团公司副总出差,一般至少有部门副总陪同,由于广南省公司是这次论坛的承办方,多去几个人也没有关系。这样,集团公司的章总、移动业务部的徐总、作为发言稿执笔人的宋扬一起去参加论坛。

一个普通员工和集团公司副总一起出差参会,在集团公司比较少见。宋扬不知道李主任为什么让自己跟随集团公司高层领导参会,难道是因为之前给章总写博士论文,章总给自己的"恩赐"?虽然感觉有点怪怪的,但既然这样安排了,也只有硬着头皮上。

这几个人当中,宋扬的资历太浅了,宋扬想多做点事,比如给领导订飞机票、联系车、和广南省公司联系接站等,但不知道从何做起。本来出差就不多,这种和集团公司领导以及其他部门领导一起出差,还是头一次,宋扬感觉有些战战兢兢。

宋扬问刘江该怎么做,刘江说,他也没有多少经验,就看着办吧。刘江说的是实话,他虽然是一个处长,在章总面前也就是拎包的,再说他也没陪同集团公司领导出过差。宋扬想想,也只能如此。

章总出差的相关安排,都有专门的秘书负责;徐总的机票也由自己的部门给解决;宋扬只要订自己的机票就行。集团公司订票都是通过飞翔旅行社,宋扬拨了号。预订了和章总、徐总同一个航班。订票还是很方便的,由集团公司统一结算,不用自己花钱。

后面的事比宋扬想得简单。章总有专车,徐总有部门车,宋扬本来想打车去机场,后来徐总叫宋扬和他一起走。到机场后,章总走专门的VIP通道;徐总安检后也到VIP休息室候机;好在时间也不长,下午3点半的飞机,3点钟就开始登机,正常情况下到明海市大概是下午6点多。章总坐头等舱,空间大,看看书、喝点茶;徐总作为部门一把手,本来也可以坐头等舱,但不知道为什么订了公务舱,或许徐总觉得和章总平起平坐不太合适;宋扬当然是坐经济舱。

登机之后,乘务员告知,由于明海市下暴雨,飞机暂时不能起飞。一直拖到下午5点多飞机才起飞。到明海市已经是晚上8点多钟。下飞机后,省公司的人已经在出口处候着,是广南省公司二把手沈副总来接机。

"徐总,坐了好几个小时飞机,辛苦。"沈副总和徐总边握手边说。集团公司部门一把手和省公司一把手在级别上是一样的,但由于省公司一把手实际权力更大,所以,如果硬要排一个先后,那么省公司一把手比集团公司部门一把手要稍高一些;但集团公司部门一把手级别要比省公司的副总级别高。

"哪里,辛苦的是你们,都等到现在了。对了,这是集团管理部的小宋。"

"您好,沈总。"宋扬对沈总笑着说。

"你好,你好。"沈总说。

去市区的车上,通过徐总与沈副总的对话,宋扬知道,章总一下飞机就被省公司一把手岳风烈总经理亲自接走了。岳总曾在集团公司当过章总的秘书,后来到广南省公司任职,近几年风生水起,主管的业务发展得很好,去年刚被提拔为广南省公司一把手。由于章总以前在广南省当过一把手,以及章总与岳总关系非同一般,岳总能当上省公司一把手,章总应该出了不少力。章总到广南出差,岳总当然要竭尽全力地表达出对章总的感谢与重视。再说,又不用自己掏腰包,何乐而不为?

"徐总,由于时间比较晚了,我们就先吃饭再去酒店,怎么样?"沈总问。

"这么迟了,我们在飞机上都吃过晚饭,要不就直接回酒店去休息?"徐总说。

"吃饭的地方离酒店不太远,还是先吃一点吧,已经订好了,飞机上吃得太简单。"沈总说。

"就依你们吧。"徐总道。

徐总一行来到了一家饭馆门口,饭馆上写着"宝元私房菜"。徐总、宋扬、沈总,再加上省公司办公室龚主任,一共4个人,各坐一方。私房菜果然很精致,边吃边聊,但宋扬基本上就是在一边听着,就像一个局外人。这种场合,他真不知道该说些什么。好在令人窒息的晚餐时间不太长,一个半小时。吃过了饭,宋扬一行来到了"金裕国际大酒店"。这是一家五星级酒店,由国内开发商建设,由外资酒店管理机构管理。

"明天论坛就在这里开,章总也住在这里。"沈总向徐总说。说话时,办公室龚主任已经把房卡给送过来。

"明天上午9点论坛开幕,我8点钟在餐厅等你们。"沈总说。

宋扬回到酒店,长舒了一口气,一个字,累。酒店里放了一个手提袋,里面有明天会议的日程,还有一个精美的礼盒,打开后是一套男士用品。宋扬在网上搜了一下,这套用品估计值5000元,看来和大领导出差有好处啊。

第二天，高层论坛开幕，章总终于现身。实际上，虽然是陪同章总参加这个会议，但从集团公司出发到现在，宋扬还是第一次看到他。章总坐在主席台上，宋扬和徐总坐在下面。章总有一个主题发言，讲的正是他和刘江写的稿子。但如刘江所料，章总并没有完全按照发言稿来读，而是加入了很多自己的语句。宋扬心想，还是刘江的认识深刻，自己还有很多要学习与领悟的地方，央企是一所大学堂，不知道自己何时才能顺利毕业。

由于明天章总就要回北京，晚上，广南省的岳总安排了一个晚宴，是在海上的一艘船上，这次，章总、徐总、宋扬终于在一个桌上吃饭了。宋扬可能没有想到，这也是他唯一一次与章总坐在一个饭桌上。

在这个饭桌上，宋扬更不知道说什么话，一是身份差距太大，二是他们讲话都有一些背景，谈到的那些人、那些事，宋扬都不知道，总不能说，章总的博士论文是我写的。所以，宋扬只有埋头吃菜的份，好在上来的菜都是好菜，各类海鲜，叫得上名字的，叫不上名字的，服务员介绍过后，宋扬就忘记了，可惜了岳总的一片苦心，虽然不是为宋扬安排的，但宋扬的确也沾了光。

有时候，在他们开怀大笑的时候，宋扬也跟着傻笑几声。或许因为宋扬是跟随章总一同出差的缘故，省公司的人不太清楚宋扬的来头，所以包括岳总在内的其他省公司的几个陪客，都向宋扬敬了酒，但宋扬知道自己实在是狐假虎威，心里甚是不安。为了表示礼节，宋扬也都回敬了，酒是好酒，但宋扬还是受不了茅台的那种香味。宋扬想想有些好笑，就说省公司的岳总，在广南省肯定被下面的人给供着，在省公司也是说一不二，高高在上，要是平时，就算自己是从总部来广南省出差，根本也没有见面的机会。但现在，岳总居然给自己这么一个小兵来敬酒，而且是那么自然，这种心理上的修炼可不是一天两天就能行的。

忍着很大的耐心，宋扬吃完了这顿晚餐。如果可以选择，宋扬宁愿不来这里吃这些甚至叫不出名字的海鲜，而只是在酒店里随便吃些东西，哪怕是方便面也行。在善于拉拢关系的人来看，有这么好的接近领导的时候，一定是天赐良机，但宋扬却觉得这是一种负担。大家酒足饭饱之后，宋扬有一种仓皇而逃的挫败感。

第二天早上要回北京，又见不到章总的人影，现在宋扬已经不感到奇怪。第二天到机场时，司机从后备厢中取出两箱高档鲍鱼干，到机场里帮助办了托运手续，宋扬和徐总一人一箱，这一箱鲍鱼干，估计至少在3000元以上。说实话，宋扬不太喜欢吃鲍鱼，也没有兴趣把鲍鱼的头数搞清楚，天生就没有吃的命。

回到北京后,宋扬和芬妍一商量,反正都不喜欢吃鲍鱼,就把它分成两份,一份送给宋扬导师马尚,一份送给芬妍现在的博士导师史大海。中年男人,对这些东西还是很感兴趣的。宋扬想了想,这次陪大领导参会就像是一种折磨,好在广南省还比较大方,送的礼物还不错,想到这里,心里也就平衡了。

回到公司上班,罗伟广还有纪开明都开玩笑地说:"宋扬,你这次陪同章总出差,挺爽吧?"在大多数普通员工看来,陪大领导出差是件好事。

宋扬说:"别提了,下次打死我也不去了,要去你们去。"

"对了,宋扬,集团公司要搞秋季运动会,你报名吗?"罗伟广问。

"你们都报了吗?"宋扬问。

"不报白不报,不管有没有名次,报了就有奖。再说了,李主任以前可是说过的,新来不久的员工都要积极参加运动会。我去年报的跑步,现在年纪大了,就报一些趣味类项目玩玩,重在掺和。"纪开明说。

"趣味类项目有哪些?"宋扬问。

"投篮、跳绳、带球跑、滚铁环,还有一些叫不上名字的。"纪开明回答说。

宋扬第一反应是不想参加,体育不是自己的强项;第二反应是像纪开明一样,参加趣味体育项目;第三反应是,前面这样做都不合适,刚才纪开明不是说了吗,主任希望新来的员工多参加运动会,毕竟这关系到部门的形象。虽然平时宋扬经常慢跑,但只是以锻炼为主,在运动会上没有用处。不过,也没有办法,硬着头皮上吧,就报了400米。罗伟广和纪开明一样,报了一个趣味类项目。

"别忘了在这边写一下衣服号码,还有鞋的号码。"罗伟广提醒宋扬。

"还发运动服和运动鞋啊?"自从来集团公司,宋扬还没有参加过运动会,去年开运动会的时候他正好在西新省锻炼,没有赶上。回集团公司后,只赶上了做工装。说是工装,其实也相当不错,一件西装加两条西裤,还把每人的部门与名字绣在上面,好像是意大利什么品牌的,据说价值5000多。

"当然要发运动服和运动鞋啊,不然工会要被骂死,"纪开明说:"除了集团公司发的,有的部门自己还再发一些T恤什么的,不知道今年咱部门发不发。"

十一　舍友婚礼

　　宋扬下班回来，看见芬妍在镜子前试衣服，身边的床上堆了一堆衣服。芬妍从镜子里看见宋扬走过来，就笑着对镜子中的宋扬说："下周六佳妮结婚，请我去当伴娘。她嫁了一个官二代加富二代。听说认识才俩月，真快。你知道婚礼在哪里办吗？凯宾斯基，估计是想奔着世纪婚礼去办吧。"

　　"当年的刘佳妮的名言不是非宝马男不嫁吗？宁愿在宝马车上哭，不在自行车上笑。有志者事竟成啊。"宋扬说。

　　宋扬往床上一躺，看着天花板，继续说："你们俩多少年没联系了，她怎么想到你了？"

　　"嗨，估计她现在的同事也不怎么待见她，我俩老同学一场，就给我打了个电话。人家的终身大事，我也没法推呀，顺便我也见识见识什么是大排场。"芬妍一边扯着裙摆，审视镜子中的自己，一边淡淡地说。

　　"芬妍，你上次和导师搞的中国石油化学集团的事，怎么样？有一段时间没有听你讲了。"

　　"暂时没戏，他们公司正准备公布回购价格时，估计走漏了风声，下属的3家A股上市公司连续涨停，一下子涨了30%多。现在只能等市场平静下来，股价跌下来再说。"

　　"芬妍，要是我们买一些股票就好了。"宋扬说。

　　"是啊，上次告诉你其实违反了保密协议，本来不应该告诉你的，不过，我猜到你不会买股票，果真你也没往这方面去想。再说，就算买，咱们也没有多少钱，不去折腾了，以后还有机会。"芬妍有些无奈地说。

芬妍不经意的几句话,却有些刺痛了宋扬的神经。宋扬心想,股价涨这么多,芬妍告诉自己时,怎么没有想到呢,看来这一年脑袋退化得厉害。都说央企是温水煮青蛙,现在自己是不是正在被煮呢?读研究生时,芬妍总体上比自己还是要差一些,现在才一年多,芬妍的金融意识就好像比自己强了不少。

看宋扬有些伤感,芬妍岔开话题说:"上次出差的时候,碰到了摩盛投行的人,就是给你们公司做上市的那家美国投行,摩盛的人的确厉害,他们两个人,一女一男,女的是哈佛商学院MBA,男的好像是耶鲁大学毕业的。要是我毕业后也能去摩盛投行就好了。"

"努力吧,努力就行。刘佳妮不就成功了吗?你也能成功。"

"对了,我和他们聊了。听他们说,当年你们公司上市的时候,章总是你们公司的总负责人,章总和摩盛投行的中国区老板关系好像不错。"

"噢,有这回事?我再打听一下,要真是这样就好了,看在我帮他写博士论文的分上,他会帮我们的。等你毕业的时候,我去找他。"

"好啊,到时候一定要帮我说说。北大清华毕业的都难进,大多是海归,凭我自己的力量肯定很难去摩盛。"芬妍有些遗憾地说。

"别海归不海归的,他们未必比你强,最多英语比你好点,你再练习练习肯定没有问题,不要妄自菲薄。你的事就是我的事,你业务上再精通一点,到时看我的吧。"能为心爱的女人做些事,宋扬感到幸福甚至是自豪。生活中,得到是一种幸福,就像当年芬妍和宋扬好上的时候,这种幸福大多数人都能体会到;付出也同样是一种幸福,但这种幸福不是所有的人都能体会得到。

"宋扬,我试的这些衣服,好像都不合适。周末陪我买衣服吧,当伴娘总要穿得体面些。"

"应该买,周末就去。你比刘佳妮好看,你要是再穿得漂亮一些,怕别人不知道谁是新娘了。"宋扬笑着说。

周末,宋扬和芬妍去逛了逛,好一点的衣服贵得吓人。芬妍看中了一套粉红色的连衣裙,试穿了一下,感觉不错,一看价格要2000元。芬妍说太贵了,宋扬说不就2000块嘛,买,但芬妍坚决不同意,后来买了一套1000元的衣服。

宋扬说:"芬妍,你是给我省钱吧,这次我就听你的。等我们结婚了,一定要听我的。"

芬妍说:"现在你还在创业期,我还在读书,不能太奢侈。再说,就算2000块钱的衣服,和别人动不动就上万的衣服还是没法比的,干脆不要比。"宋扬看得出来,芬妍还是更喜欢前面那套裙子,但理智告诉她,她不能买那件2000元的裙子。

周一上班,行政处打电话过来通知领运动会衣服。宋扬和罗伟广找了一辆小车,把全处的衣服都拉了回来。这次运动会发的是一套NIKE衣鞋,NIKE鞋标价899,NIKE裤标价799,NIKE上衣标价1199。除了集团统一发的,部门还给每人发了一双NIKE袜、一顶NIKE棒球帽和一件NIKE T恤衫。

宋扬开玩笑地说:"就差没有发内裤了。"

纪开明接道:"你还别说,我听费姐讲,他们还真考虑过是不是每人买一条短裤,不知道后来为什么没有买。"

宋扬说:"这一套下来,估计快要5000多块钱吧,一年开两次运动会就好了。"

罗伟广附和说:"我在苏江省公司时也差不多,置办下来也要几千块钱。每年一套运动服,穿不坏,都得送人。"

这一周宋扬没有什么重要的事,去五楼运动的次数就多了点。五楼有四张台球桌,一个大健身房,一个乒乓球室,一个沙狐球室。有时也能碰到集团公司的五号人物姜华副总,他很喜欢打乒乓球,在业余选手里算相当不错的,有时会有一些比较专业的乒乓球运动员到这里来陪姜总练球,据说是人力的毛总找来的,毛总和姜总走得比较近。

和宋扬同一部门的品牌处的张勇,也是一个业余高手,没有专业运动员陪练的时候,他经常陪姜总打球。集团公司大楼里大概有1000多人,哪能认得过来?大一些的部门就100多人,把部门内的人认清就不错了。工作中,经常打交道的部门也相对固定,所以,真正熟悉的人并不多。这样,体育锻炼也变成了交际的一种手段,宋扬在5楼打打台球、乒乓球什么的,也认识了不少人。但由于技术都不高,难以成为这些运动中的焦点。有些打球打得好的,一过来,马上就有人去招呼,好风光。上学时,父母的教育就是以学习为重,完全疏于体育方面的培养,所以宋扬一样拿得出手的体育特长都没有。要说起来,羽毛球打得还可以,但这里没有羽毛球的场地啊,想想有点遗憾。

集团公司工会每年都组织各种俱乐部,比如羽毛球、乒乓球、桥牌、篮球、足球等等,领导比较喜欢的项目,比如乒乓球、羽毛球、桥牌什么的,一般开展得都比较火爆,这是接近领导比较自然的渠道。同部门的张勇似乎通过乒乓球运动得到了姜总的好感。

集团公司的相关部门有时也和兄弟单位或新闻媒体开展联谊活动,先打球,再吃饭唱歌,加深感情。不过,业余的和专业一点的没有办法比。听说有一次,互联网业务部和国内最大的网络媒体公司网浪公司,搞了一次羽毛球联谊赛。当然,打球只是"前戏",最重要的还是吃饭,不少公关的事就是在饭桌上搞定的。

和兄弟公司之间的联谊就更轻松,大家轮流做东,打打球、吃吃饭。虽然有时工作上会有一些矛盾,但大家都看得开,工作是工作,私交是私交,不会因为工作上的事而影响和气。

中午吃饭时,宋扬约了王刚和刘子华。其实,虽然在一个楼里,碰面的机会还真不多。他们仨隔段时间就会坐一坐,毕竟一起在西新省待了半年,感情上比其他同事要深一些,而且,这也是交流各人情报的机会。

刘子华在人力资源部,似乎情报更多一些。"哥们,你们听说了吗,国资委要取消我们的房补,还要降低公积金缴存比例?"

"已经确定下来了吗?"王刚有些紧张地问。

"应该还没有,目前正在征求意见,不过,据说是顶不住的。"刘子华说。

"我们还没有享受多长时间,就要取消了,那还能买得起房吗?"宋扬生气地说。

"现在社会上对央企的意见挺大,其实,要说起来,我们收入也没有多高啊,和那些外企没法比。虽然福利还可以,但全部折算起来,其实也没有多少。唉,政府也要安抚民心啊,只有欺负我们这帮人。"刘子华说。

"领导都有房子,而且不止一套,政策对他们没有影响,吃亏的就是咱们。我们去年来的时候,集团公司刚停止福利分房。现在又要搞这个名堂。"宋扬愤愤地说,"算了,不说这些,运动会报项目了吧?"宋扬问。

"能不报吗,我们最年轻,电话簿上排最后。我报了跑步。"刘子华说。

"我也报了跑步。"

"我也报了跑步。"

"怪事,我们仨真是有缘分啊。"

上班了,就感觉日子过得飞快,又是一周。周六早上5点,芬妍打车去了刘佳妮位于京郊的别墅,据说是男方的聘礼。刚进别墅大门,里面人络绎不绝,基本上都不认识。这时候听见有人说:"哎哟,伴娘来啦。"芬妍抬眼一看,是佳妮的妈妈,以前在学校见过。佳妮父母刚刚从家乡赶来参加女儿的婚礼。虽然老两口套上了新西装,但是还是透着老百姓的朴实。

佳妮妈妈拉着芬妍的手,一团喜气地说:"真是,这么一大早让你赶过来。这北京的规矩是非得12点前把婚礼办完,这也太赶了。"

"阿姨,入乡随俗嘛,恭喜恭喜啊。"芬妍笑着说。

"芬妍,快过来。"里面传来刘佳妮的声音。

芬妍进了里屋,看见端坐在梳妆台前的佳妮。缎子婚纱,层层蕾丝将她包裹得像芭比娃娃,周围环绕着3个化妆师,佳妮向芬妍扬了扬手。

"佳妮,你好漂亮。"芬妍由衷地说。

"专门到香港定做的婚纱,设计师只接名媛的生意。顺便也把戒指买了,这个订婚戒指是在宝格丽买的,经理说这是他们的镇店之宝。"

芬妍不由低头看看自己手指上朴素的圈圈,这是宋扬发第一笔工资后买的,2000多,跟佳妮的是没法比。芬妍一边和佳妮闲聊,一边环视周围来来往往的人。佳妮的爸妈安静地坐在角落的沙发上,看早间新闻。突然大门口一阵喧哗,新郎来了。芬妍向前门望过去,看见一个矮胖的中年人被簇拥着走进来。这就是传闻中的富二代。芬妍感觉这个胖子身上并没有太多的兴奋,如果不是戴着鲜花,还会以为只是一个普通朋友。

"佳妮,希望你能过得幸福。"芬妍喃喃地低声说。

婚礼场面非常壮观。芬妍记不清佳妮到底换了多少身礼服。她只是亦步亦趋地跟在新人身后敬了无数桌酒,点了无数根烟。参加婚礼后,芬妍感觉内心如打碎的调味瓶,五味杂陈。不知道为什么,芬妍有些生宋扬的气,具体原因说不清楚。芬妍现在接触的大多是投行界精英,和他们一比,宋扬在央企真没有什么出彩的地方。但理性地一想,怪宋扬是没有道理的,宋扬去了央企,很稳定,他又能做什么呢?现在芬妍最大的愿望就是博士毕业,去一家著名的投行,像摩盛这样的。

运动会按期举行。集团公司小2000人,再加上在京直属单位以及全资子公司,包括研究院、卓越科技等,一共近3000人参加,规模相当可以。为了举办这次运动会,集团公司租用了南三环的一个体育场,一大早,N辆大巴车从各个地方驶入体育场,宋扬一行早上7点半钟就到了这里。8点钟运动会开幕式开始,各个部门按顺序入场,集团公司领导讲话,运动员代表宣誓、裁判员代表宣誓,然后就宣布运动会开始。

从形式上看,运动会挺像一回事;但从内容上看,集团公司的运动会实在不敢恭维,大多数项目的成绩都相当差。在央企时间久了,体能都不好。像宋扬这样的,原来还很注意锻炼身体,来了一年多,体能明显感觉到下降,那些在公司里待了几年甚至十多年的人,体能就可想而知了。

宋扬、王刚以及刘子华都参加了跑步,都没有得名次,但也不算差,反正后面还有不少垫背的。实际上,运动会也是各个部门较量的场所。如果一个部门得奖牌多,部门老总也会脸上有光。从概率上来讲,那些人数多的部门,就比较占优势。宋扬所在的集团管理部就依靠人海战术,每次运动会都能排在前五名。

直属公司虽然人数上没有占优势,但奖牌数还比较多;而且不少项目还得了冠军。直属公司平时工作上对总部言听计从,难得一次发泄的机会。运动会上憋足了劲似的,要给集团公司这帮"甲方"的人一些颜色看看。

运动会快结束的时候,下起了毛毛雨。令宋扬感到惊奇的是,不知道罗伟广从哪里变出一把伞,而且把伞给张副主任送了过去。罗伟广平时给人的感觉就是挺会来事,注重细节,这次让宋扬又一次见识了罗伟广的细节能力。

十二　西部调研

秋季运动会结束后,集团公司各部门的工作似乎一下子紧张起来,不少列入年度计划的事情还没有完成,必须抓紧,不然年终报告不好写,部门总经理向集团公司领导述职时没法交代。综合调研处作为李主任的"奇兵连",又开始准备撰写集团年度工作会议的内参报告。说实话,综合调研处的内参报告不好写,原因有以下几个:第一,如果写得和业务部门重复度高,别人就会说,要你来写做什么?第二,如果没办法避免重复,就要写出新的观点,否则你写这个意义何在?第三,集团公司高层领导每天的信息量很大,什么咨询公司、国内外投行,差不多天天都会有信息报送他们,他们的眼界很广,很少有他们没有听过的词汇或观点。要想让他们觉得眼前一亮,不下大力气还真是不行。

自从年中会议上,综合调研处关于移动业务发展的内参报告,获得高层领导认可后,李主任对调研处的期望越来越高。李主任经常对调研处说:"你们出的报告,一定要有新意,一定要有冲击力,那些别人说过多少遍的话,你们不要说。当然,我不是说,别人的观点不正确,而是说这样的报告无法打动集团公司领导。你们写报告时,一定要站在集团领导的角度想问题,如果你在他们的位置,会对什么感兴趣。首先要做到有冲击力,其次是保证观点正确,如果能颠覆集团公司领导的一些根深蒂固的观念,那是最好。你们都是我挑选出来的笔杆子,我对你们有信心。"

刘江带领全处讨论了好几个题目,向李主任汇报后,李主任都摇头。李主任有些急,就直接召集张副主任以及调研处全体成员开会讨论,希望通过头脑风暴找到一些灵感。就在大家冥思苦想的时候,宋扬插了一句话:"李主任,我忽然想到一个题目,不知道合不合适?"大家都把目光转向了宋扬。

"你说说看,我们讨论讨论。"李主任鼓励宋扬说。

"您也知道,最近这段时间,咱们集团公司正在调整省公司领导班子考核办法,虽然现在还在总部层面讨论,但已经传到了省公司。我和人力资源部的一个同事比较熟悉,听他的意思,现在不少省公司的领导班子对这个讨论稿意见很大。按照新的考核办法,东南沿海发达地区的领导班子,可能会比中西部欠发达地区的领导班子在收入上高很多。当然,集团公司是效率优先的导向,这没有问题,但是如果差距过大,可能会影响到不少中西部公司领导班子的积极性。"宋扬说道。

"这个和我们想要写的内参报告有什么关系?"李主任似乎有些失望。

"我在想,从集团领导到人力以及财务等部门来看,似乎一致的观点是要效率优先,拉大收入差距从而激励省公司管理层。我们能不能颠覆这一观点?"宋扬继续说。

"往下讲。"李主任眼前一亮,他似乎明白了宋扬的意思。

"我听人力的同事透露,中西部不少省公司管理层正在计划向集团公司领导建议修改这一方案,集团公司领导现在有些犹豫。我们能不能写出一篇内参报告,帮助集团领导做决策。"宋扬说出了自己的想法。

"嗯,我再想一想。大家也想一想。"李主任说道。

实际上,对于人力部与财务部主导的这次考核制度创新,李主任比这里的任何人都清楚。最近一年来,固定通信市场已经呈现萎缩的趋势,移动通信市场发展迅猛,越来越多的通信企业已经意识到移动通信市场这块诱人的蛋糕,大家都在积极抢占市场份额。可以设想,未来几年移动市场的竞争会越来越激烈,集团公司高层希望通过效率优先的制度设计来激励省公司管理层,但效率优先还要考虑到中国国情,否则,激励不成,反而影响到了省公司的积极性,那就有背政策的初衷。集团公司领导中也有不同的声音,一把手唐才军不置可否,主要听副总的意见,姜总比较支持,章总似乎不太支持,其他人莫衷一是。唐总最后决定,人力资源部与财务部先做一些讨论,视情况再决定是否推进这项改革政策。

毛总和姜总走得近,这是全集团公司都知道的事。既然姜总比较支持,那么出台这一政策的倾向性是非常明显的。本来这件事与李主任没有什么关系,因为这项制度只会对省公司的管理层产生影响,对自己的收入不会有任何影响。但是,李主任此时所想,已经超出了报告本身。

再过一年多,集团公司的二把手周万胜要退休,章总有可能会填补二把手的位置;同时,会再提拔一位集团公司副总,由于自己与章总关系比较硬,自己的胜率会高一些。当然,对集团公司副总位置虎视眈眈的大有人在,集团公司总部各个部门的老总以及省公司的一把手,都是有可能角逐的人选。如果能在周总退休前,李主任能够再为自己赢得一些分,那么竞争集团副总时会更有把握。现在关于省公司管理层激励制度的文件,会不会成为自己得分的一个机会呢?从上次党委办公会上的情况看,章总似乎并不太赞成这一激励制度,从这方面讲,会取得章总的支持;另外,从现在的情况看,大多数省公司的管理层似乎并不支持这项激励制度,如果能得到大多数省公司一把手的支持,对自己以后再上台阶也会很有好处。

"这个选题有冲击力,现实性也非常强。如果能提出有说服力的观点,对集团公司高层领导的决策会有相当大的帮助。但有两个问题:一是其他部门会不会意见比较大,二是时间上可能会比较紧。"张副主任说。

"其他部门可能会有一些意见,不过不要紧,咱们成立综合调研处时,其实就明确了咱们的定位,独立、客观地向高层提供内参,关键是在独立性上,这也是我们的优势。但时间紧的确是个问题,我建议分两组,同时到省里跑一跑,搞一些调研,这样可以加快速度。刘江,你有什么想法?"李主任说。

"我也觉得这是一个很好的切入点,领导要是定下来,我们就尽快落实。"刘江说道。

"那好,我再讲一点,你们调研时一定要实事求是,把实际情况如实反映出来,不要在头脑中有先验的观点。其他具体问题,请张主任负责一下。"李主任布置任务。

其实,到这个时候,选题已经完全确定了。张副主任只不过是象征性地提些问题,以表明正在思考,那些问题实在不成为什么问题。以李主任的个性,部门内的事,一旦决心去做,一般是会坚持下去的。当初成立综合调研处时,在集团公司内部都不被看好,但硬是闯出来一条路。李主任这种外圆内刚的个性,宋扬也领略得越来越深。

宋扬没有想到,自己并没有仔细考虑的题目得到了李主任的首肯,"有心栽花花不开,无心插柳柳成行"啊。会议结束后,回到办公室,刘江对宋扬说:"小宋,咱们在讨论的时候,你为什么没有提出这个想法啊?"

"我也是突发奇想,随便说说,没有想到主任还真同意。"宋扬说的是实话。

"以后类似的情况,最好先在下面商量一下,这样,我也好有一些准备,领导问起来,也有个说法,不然比较被动。不管怎么样,题目定下来都是好事。"刘江的话里,婉转地透露出对宋扬的不满。

"刘处,不好意思,以后一定先汇报。我真不是有意的,就是想着早点把题目定下来,其他方面忽略了。"宋扬也感觉到自己刚才会议上有些不妥,抢了刘江的风头。年初基层锻炼汇报时讲话不小心吃了苦,现在讲话又不小心。"言者无心,听者有意",搞不好,把人得罪了自己还蒙在鼓里。宋扬不禁反省,这么长时间,不知道自己说了多少让别人有意见甚至反感的话,而自己却浑然不知。

一把手直接关心的事,当然是一路绿灯,要在最短的时间内解决。会后,张副主任又召开了一个讨论会,根据讨论的结果,一共去6个地方调研,东部、中部和西部各两个省公司,为了节省时间,兵分两路,宋扬和刘江一路,罗伟广和高峰一路。宋扬和刘江这次要去西部的西新省、中部的微山省、东部的东安省。

下发6个省公司的文件由宋扬起草,有过上次给集团章总写发言稿的经验,现在能够少写一个字,绝不多写一个字。这次下发的部门公文相对简单,寥寥几句话,写清楚原因、时间、地点、调研内容就行。为了避嫌,也为了能够了解到真实情况,调研目的写得很模糊。

宋扬将公文从OA系统转给刘江,刘江改了几个字后,将公文再转给张副主任,张副主任再转给部门的李主任,最后由李主任转到部门文秘处,由文秘处将公文下发至相关省级公司。

在宋扬的印象中,包括自己经手的和别人经手的,有些文件到李主任那里都会搁上几天,有时是因为李主任出差,有时是李主任故意停上几天。停上几天算好的,有些文件到了李主任那儿干脆就被枪毙了。宋扬有时想,这些文件前前后后经过好几道关,一下被毙了,还不如一开始就和李主任沟通好,这样可以节省多少时间。特别是起草文件的人,经常为了写一份公文而字斟句酌绞尽了脑汁,最后竟然不了了之,这是不是社会上有人诟病央企效率低下的一个原因呢?宋扬经常听到李主任说的一个词是"事缓则圆",这可能是李主任多年行政工作总结出来的经验吧。

这次去省公司调研的公文到李主任那儿,李主任立马通过OA系统发送了出去,然后还给刘江打了电话,"小刘,你们的文件我已经点出去了。时间紧,你们尽快安排。"看来,李主任对这次基层调研非常上心。宋扬当然不知道主任在打着自己的算盘。

宋扬和刘江的第一站是去西新省。宋扬对西新省的印象还不错,这次算是故地重游,而且,由于同行的是刘江,比较熟悉,所以心情也不错,不像上次陪章总去广南省,那实在是"压力山大"。

宋扬和刘江打车去机场,宋扬带了一个包,放了几天换洗的衣服,另外还提了一个电脑包。刘江带了一个比较大的箱子,看得出来,刘江的箱子并不沉。宋扬比较纳闷,有必要带一个大箱子吗?

经过几个小时的飞行,到了西新省西萨市松原机场,到了出口,看见了大牌子"中信科集团",这次仍然是陆主任来接机。从级别上来讲,陆主任与刘江都是处级干部。

"刘处长,辛苦了。"陆主任和刘江握了握手,并顺便把刘江的箱子拿了过去。

"给你们添麻烦,好在这次没有晚点太多。"刘江说。

"您好,陆主任,我又来了。"宋扬对陆主任说。

"欢迎,欢迎,都快一年没有见了吧。集团公司领导可要想着我们啊。越是离北京远,越是需要总部领导的关怀,以后总部领导多下来走走。"陆主任一边说一边领着两人向小车走去。

"哪里,这不又来了吗?"宋扬笑着说。

"这次,还是安排住金鸿酒店,就是宋扬你们上次住的那家酒店。离省公司近,方便。"陆主任说。

"行,听陆主任安排。"刘江说。

"刘处,这次调研主要目的是什么啊?我看了前几天下发的文件,还是没有太搞明白。"陆主任问。的确,之前的文件一般会把调研的目的写得很详细。

"噢,这次调研,就是了解了解情况,看以后集团公司怎么样才能更好地服务省公司,大家都一个目的,就是把收入搞上去。"刘江说。

"哪里敢叫总部来服务我们省公司,肯定是我们工作没有做到位,刘处您在集团总部,看得多、听得多,这次一定多指点指点,把兄弟公司的好经验给我们透露透露。"陆主任这样的话随口就能来上一套。

宋扬心想,刘江虽然是处长,但在集团总部也就是一个干活的,在李主任那边毕恭毕敬,不叫坐都不会坐,一到省里,还真像一个领导。也许在省公司眼里,总部来的都是领导。

到了酒店简单收拾了一下,就和陆主任来到三楼的包间,除了陆主任,还有另外两个人,都是办公室的,宋扬都不认识。"刘处长,快到年底了,领导的事情特别忙,本来张平总还说要来陪一陪刘处的,但实在走不开。"陆主任抱歉地说。一般来说,处长来省公司,省公司部门一把手作陪就完全可以,陆主任抬出张平副总,实在是为了给刘江面子。

"不敢当,年底的确事情多,现在市场竞争这么激烈,全年的任务就要指望剩下的几个月冲一冲,"刘江说,"对了,陆主任,下面这两天怎么安排的?我好做个准备。"

"噢,已经安排好了,根据上次下发的文件要求,明天上午的会,我来主持。相关部门的人全部到会,有办公室、财务部、人力资源部,向总部领导逐一汇报。"陆主任说。

"还有吗?"刘江问。也许刘江问的是还有什么其他部门参加,也许是别的意思。

"噢,后天正好是周六,安排去附近转一转,看刘处有没有感兴趣的地方,尽管和我们提。"陆主任想了想又说,"对了,刘处,你们下一步是去哪个省?"

"看吧,还没订票,计划周日去微山省。"

"难得来这里,多玩几天。我们这里经济不行,但山水还可以,不比东部兄弟省份差,多待几天。"

边吃边聊,反正就是那一套,有些听得明白,有些听不太明白。不过,在集团公司毕竟待了快一年,比之前多了解很多关于集团的掌故。有些时候,宋扬也能插上嘴,说上几句话,没有压力反而表现会好一些。

晚上回到房间,刚准备上床休息,门铃响了,开门一看,原来是陆主任。"陆主任,请进。这么晚了,你还没有休息啊?"

"宋扬,我睡不着啊。你在西新也待了半年吧,也算曾经是西新省公司的人吧?"

"是啊。"宋扬不知道陆主任葫芦里卖的是什么药。

"凭我的经验,我感觉你们这次来调研不像是公文上讲的那样,机场回来的路上,我问过刘处长,但他好像不太愿意说。所以,我想了想,只好过来问问你。不然,领导肯定会说我工作没有做到位,难啊。"

"这个……"宋扬想起了在集团公司时,他拟文时故意模糊一点,就是不想让省公司的人知道他们此行的目的。

"如果这事非常机密,那不说也罢。"

"不是这个意思。"

"宋扬,你放心,你稍透露一点就行,我绝不会说。我这个主任难当啊,搞不好,郭总怪罪下来,我吃不了兜着走。"

宋扬想了想,觉得这事适当透露一点也无妨。于是就给陆主任说了一下此行的目的。

"噢,我明白了,宋扬,感谢你啊。"说完拿了一个信封给宋扬,"一点小意思,你收下。"

"陆主任,这就不必了,你刚才不还说我也算西新省公司的人吗?"

"此一时彼一时嘛,拿着,拿着,刘处长也有份。"

推迟了几次,宋扬只好收了下来。以前听王刚他们说过红包的事,但自己出差次数少,这是他第一次接受省公司发的红包,里面有两千块现金,宋扬心里面还有些打鼓,总觉得有些不踏实。上次去广南省,虽然省公司送的礼品也值几千块钱,但那毕竟算是礼物,接受起来容易一些。不过,再想一想,礼物和钱,其实都一样,甚至钱的效用更高一些。宋扬是学金融的,知道货币补贴的效用要比实物补贴的效用高。以前,一直觉得自己在集团公司就是最底层的员工,基本上没有用处,现在发觉还是有些用的,毕竟了解一些真实的信息,而这些东西,省公司的人一般是不知道的。

第二天一大早,陆主任给郭风亮打了电话,"郭总,您听说过集团公司正在研究对省公司管理层的激励方案了吧?"

郭总说:"我听说了。"

陆主任说:"这次集团综合调研处过来调研,实际上是综合管理部的李主任那边想搞份内参给高层。"

郭总问:"有这回事?"

陆主任把昨天宋扬的意思给郭总传达了一下。"郭总,我已经把准备汇报的内容作了一些修改,主要突出我们省公司经营环境的恶劣以及管理层做出的努力。"

"嗯,这样,今天上午开会前我去简单讲一下,你和其他部门事先再沟通一下,把握汇报的总基调。"郭总进行了布置。

第二天上午北京时间12点钟,在省公司会议室召开调研会议。会议开始前,郭总进来了,刘江站起来过去迎接。"郭总,好久不见,还是神采飞扬。"宋扬也跟着说:"郭总好,好久不见,你还认识我吗?"

"哪里,是酒喝多了脸红吧。刘处长,今天早上我才听陆主任说,你们今天上午过来搞调研,正好上午我还要去一个大客户那边,不然今天的会就我来主持,"郭总说完转向宋扬道,"你叫宋扬吧,去年还是我的兵呢。"宋扬觉得,郭总的记性真好,这么长时间了,还记得自己的名字,真是不简单啊。

"这种事哪能劳您大驾,有陆主任在就行了。全省的收入还指望您呢。"刘江赶紧说。刘江感觉有些意外,这种事一把手过来打招呼,也的确是对他刘江的重视。

"刘处长,你们这次来,一定替我们呼吁呼吁,西新省经济不发达,各家公司为了抢占市场用尽了手段,竞争形势比东南部省份激烈得多。为了完成考核目标,我们一边争市场,一边要压缩成本与费用,这两者有时是矛盾的。现在我们有些同志说,真想调到东南部沿海省份过几年好日子。"郭总有些无奈地说。

"现在市场的确难做,竞争相当激烈。郭总,您忙您的去,这边还有陆主任在。"

"好,这边几个部门,都要如实向集团公司汇报。我还有事,今天就到这里,其他事陆主任会安排好。"郭总环顾了一下四周后说。

接下来的汇报,正如陆主任事先和各个部门沟通的,主要反映几大问题:一是经营环境非常恶劣,收入压力非常大;二是员工情绪不稳定,不少员工有辞职的苗头;三是省公司管理层鞠躬尽瘁,为了稳定员工队伍,连续几年薪酬增长率都慢于各省公司平均薪酬增长率;四是省公司管理层的压力最大,有些领导因为应酬过多出现酒精中毒,像郭总这样,别看他讲话洪亮,其实是一身病,高血压、痛风、心脏病。各个部门的汇报人,就差没有一把鼻涕一把泪地诉说西新省公司的艰难奋斗史了。

下午,在陆主任的安排下,刘江一行来到了比较近的一个地市公司。陆主任指着一个被破坏的移动基站说:"这是昨天夜里发现的,这个基站被人为破坏了,导致昨天用户大面积投诉,我们已经报了案。"地市分公司的人绘声绘色地再现了移动基站被破坏时的状况,这种破坏,肯定是专业人员干的。

"真是什么手段都用。"宋扬生气地说。

"其实,这还不算最厉害的,毕竟这还没有人身伤害。前一阵子,我们基层员工在做促销活动时,和另一家公司的员工打了起来,我们有两人受了重伤,现在还在医院里。要不我带你们看看去?"陆主任试探地说。

"不用,不用了。基层的确不简单啊。"刘江说。

"说实话,我有时真羡慕那些东南省份的公司,经济好,业务收入自然多,蛋糕大,大家都有的吃,他们的收入也比我们西部省份的收入高不少。"陆主任有意无意地提到收入问题,无非是想让刘江觉得,收入差距不能再拉大了。

十三 东部调研

晚饭后,陆主任说再出去喝点茶唱唱歌什么的,刘江说不用了,明天还要赶早。陆主任说也好,明天去的清凉山是新开发的景点,路途不好走,估计要好几个小时。宋扬回到房间后,拨通了杜丽的电话。

"杜丽,我宋扬,你猜我在哪儿?"

"你在西萨市?"

"我过来出差的。"

"你现在在哪里,我到你那边坐坐?"

"这样吧,我到你们大学去,怎么样?"

"也好,我在门口等你。"

根据杜丽告诉的路线,宋扬打车来到了西新大学。杜丽正在校门口等他,一年多没见,宋扬从车窗里发觉杜丽比以前更加成熟了。下车后,杜丽领着宋扬往校园里走。

"扬哥,谢谢你,要不是你以自己的经历鼓励我,我肯定考不上研究生。"杜丽说完,竟抽泣起来。宋扬能够理解杜丽过去一年所受的苦,甚至有些惺惺相惜。"别哭,现在都过来了,高兴才是。你不是想离开哈尼那个穷地方吗?现在已经实现一半了,等你毕业,去省公司肯定没问题。"

"等我毕业时候,谁知道是什么情况。"

"相信我,我看得最准了。"

"扬哥,我们到那边吃些消夜吧!"

两人一边吃,一边聊。"杜丽,有男朋友了吧?"

"没有呢。"

"早点找个男朋友,也好有个依靠。"

"你和嫂子啥时候结婚?"杜丽没有回答宋扬的话,反而问宋扬。

"现在和结婚也没有多少区别,结婚只是一个形式,估计要等她博士毕业。"

"等你们结婚的时候,我一定送你们一份大礼。"

"先谢谢了。等你有男朋友,我也送你一份大礼。"

"我也想感情学业两不误,但我资质有限,还是先把学业搞好再说,免得找工作时因为考试不过关,最后没有找到好工作,那我会后悔死的。"

"你这么努力,上天会眷顾你的,到时,我再帮你推荐一下,应该问题不大。"宋扬的确是想帮助杜丽。

从西新大学回到酒店,北京时间已经是深夜3点。人的一生,难得遇到几个真正能说知心话的人,杜丽应该算一个。不过,宋扬也知道,男女之间很少存在真正的朋友关系,感情深了,往往会向性的方面发展;感情不深,也不可能总谈到一起,红颜知己只是个传说。退一步讲,即使有红颜知己,一旦这个女人结了婚,一切都会改变。一切随缘吧。

本来是想周日下午飞微山省,后来陆主任再三挽留,就又多待了一天,周一下午才飞微山。陆主任把刘江和宋扬送到机场,从汽车后备厢里拿了几个盒子,"刘处,一点小意思,带回去尝尝。"

刘江把送的礼品直接就放到了大箱子里,宋扬只好提在手上。这时,宋扬忽然明白了刘江提大箱子的原因,看来"江"还是老的辣。闲着没事,宋扬去机场商场转了转,看到一个品牌箱子打折,一问价钱,1000元。想着手上提着礼品去微山不是很妥,宋扬就买了个箱子,把问题解决了。

"刘处,我那个包有些坏了,正好这里有打折的箱子,就买了一个。"宋扬解释道。

"对,还是买个箱子方便一些。"刘江当作没有看见。宋扬心想,自己出差少,有些东西,还是需要自己去悟吧。

刘江在机场无意中问了宋扬一句:"你没给西新省公司透露咱们这次调研的目的吧?"

宋扬一惊,连忙说:"没有,没有,李主任说过的话,我还是记得的。"

"省公司信息灵通得很,有些省公司的信息比我们总部的人还要灵。"

宋扬附和地说:"是啊,越是经济发达的省份,他们的消息越灵,现在连西部省公司的消息都这么灵,所以啊,很少有真正称得上秘密的内容。"

由于在西新省多待了一天,第二站去微山省的时间有些紧。飞机有些晚点,周一晚上8点多才到微山省,周二下午听了各个部门的汇报,中部省份的情况与西部省份的情况差不多,周三上午又去地市公司转了转,周三下午就飞东安省。宋扬庆幸自己在松原机场时就买了一个箱子,不然现在肯定很被动,省公司送的礼品拎在手上像什么样子?现在箱子剩余的空间已经不多了,好在也就还有一站。

周三下午到东安省的时候,下午5点多,时间正好,不早不迟。到酒店休息一下,正是晚餐的时候。陪同吃饭的人比较多,办公室的闻主任、郑副主任以及一个跑腿的小张,财务部、人力资源部以及市场部各一人,一桌8人,坐得满满的。看来,东安省公司比西新省公司和微山省公司要更加重视这次调研。

闻主任说:"刘处长,我印象中你们来东安来得少,以后要多下来指导指导。今天晚上,我把几个部门的汇报人都叫来了,大家第一次见面,痛快地喝,工作上的事,明天再谈。"

郑副主任对省公司的人接着说道:"今天刘处长和宋扬喝好喝不好,就看你们几个的表现了。"

人多就热闹,东边不亮西边亮,反正酒不停。办公室的人酒量都不小,市场口的人当然也不弱,特别是已经混上一官半职的人,大多是"酒精"考验过的。

虽然闻主任说不谈工作上的事,但你一句我一句,基本上把明天要汇报的中心内容大概都说了。郑副主任说:"东安省GDP在全国排第四,算经济强省,管理层收入看起来高,但是要辩证地看,同我们省公司收入增长率比工资未必高,如果再与同业的竞争对手比起来,不仅不高反而低许多,我们省公司管理层的收入只有他们的一半。"

"前几天我们省公司的程总还说,有竞争对手想挖他过去,收入立马增长200%,还有期权。但程总说在中信科集团这么久,对中信科有深厚的感情。不过我觉得,毕竟物质决定意识,收入与同业的差距不能太大,否则也不利于稳定队伍。你想一下,管理层要是走一个人,那可不是普通员工离职,对公司的影响太大了。所以,你们调研来得正是时候,一定要帮我们反映反映,向程总这样一心扑在事业上的人,集团公司要多考虑考虑。"闻主任说得声情并茂。

闻主任的话中有话,至少有以下几层意思:第一,东安省公司已经从其他渠道了解到刘江来调研的目的,反过来说明,也没有太把刘江放在眼里;第二,东安省公司管理层的收入不是高,而是低,而且是相当的低;第三,刘江的调研报告要往有利于东安省公司管理层的方向去写。

的确如刘江所说,省公司很有能耐,特别是业务发展好的省公司,可能在不同渠道都有自己的情报来源,当然,这些情报来源也是要靠感情或物质来维系的。宋扬感觉,东安省公司与西新省公司给人的印象不一样,说俗一点,就是"钱壮尿人胆"。东安省公司说话底气硬,关键是业务收入摆在这里。也不知道省公司这几天是不是开会讨论过,配合得相当默契。

一番觥筹交错之后,刘江不再喝了,宋扬也不行了。闻主任说:"刘处长,喝得怎么样?"

"喝高了,喝高了。"刘江说。

"喝高不怕,一会儿再按摩一下,酒意就没有了,不会影响总部领导的工作。"郑副主任转过头说,"小张,都安排好了吧?"

小张说:"安排好了。"

"刘处长,宋扬,来,最后杯中酒,干了。"闻主任举起杯一饮而尽。

酒足饭饱之后,大家陆续出门。两辆车已经开了过来,闻主任、刘江、宋扬一辆车,郑副主任以及小张另一辆车,其他几个人就各自分散,应该是回家去。

两辆车到了一家叫"伊人SPA"的地方停了下来。一进门,就看见门口挂的各种镜框,大概是各种资格以及获得的奖项,什么消防合格证、卫生合格证,什么城市精神文明奖。这种地方也能得奖,宋扬觉得有些好笑,不过,窗明几净的,应该是一个比较正规的地方。

进去之后,每人都有服务员引导,先去泡澡。虽然说这几天吃好喝好,进出有车接送,但宋扬还是觉得累,在水里泡一泡,感觉很舒服。宋扬想,自己才出差几天就这样了,还是缺少锻炼,那些当领导的,动不动就在外面十天半月,不简单,看来自己没有当领导的命。

在大池中,几个人自然分成了两拨,刘江、闻主任、郑副主任一拨,宋扬和小张一拨,这样也好,宋扬感觉更加自然一些。小张的全名叫张宇,和宋扬一般年纪,大学毕业后就应聘来到了省公司工作,工作大约有5年时间,算是老员工。虽然和宋扬年纪一样大,但社会经验比宋扬丰富,一是工作时间长,二是在省公司办公室工作很锻炼人。两人聊得比较投机,聊着聊着就放开了。

"你经常来这边吧?"宋扬问张宇。

"还行,也算不上很频繁,市里好一点的娱乐场所,我基本上都了解一些。"张宇一边说话一边在水中做游泳状。

"你牛啊。"

"这是我工作的一部分,如果主任哪天叫我找个地方,说要带哪个领导去放松放松,我说我不知道有什么地方合适,那不就问题大了吗?也别想在这儿混了。"张宇说。

"主任吃饭是不是经常带着你?"宋扬问。

"有一个过程吧,以前比较少,现在多一些。"张宇说。

"看来你很受器重,好好干。"宋扬笑着说道。

"对了,北京有什么学校研究生文凭比较好搞?"张宇问。

"你想读研究生?"宋扬问。

"就想混个文凭。我刚毕业那阵,本科还可以,现在省公司招聘全是研究生学历,当然也有本科生进来的,但那得关系不是一般的硬。现在省公司的领导都在搞学历,我也有危机感,想趁年轻混个硕士文凭。你帮我问问?"

宋扬对混文凭不以为然,当然也不好直接拒绝,"好。你想在北京搞个文凭?在省里不是更方便些吗?"

"省里知根知底,不太好,说不定很快别人就揭了底,那太没面子了。你在北京时间长了可能没有感觉,地方上对北京学校的研究生还是有些小崇拜的。"张宇倒也不把宋扬当外人。

"这样啊,我回去就问问这个事,你等我消息。"也许和张宇的气场对得上,宋扬对张宇还比较有好感,也想帮他这个忙。

"那就先谢谢了。活着不容易啊,你说我整天吃啊喝啊,还得去搞文凭。"张宇深沉地说道。

"都是被逼的。"宋扬同情地说。

那边刘江几人也在闲聊,不时传来爽朗的笑声,从大家的表情可以看出来,宾主言谈甚欢。宋扬心想,幸好和张宇这边聊得还不错,不然自己那边插不上话,也有些尴尬。宋扬是一个善于总结的人,这些天的经验,使他悟到一个道理,以后出差的机会还多,每到一个新环境,都要主动、迅速地和一个人建立起较好的关系,这样,做什么事都会有个伴,才不会显得孤单,显得不合群。至于选择什么样的人,最好是职位相仿、年纪差不多的,共同话题会多一些;至于怎样迅速拉近关系,这个就要具体问题具体分析,多喝几杯酒、一起抽支烟、找找共同的兴趣点,都可以尝试。

大约过了半小时,闻主任招呼大家道:"泡得差不多了吧,上去放松一下。"在这种地方,宋扬跟着大家走就行,虽然是第一次来这种地方,但也不能显得太陌生。穿上服务生递过来的一次性大裤衩和睡袍,来到了3楼,有些房间门口站着年纪不大的服务小姐。张宇招呼道:"主任,301至305一共5个房间。"刘江、闻主任、郑副主任分别进了一个房间,张宇说:"宋扬,还有两个房间,你先挑。""无所谓,你先来吧。"宋扬说。"那你去305吧,那个妞长得正点一些。"张宇说完径直走进了304。

宋扬进屋后,小姐问道:"先生,要茶吗?"

"收费吗?"宋扬反问。这种地儿还是第一次来,最好先问清楚,免得被宰。

"不单收费,已经包含在里面了。"小姐说。

"能不能来瓶纯净水?"宋扬对这里的茶叶不放心,对杯子的卫生也不放心。

"可以的,您稍等一下。"小姐说。

宋扬环顾四周,屋子里一张床,一个柜子,一个洗手间。宋扬第一次来这种地方,虽然以前在网络上也了解过许多,但网上的事真的假的都有。宋扬也不知道下面是什么流程,难道有特别的服务?宋扬既有点不安,多年的传统教育,来这种场所有悖于传统价值观。

"先生,您的水。"小姐温柔地说道,并顺手把门锁上。宋扬顺势打开喝了几口。

"先生,请趴在按摩床上。"小姐说完帮宋扬解下睡袍。这时宋扬身上只有一件大裤衩,宋扬趴在按摩床上,把头埋在床前方的洞里。

小姐开始工作,先一阵敲打,然后在宋扬的背上涂了一些乳液,慢慢揉捏。加上昏暗的灯光,宋扬有些想入非非,下体自然有了反应,由于趴在床上,倒也没有关系。

小姐先按头部、肩部、背部,再往下按屁股、大腿、小腿,按完背部后,小姐说:"先生,背部按完了,请转过身躺在上面。"宋扬转过身躺在床上,下体虽然不再坚挺,但也明显有些角度。宋扬有些不好意思,倒是小姐善解人意,"先生,你放松点,享受按摩就好了。"

看来这个小姐比较有职业精神,宋扬有机会看清楚她的脸,长得还可以,手指纤细纤细,如果只看手,你说她是弹钢琴的肯定不会有人反对。小姐的手逐步按摩到了宋扬的小腹,并把宋扬的大裤衩往下褪了褪。宋扬强制自己不勃起。小姐又开始按摩大腿根部,这时,宋扬实在克制不住了,下体一下弹了起来。

宋扬有些尴尬,倒是小姐经验丰富,很镇定地开玩笑说:"你这宝贝挺厉害啊。"

"像我这样的多吗?"宋扬这才相信刚进店时门口挂的那些牌子,看来是真的。

"有一些,倒不太多。像你这样身材健美的人不多啊,大多数人一身肥肉,有些人胖得都看不见那个。从按摩开始到结束,下面都是趴着,有的一边按一边就睡着了。"小姐笑着说。

"这种情况下能睡着,佩服,实在佩服。"

"那些人啥玩意都搞过,这些东西刺激不了他们。"小姐解释说。

虽然宋扬已经有了几年性经验,但仍然感觉下面硬得有些难受,就对小姐说:"就这样吧,我不按了。"

小姐有些急:"可我还没有做完呢。"

"没事,没事,钱照付。"宋扬说。

"那你能多给一点小费吗?"宋扬这才知道还要给小费。

"还要给小费吗?一般多少钱?"宋扬问。

"没有规定,你愿意给多少就多少,给得多就表示对我服务的认可。一般二三百。"小姐说。

"这么多。"宋扬心想,餐馆最多10%至15%的服务费。

看宋扬有些犹豫,小姐说:"你可以摸摸我啊。"说完拉着宋扬的手往大腿上面放。

宋扬心中一阵狂跳,"不了,不了。这样吧,你陪我聊天,到钟点就结束,怎么样?"

"你真是太好了,碰到你这样的客人真是福气。"小姐说。

宋扬真不知道小姐说的是真话还是假话,不过,想想也是,宋扬算是一个有把持力的人,小姐拉着手往大腿送,能把手抽回来的人有几个?

"大部分客人是不是动手动脚的?"宋扬想了解一些信息。

"有些客人是的,甚至有些变态。"小姐说。

"那有没有强迫你的?"宋扬问。

"也有吧,什么样的人都有,不过,公司考虑到这一点了,我们这里有报警的,我一按就会有人来。当然,不到万不得已,我是不会按的。"小姐说,看来这里还真是正规的地方,那不正规的地方是什么样子?

宋扬问:"看你年纪不大,你怎么要来做这个?"

"我中专毕业,原来在一个工厂上班,但钱太少,我还有一个弟弟在读书,所以就想多挣些钱。挣差不多的时候我就不干了。"

宋扬想起当年初中毕业时,父母曾经让他考中专,那个时候中专很吃香,斗转星移,现在中专生竟然做这个工作,一时感慨万千。聊着聊着,时间到了,小姐拿一个单子让宋扬签字,在小费一栏,宋扬想了一想,小姐站在旁边,像一个等待分数的学生一样,宋扬觉得这个小姐服务还行,讲话也挺好听,是自己吃不消主动取消按摩的,就在上面写了300。小姐看到后很高兴,"谢谢大哥,再见。"说完就出去了。宋扬最后也不知道花了多少钱,反正是张宇结账。

按摩结束,大家换好衣服,皮鞋已经被擦得锃亮。没有人再提起刚才按摩的事,好像根本就没有发生过,宋扬不知道同行的其他几个人在房间都做了什么。小车把刘江和宋扬送回酒店,和闻主任等三人道别。宋扬回到酒店已经12点了,躺在床上,睡不着,脑子有些乱,宋扬还没有完全从那个昏暗的按摩房间中走出来,当他在小费上写300元时,小姐兴奋的表情一直在眼前摇晃。不知道那个小姐是怎么迈出第一步的?为了钱,活在黑暗中,甚至身体还要被别人占有,这是一种怎样的悲哀呢?

周四上午省公司座谈,下午去一个地市分公司看了看。其实,周三晚上饭桌上,省公司已经表明了态度,支持搞收入改革,扩大收入差距。在会上,刘江说得最多的话就是:"我们把这些意见都带回总部。"至于带回去怎么办,没有说,刘江也不知道怎么办。

周五下午的飞机,刘江和宋扬回北京。这时刘江的箱子已经鼓了起来,宋扬的也一样,为了把东西全部装进去,宋扬已经把一些礼品的包装给扔了。

十四　出棋致胜

周一上午,高峰与罗伟广一路人马也调研回来,刘江开了一个会,谈了一下两边调研的情况,最后安排宋扬和罗伟广先写一个初步的调研报告。周五两人拿出了一个初稿,基本上就是两种方案的优劣势比较,最后得出的基本观点是:可以适当拉大省公司管理层收入差距,但要适度。刘江看了后,隐隐觉得有什么地方不对头,但也提不出什么问题,他对李主任的心思猜摸得也不准。

刘江把初稿送给李主任,"李主任,我们上周末回来的,现在已经完成了一个初稿,还很粗糙,您给把把关?"

"好,你们动作很快啊,我来翻一翻。"李主任说道。

李主任看了一会儿,就把眉头皱了起来。"小刘,这个报告四平八稳的,没有冲击力啊。这样吧,把你们参加调研的几个人叫过来,一起讨论一下。"

刘江很郁闷,这个课题确实很难搞,哪里有什么标准答案?公说公有理,婆说婆有理。

刘江把其他几个人叫到李主任的办公室。李主任说:"我讲得最多的就是报告一定要有观点,要有冲击力,不要怕错。成立综合调研处,就是想你们这些笔杆子能写出不一样的文章,所以,这篇报告还需要再斟酌,特别是观点上。你们谈谈意见吧。"

刘江这时已经彻底明白李主任的意思,再不明白,他也真是对不起处长这个称号。刘江赶紧说:"主任,我感觉这个报告应该往维持现状上写,不能再拉大收入差距。其实,中西部省份的竞争环境比东部更加恶劣。这份报告的观点的确有些问题,欠考虑。"

高峰的领悟力相对要差一些,接着说:"主任,东部几个省公司的收入可是占到了全集团的50%以上,现在这些省公司的管理层并不太稳定,我觉得要抓主要矛盾的话,可能还是要往东部适当倾斜一些。"

李主任批评高峰说:"你是不是调研时被洗脑了?我一直叫你们独立思考,你们千万不能被省公司牵着鼻子走。"也许是李主任对这篇报告寄予厚望,所以也显得有些着急。

高峰被李主任教训得耷拉着脑袋。宋扬这次明显感觉到李主任的强硬,甚至是强人所难。难道说适当倾斜一些,就是被洗脑?那保持现状就不是被中西部省公司洗脑?

宋扬和罗伟广也发表了一些意见,李主任听了直摇头。"小刘,你们综合调研处还要加强学习啊,要有战略眼光,要看到森林,而不是只看到一棵棵树木。"

"是,是,主任批评得对。"刘江点头说。

"我不是说你们讲的东西不对,从每个点来看都是正确的。发达地区的省公司会说,与同业比起来收入低一些,那我还觉得我收入低呢,人是有感情的,在集团工作这么多年,不能把注意力都放到钱上。当然,东部物价的确高一些,但与西部相比,物价之间的差距也没有收入差距大吧。西部省公司的老总也都不简单,一个个都在拼命,但是经济水平在那里,不是说你把命搭上去,就能把收入提高多少多少。西新省的老总郭风亮,年纪轻轻,才40多点吧,一身病。他们还一肚子意见呢,要是把西部省公司的老总放在东部,可能会干得更好,这是有可能的。我们要跳出这一个个点,要看到问题的关键。你们想想,关键在哪里?"

没有人接李主任的问题,大家都低着头。李主任继续说:"我觉得关键是:省公司经营业绩的好坏,到底多大程度取决于管理层。明天,小刘你去广南省当总经理,我想也不会差到哪里去;如果把你调到西新省当总经理,你拼了命也未必比现在干得好。你们的报告核心要论证:省公司经营业绩好坏与哪些因素有关,是不是与管理层的个人能力关系不大?"

听完李主任这番话,宋扬感觉李主任是经过深思熟虑的,的确考虑得非常深入、更加接近问题本质。一比较,就发现刚才给李主任的报告就显得太浅,也难怪李主任生气。宋扬心想,李主任还真是不简单。

"主任,您讲得有道理,我们再好好考虑一下。"刘江说。

"我还想了,如果你们还是按常规的方法,搞定性分析,估计还是搞不出结果,即使搞出来,也没有说服力,人力和财务搞的那个东西就是这一套。有什么意思?没有意思。现在集团领导在倡导精确化管理,就是不希望搞糊涂账,我建议你们搞定量分析,别的部门玩不了,这样才有新意,高层领导才爱看。"

李主任把握大方向确有一套,甚至在方法论上也有独到之处,这点不服不行。但这个定量分析可不好搞,从来没有搞过类似的报告。

"刘江,你负责再抓一抓,宋扬主要负责技术方面。你们要抓紧,年度工作会议很快就召开。"

"是,我们一定往前赶,按时完成任务。"刘江没有说NO的权利。

回到办公室,估计是被李主任批评得有点郁闷,罗伟广说:"宋扬,你整的好事,现在大家都不好搞啊。"

宋扬听了生气地说:"什么叫我整的好事?没有这事,就没有其他的事了?"

刘江阴着脸说:"别吵了,还是想想办法怎么完成。宋扬,你先仔细考虑一下,争取下周拿出一个提纲,然后大家再讨论。"

其实宋扬也没有把握,但到这个地步,也只有硬着头皮上。李主任让宋扬来负责技术,实际上是对宋扬之前工作的肯定,说白了就是上次给章总搞的博士论文。好在还有计量经济学的基础,估计折腾一番能搞出个东西。即使有些牵强,估计这里也没有几个人能看得懂。

记得当时来中信科集团的时候,宋扬曾想过,研究生期间学过的很多东西估计没有用了,不曾想到写了一篇博士论文;拼死拼活,写完论文后,宋扬长长地舒了一口气,终于整完,以后可以不再用这些书本上的东西了。这倒好,没有多长时间,又要搞定量分析。可能也只有在总部才会做这事吧,这种形而上的事,基层没必要做,也做不了。看来,很多事情你越是不想做,还越摊到你头上。

宋扬借用芬妍的证件,又回到了学校的机房,网络还是好,可以站在别人的肩膀上前进。芬妍说:"宋扬,你现在搞的比我还勤奋,天天往机房跑,不知道的人还以为你是好学生呢。"

宋扬说:"我还真不想当这个好学生,没办法。"

芬妍说:"我的博士论文也开题了,你顺便也帮我写了吧?"

"你搞的投资银行那套,我这个土老帽哪会搞呢?"宋扬倒是实话,芬妍的博士论文题目是《投资银行的国际比较研究》，他真不明白。

经过认真思考，宋扬逐渐有了思路，报告的题目就叫《省公司管理层经营能力对经营绩效影响的定量分析》。这篇报告需要把省公司经营绩效的主要影响因素找出来，看这些因素哪些是与管理层经营能力有关，省公司经营绩效可以用收入增长率、利润率等指标来代表，影响因素则包括各省GDP增长率、当地市场集中度等指标，同时，对省公司管理层经营能力引入虚拟变量，如果模型结果显示虚拟变量不显著，则可能说明省公司的经营绩效主要与当地的经济水平以及其他一些非经营管理能力的指标有关，而与管理层经营能力关系不大。

回到办公室，宋扬把提纲给刘江看，刘江对技术性的东西不太懂，但对整体思路认可。一番布置，大家就开始行动，刘江整体负责，高峰主要负责从财务部搞数据，宋扬主要负责搞模型，罗伟广主要负责定性分析，核心工作还是在宋扬这一块。

前前后后忙了一个月时间，终于把报告整出来了，主要使用了计量经济学上的面板数据建模的方法。由于只是一篇内参报告，所以不像论文那样中规中矩。但宋扬也有点担心，因为模型存在一定的问题，比如说，市场集中度指标本身可能与管理层经营能力有关系，用专业一点话说就是可能存在"共线性"，宋扬考虑在报告中要不要把这个潜在的问题指出来，思考再三，宋扬决定放弃，原因是：第一，这篇报告是有"阶级"属性的，这个"阶级"就是李主任，报告是为李主任而写，而不是纯粹的学术研究；第二，估计能看懂报告的人不多，能提出问题的人就更少，只要自己不说，别人不会知道的。说句不好听的话，就算模型结果说明，省公司的经营绩效与经营能力有高度相关性，宋扬也不能那样写，那样写就是自找苦吃，会被李主任骂死。

刘江对报告又做了一些修改，连错别字什么的也不放过。上次被李主任批评过一次，这次可不能再像上次那样。刘江带着宋扬来到李主任的办公室，"主任，您有时间吗？想跟您汇报一下报告的事。"刘江说。

"好，我来看看。"李主任接过刘江的报告。

"嗯，题目不错，符合集团公司领导的口味，"李主任一边看一边说道，"结构比上次清楚，观点非常明确，抓住了核心因素。你们看到没，东部省公司收入增长的惯性很大，自然增长率就很高，换个一把手，经营绩效一样好。宋扬，这个模型没有什么问题吧？"

"没有什么问题。"宋扬肯定地说。这个时候打退堂鼓,对谁都不利。

"那就好,你把模型写个说明,就是这些参数代表什么含义,列个表。给我普及一下知识,万一领导问起来,我好有个应对。"看来,李主任很爱学习。

听到李主任的点评,刘江和宋扬都松了一口气,估计这份报告没有什么大问题,下面只要修补修补就行。

李主任接着说:"我看过财务部和人力资源部搞的那份草稿,全是定性分析,说了很多道理。现在领导要的就是定量分析,你们这个正是领导现在决策需要的东西。我看现在这份报告基本可以,刘江,你们再搞一个简版的,到时候我一起给集团公司领导送去。"

李主任踌躇满志地呷了一口茶,又说道:"你们综合调研处,一年能出个一两份重量级的报告,就可以了。集团这么多部门,基本上每个部门都会写各种报告,这是总部机关的特点。但这些年来,集团这么多部门写了这么多报告,没有几篇我能看上眼的,集团公司领导估计就更难看上眼。当时成立你们这个处,现在看来非常明智啊。"李主任正在下一盘棋,这篇报告就是一个重要的棋子,至少也能算个"马"。

刘江与宋扬如释重负地走出李主任办公室。宋扬不得不佩服李主任的洞察力,虽然有些时候话说得不是很好听,但是在理。综合调研处因为有了李主任的照顾,虽然人数是最少的处,但一直在全部门10个处排在前面。

李主任原打算集团年度工作会议上呈给集团领导,后来估计觉得不妥,在会议之前就把报告送给了集团领导。据说,集团领导在后来的一次总经理办公会上,专门讨论了这个问题,一把手唐总终于表态,省公司管理层激励机制的事情暂时缓一缓。唐总的定调,实际上是否定了财务与人力的方案。

元旦之后,集团年度工作会议在北京召开,总部各部门一二把手以及省级公司一二把手都参加了这个年度最重要的会议。原来唐总的工作报告中提到管理层激励机制改革的事情,现在一个字都没有提。省公司的老总个个都是人精,听完报告就知道暂时不会有激励政策出台了。东部省公司的老总心里肯定有些不爽,虽然收入没比之前少,但如果再多一点当然更好;中西部省公司的老总则比较高兴,虽然收入没有比之前多,但总算没把差距进一步拉开。

纸里包不住火，李主任把这件事搞黄的消息在省公司高层中不胫传开。对于李主任的做法，有人褒有人贬，从人数上来讲东部省公司毕竟要少得多，所以支持李主任的人肯定占多数。李主任走这步棋，肯定是想到后果的，至少人力与财务老总会对他有意见，东部省公司老总对他有意见。但是，他在集团公司唐总、章总这边赢得了分，在绝大多数省公司高层领导中也赢得了分，权衡利弊还是值得的。要想再往上走，不冒点风险是不可能成功的。

越接近年底，事情就越多。一天，宋扬收到了行政处费姐发的一份群发邮件，原来是通信费报销。大意是，到去年12月底是一个通信结算周期，按一个月报销350元话费，一年就可以报销4200元，除去已经实际支出的通信费，如果还有结余，需要自己找充值卡发票来报销，过期作废。实际上，一个月350元话费，普通员工肯定花不了，平时上班都用公司电话，下班后也没多少电话要打，所以基本上都有结余。要是混个一官半职，报销的通信费就更多，正副处长级，每月400元；部门正副总经理，每月500元。

有不少人精打细算，还剩3000多元的通信费可以报销，不报白不报，大家只好到处找发票。有人有先见之明，早已经买好了发票，据说是5%的手续费，最近买的人多了，手续费涨到了10%，而且还不好买，公司周边一公里的报亭全卖光了。好在最后时刻大家总能找到发票，据说有人付的手续费是15%，就像意外之财一样，这些人对15%也不是太敏感。对卖发票的人来讲，15%可以说是暴利。据卖发票的人讲，一年里好多发票都是卖给了央企员工。

接着又是年终考评。宋扬原以为会开会投票什么的，甚至会有一些争执。后来才知道，根本不用开什么会，而是直接通过网络打分，同级相互打，上级给下级打，最后系统会根据权重算出总分数，当然领导的权重最大。根据部门人数，优秀、良好均有名额限制，要是超过比例，系统根本就过不去。大家都很平静，都在规定时间打完分数，之后好像没有发生过这件事。其实，大家都明白，工作表现是一方面，领导的意见才是最重要的，有什么好选的？选来选去，反而把关系选僵了，领导直接定，既有利于巩固领导权威，又有利于减少同事矛盾。

综合调研处一共6个人，刘江和宋扬得了优秀。优秀与奖金挂钩，可以将奖金提高15%。同时，在优秀处室评比中，综合调研处也评到了优秀，这就意味着年终奖金可以再拉高10%。宋扬想想也真有点意思，年初被李主任贬到了行政处,年末竟然被评了优秀。其实,这都是李主任一人决定的。对于宋扬来讲,李主任具有职业发展上的生杀大权,并不是太过分。不过,宋扬的确帮了李主任不少忙,如果不是他,估计这份报告很难写出来。宋扬已经憧憬着四年之后,在李主任的提携下能够竞聘为副处长。

十五　同事聚会

宋扬在楼道里碰到了费玉,费玉拉住宋扬说:"宋扬,你评了优秀,要请客呀。"

宋扬赶紧应了下来,"明天中午我请客,就到旁边的逍遥酒家。"

"好,一言为定。"费玉也不推托。

第二天,宋扬请费玉吃饭,从费玉那儿知道,从今年3月份起公司将不再发放住房补贴,公积金封顶的方案正在讨论。宋扬说:"费姐,你以前分过房吧?"

费玉说:"分是分了,不过,产权证还在公司,一直不发给我们,所以只有使用权,没有所有权。生怕给了我们,我们就要拜拜的样子。这里多好,赶我走,我也不走。"

宋扬叹了一口气:"对于我们这批刚来时间不长的人来说,还是有影响的,一个月少了好多。国资委是不是有点太狠了?"

费玉说:"谁叫咱是大央企,你没看到网上经常说央企腐败、高福利、高工资什么的,国资委也要做些事,缓解一下舆论压力。对了,你现在和李主任走得蛮近啊?"

宋扬把这段时间的事说了个大概,费玉是个明白人,一听就全理解。费玉说:"李主任是个强人,有希望再往上升,李主任看中你,你也有机会。不过,张副主任那边你也要多注意一点,他是咱部门二把手,说不定什么时候就升一把手。给你透露一点,李主任和张副主任关系不是太好。"

"有这回事,我怎么没有看出来?"

"要到让你能看出来的地步,问题就大了。这些事都是有历史原因的,咱部门最近几年进来的人估计都不知道,你自己知道就行。"费玉提醒宋扬说。

"谢谢费姐,放心,我知道哪些该说、哪些不该说。"宋扬敬了费姐一杯饮料。

"这些话我都没对别人说过,不过,你例外。"费玉说。

"说明咱们有缘分。对了,费姐,你的事我也听说一些,像你这样的人真不简单,你要是低低头,凭你的关系,不早就提了吗?"

费玉叹口气说:"人各有志,我已经想开了。我现在签的是无固定期限合同,我不走,公司也不会把我赶走。但是,你不要走我的老路啊。"

宋扬和费玉一边吃,一边聊,不知不觉就快到上班的时间了。

"宋扬,今天让你破费了。"费玉说。

"今天是请费姐给我上课,我收获很大。下次还要再请您上课。"宋扬说。

第二天中午吃饭时宋扬又碰到王刚,王刚说:"宋扬,咱们西新锻炼的几个人,好久没有聚了吧?"

"可不,上次是去年7月份,一晃半年又过去了。要不我们再搞一次?"

"我来订饭店,你确定人数,看明晚大家有没有空,还去上次的馆子聚一聚。"王刚提议说。

"行。"

说干就干,午饭后宋扬开始电话联系,除了出差的,一共有7个人参加明天的聚餐。宋扬、王刚、刘子华、工会的刘小军、财务部的赵洪超、法律部的康辉、国际部的李向峰,后来,宋扬又把市场部的王宇拉了进来,凑成了8个人,全是男的。

大家毕业后到集团公司工作,算起来已经超过一年半,由于分布在各个部门,每个部门总有一些名人逸事,你一言我一语,场面甚是热闹,从拓展训练聊到基层锻炼,从锻炼汇报聊到年终考评,从住房补贴聊到公积金。

"小军,我给你们工会提个意见啊,下次节日不要再发卡,直接发钱好不好。"王刚说。

"对,发钱好。元旦发的5000元购物卡,我还没卖出去呢。"康辉说,"昨天我到商场门口,一问,说9折,我一算,一下就亏了500元,妈的,我先不卖了。"

"哥们,我比你还想发钱,谁不知道公司旁边几个商场都超级贵,同样的东西要比别的地方贵20%到30%,但我有什么办法?领导为什么要去那团购购物卡,你们想一想吧?"王刚说。

"看来发钱是没戏了,咱就把心思放在卖卡上吧。我这儿有一个固定收卡的,和我关系还不错,9.3折收,你们一般都是9折卖的吧?"王宇说,"你们还有多少人想卖,可以一起,卖得多,还可以谈,估计能到9.5折。"

卖,卖,都卖,9.3折卖了卡,拿钱再到别的商场买东西,还能便宜10%以上,这帮研究生,对这个问题自然算得很清楚。

"你们知道了吧,从下个月开始,咱们的房补就要正式取消,原以为能再扛一阵子。"宋扬说。

"啊,这么快,前段时间不是说还在讨论吗? 一下子少了一大笔,买房又没希望了。"国际部的李向峰愤愤地说。

刘子华笑着说,"这帮当官的眼睛就往上看,国资委一忽悠,马上跟着走,讲政治,讨上面领导的欢心,听说其他几家公司动作都没有咱们公司快。"

"希望别把车补取消。"法律部的康辉说。8个人当中,目前只有康辉开车上下班。

"现在移动业务发展迅速,增值业务像雨后春笋般起来了,增值业务投入少,见效快,现在监管上也不严格,听说咱们公司不少人在外面自己搞了公司。"市场部的王宇说。到底是在市场口,王宇这方面的信息更加灵通。

"他妈的,难怪下面停了那么多好车,宝马、奥迪一大排。我以前还在纳闷,咱们的工资也不算太高,那些处长、副处长什么的,年纪比咱们大不了多少吧,你看他们开的车,原来自己在外面搞公司啊。"康辉骂道。

"何止是总部当官的,省公司也一样,甚至比总部更厉害。为什么不少总部的部门一把手希望到省公司当一把手? 就是在省里做事更方便。当然了,层层包装后,你一般不会知道公司的真正所有者,查也查不到。"王宇补充说。

"我最近出差走了好几个省,好多省公司的部门总经理、副总经理都把子女送到国外去了,还是有实力啊。"财务部的赵洪超说。

"不说了,越说越郁闷。来,再干一杯。"王刚给每人杯中又加满了白酒。

大家纷纷响应。这几个人,没有什么人劝酒,今天竟然都喝得有点迷糊。

言者无意,听者有心。王宇的话启发了宋扬,为什么不自己搞一个公司？饭局结束后,宋扬仔细想了想这个问题。当年上大学时宋扬曾有过梦想,成为中国著名的民营企业家,为此,还曾经研究过不少企业案例。斗转星移,宋扬换了专业,从计算机到金融,工作单位从商业银行又到了这家技术背景的央企。这一两年一直在忙这忙那,已经忘记了曾经的创业梦想,王宇的话一直在耳边回响,像惊醒了梦中人。

经过认真考虑,宋扬觉得要是有项目,投资不大,可以试一试,但自己没有多少经验,可以找王宇合作,他好像经验多一些。于是,宋扬给王宇打电话:"有时间吗,我们去大厅聊聊?""好,楼下见。"

"什么事啊,搞得像特工似的。"

"前段时间咱们吃饭的时候,不是说到搞公司的事嘛,你想不想搞公司?"

"不瞒你说,是有这个想法。"

"咱们一起搞?"宋扬试探地问。

"可以啊,我也想找个人合作搞,那天看你们好像都不太感兴趣,我就没有往下说。"

"你现在有项目了吗?"宋扬问。

"项目还没有选定,你也想想,我们一起考虑考虑。找时间,我们多和省公司的人交流交流,那帮人天天在市场一线,消息灵通,或许有机会。"

"这件事就咱俩知道,不能再传了。否则,对咱们不好。"宋扬提醒王宇。

"对,说的人不做,做的人不说。既然要做,就不能再说了。我们争取早点把项目定下来,再注册公司。"王宇说。

"好。"能找到一个人一起合作,感觉还不错。宋扬对王宇的印象不错,从他拓展训练时脱裤子的魄力,就像一个能干事的人。

十六　年度会议

集团年度工作会议之后，各个部门都有了方针，都在抓紧召开一年一度的本部门专业会议。集团管理部的会议这次选在了罗伟广的老家苏江省，听刘江说，前面两年的年度会议都在北京开，省公司的人意见挺大，说一年到头经常跑北京，难得有一次聚聚的时间，还要在北京。去年的部门年度会议，宋扬没有参加，一是部门的人不可能都来，二是他刚被贬到了行政处，领导也不会让他来。

或许是因为部门年度会议选在了罗伟广的老家，李主任的发言稿就由罗伟广来执笔。说实话，这个工作宋扬可能还真做不来，发言稿要把全集团综合管理的工作体现出来，宋扬对综合管理部的整体工作还不够熟悉。各个处把处内年度工作总结全部交给罗伟广，然后由罗伟广来统稿，罗伟广毕竟工作时间长，而且又有去年的模板，花了一个星期时间，就把一万字左右的发言稿整了出来。

苏江省公司也没有闲着，自从确定下来要在苏江省召开年度会议，省公司的办公室就忙开了，全员出动。要办好一场全国性的100多人的会议，还是颇需要一些组织能力的。订酒店、订会场、布置会场、打印会议材料、选购会议礼品、机场接机，会议中间的用餐、休闲娱乐，参会结束后返程订票、送机，还有一些想不到的突发事情。

虽然说，大家不希望在北京搞这个会，但真正落到哪个省公司的头上，这个省公司可要吃些苦，主要是需要组织协调好多事情，费用倒是其次，每年集团公司各部门都有专门的会议预算，这个预算会打到承办会议的省公司，所以，费用上各个省公司自己出不了多少。好在，承办这种会议是轮流的,一年办下来,之后的好多年都轮不上。而且据说有一个潜规则,就是一般会选择当年工作比较出色的省公司来承办。由于是全国性会议,每个省参会的人一般限制在3人以内,省公司主管副总经理、部门总经理或副总经理,再加上一个业务经理,路程远的,比如西新省公司,有时就来两位参会。

工作会议大概开两天,先由集团公司部门总经理作工作报告,根据情况需要,有时会邀请集团公司主管副总参会,如果集团副总参会,则最先是集团副总发言;其次是部门总经理发言;再次是相关处长的主题发言,一般是针对当前工作中的某一重点问题展开,是对部门总经理发言稿中的某一方面内容的细化。这些内容搞完,基本上需要一上午时间,有时还不够。下午,先是部分省公司部门负责人介绍过去一年的工作经验,然后表彰过去一年工作成绩突出的省公司。

第二天上午,分组讨论。把参会省公司分成几组,总部之前会拟定一些讨论话题。讨论结束后,要再集中开一次会,由集团公司部门领导,李主任或张副主任等进行总结发言,集中回答讨论中提出的问题,有时处长也会进行补充。如果内容比较多,会议也会延续到下午。

一下子见到这么多全国的同行,宋扬感觉有些目不暇接,本来记性就不太好,哪能记住100多人,但不认识归不认识,酒照喝不误,第一天结束之后,晚上照例有一个全体的桌餐。由于其他时间都是自助餐,所以这次桌餐就是大家加深感情的时候。

主桌最有讲究,主桌上坐的是李主任、张副主任等集团公司部门领导,还有一些重点省公司的副总经理,一般是收入居前的省公司领导,还有一些就是虽然收入不靠前但资历很老的省公司副总经理,苏江省公司副总作为东道主,当然也要坐主桌,主桌一共有12人。总部的处长一般不会安排在主桌上。

围绕在主桌旁边,也就是离主桌最近的左右两张桌子,都是安排其余各省公司的副总经理。

剩下的人,包括总部正副处长以及像宋扬这样的普通员工、省公司的部门领导以及一般员工,就没有那么讲究了,一个基本的原则就是要分开坐,不能总部的坐一桌,东部省公司的坐一桌,西部省公司的坐一桌,而是要总部与省公司搭着坐,东部省公司与中西部省公司搭着坐,这样有利于交流。苏江省公司工作做得很细,为了避免出现意外,他们在每个座位上都放了桌签,大家按桌签就座不会乱,而且也方便大家相互认识。

开始吃饭的时候,还比较有秩序。先是桌内互相敬,毕竟刚开始,大家比较保守,都要留下酒量以作后用;过了大约十五分钟二十分钟左右,主桌的集团公司部门领导就开始行动,会各个桌子转一圈,有些领导只是象征性地喝些酒,但有些领导会一干而尽,碰到后面这种领导,大家必须斟满,领导都满杯,你怎么能不满杯?那些原来喝红的要换成白的,女士也不例外,除非"封山育林"的那种。

之后,有些省公司领导也开始转桌。半个小时之后,场面开始有点乱,过了一个小时,就乱成了一锅粥。但乱而有致,外人看着乱,局中人却是有板有眼,有排队在李主任面前等着敬酒的,有一边窃窃私语的,有男女搂在一起的,有一群人PK的,有找烟灰缸的,也有少数默默坐在旁边玩手机的。

宋扬去年没有参加,今年第一次,有点不适应。"宋扬,来,我们喝一杯。"无意中,宋扬听到有人叫他的名字。宋扬一转头,这个人很面熟,但就是想不起来是谁。

"我酒量不行,多照顾。"宋扬感觉有些尴尬,别人一下就叫出了自己的名字,而自己却不知道别人姓什么。

那人走后,宋扬突然想了起来,去年去微山省调研,就是他接待的,原来是微山省公司的赵主任。人已经走远了,本可以就这个机会聊几句,加深一下感情,但现在搞成这样,不了解情况的人,还以为宋扬有多清高。宋扬真想掴自己两巴掌。

"宋扬。"又听到有人叫他名字,回头一看,这回是认识的,东安省公司的张宇,一起泡过澡的。

"张宇,你好你好,你和我那位同学联系得怎么样?"上次从东安省回北京后,宋扬帮张宇打听了在职研究生的事,后来张宇和他同学直接联系。

"联系过了,你那同学挺热心,我正在准备材料,争取今年9月份上。真要感谢你啊。"张宇举起酒杯说。

"没事,有什么需要我的,就打电话。"

"一言为定!来,干一杯,"张宇喝得好像有些高,"你先坐,我到那边再走一走。"

到现在为止,很多来参会的省公司副总,宋扬都不知道叫什么名字。这种场合,没有人会教你做什么,也没有人会强迫你做什么,你一直坐着也没有关系,你躲在一旁抽闷烟也没有人管你。表面上看没有什么压力,实际上还是有一种无形的压力,宋扬今晚深切地感受到了。这种压力是什么呢?就是当你不能融入到这个氛围时,你有一种强烈的孤寂感,以及伴随而来的自我否定感。

宋扬看到罗伟广拿着酒瓶穿来穿去,基本上就没有在座位上坐过。虽然宋扬有点看不上罗伟广,但他交际的能力比宋扬强,酒量比宋扬大。当然,这次会议是在罗伟广老家搞的,他有一定的主场优势,不过,换个地方客场作战,估计他也能很快变客为主。像罗伟广这样能写能喝的,还真是个人才,当时也不知道是谁把他借调到集团公司的,李主任?张副主任?

放眼四周,基本上没有几个人还在位置上,宋扬觉得这样被动坐下去,总不是回事,以后怎么混啊?不管多少个不愿意,还是要强迫自己主动一些。其实,这种场合下,很少有人关注到别人做什么,但宋扬的自我意识比较强,这就是一种无形的压力吧。宋扬过去问刘江:"刘处,山南省的是哪几个,您指给我看一下。"

"你是山南省的吧,对,应该去认识一下,以后也好开展工作。那位个子高的是山南省公司副总经理,姓史,旁边那个戴眼镜的是办公室黄主任,不过,别人都叫他黄总,那个举酒杯的,叫李科,算是科长吧。"刘江很热情地给宋扬介绍。

宋扬学着罗伟广的样子,左手拎了一瓶白酒,右手拿酒杯。虽然有红酒,但是敬别人,喝红酒总感觉心意不诚。

走到史总面前,宋扬说:"史总,我敬您一杯。"

史总倒也平易近人,"来,来,你是……"史总杯子里没有酒,宋扬赶紧加满。

"史总,我叫宋扬,现在集团公司综合调研处。老家也是山南省的。"宋扬说。

"你好,宋扬,你是山南哪里的?"

"我是江东市明州县的。您是哪里的?"

"我老家是富安市的,离得不远。你们上次给集团领导搞的内参报告不错,帮了我们啊。来,喝。"

宋扬心想,真是没有不透风的墙,难怪今天这么多省公司的副总围着李主任,估计这也是原因之一吧。东部省公司的副总对李主任可能会有意见,但也只能放在心里面,万一哪天李主任高升了,那可就是集团公司领导,这笔账还是要算清楚的。

和史总喝完了,史总介绍说:"黄总、李科,你们来,宋扬是咱们老乡,你们喝一个。"

听到史总这样介绍自己,宋扬心中感觉到一阵温暖。"黄总、李科,我是综合调研处的宋扬,江东明州人,来,敬你们。"

"你和我是真老乡啊,我也是江东的。一杯怎么行,至少两杯,"黄总喝得不少,说话有些含糊不清,"第一杯,我敬总部领导。"

话到这个份儿上,只有干。宋扬一仰头就把酒干了,然后又给黄总满上。"黄总,刚才让您抢了先,这杯我敬您,先干了。"说完就是一抬头。

"好,爽快,宋扬,咱们山南省人都是这个样子,以后有什么事,给我打电话,老哥给你办。"宋扬又觉得心中一股暖流,就算是酒话,听着也让人舒服。

"那就先谢谢您了。我在集团公司只算个小卒,估计也帮不上您什么忙,只能靠您来提携。"宋扬红着脸说,今天酒喝得不少。

"别这么说,你们在总部升得快,不像在省公司。一晃几年就会过去,你的好日子就会来了,只要你以后升了后不要忘了你黄哥。"黄总拍了拍宋扬的肩膀。

宋扬想起了家里有一个亲戚在中信科的县级公司,想往上调一级到江东市公司,以前亲戚提过这件事,宋扬总感觉刚工作不久,人微言轻,不合适。现在发现这是一个好机会,可以试探一下。"黄哥,您还别说,我真有事想找您帮帮忙。"

"噢,说给我听听?"

"我一个亲戚在明州县公司,学历、工作经历什么的都还可以,她老公在江东市上班,所以她一直想调到江东市公司去,什么部门都可以。以前她也找过人,但都没有搞定,不知道黄哥有没有什么路子?"

原以为黄总会先讲一堆困难,谁知道黄总竟一口应了下来,"我听说过段时间省公司要搞内部招聘,我了解一下是不是涉及到江东市,如果有,就好办,如果没有,我再想别的办法,你先等一等,争取给办了。"

"那我先代表我亲戚感谢您,黄哥,我再敬您一杯,您随意。"宋扬说的是真心话。宋扬真没有想到竟然这么简单。如果今天不过来敬这杯酒,会是什么样子呢?

和黄总喝完了,李科又上来了。"领导,轮到我敬你了吧?"宋扬这会儿心情好,和李科又干了一杯。李科说:"以后回山南,给我打电话,我找车去接你。"

"好,你来北京,打我电话。"宋扬回答说。

还别说,心情好,似乎酒量也会变大,刚才还有点想吐,现在宋扬竟然没有感觉了。吃着公家的饭,喝着公家的酒,建立自己的关系,办自己的事,真爽。要是能把这张关系网利用好了,那是一笔多大的资源。

宋扬几次想过去给李主任敬酒,但都被别人捷足先登。有的时候没人的时候,李主任又在吃菜,又不方便敬酒。等了好一会儿都没有找到机会,宋扬有些急,不管了,就站过去排队吧,妈的,这社会,敬个酒还要排队。终于轮到宋扬了,"李主任,我敬您一杯,感谢您这两年的关怀与指导。"

李主任站起来,转了身:"宋扬,你来部门多长时间了?"这个动作让宋扬感到很受重视,因为不少人给李主任敬酒的时候,李主任都是坐着喝的。

宋扬回答说:"快两年了。这两年给领导添了不少麻烦。"

李主任眉头一皱,说:"麻烦?你还在想着去行政处的事吧?"这是李主任第一次和宋扬提起这件事。去年调到行政处,是李主任叫刘江通知的;后来回综合调研处,也是刘江通知的。在这件事上,李主任没有一次找过宋扬,宋扬也没有一次去找过李主任。

"那都是我做得不对,主任您完全正确。"宋扬说。

"宋扬,从招聘你进集团公司那天,我就相信我的眼光,去行政处,是再考验你一下,你没有让我失望,好好干。"李主任拍拍宋扬的肩膀。

"主任,我一定继续好好干。我干了,您随意。"宋扬接着说。

李主任的一席话,让宋扬很受用,甚至有一种"士为知己者死"的冲动,但仔细一分析,主任的话也没有什么特别的,可以说一点承诺也没有,说过几年就提拔自己吗?没有。宋扬心想,要是没有写博士论文这事,会不会一直待在行政处呢?也有可能,反正话在人说,到那个时候,主任肯定会有另外一番说辞。通过这么长时间的接触,宋扬感觉到李主任的确有独特的领导艺术。

部门领导一个都不能少,宋扬给其他几位副主任都挨个敬酒。完了,宋扬又敬了刘江的酒。刘江的酒显然也高了,搂着宋扬说:"小宋,咱们处人少是少,但个个都是强将,哪个出去不是以一敌十。"

"对,对,刘处领导有方。"宋扬心想,连李主任都叫我的名字,你怎么还叫我小宋。有时候,人就是这么奇怪,一个很小的细节,都会让人感觉舒服或者不舒服,魔鬼真是在细节处。

"小宋,你办事,我放心,我在李主任那边可是没少说话啊。"刘江说。这倒是真话,刘江注意到李主任对宋扬比较重视,当然不会在李主任面前说宋扬不好的话。

"刘处,别的不说,在您领导下,我们处能评上优秀,这就非常不容易。"宋扬奉承道。

"好,干了。"刘江和宋扬碰了一下杯。

这顿晚餐,从晚上6点开始,现在已经9点多了,桌上不少菜都没怎么吃,净喝酒了。饭局结束后,不少人意犹未尽。苏江省公司安排了一个大的KTV房间,另外每人都有500元消费卡,可以去桑拿、按摩、泡脚等。这个时候,是没有领导的,都是自由组队。

十七　女中豪杰

宋扬正在张望的时候,罗伟广过来了,"宋扬,不好意思,今天晚上我在主场,要陪的酒太多,把你忽视了。"

"咱们现在是一个战壕的,你也只能算客场吧。"

"对,对,你说得对,我现在是集团公司的人,只能算客场。领导们都去KTV了,现在我们自由了,你跟我走,再去喝点。我还叫了几个人,都是我以前在省公司的同事。"罗伟广说完拉着宋扬往外走。

"这样啊,要不我把张宇叫着?"

"你是说东安省公司的张宇,好啊,一起来。"

宋扬打电话把张宇叫了过来。罗伟广一个电话打过去,几分钟人都来了。

"我介绍一下,这是宋扬,在集团公司和我一个处,以后见到宋扬,就算见到我;这是张宇,东安省公司的骨干。"罗伟广向其他几个同事介绍道。

"王倩,美女科长,以前在办公室坐在我后面,天天监视我的屏幕,我都不敢瞎看,只敢上新浪、搜狐。"罗伟广笑着说。

"得了吧,你哪天不上黄色网站,伟哥。"王倩骂道。宋扬一看,王倩果然是一个美女,长发飘飘。

"这位是我哥们,以前曾经也在一个办公室,李希猛。"罗伟广继续介绍。

"你们真厉害,有伟哥,有猛男。"宋扬说。

"我们还去以前的那个酒吧,怎么样?叫什么名字?酒喝多了,想不起来。"罗伟广问李希猛。

"梦中人。"李希猛说。

"对,就是梦中人。"说完,几人就一起往酒吧走去。

酒吧不远,离酒店拐两三个弯就到了。到了酒吧,罗伟广点了两瓶红酒,"晚上白的喝多了,就来点红的吧。"

"应该应该,照顾一下美女科长。"宋扬接着道。

"你要是这么说,我可要点白的了,美女的酒量你可能都比不上,她在我们部门是数得上的,我们主任出门必须带着她。"

"你找打。"王倩说完就拿包砸罗伟广。

"这样啊,厉害,不过还是红的吧,今天晚上都高了。"宋扬说。

这几个人当中,宋扬、张宇、罗伟广都喝得差不多到位了,王倩和李希猛由于事情多,所以喝得比较少,搞接待的人要是喝倒了,谁来办会务上的这些事?

"这红酒怎么喝?"罗伟广问大家。

"你们苏江有什么规矩?在这边你说了算。"张宇说。

"其实也没什么规矩,我们掷骰子吧,谁最小,谁喝酒,一次半杯,再复杂一点的我脑袋不够用。"罗伟广说。

"猪脑,小学加减法没有学好。"王倩骂道。

"今天晚上真高了,要是不喝酒,讲个笑话也行吧?"宋扬问。

"可以是可以,但大家要笑才行,不然不算数,你们说怎么样?"罗伟广问。

大家都同意。

第一次,王倩输了,喝半杯;第二次,王倩又输了,又喝半杯。王倩喝酒时,头一抬半杯酒就没有了,一点不拖泥带水。看来罗伟广的话不假,这个美女科长酒量的确很大。真是应了那句话,女人喝酒分两种,一是不会喝,一是很能喝。

宋扬回到酒店的时候,已经是夜里12点钟,王倩给他留下了深刻的印象,第一次遇到这样的女子,的确有些震撼。宋扬心想:"或许罗伟广说得没错,王倩很有可能成为全集团省公司中最年轻的部门副总。工作敬业、能说会道、外表漂亮、酒量大,这样的人不提拔,还能提拔谁?苏江省办公室主任出门必带王倩,看来真是这样,要我是主任,也肯定带着王倩。"

第二天上午9点准时开会,除了少数几个饮酒过度的人,绝大部分人都按时到场。根据会议安排,上午分组讨论,由于议题提前下发,省公司都有准备。看着会场上一个个意气风发的样子,再对比昨晚喝酒的疯狂,宋扬难免产生一种时光错乱的感觉,这帮人昨天喝得东倒西歪,今天讲起话来头头是道,这本事还真不是一天两天能够练出来的。

由于会议讨论热烈,计划上午结束的会议,只好拖到下午。最后的一个内容是:李主任总结发言,就讨论中提到的各种问题进行解答。上午会议结束的时候,各组已经把讨论的会议记录交上来,中午的时候,总部这几个处长副处长,就没有时间歇了,必须在中午把李主任的发言稿整出来。整出初稿之后,刘江再进行最后的修改。下午两点开会,1点半的时候,刘江把下午的发言稿送给了李主任。李主任大概看了看,说基本可以。

下午开会的时候,这个发言稿只是一个参考。在很多地方,李主任都会脱稿讲,有许多自己的发挥和引申,但都是恰到好处。宋扬对李主任的发言,大部分都不太感兴趣,觉得离自己比较远。不过,有一个事倒是引起了宋扬强烈的兴趣。

李主任说:"上午讨论中,不少省公司,特别是东南部省公司,都谈到了网络电话的问题,从网间通信监测看,网络电话的流量增长非常迅速。熟悉通信发展的人都知道,网络电话刚刚诞生时,只是少数科技痴迷者摆弄的小玩意。但短短数年,它就凭借着极其低廉的费用、灵活的服务方式等特点迅速吸引大量用户,一步步蚕食传统移动与固定运营商的领地。而且随着电脑的日趋普及,这种冲击越来越明显。不仅对中信科是这样,对其他通信运营商也是这样,在这方面,所有运营商的利益是一致的。目前,政策上对如何监管网络电话尚不明确,但根据我们和总部法律部的沟通,相关国家部委是站在我们这边的,基本结论是民营资本做网络电话是非法的,所以我们的主要策略是发现一个封堵一个,不要怕,必要时要借助当地公安的力量。作为省级公司的综合管理部门,要和地方公检法进一步搞好关系,同内部相关业务部门做好沟通。"

这些天一直在考虑的问题,似乎就在一刹那有了答案,宋扬觉得可以和王宇搞网络电话。网络这个东西资费便宜,肯定是未来发展的方向,投资估计不会太多,适合小本经营,但还有不少具体的问题需要进一步了解,细节的地方找王宇搞清楚。

等宋扬从自己的思绪中回过神来的时候,李主任发言已经接近尾声:"同志们,这次大会是一次团结的大会、胜利的大会,我们要在集团公司党委的正确领导下,继往开来,锐意进取,争取在新一年取得更大的成绩。谢谢。"

发言完毕,掌声雷动。

十八　创业梦想

央企的工作有明显的季节性,年会开完之后,李主任没有再给综合调研处压什么重担子,这也使得宋扬有一些空闲时间来考虑其他的事情。这几天正好王宇出差,宋扬在等王宇回北京后商量。这段时间日子过得清闲,眼看上班快两年了,好像也没有多少进步,央企就像一张网,轻易就把人锁在网中央,让你有种归属感,但再想一想,心里却有点发虚。

宋扬以为,自己虽然算不上人中豪杰,但对自己的智商与情商都还有点小自信。大学时当班干部、入党,两个月时间考上研究生,发表了不少学术性文章,成功入职央企,现在又得到李主任的青睐,这些都是他自信心的源泉。正是有了这些自信,宋扬觉得自己能干的事情很多,也正是因为觉得自己能干的事情很多,直到现在也不知道这辈子到底最想干什么。反正是一步步跟着大家往前走,至少在大家看来,进央企有保障,然后熬年头当处长,这是一条被证明比较理想的道路。但这是不是宋扬想走的路呢?为什么在夜深人静的时候,宋扬多次感到心虚?那种心虚,不是进了一个好单位就可以摆脱的。

实事求是讲,宋扬并没有一个明确的职业规划,当然了,这不怪宋扬,许多人都是这样,甚至绝大多数人都是这样。只不过,人和人是有差别的,大部分人能够说服自己从而使自己接受现实,做什么工作不是做?不就是养家糊口嘛,再说,能找到一份不错的工作就已经很不简单。这个道理非常朴素,但宋扬为什么就想不通呢?不应该。看来,问题并不是这么简单。宋扬一直在寻找自己的人生坐标,这种坐标不是靠别人的眼光来界定,而是完全取决于自己。

大学时代，宋扬想过创业，曾经研究过不少创业案例，觉得做民营企业家不错，靠自己的真才实学赚钱；读研究生时，看见不少经济学家在台上演讲很是风光，一场演讲就挣几万块，不少经济学家还最后走上了仕途，因此，宋扬在研究生期间觉得搞学术是一条路，学习算比较认真的，发表了不少文章，在同学中成绩算好的；宋扬也曾有当公务员的想法，为此看过不少官场小说，希望为官一任造福一方。

宋扬最欣赏的人是英国人凯恩斯，做学问、走仕途、赚钱，一个都不缺。首先他是一位经济学家，1929年经济危机爆发后，突破传统的经济理论，于1933年出版了《就业、利息和货币通论》，建立了以总需求为核心的宏观经济学体系，反对放任自流的经济政策，明确提出国家直接干预经济的主张。他的以财政政策和货币政策为核心的思想后来成为整个宏观经济学的核心，甚至可以说后来的宏观经济学都是建立在凯恩斯的"通论"基础上。毫无疑问，凯恩斯是一个伟大的经济学家，对整个宏观经济学的贡献是极大的。凯恩斯以经济学家的身份青史留名，但他又不仅仅是经济学家。凯恩斯在剑桥大学当过老师，也做过官，第一次世界大战爆发不久后进入英国财政部，1919年初作为英国财政部首席代表出席巴黎和会。更重要的是，凯恩斯还是投资家，在期货和外汇中赚取了巨额财富。1919年至1946年，凯恩斯在金融市场上的投资大幅度增加，同时还代客理财，他担任过剑桥大学皇家学院的财务总监和国民互助人寿保险协会的主席及几家投资公司的董事。

但宋扬也清楚地知道，对于凯恩斯这样的人物，自己只有欣赏的份儿。想想自己，只是出生在一个十分普通的家庭，父母除了满足他的温饱之外，没有多少其他的能力，父母的目标就是让他考大学，找一份好工作，除此之外没有其他目标，而凯恩斯有一个十分优越的家庭背景，经济状况很好，生活富裕，父亲曾在牛津大学、剑桥大学当教授，母亲是剑桥大学首批女毕业生，后来还担任剑桥市市长。

人和人生来并不平等，这让宋扬感到了失望，但是，这并不能成为宋扬放弃尝试的理由。当市场部的王宇说很多同事都在搞公司的时候，他内心深处欲望的弦轻易就被拨动了。从苏江省开会回来，宋扬就去找王宇商量。宋扬天真地想，一旦公司做大了，就辞职不干，专心做公司。

王宇出差回来后，马上和宋扬商量项目的事情。宋扬和王宇来到了五楼的一个小会议室，大概可以容纳十人左右，大楼里这样规模的会议室大概有20个左右,今天正好这个会议室没有安排。"王宇,你挺会找地儿的,别人不知道,还以为我们在谈公事呢。"宋扬说。

"总要避避嫌吧,这里安静,没有人打扰,还有水喝,我觉得以后咱们有什么事就到这里来吧,一般情况下,都能找到空闲的会议室,也算充分利用资源。来,谈谈你的想法。"王宇说。

"我的想法是搞网络电话,你应该比较熟悉吧?"宋扬直接抛出了自己的想法。

"你怎么想到这个主意的?"王宇问。

"前段时间我们部在苏江开了一次工作会议,有人提到这个问题,我就留心了。"宋扬实事求是地说。

"看来咱们想到一块去了。我最近几个月,看了不少关于网络电话的文件,大多是省公司报告给集团公司的,这段时间我也在思考其中的机会。"王宇在市场部,能够接触到各级公司一线的市场信息。

"你觉得网络电话怎么样?"宋扬问。

"这个项目,主要的风险有两个:一是政策方面的问题,目前政策上并没有放开,做这个项目,小的说是违规,大的说是违法,目前,各个省公司都在采取封堵的措施,当然,主要是封堵话务量大的,估计有不少话务量小的,还来不及封堵;二是客户方面的问题,网络电话主要涉及到国际长途,因为长途段走互联网,可以省很多钱,但需要在国外找到落地的运营商。"

"要真做起来,还是有不少细节需要考虑的。"宋扬补充说。

"我最近还在考虑其他的机会。一是增值电信业务中的机会,比如现在声讯台、彩铃什么的,就很火,我们也可以考虑做这些东西;另外一个是互联网中的机会,我们跳出传统通信业,看看互联网中的机会,毕竟,这个东西越来越成为必需品。你没看到,咱们集团公司对互联网业务越来越重视吗?"王宇对创业的事情,考虑得比宋扬要多一些。

"具体说说看,有什么互联网方面的项目?"宋扬问。

"你发现没?现在想创业的人真挺多的。"王宇问。

"发现了。据我了解,咱们省、市里不少员工都在外面搞自己的事情。"宋扬说。

"那你发现没?有的人挺有钱,但不知道投什么项目?"王宇启发道。

"这当然啊,有钱的人不一定有行业背景。"宋扬说。

"这就对了,我想通过互联网做一个项目与资金对接的平台。"王宇这才抛出想法,"不知道你看到没,现在有专门的相亲网站,其实就是匹配,人与人的匹配,我们这个项目,也是匹配,只不过是项目与资金的匹配。"

"听起来不错啊,那几家婚恋网站都到美国上市了,资金与项目对接的平台市场前景很广阔,要是搞好了,也可以上市啊。"宋扬说。

"没有那么夸张,但至少方向是正确的。"相比宋扬,王宇比较冷静。

"我直觉上,这个项目不错,比网络电话要好。"宋扬说。这段时间,宋扬在网上恶补了不少创业方面的知识,项目越简单越好,必须能用一句话讲清楚项目做什么。

"我也觉得是这样。我已经作过一些市场研究。"王宇说。

"那赶紧说给我听听。"宋扬催着王宇。

"现在有关统计显示,目前中国约有1.5亿人在创业,如果考虑到政府机会、企事业单位的潜在创业者,这个数字至少有两亿多。一份调查显示,出生在20世纪七八十年代的年轻人,90%都认为在条件具备时会自行创业。对于一些大公司白领来说,由于掌握许多资源,了解很多信息,几乎都曾有创业的愿望。但另一方面,由于各人所拥有的资源相对有限,且由于市场经济越来越成熟,竞争越来越激烈,各项法规制度越来越完善,对创业者的各方面要求越来越高。所以说,合作创业是一个趋势。"

"听起来不错。"

"从国外来看,也的确呈现这种状况。合伙创业与单打独斗式的创业比较起来,优势是十分明显的,比如说可以风险共担,在决策时可以群策群力,众人拾柴火焰高,创业资源更充裕,人员调遣更加从容,可用资源更丰富,企业成长速度更快,效果更好。但它的麻烦同样显而易见,比如人多嘴杂,各有主张,决策意见难统一;有困难时企业是大家的,谁都往后缩,有好处时企业是自己的,谁都往前挤。这些问题常会导致合伙关系的破裂,使创业者身心俱疲,痛苦不堪。"王宇越说越有状态,宋扬也越听越有味。

王宇继续说:"国内创业者在选择创业伙伴时一般不外乎父子、兄弟、亲戚、朋友、同事,即所谓的群体性合伙,这种方式之所以流行,可能与中国社会的文化传统有关,不太信任陌生人,相信熟人好办事,另外,即使有些创业者希望同其他人士合作创业,但苦于没有渠道只能作罢。实际上,与熟人合作,出问题的可能性会更大一些,而且一旦问题出现,也会更难解决一些。一般地说,创业团队需要由需求互补的人组成,创业者在他的圈子里,比如说同事,实际上需求互补的可能性还是比较小的。在国外常见的核心团队合伙形式在国内较为少见,即一个人或少数人先有一个主意,然后召集志趣相投者各自出钱出力共同创业,创业伙伴在此之前可能根本就不认识。目前,国内创业者的观念正在发生很大变化,合作伙伴并不是一定要选择熟人。这种方法在不久的将来将成为国内主流的合作创业模式。"

一比较就会发现,王宇在创业这个事情上,比宋扬要思考得深入。宋扬说:"王宇,你行啊,思考多长时间了?"

"也没有多长时间,几个月吧。"

"听你这么一讲,我基本上同意,我再认真想一想,过几天再议一议这件事。"

正在这时,宋扬的电话响了,宋扬跟王宇说:"咱们先这样吧。"说完就接了电话。

"宋扬,最近忙什么呢?"原来是胡斌打来的电话。

"混呗,哪有你爽,你什么时候办大事?"

"我今天打电话就是说这件事的,我下个星期六办大事,你和芬妍要来啊。"

"那必须的,下个周六应该有时间,不过,芬妍最近比较忙,经常出差什么的,不知道她有没有时间,我和她说一说,争取过去。"

"她还没毕业就这么忙,那真工作了,不就天天不在家了?"

"人家搞投行的嘛,不忙怎么叫投行呢?"

"不管怎么样,你们争取一起过来,给兄弟捧捧场。我下午就把请柬寄给你,你记着收一下。"

回到住处,宋扬对芬妍说:"芬妍,胡斌下周六办喜事,要我们过去。"

芬妍问:"他老丈人当上副省长了吗?"

宋扬说:"听胡斌说好像出了点问题,还要再等等,不过,官场上的事,说不清楚。"

芬妍开玩笑地说:"下周我还要出差,我争取赶回来。上次参加了刘佳妮的盛大婚礼,这次又参加胡斌的婚礼,这种婚礼去多了不好,影响心情。"芬妍有一种吃不到葡萄也不想看到葡萄的感觉。随着出差次数的增加,与投行界精英接触的增多,芬妍心中的天平似乎在不知不觉地倾斜。

和芬妍说完这件事,宋扬又说了和王宇创业的事,并把初步拟定的创业项目大概说了一下,芬妍说:"我对你们这个互联网方面的项目不太明白,但我隐约中感觉有点问题。宋扬,不是我打击你,我觉得你不太适合创业。我对王宇不了解,不好说。虽然我说这话让你不高兴,但这是我的想法。"

宋扬的确有些不高兴,感觉就像热脸碰到了冷屁股,芬妍这样说话是不是有些太武断？越是这样说,宋扬越是想干。"反正投资不大,失败了也没有什么关系。"宋扬悻悻地说道。

"你一直是个自信的人,我知道我说的没有用,你们就去做吧,凡事多考虑些,我也希望我的判断是错误的。"芬妍平静地说。

夜深了,宋扬还在上网收集有关创业项目的相关资料,这是工作以来,第一次主动地工作到深夜。

第二天上班的时候,宋扬感觉有些困,正好刘江不在,就趴在桌上睡了一会儿。自从有了创业想法之后,宋扬把工作之外的时间基本上全花在创业的准备上,有时上班也上网查相关资料。宋扬又和王宇碰了几次,已经确定要搞这个互联网项目,宋扬正在着手写创业计划书,虽然以前没有创过业,但这些套路还是懂的。

周六,宋扬和芬妍一同参加了胡斌的婚礼,在一个五星级酒店举办的,看着这个排场,宋扬觉得比较奢侈,不过,芬妍说,赶不上刘佳妮结婚的排场。胡斌这次请的研究生同学不多,除了宋扬和芬妍,就只有去了天银证券研究所的佟星,以及去了中丰银行北京分行的苏文景。席间聊起了工作,大家还比较羡慕宋扬。

佟星说:"宋扬,还是你在央企稳定,这几年股票市场一直低迷,我都快要失业了。"

宋扬说:"稳定是稳定,收入低。"

苏文景说:"宋扬,我也快换工作了。"

宋扬问苏文景:"在银行不是挺好吗,你要去哪？"

苏文景说:"领导好,员工不好,收入差距太大。你们集团公司下属的研究院前段时间社会招聘,我报名了,已经面试过了,基本上差不多。"

宋扬说:"那不太屈才了吗？"

苏文景说:"什么屈不屈才,挣钱才是硬道理。"

宋扬说:"也没有像你想的挣得多,不过,你来也好,咱们互相有个照应,以后再争取到集团公司来,系统内招聘的机会还是比较多的。"

佟星问宋扬:"你们什么时候办大事啊？"

芬妍没有说话,宋扬说:"再等等吧。"

说实话,芬妍并不想参加这个婚礼,只是碍着宋扬和胡斌关系好,不得不来,芬妍在心里总是不自觉地想着自己以后的婚礼,到底会不会和宋扬结婚,现在她有些犹豫。芬妍潜意识里面总是在逃避这个问题。一参加婚礼,这个问题就会狠狠地蹦出来,就像身体中的一个伤疤,被拿到太阳底下晒。宋扬对自己好,芬妍很相信这一点,甚至好得有些傻,但好就够了吗?现在芬妍对宋扬的感情比较复杂,不再像以前校园中那么纯粹,至于什么时候出现这个转变的,芬妍自己也说不清楚,或许是因为跟着导师做了一些项目,见识了一些投行精英分子。或许本质上,芬妍就是一个物质欲强烈的人。

虽然这段时间工作不太忙,但也要分神,有些时候还要出差,就这样断断续续过了一个多月,宋扬和王宇把项目计划书搞了出来,洋洋洒洒有几万字,到底是两个研究生搞出来的东西,先不管中用不中用,至少中看。

计划书的第一部分是项目概述。公司名称定为:创搜咨询(北京)有限公司;网站名称叫:创搜网,又叫创业匹配引擎平台,网站域名是www.chuangso.com;网站与公司的关系:创搜网是创搜咨询(北京)有限公司的一个重要组成部分;宣传口号:上创搜网,找创业伙伴;网站理念:成人达己,合作共赢。创搜网的作用是为欲创业的人,找到项目、资金、合作伙伴与人脉关系,在较短的时间内,帮助欲创业的人,迅速开创自己的事业。

第二部分是企业长远发展规划及目标。公司致力于成为中国专业的创业匹配引擎服务提供商,3年后希望达到100万注册用户规模,并在NASDAQ上市。企业的目标是成为中国最大的创业匹配服务提供商以及将品牌发展成为移动信息服务市场著名品牌。在未来5年内,将形成"立足北京、深入全国、海外上市"的战略发展格局,成为以移动信息服务为支柱,联盟经营为辅助的,规模庞大、经营灵活的现代国际性股份制信息集团,其综合实力在国内同业中将位居前列。

第三部分是创搜网创立的理论基础。

一是信息不对称理论。每个个体的特征与需求都是非常个性的,在现实生活中很难搜寻到与个性需求相符的另一个体,不是因为这样的人不存在,而是由于信息不对称,导致每个个体的搜寻成本非常大,基本不可能实现。但根据大数定律,只要拥有足够多的个体需求库,搜寻成本便会迅速降低。创搜网首先打造的恰好是这样的平台。

二是海量信息无用论。现在的社会是一个信息社会,随着信息量的爆炸,个体找到有效信息,需要耗费许多时间成本,而且搜索到的很多信息类似甚至是完全相同的。从这方面来讲,可以称之为海量信息无用论。

宋扬与王宇的判断是,在未来,用户需要的不是完全免费的网站,而是需要收费合理的专业性网站。用户会逐渐认识到,现在的免费网站并不能真正为他们创造价值。

三是信息直达理论。未来的信息服务方向应该是,我需要什么,网站就能直接为我推送什么,而不是我搜索之后,自己主动去找。创搜网在匹配创业伙伴领域将率先应用信息直达思想,为个体直接推送有价值的信息,而不需要个体进行海量搜寻。

说是理论基础,有点唬人的意思,甚至可以说是宋扬和王宇的一厢情愿。或者说,更多的是说服自己来相信。如果自己都不信,怎么能指望别人相信呢?

第四部分是创搜网的竞争优势。首先,目前创业服务类网站的盈利模式基本上是以广告费为主,这类网站的经营重点并不是提供创业服务本身。目前,打出类似"上创搜网,找创业伙伴"宣传口号的网站,就创搜网一家。现在个体在网络上寻找创业伙伴的方法是在各类创业BBS上留言,其他个体在发现留言后通过即时通信工具与之联系。这种方式的首要缺点是受众少,其他个体很难发现这个留言,毕竟创业服务类网站太多;再者,留言者因为要保密不方便留下太多的信息,他们在联系后不久就发现对方并不是自己想要合作的对象,所以效率非常低。目前还没有专门致力于解决寻找创业伙伴问题的网站,因此,创搜网是市场领先者。目前来看,已经有一些婚恋匹配类网站取得了成功,这说明这种匹配服务具有了一定的市场认知度。

第五部分是创搜网的市场规模。专业的创业伙伴匹配服务是一个巨大的潜在市场,至少有两亿多潜在用户。如果通过提供良好的服务,吸引1%的用户来使用这个创业匹配引擎平台,就大约有200万的用户规模,这完全具备了在NASDAQ上市的基本条件。由于目前还没有提供类似专业服务的ICP,搜创是市场领先者。通过独特的市场营销方式,可以在短期内聚集起较大规模的用户,在最初一年内,保守估计要占到市场份额的50%以上。

第六部分是创搜网利润来源。一是付费会员会费:拟提供两种选择:

普通用户、VIP用户。普通用户收费为128元，VIP用户收费为288元。付费用户能够享受网站不定期的匹配信息推送服务(确保至少有30位推送对象，否则，第二年全年将免费使用网站所有服务)，普通用户和VIP用户的差别在于：VIP用户可以看到某些经过本咨询公司论证过的、操作性极强的项目(项目内容不在网站显示，通过注册邮箱专门发送，并在网站上加以通知)。网站在初期就定位在收费网站上，要提高门槛。二是为个人以及中小企业的投资决策提供咨询服务。目前，为中小企业提供投资咨询服务也基本上属于空白。一方面，个人、中小企业对咨询的价格比较敏感；另一方面，咨询公司一般倾向于做大公司的咨询服务。所以，以网站为契机，建立起良好的声誉，扩大公司影响，进入中小企业咨询领域，为公司的长远发展奠定良好的基础。

第七部分是经济、社会效益分析。一是经济效益：根据网站的机制，网站的收入来源于两大方面，一是会员会费，每年会费是200元；一是广告收入。预计，第一年内能发展两万用户，付费用户1000名，则会产生200×1000＝20万元收入，同时，大概可以带来20万的广告收入，这样第一年的收入总额大约为40万元。净利润大约在10万左右。到第二年，由于网站知名度的提高，网站的收入会成倍增加。二是社会效益：表现在可以实现社会人力资源的优化配置。这个创业匹配引擎平台为欲创业但找不到合作伙伴的人打开了一扇门。

第八部分是技术方案，第九部分是网站营销计划，第十部分是资金需求及预算，第十一部分是创业团队。

宋扬和王宇的这份创业计划书，充满了革命浪漫主义精神。他们把创搜网初期就定位在收费上，这点在中国互联网行业好像都是没有的，中国人习惯了免费，他们能改变用户的使用习惯吗？俩人算了一下，要达到计划书中的设想，初期投资额至少要100万元左右，他们俩是没有这么多钱的。于是，王宇负责拿这份计划书找投资方。

搞完创业计划书后有一系列的事情要做。最大的两件事，一是注册公司，二是开发网站。注册公司的事情由宋扬来负责，开发网站则以王宇为主。搞这种经营性的网站，需要增值电信业务许可证(ICP证)，而ICP证需要以公司申请，而且公司的注册资本要在100万以上，哪里来这些钱？宋扬咨询代办注册的公司后，说正在开发的网站可以折成70万来计入注册资本，但要找一个评估公司来评估，需要费用。

王宇找了不少人,只有一个人愿意投资,但要控股。宋扬和王宇一合计,算了,自己搞,先把网站搞起来,到时候有注册用户了,或许再找投资方就容易一些。两人各找了15万元,合计成30万,然后再把网站以70万入股。

一接触实际情况,宋扬才发现什么都需要钱,评估费、财产转移审计费、验资费、代理费、办ICP证的费用,一算下来,1万多元就没有了。宋扬觉得有些心疼,但一想到宏伟的事业,马上又安慰自己,这点钱算得了什么,以后还要上市呢。

比较麻烦的是设计网页,这可不是一天两天就能搞定的事情。先要自己把网站构架想清楚,然后再找公司来报价,全是花自己的钱,节约成本是必须的。和网站设计公司一商量,估计没有几个月时间出不来,急也没有用,好在他们安慰自己好事多磨,那就慢慢来吧。

十九　琐碎工作

快下班时,刘江过来给宋扬交代了一个任务。"宋扬,有一件事要你去办一下,你晚上没有事情吧?"

"晚上应该没有什么事,怎么了?"宋扬问。

"是这样,晚上有一个饭局,本来是李主任要参加的,现在李主任突然有急事,临时去不了,你去一下。"刘江说。

"啊？不会吧,我怎么能代主任?"宋扬吃惊地说。

"没事,你去负责买单就行。"刘江解释说。

"还要我点菜点酒什么的吗?"宋扬问。

"不用,这些都已经安排好了,到时有人点菜,你就和他们一起吃,最后结账就行了,很简单。"刘江问宋扬,"对了,你的信用卡额度多少?"

"5万。"宋扬答。

"那应该够用。"刘江说完,把吃饭的地点与时间都写给了宋扬,"这次去吃饭的,最小的估计都是处级,厅级干部居多,估计有一两个部级干部。这件事,你知道就行了,不要再往外传。如果金额太大,就分几张发票开,具体你就看着办。"

宋扬很想知道,什么叫金额太大,也想知道为什么这事情找他,而且搞得有些神秘。从心里讲,他不愿意去,一是这种专门买单的事情没做过,二是的确不善于和一堆不认识的人打交道。宋扬想,要是换成罗伟广,应该更好,伟哥比较喜欢搞这种事。但是,既然领导安排了,也不好再说什么,说不定还是李主任的意思呢,或许这是看得起自己才让自己去买单的,或许是想让自己出去多锻炼锻炼,自己不能不识好歹吧。

地方倒不难找,是一个小门面,上面写着几个并不显眼的字"人间天上",外面车的车牌都被遮住了。宋扬6点钟就提前到了吃饭的地方,找到了"嫦娥奔月"包间,一个很大的包间。

大概到6点半的时候,陆续有人来,其中一位好像有些面熟,想起来了,是信息科技部的领导,信息科技部是中信科的政府主管机构,以前开会时见过,好像是郭处长。每进来一个人,宋扬就把名片递上去:"领导,您好,我是中信科集团的小宋。"大多数人都比较热情,有些带名片还给了宋扬一张名片,再往后面进来的人就一点不认识了。

最后来的照例是最大的官,最大的官一入座,饭局才算正式开始。来的人12位,加上宋扬一共13位。入座后,郭处长就开始点菜、点酒。看来,刘处长讲的话是真的,基本上不需要宋扬干什么事。宋扬就吩咐服务员上茶,其实,完全不用宋扬来吩咐,因为这个包间,竟然有三个女服务员,基本上一个服务员只管三四个人,什么酒啊、茶啊,都是第一时间满上。说实话,这种服务员比例,还真是第一次见过。

宋扬对在座的大多数人的名字与职位都不清楚,有些给过他名片的,现在也搞混了,不知道谁跟谁。虽然宋扬也努力想融入其中,但不知道怎么开始。开始,大家一起喝的时候,就和大家一起举杯,后来,两两喝的时候,宋扬就找不到对象了,12个人,正好是双数,这时宋扬感觉自己是个局外人。

大家一边喝酒一边聊天,从聊天中,宋扬大概知道了身份最重要的是一位叫王部长的人和一位叫刘部长的人,其他还有一些是厅(司)长、副厅(司)长、处长以及部长的秘书,不算宋扬,在这个桌子上处长就是最小的官,所以,郭处长点菜也是应该的。经过一番整理,宋扬基本上明白了今天饭局的由来,大概是信息科技部的人请其他部委的人吃饭,由中信科集团来买单。宋扬心想,这还真有意思,自己请客,让别人来买单。不过,转念一想,自己真是太单纯了,让你来买单,是看得起你,其他人还排着队等着买单呢。

宋扬向两位部长敬了酒,之后,又向其他在座的敬了酒,说着一些不着边际的话,好在总算把任务完成了,感觉对得起这顿自己并不想吃的饭。宋扬不知道是什么事情把李主任给拖住了,否则,今天的场合,李主任是一定要来的,这是一个拉拢关系的好机会。

宋扬对自己有些失望,觉得自己不争气,和这些领导一桌吃饭,多少人梦寐以求。不说部长了,像宋扬这样的无名小辈,和司局级领导一桌吃饭的机会也很少。实事求是讲,不用自己掏钱,好酒随便喝,好菜随便吃,还能给高层领导留下一些印象,运气好的话,可能会成为命运的转折点。这种事,不只在小说中发生,现实生活中,不少原先一文不名的人,正是陪某某领导吃了一顿饭后时来运转。要是换个人,可能会认为这是天大的好事,要是再能喝些酒,简直就是如鱼得水。宋扬想到前段时间,部门聚餐的时候,有不少同事给李主任敬酒都喝到了醉的份上,主任用小杯,敬酒的用大杯,一大杯怎么也要抵上几小杯。要是这些同事在宋扬这个位置上,今天不喝得趴在地上估计不会歇。但宋扬找不到感觉,或者说找到的是如坐针毡的感觉,以及伴随而来的情绪低落与失望。

大概10点钟,漫长的饭局终于结束了。宋扬把各位领导送到了大门外,便返回酒店结账。一看菜单,有些傻眼,3万多,宋扬怀疑自己是不是搞错了,就对服务员说:"怎么这么多?"

服务员说:"我们这里一桌下来没有低于1万的,你们这个算正常。"

其实今天晚上并没有点什么山珍海味,现在的大领导都注意保养,下面的人也知道,郭处长点了许多名贵的山菌,宋扬对红酒也没有研究,反正账单上酒钱写着1万多元。宋扬记得刘江提醒过,如果金额高,要多开几张发票。

"你们分3张发票开,每张1万多块。"宋扬对服务员说。

"可以。"服务员似乎没有一点意外。

服务员问:"先生有积分卡吗?"

"积分卡怎么用?"宋扬问。

"消费1元积1分,总分达到10万分时,返1.5万元现金。"服务员说。

"现金返给谁?"问完之后,宋扬觉得自己有些傻。

"当然谁持有卡,就返给谁。"服务员说。

宋扬想了想,这实际上是打8.5折,不过,需要消费达到10万元才行。这张卡对自己而言,可能没有什么用处,因为,以后也不会再来这样的地方。

在打车回去的路上,宋扬思绪万千。这是宋扬第一次近距离接触公款吃喝,而且是自己去买单。以前到省市公司出差,下面接待其实也算公款吃喝,但那个吃喝和今天晚上不能比。虽然网络上经常看到公款吃喝的新闻,但并没有多少真实的感受,这次算是结结实实地感受了一次,对宋扬有一些冲击。说来要感谢李主任,是他偶然给宋扬打开了一小扇窗户,让宋扬偶然看到了一些窗外的风景。也许有更多的风景,宋扬是没有资格去看的。

集团公司唐总多次讲过要控制费用,杜绝浪费,李主任也在部门的大会小会上强调要节约,行政处后来制定了一个节约细则,连打印纸都要求正反两面打印后才准丢弃,这么一顿饭就吃掉3万多,这要换成打印纸,那该多少啊。不过,宋扬马上觉得自己太幼稚,领导叫下属节约,并没有要求自己节约。这就像现在很多老师自己都不相信给你的教诲,但是他们必须这样教育你,否则他就要下岗。一切都不必当真。如果你真的按照他们教导的原则办事,你一定会非常难受,甚至会死得很难看。

如果宋扬太相信李主任的话,就去问李主任:"主任你不是一直在说要节约吗,怎么一顿饭吃了3万多?"这就完了,宋扬会彻底玩完了。幸好,宋扬还没有傻到那个地步。

再者,今天晚上的饭局,菜酒都是郭处长点的,看他那架势,不像是第一次这样点菜。要是换作宋扬,打死了也点不出一桌3万多的菜和酒;再看看那些部长、司长,一顿饭吃了3万多,好像没有一点不舒服。要是换作宋扬,别人请吃了3万多一桌的饭,怎么也吃不下去,宋扬肯定会想,不如就吃个零头,然后把剩下的钱捐给希望小学。以前宋扬不明白,一顿饭咋能吃掉普通百姓一年甚至几年的收入?现在总算搞明白了。

"酒量就是能量,酒风就是作风","接待就是硬道理","接待也是生产力",一些手握权力的人,已经不是将公款吃喝当作"解馋"的办法,而是视为对方是否尊重自己的标志,无论能吃多少、需要吃多少,都要"上档次"、"上水平"。而那些有求于他们或者可能有求于他们的人,只好忍痛放血,以免"因小失大"。

问题的关键是,这些领导似乎对这种级别的公款吃喝,已经习以为常,这是最可怕的事情。你要想当官,就应该积极地向他们靠拢,争取进入这些部门,争取进入这些饭局,你没有看到吗?今天晚上在座的,最小的官都是处长,当然除了宋扬这个买单的。虽然宋扬吃得有些不伦不类,但总算开了一些眼界,明白了一些道理,特别是挤入饭局才能升官这一道理。至于宋扬能不能做到,是另外的事。

第二天回到公司,宋扬给刘江大概汇报了一下昨晚饭局的情况,大概什么人参加,花了多少钱,就像完成了任何一件平常的工作一样。

"开了几张发票?"刘江问。

"一共开了3张,每张大约1万多点。"宋扬答。

"可以,你分三次把发票报销。"刘江叮嘱完,就去李主任的办公室。

中午吃饭时,在饭厅又碰到了采购部王刚,王刚神秘地说:"赵洪超要走了。"

宋扬一时没有反应过来:"出差吗?到哪里去?"

王刚说:"你是装呢还是真不知道?"

宋扬这时才反应过来:"你是说他要辞职吗?上次咱们聚餐没听他说啊。他去哪儿?"

"估计那时候还没有定下来,没定下来,这种事就不好说。具体情况我也不太清楚,好像是一家金融公司。"

"前段时间和研究生同学吃饭,我一个同学刚从银行跳出来,说要来咱们集团的研究院。赵洪超倒好,往外走。"

"咱们这一批来了两年多,赵洪超是第一个辞职的。"

"看来赵洪超还有点志气,我怎么就没有想到要辞职呢?王刚,你想过撤吗?"

"我撤到哪里去,我是学技术的,就这么几家公司,有什么好撤的。不像你们,学经济金融的,面广,哪儿都可以去。"王刚说的是实话,他即使想换工作,也不会比这里好多少,毕竟,这个行业比较封闭,就这么六七家公司。

"是不是他和领导处得不好,领导对他怎么样?"宋扬问。

"领导应该比较器重他,听说财务部的头儿找他谈了两次,说再过一年多就可以提拔什么的,并且说如果现在工作不满意,可以换一个处。但是,赵洪超主意已定,铁了心要离开中信科。"

"噢,找他两次?看来他们头儿很重视这个北大的高才生啊。要是哪天我辞职,领导这样劝我,估计我就不走了。找时间叫上赵洪超,在他走之前聚一下。"

第二天,宋扬在电梯里正好碰到了赵洪超,就把他拉到了一个人少的地方,"洪超,你要走了,也不通知一下?"

赵洪超说:"不好意思,这段时间因为要换工作,搞得我头都大了。"

宋扬说:"你什么时候有空,我和王刚请你吃顿饭,送送你。"

"不必了,以后多联系。说实话,最近搞得很烦。"

"那等你办妥了再说吧。哥们,为什么要辞职啊?"宋扬心里一直有这个疑惑。

"其实,我是学金融的,来中信科只是过渡一下,我还是想到金融行业里发展。当然,也想多挣一些。"洪超答道。

"还是你有想法。不过,听说你们部门总对你不错啊,再等一段时间,满四年就可以参加竞聘。"宋扬一直以为,进了央企,就像进了保险柜,就像大多数人那样,等着升职,等着养老,还没有想过要主动辞职,特别是在领导还比较器重的情况下,相比之下,赵洪超比宋扬更有想法。

"我们部门领导还行,不过,这东西靠不住,我还是想靠自己。再说,满四年可以参加竞聘,能不能竞聘上,不太好说。"

"你要去哪家公司?"

"汇富证券,其实上星期才正式接到OFFER(录取通知)。"

"那是一家很大的证券公司,你去做什么?"

"IPO(首次公开发行股票)。这两年不太景气,不过,情况正在慢慢好起来,我要赶着时间先入行,不然,再过一两年,可能就难进了。"

听完洪超一席话,宋扬觉得这个北大毕业的金融学研究生不简单,比一起进集团的大多数人要想得远,当然也包括自己。

"宋扬,我还有些事,就不聊了,我的手机号没变,有事就打手机联系。"说完,赵洪超匆匆离去。

看着洪超离去的背影,宋扬突然感到一阵惆怅。要说起来,洪超辞职与宋扬一点关系都没有,但为什么会有这种感觉呢?刚才的一席交流,洪超看似轻描淡写,实际上内心肯定有过挣扎,从一个保险柜跳出去,面对前程的不确定性,并不是一件轻松的事情。

闲了一阵,最近李主任又给刘江安排了写作报告的任务,大概是关于央企走出去的必然性,央企要加大海外并购步伐。正如之前李主任说的,综合调研处每年只要拿出两份像样的集团高层内参报告来,大部分工作就算完成了,其他日常工作只是辅助。也正因为李主任对其他日常工作的要求不高,刘江就必须把几份内参报告搞得相当好。这就有点像春秋战国时代的食客,平时好吃好喝,关键时候要发挥"鸡鸣狗盗"的作用,不同的是,刘江这个处每年的吃喝不是李主任掏自己腰包,而是由这家央企来提供的。有时候,宋扬会觉得有些过意不去,收入虽然不算高但也不算低,相对于工作量来讲,性价比还是相当高的,而且也没有多少压力。不过,宋扬很快就觉得自己傻得可爱,集团公司一两千人,供养的人还少吗?有人说砍掉四分之一也不会影响到公司的运转。至少自己还在做些事,那些不做事的人呢?

到集团公司已经两年多,对于李主任的一些意图,也有了自己的判断,不像之前那么依赖刘江和费姐。李主任这次安排的写作任务,显然也是有的放矢。虽然国内移动业务发展如火如荼,但一把手唐总并不满足,他要把触角伸得更长,在国外市场谋求一席之地,这一方面是企业发展方面的考虑,另一方面是政治前途方面的考虑。前两年就有传言,唐总有意进入仕途,不过,唐总在去年年度业绩发布会上明确表态过,自己不会去省委任职。不过,不去省里任职,并不是说唐总不想进步。唐总现在是中央候补委员,政治级别上算副部级,他还想在退休前再上一层,争取能以正部级退休。正好国资委近年来倡导央企走出去,唐总这也算响应国资委的号召。

不过,虽然中信科在海外已经上市好几年,但离真正搞海外并购还有一定的差距。其实,不仅在中信科集团有这样的问题,几乎所有的央企都存在这方面的问题。有两方面原因:一方面是企业本身还没有足够的人才储备,另一方面国内金融业的支持还远远不够,必须依赖于像摩盛公司这样的国际大投行,这些投行的逐利特性并不能从国内企业本身需求出发,真正帮助企业解决问题,而是促成交易后赚钱走人。所以,中信科的高层班子里,对于走出去这件事也不是没有异议,不过,唐总力推的事情,最后总会向前推进。李主任知道唐总已经下决心向海外发展,没有人能够阻挡。李主任给刘江布置这个任务,实际上是在帮唐总说话,虽然没有什么实际用途,但至少表现了一个力挺唐总的姿态。

现在写内参报告的套路,宋扬已经轻车熟路,首先要摸清李主任的思路,跟李主任的思路对不上,写得再好也没有用,本质上来讲,报告是为李主任服务的;其次,一定要充分利用研究院的力量,研究院人多力量大,要有效地把任务分解出去。由于李主任的意图很清楚,而且素材也很多,这份报告并不难搞,只不过要花些心思,挖掘一些目前大领导们尚没有看过的新鲜观点,这是必须的。正如李主任说的,写内参报告,首先要做到人无我有,其次是做到人有我新。总之,要能吸引眼球才行。

难度虽然不太大,但仍然要花不少时间。同样,在结稿前,刘江找了研究院的人,去宾馆封闭了几天,把终稿赶了出来,题目是《从战略高度认识我集团公司加快海外发展的紧迫性》。在写这份报告时,刘江把唐总这两年关于海外战略的所有表述都收集了过来,最后都以各种方式体现在了这份报告中。李主任怎么用这个稿子,宋扬就不清楚了。

由于王宇有时候也出差加班什么的,所以,已经过了3个多月,网站开发进展并不是太快。宋扬和王宇有一个共识,就是创业不能影响到现在的工作,毕竟工作才是目前生存的基础,没有这个基础,做什么事都会很被动。所以,一旦领导安排什么活,创业的事就要往后排。

在把这份报告完成后,刘江对宋扬说:"宋扬,最近辛苦了,下个月咱们部门有一个12天的海外培训,每个处有一个名额,我们处就你去吧。"

宋扬压抑住内心的兴奋说:"那好啊,谢谢刘处。"去年是高峰参加的海外培训,今年应该轮到宋扬或罗伟广,刘江把这个机会给了宋扬,也算是对宋扬工作的认可吧。

刘江接着说道:"这次海外培训还有十几个省公司的人,你负责这次签证相关的事情,时间还比较紧,你一定要细心,不能出纰漏。"

宋扬说:"行,我一定细心,不明白的地方,我会及时请教。"宋扬心想,这次终于圆了出国梦,可以领略一下异域风情。对于经常出国的人来说,出国并没有什么新奇,甚至长久的飞行会让人厌烦,但对于宋扬这种从未出过国的人来讲,更多的是一种兴奋,甚至有些小激动,因为这相当于一次公费旅游,而且还有出国补贴。这次是欧洲四国,德国、荷兰、比利时、卢森堡。

二十　海外游学

这次出国培训团一共16人,集团总部一共有4个人,其中3人是本部门的,宋扬;公关处1人;行政处1人,是处长耿元晨;人力资源部1人,是和宋扬一起来集团的刘子华。一般各部门出国培训,都会叫上人力资源部,其他12人来自12个省公司。12个名额分派给哪个省、不分给哪个省也是有讲究的。一般来说,哪个省与总部走得比较近,机会就大一些。什么样才算走得近呢? 比如说,对总部布置的事情响应快,总部的人下去调研时,服务得周到。其实,省公司与集团总部之间的相处,也有点类似人与人之间的相处,你好我好,你对我不好,我也总会找到让你不舒服的机会。这次12个省公司的名额,也做了一些推敲。有些省公司来的是部门一把手,有些省公司来的则是业务骨干。这12个省公司名额中,有些人宋扬还比较熟悉,比如山南省公司的黄总、东安省公司的张宇、苏江省公司的美女科长王倩。

因为本部门这次出国培训的3个人中,宋扬资历最浅,所以自然由他来做一些出国前的准备工作。签证手续有些琐碎,但结果是可预见的,再烦琐也能办下来,这样一想,所以也不觉得太烦。为了取签证,宋扬去朝阳门的外交部跑了好几趟。以前出国培训都是先把护照发给个人,后来发生过一次意外,所以之后护照都进行统一保管,这次全部签证都先放在宋扬这儿,到机场出关时再发给大家,宋扬感觉到自己责任重大,不敢马虎,把相关资料看了又看,带出国的礼品检查了几遍。

这次负责海外行程安排的本来是德国东凌公司,每年集团公司在东凌公司都有不小的采购额。虽然每次出国培训的费用预算中,都有旅行社这一块的费用,但很少有部门出国时自己掏这块费用,似乎哪个部门掏这个钱,就显得哪个部门没本事。想想也是,中信科集团每年在海外的采购量,和多少跨国公司发生来往,而且中信科在美国、欧洲都有分公司,所以,大多数部门都能和海外建立一定的关系。据王刚说,每年他们部门办海外培训,这些海外设备商都是抢着付账,好像谁付了这个钱,来年的合同额就会更大些。不过,由于东凌公司原先安排的接待人员突然生病,东凌公司就找了一家旅行社"天龙商务咨询公司"来做接待,当然,费用还是东凌公司出。

为了确保不出现意外,各省公司参加海外培训的人员都提前一天来到了北京,住在花园酒店。对这么大的央企来说,16人的团说大不大,说小不小,在出发前一天晚上,大家开了一个会,选举了集团公司行政处的耿处长当团长,其实说选也谈不上,只是论资排辈而已,山南省公司的黄总当副团长,王倩当团长助理,协助团长工作。16个人分成了四个学习小组。

与其说是海外培训,还不如说海外游玩,但培训这一环节是必不可少的,因为没有培训这一必需的步骤,出国这件事就名不正言不顺。回国后,每人要交一份学习心得,整个培训团还要写一份全面的培训总结。提前把16人分成4组,有利于把写总结的任务分配到组,减轻后面的工作负担。根据集团公司相关规定,出国培训有一定的补贴,当晚,宋扬把每个人的补贴经费都发给了大家。为了统一行动,集团公司参加培训的四个人也住在了酒店。

第二天一大早,中巴车按时来到了酒店,宋扬又一次检查了自己负责携带的东西,宋扬真想早点到机场把签证给大家算了,这样下去会被整成强迫症。16个人加上大包小包,硬是把中巴车装满了。每人带的东西不一样,耿处长烟瘾大带了几条中华,黄总酒瘾大带了几瓶茅台,王倩带了很多小吃,张宇则带了不少方便面。

经过10个小时左右的飞行,终于到了法兰克福机场。出发前,宋扬已经和德国这边负责接待的"天龙商务咨询公司"负责人林勇联系过几次,林勇说他会亲自到机场来接他们。在机场出口处,宋扬很快看到了"天龙商务"4个中国字的接站牌,在茫茫的德文、英文海洋中,宋扬看到几个中国字忽然觉得相当亲切。

宋扬走到了接站牌下,问举牌的人说:"您是林总吧?"

"我是林勇,你是宋扬?"林勇说道。

宋扬对林勇介绍了耿处、黄总等几个主要人物，简单寒暄之后，宋扬一行就跟着林勇上了一辆中巴车，这里的天色已经接近黄昏，由于时值秋末，宋扬感觉到了一阵寒意，这里似乎比北京气温还要低一些。

林勇带着一行人来到了一个中餐馆，宋扬发现这里的服务生都是中国人，估计都是打工的学生。林勇带着抱歉的口气说："各位，这里是做得比较好的一个饭馆，当然肯定比不上国内，饭菜的口味只能委屈大家了。"由于几顿没有吃上中餐，大家并不觉得这个饭馆的饭菜难吃，都是家常菜，西红柿鸡蛋、酸辣土豆丝、红烧鱼、青菜豆腐汤等，每上一盘菜，很快就被一扫而光，一是饿，二是味道还不错。吃完后，耿处长说："林总，这里的饭菜还不错。"耿处长经常出国，他的结论具有一定的权威性。林勇说："谢谢耿处。这个店老板是中国人，以前在国内就是做厨师的，在这里闯荡不少年了，口碑不错。"

饭饱之后，大家又上了中巴车，今晚宋扬一行将入住Novotel（诺富特）酒店，出乎意料，这里的诺富特酒店不像国内的那么气派，更像一个经济型酒店，不过，整体上感觉还不错。由于团里有一些资格比较老的领导，不愿意合住，所以最后安排的都是单间。其实，宋扬无所谓，两人住一间，还能多省些钱，不过，这些事轮不到他拿主意。

由于宋扬负责培训团的杂事，一来二去，就和林勇混得比较熟。林勇四十岁出头，大学毕业后在外交部工作，后来外派到德国使馆，职位上混到了副处级，再后来就辞职了，入了德国籍，在德国搞了一个"天龙商务咨询公司"，专门接待国内来的团队。林勇是总经理，其实公司一共也就四五个人，很多时候林勇是亲力亲为。宋扬不经意地问林勇为什么从外交部辞职，林勇说是为了自由，林勇还说当年很多人都不理解他，不过，有些事情做就做了，不要想太多。

晚上有些睡不着，想上网，但服务员告诉他要收费，算了，在国外能省就省吧。宋扬打开电视，不是英语就是德语，基本听不懂，后来搜到了一个少儿节目，能够勉强听懂一些英语。想想真郁闷，学了这么多年英语，还是这个破水平。好在明天的培训，已经请了翻译。

第二天早餐后，宋扬一行正装出席培训课，上午主要培训的是德国信息科技发展的现状以及信息技术在食品、交通等领域的应用。由于讲课的老师讲得比较慢，虽然略带有德国口音，宋扬多少能听懂一些，权当作练习听力吧。听不懂的地方，就听翻译。当年在大学的时候，宋扬六级考了80

分,现在想来简直不可思议,那时真是走了狗屎运。每到这种情境下,宋扬都特别希望自己英语特别流利,听说读写都没有障碍,都有一种强烈的攻克英语的愿望,但之后都不了了之。宋扬曾经下载了几十个G的英语学习资料,也努力学习过,特别是听力,曾经睡觉时都戴着耳机,走路时戴着耳机,跑步时戴着耳机,但还是搞不定,宋扬自己也不明白这是为什么,最后只好作罢,也许命该如此。

上午培训结束后,耿处长用蹩脚的英语代表团队给几个老外送了礼物,礼物是脸谱和丝巾,老外很高兴,大呼漂亮。上午培训结束后,林勇带着大家去吃德国名吃——猪手。德国是猪肉、啤酒的天下,一提到德国的地道菜式,咸猪手、黑啤是必不可少的。不过,一个猪手的分量似乎有点多,宋扬觉得有点腻,看看其他人,也差不多,倒是啤酒比较给力。下午没有培训安排,林勇带着大家出去转。

第二天上午,主要是参观东凌公司,与东凌公司相关部门交流。中午,东凌公司安排宋扬一行吃了一顿完整的西餐。虽然东凌公司将行程外包给了林勇,但总得尽一下地主之谊。这是宋扬可能也是团内不少人第一次正儿八经地吃地道的西餐,感觉还不错。吃饭时宋扬想起了一句话,"读万卷书,行万里路"。真希望有生之年能到外面多走走,开阔眼界,也不枉此生啊。

接下来的几天基本上都是这样,上午培训,下午游玩。第一周是在德国境内,林勇带他们去了几个著名景点。

给宋扬留下深刻印象的是科隆大教堂和马克思纪念馆。科隆大教堂是位于德国科隆的一座天主教教堂,是科隆市的标志性建筑物,在德国所有教堂中它的高度居第二,世界居第三。宋扬对教堂没研究,只是对来教堂的人有些好奇,偌大的教堂中,点着成百上千支蜡烛,整齐地摆着一张张桌子,有点像教室,人不是很多,但都很虔诚的样子。虽然置身教堂,宋扬仍然不太明白宗教信仰对一个人的重要性,或者说,宋扬一直不明白信仰是一种什么力量。

另一个地方就是德国西部边陲的特里尔市,世界无产阶级导师马克思的故乡。特里尔位于德国和卢森堡边境,是全德国最古老的城市,也是一个古老的罗马城市,有2000多年的历史,相当于中国的西汉时期。马克思故居是一座灰白色的3层楼房,淡黄的粉墙、棕色的门楣和窗沿、乳白色的窗扉,是当时德国莱茵地区的典型建筑。上学时学了很多关于马克思的著作,现在终于来到了马克思故居,仔细看完马克思的介绍后,宋扬在门前和马克思的头像合了影。

从马克思故居出来后,林勇和宋扬聊天,"宋扬,你是不是又受到了一次洗礼?"宋扬说:"有那么一点吧。我们从小到大,课本里一直将老马称为导师,您也一样吧?上学的时候,全是这方面的教育。"

林勇说:"中国这种教育其实是有问题的,把马克思神化,其实,他也是人,也有人的弱点。"

宋扬好奇起来:"林总,有什么好玩的事,给介绍介绍。"

林勇说:"你想知道,我就说一些,不过,不要影响到老马在你心目中的形象。第一个是私生女的事。这个事在中国知道的人不多,但在这里,并不是什么秘密。马克思32岁那年,一时把握不住自己,与保姆私通,并育有一女。为了维护马克思的名誉,他的老朋友恩格斯替马克思承担了骂名,假称马氏女是自己的私生女,并且长期出资。直到临终,恩格斯才将真相告诉马克思的小女儿。第二个是对燕妮不好。他曾经在10年之内让燕妮怀孕7次,生下6个小孩。燕妮的身体本来就不好,这种连续不断的怀孕严重地损坏了燕妮的身体。更为可气的是生下了小孩,马克思还没有能力养,以致3个小孩夭折。马克思的表现对很多女人来说,可能都是难以忍受的。"

"这样啊,以前还真没有听说过。"宋扬有些惊讶。

"马克思是一个伟人,但人无完人,他身上确实存在着很多毛病,有些方面甚至是让人难以忍受的。当然,我说这些,并不是想诋毁老马的光辉形象,只是说,我们应该更多地知道真实的情况。中国的教育问题就在这里,说一个人好,全是好;说一个人坏,全是坏。"

"林总,没想到您有教育思想家的风范。"

"哪里,其实我们都是中国教育体制的牺牲品。"

"这是不是您定居德国的一个原因?"

"可以这么说吧,我不想让我的孩子们像我一样生活。"

"要说也是,您要是一直在外交部,现在估计都能当上司局长了吧?"

"不一定,说实话,我不太擅长搞关系。我没有在你们这种央企工作过,不过,我想,你们央企和国家机关差不多吧。"林勇似乎是有感而发。

"对,央企其实就是国家机关。"宋扬对林勇颇有好感,虽然他年龄比自己大一些,但彼此性格有些相似的地方。

在离开德国前往荷兰的前一天晚上,林勇安排大家在莱茵河上的一艘游船上吃中餐。黄总说,晚上一定要好好喝几杯,回国前怎么也得把这几瓶茅台消灭了。

大家来到莱茵河畔,都赞叹水质好。林勇介绍说,莱茵河全长1300多千米,流经瑞士、德国、法国等9个欧洲国家。20世纪50年代末,德国开始了大规模的战后重建工作,向莱茵河索取大量工业用水,同时又将大量废水排进河里,致使水质急剧恶化。在污染最严重的70年代,城市附近的河水中溶解氧几乎为零,鱼类完全消失。为了使莱茵河重现生机,1963年包括德国在内的莱茵河流域各国与当时的欧共体代表签订了合作公约,奠定了共同治理莱茵河的合作基础。德国政府投入巨资治理河流污染,另一方面德国民众具有良好的环保意识。最近十年来,水质有了很大的改善。

黄总亲自给大家斟酒,耿处长说,大家要是不喝就对不起黄总千里迢迢把这些酒运过来。宋扬开玩笑说:"团长下命令了,不喝对不住副团长。"大家说是。除了个别不喝酒的女同事,大家都满了酒,包括林勇。酒真是一个好东西,一喝话就多起来,不知不觉声音就提高了几个八度,旁边的德国人还以为中国人在吵架,都向这边张望。林勇有些尴尬地示意大家小点声,然后又过去和那几桌德国人说这边没吵架,大家太开心了所以声音有点高。

喝着喝着,耿处长就开始摸烟,这些国内养成的习惯,一下子改不过来。林勇小声对宋扬说,要不你和耿处长说一下,这里抽烟不太合适。宋扬领会,他来到耿处长这边,小声说:"耿处长,这里空气不好,我陪你到船下抽?"耿处长说:"行,走,我们出去。"下了船,耿处长给宋扬发了一根烟,宋扬给耿处长点了火。

耿处长说:"宋扬,你来咱们部两年多了吧?"宋扬说:"是的,是的。"耿处长:"咱们部的李主任对你印象不错,好好干,有前途,刘江也比较欣赏你。"

宋扬谦虚地说:"哪里,只是尽量干好工作而已。对了,耿处,听说集团公司周总快要退了吧?"

耿处长吸了一口烟,说:"应该快了,就是今年底明年初的事。"正在外面聊着,忽然听着有人叫:"团长,回来喝酒。"

耿处抽完烟,宋扬跟着耿处回到船上,看来这帮人一个星期有点憋坏了,都说还是中国菜好吃。宋扬和张宇、王倩、刘子华都干了杯,一回生,二回熟,由于大家年龄相仿,谈得来。张宇告诉宋扬,在职研究生搞得差不多了,明年9月份就能上。

宋扬给黄总敬酒时,黄总小声地说:"宋扬,近期有一次省公司系统内的工作调动机会,上次你亲戚的事,应该差不多,一步步走程序就行。不过,到时候最好提前来省公司一下,面上熟一些,对面试总会有好处。"

宋扬连忙致谢:"谢谢黄总,没想到这么快。应该的,我回去后就和那位亲戚说一下,找时间去拜访您。"

说实话,黄总能帮这个忙,应该感谢,但刚才他最后一句话,还是话中有话。原以为凭自己的面子,黄总会无条件地帮这个忙,现在看不是这个样子,自己太高看自己了。不过话说回来,对别人不能要求太高,黄总能帮这个忙已经很不错,出点血也是应该的,这年头,找人办事,总要出点血,黄总自己也需要有些打点。再说,有些人想出血还没有地方呢。

如果说第一周以学为主,那么第二周基本上以游为主。从德国出来,下一站是荷兰的阿姆斯特丹。一到荷兰,大街小巷都是郁金香。宋扬想起了历史上的疯狂。

历史上第一次著名的投机狂热就发生在17世纪的荷兰,投机对象就是郁金香。当第一车郁金香从君士坦丁堡运抵安特卫普时,这种阔叶多年生球茎草本植物被认为具有重要的"传播知识和观赏艺术"的价值。欣赏和栽培郁金香不久成为时尚,并演变成投机风潮。所有的人都认为,人们对郁金香的狂热会永远持续下去,世界各地的投机者都会跑到荷兰,以荷兰人开出的任何价格求购郁金香。那些起初认为价格不会上涨的人,看到亲戚朋友个个满载而归,无不捶胸顿足,懊恼不已。很少荷兰人能抵挡住这种诱惑。这场闹剧一直持续到1637年初,价格最终上升到令人不可思议的水平,之后开始大幅回落,花价从悬崖上向下俯冲,最后其标价还不抵一个普通的洋葱,99%的人在劫难逃,整个荷兰经济陷入长期的萧条。春去春来,郁金香依旧在荷兰绽放,但多少人已经淹没在历史的车轮之下。

要说阿姆斯特丹的关键词,自然少不了"性都"。林勇带大家到红灯区看了看,开玩笑地说:"大家记住了,我们住的地方离这里不远,今天晚上自由活动,大家不用担心,这里治安还可以,不过,要注意安全。"

到了晚上的时候,宋扬和张宇出来溜达,张宇很想到红灯区里面看看,"宋扬,咱们进去看看?"

"你想尝鲜?"宋扬问。

"不是,就看看,不然回去吹牛都不会吹。"张宇说。

宋扬也有点心动,不过想起了芬妍,觉得很不合适,"算了,我不去了,你要去,我在外面等你。"

"算了算了,你要是不去,我也不去了,洋妞也就那个样,A片上多了去了。"

第二天早上,大家都互相调侃是不是去了红灯区。说实话,因为大家并没有在一起,是不是去了红灯区实践了一番,还真不得而知。

接下来,参观了风车、木鞋等标志性景点。阿姆斯特丹这个城市给宋扬留下了深刻的印象,令人费解的是:海盗、性都、木鞋、风车、郁金香,这些如此不协调的东西竟然会和谐地同处在阿姆斯特丹。

接下来的几天,中巴带着大家穿梭在大街小巷。先后参观了比利时、卢森堡,这些小国甚至比不上中国的一个省,不过,毕竟是不同的国家,每个国家都很有特色。对于首次出国的宋扬来讲,这次游学还是比较震撼的。

中途有一些购物安排,不过,林勇建议在法兰克福机场买,免税店什么都有。很快就到回程的时间,当宋扬重新来到法兰克福机场时,进入候机厅,才发现周边基本上全是中国人,不知道的人还以为身在中国。宋扬买了一些巧克力,准备给部门同事;另外,买了一盒雪茄,准备送给李主任;最后,当然是要给芬妍买一些礼物,想来想去,还是决定买一个GUCCI拎包,以前送芬妍的那个GUCCI钱包,她一直都说是假的,这次一定要买一个真货,花了3000多人民币买了一个包,据同行的同事说,这个包在国内估计要5000多块。

二十一　高层变局

刨除在飞机上的时间,在国外实际上只待了10天,但宋扬感觉到在外面待了很久,或许是因为时空转换太快的缘故。一上班宋扬就去找王宇,了解网站的建设进度,王宇说还在按部推进,估计差不多了。

王刚告诉宋扬,赵洪超已经正式辞职离开了集团公司。还有一个重要的消息就是,常务副总周万胜明年上半年正式退休,需要提拔一名常务副总,也就是集团的二把手,同时要再增补一位集团副总。

据说,中组部以及国资委原来的设想是从信息科技部调一位司局长来任二把手,但后来不知何故,又决定从内部竞聘产生二把手。照常理,应该王晓云副总提为常务副总,但王总一是女性且年龄偏大,二是不愿意升任常务副总,所以,就要从剩下来的副总中选拔。其实,集团公司的人都知道,剩下的副总中,就是章明建和姜华两位副总在竞争。论资排辈,章总在姜总之前,应是第一人选。但上面的意思,没有规定说常务副总一定是按照排名来产生,要民主,要搞一次竞聘。

集团公司也有两派意见。一是挺章派,当年中信科上市就是章总整体负责的,而且章总有很好的基层工作经历,从地市公司一步步上来,曾在集团最重要的几个省公司之一的广南省公司当过一把手,搞过技术,也搞过金融,在中信科香港公司当过一把手,年龄不大,刚53岁;二是挺姜派,姜总也刚52岁,在省公司也当过一把手,不过是在相对落后的微山省,但姜总有政府背景,姜总曾在信息科技部当过处长、副司长,人事管理经验丰富。实事求是讲,章总与姜总在伯仲之间,年龄、业绩、基层工作经历谁都没有压倒性的优势。宋扬当然希望章总胜出,毕竟自己曾给他卖过力。章总高升,也许宋扬还能跟着喝口汤。

宋扬这次带回来的GUCCI包,芬妍还比较高兴,不过,很快又恢复了心事重重的样子。芬妍最近心情不太好,一方面是论文的压力,一方面是找工作的压力。芬妍一直在赶论文,已经快接近尾声,一旦论文差不多,就要全力以赴地找工作,在北京这个地方,竞争压力太大了,博士一大堆,海归也一大堆,早下手就多些胜算。

中国是一个奇怪的国度,层次非常明显。在北京看,已经是发达国家的水平,往中西部一走,马上就到欠发达国家的水平、发展中国家的水平,甚至是贫困国家的水平。在中西部一些省,本科生都还算稀奇货,但在北京,博士已经不算啥。

宋扬看在眼里,急在心里,爱莫能助,就等着集团常务副总的事完结后去找章总帮忙。看着芬妍焦急的样子,有时宋扬想马上去找章总,但仔细一想,不合适,估计章总现在全部心思都扑在升迁的事上,现在找他肯定不会有什么好结果。就等一段时间吧,宋扬固执地认为,章总一定会帮这个忙。

虽然谁都没有说过什么,但谁都知道,李主任是章总的人,如果章总能够顺利提拔为常务副总,那么李主任高升的可能性非常大。对李主任构成最大竞争的人是人力资源部的毛道冰,总部的人都知道,毛道冰是姜总的人,如果姜总能高升,那么毛道冰再往上走的可能性就要提高。有些事情,说起来很复杂,其实很简单,关键是看跟着什么人,有时候甚至就是赌博。

这段时间,李主任似乎比平时更忙,一般情况下,处长都难以找到时间汇报工作。其实,这很容易理解,因为常务副总落实之后,就要提拔一名集团公司副总,李主任觊觎这个位置已经很长时间,也做了很多准备,包括成立综合调研处都是这盘棋的组成部分,李主任现在全部精力都放在了提拔这件事上,他通过各条途径打听着常务副总这件事情的最新进展,以便早一些做出反应。

元旦之前,集团公司传出来的消息是,章总获胜的概率似乎大一些。从省公司这个渠道得到的消息也是章总可能性要大一些。李主任的脸色似乎比平时红润,也许是看着事态正朝着有利于自己的方向在发展。宋扬当然也希望李主任能够高升,自己是李主任点头招聘进来的,李主任高升,对自己也有好处,万一走运,两年后,提拔个副处也是很有希望的。所以,看到李主任脸色不错,宋扬感觉自己的脸上也多了一些光彩。忽然间,宋扬对"一人得道,鸡犬升天"有了新的认识。宋扬已经不自觉地把自己当成了李主任的人,不过,李主任从来没有给过任何承诺。话说回来,就算给了承诺,又能说明什么呢?

省公司最近来打听消息的人也多了起来,连宋扬也能接到一些咨询电话。有一天,宋扬路过李主任的办公室,无意中听到里面有人说"那我就提前祝贺李主任"之类的话,宋扬真是不得不佩服这些人的精明,常务副总的事还没有完全落实,就开始赌李主任要高升了。

刘江也一样,虽然当个处长,在李主任面前也就是小兵一个,刘江的想法,与宋扬不出二辙,当然也希望主任能升上去。这几年,刘江给李主任写了不少稿子,李主任对刘江的工作还是比较满意的。李主任如果升上去,过几年,刘江说不定还能爬到部门副总的位置上,然后再去省里当个二把手,还是不错的。李主任的心情好,刘江的心情自然也跟着好,整个处室的心情也会跟着好。虽然到年底了,杂事比较多,但大家的干劲似乎都很足。

元旦后,宋扬像之前一样正常上班。早上,王刚在MSN上发了一个消息,叫宋扬出来,宋扬叫王刚有事在MSN上留言,王刚说不能留,还是出来保险。宋扬和王刚来到了顶层饭厅,这个时候不是用餐时间,偌大的餐厅,只有他们两人。

"什么事,搞得这么神秘?"宋扬有很多信息都是从王刚这里得到的。王刚也乐于和宋扬分享,一是两人关系比较近,当年一同在基层锻炼,二是王刚本身也憋不住,有了秘密总想找个人说一说,就好像喉咙痒痒的,必须咳几声才舒服。

"出大事了!"王刚神秘兮兮地说道。

"大事,什么大事?"

"广南省公司出事了。广南的一把手你知道是谁吗?"王刚故意吊吊宋扬的胃口。

"是岳总吧。"宋扬想起来,之前陪章总去过一次广南省。

"岳总消失了。"

"消失?"宋扬仍然不知其意。

"据说,岳总携巨款出逃,元旦前人就消失了,已经一周没露面。现在审计署和集团纪检正对他调查。"王刚小声地说。

"携巨款,多少?岳总很年轻,自毁大好前程?不会是谣言吧?"宋扬还有点不相信,毕竟,这年头谣言太多。

"大概几个亿。我是听广南省的一个哥们说的,信不信由你。"从以往历史来看,王刚的信息大部分还是比较靠谱的。

"抓就抓,反正与我们也没有什么关系。"宋扬懒得去想。

"怎么会没有关系?你去过广南省的,章总以前在广南省当过一把手,岳总当过章总的秘书。这种关系,扯得清楚吗?"王刚提醒宋扬。

一语惊醒梦中人,宋扬这才警觉起来,这个时候出现这种事情,恐怕不是好兆头,那是要出大事了。"这个消息集团公司知道的人多吗?"

"不清楚,可能知道的人不多,但纸里包不住火,我猜很快都会知道。"王刚说。

宋扬看了看表说:"我们来这里时间不短了,先回去吧,中午再聊。"由于上班时间,宋扬怕刘江找,所以要下楼去。

"走,你记着保密。"王刚每次都会这样叮嘱宋扬。

宋扬回到办公室后,心情颇不宁静,他在考虑要不要把这个消息告诉刘江以及李主任。但转念一想,李主任肯定已经知道这件事,凭李主任的能耐,这件事要不知道就怪了。不过,刘江有可能不知道这件事。对了,按照惯例,部门今天上午要召开干部会议,但看刘江的样子,不像上午有会。

宋扬试探地问刘江:"刘处,今天上午还没有开会吗?"

"今天上午的会临时取消了,李主任好像不在。"刘江说。

听刘江这么一说,宋扬推测刘江还不知道这件事,宋扬决定把这事告诉刘江,就悄悄地对刘江说:"刘处,我找你有点事,出去说吧。"

在楼梯间,宋扬把刚才得到的消息说了一下,看刘江的脸色,宋扬确信刘江是不知道这件事的。听完,刘江都没有问消息是真是假,只说了四个字,"有麻烦了。"

纸里终究包不住火,第二天,媒体上就把这个消息捅了出来:"岳风烈疑携巨款出境"。报道中也有不少捕风捉影的成分,不过,在真相浮出水面之前,什么样的传言都会有。集团公司这几天要求员工不得谈论此事,大楼的安保也比平时严格了许多,必须凭工作证才能进楼,外人进楼,必须填写会客单并由楼内接洽人员下楼迎接。广南省公司也对员工做了同样的要求。

这几年央企风生水起,毕业生首选已经不是去跨国外企,而是去央企。如果仅从收入角度来看,央企可能比外企要低一些,但央企占有的资源多,基本上遍布了中国各个省份,利用这些资源可以办很多事情。央企就像公务员一样,是个金饭碗,稳定啊,只要自己愿意,就可以在央企退休,基本上不用担心倒闭。这些央企都是国计民生的重要部门,估计几十年内是倒不了的。相比之下,外企的吸引力就不大了,经济一不景气就会裁人,谁知道会不会轮到自己头上。

央企这几年日子好过,事情自然也会多。其实,央企出事早已不是新鲜事,中信科集团出事也不是第一次。这几年,随着互联网与移动业务的发展,中信科业务指标快速增长,各项制度规定难免有漏洞。但之前的事情似乎没有这次这么引人关注,或许是因为涉事金额大,或许是有人在推波助澜。

这天从股票市场传出消息,岳风烈与广南省的人佑科技股份公司有染。今天开盘的时候,人佑科技公司的股票缩量跌停。人佑科技是去年在中小板上市的一家高科技公司,主要从事移动增值业务,目前大部分收入来源于中信科广南省公司,上市时,许多券商鼓吹非常看好人佑科技的盈利模式,虽然目前收入结构不太合理,收入主要来源于广南省公司,但可以预见的一到两年内会有很大改观。人佑科技的发行价是20元,上市首日就翻了一倍到了40元,最近涨到了50元,总市值大约50亿左右。看来岳风烈事件对这只股票的影响很大,这只股票一直连续四个跌停板后才稍稍企稳,从高点下来已经腰斩,现在价格在25元左右波动,市值一下子缩水25亿。

大约一周以后,消息传来说岳风烈逃逸被抓,目前正在被"双规"。如果说之前有人还不完全相信传言,到这个时候也不得不相信这事是真的。虽然叫"人佑科技",现在看来,"神佑"也不行了。由于不清楚案子牵扯面究竟有多大以及具体涉案金额还没有彻查清楚,所以暂时尚未移交检察院。

神奇的是,也不知道哪儿传来的消息,说章明建副总经理被中纪委邀请谈话。由于集团公司大楼里,这几天恰好没有见到章总,内网上也没有关于章总最近活动的消息,这个消息越传越邪,有消息传章明建副总经理也已经被中纪委"双规",更有人绘声绘色地说,前一阵子停在大楼下面的警车,就是来带章明建的。由于岳风烈与章明建这种特殊的关系,大家自然相信这种传闻是真实的。

李主任最近脸色有些难看,办公室的门也经常关起来,除非是必须找他办的事,没有人敢过去找他。在楼道里偶尔碰到李主任,宋扬仍然要打个招呼,李主任有时也会简单点一下头,但宋扬能感觉到李主任眼中那种惊慌失措,这是之前宋扬从来没有感觉过的,以前李主任总是运筹帷幄充满自信。

面对外界的质疑,中信科集团公司简单发布了一则消息,大意是只有岳风烈一人涉案,暂无其他人牵扯其中,因此影响"并不太大",公司各项业务仍然在顺利运转,但对于岳风烈潜逃地点与涉案金额未作任何披露。

紧接着,中信科集团召开了一个新闻发布会,庆祝移动用户数突破3亿,成为全球第一大移动运营商;宽带用户数达到5000万,也成为全球第一大宽带运营商。章明建副总经理出现在媒体发布会上,这样,他被中纪委"双规"的传言不攻自破。集团公司纷纷议论,章总出席这次发布会,说明他是没事的,岳风烈案件应该与他没有任何关系。

接下来一段时间,岳风烈案件有了实质性进展,如之前市场传闻,岳风烈与人佑科技有千丝万缕的联系,岳风烈是人佑科技的实际控制人,持有60%多的股份,按市值折算约有15亿。正是因为岳风烈是人佑科技的幕后老板,所以才得以成功中标广南省公司以及其他省公司的多项大单。虽然目前其持有的股份尚处于锁定期,无法上市交易,但他已经和第三方谈成协议,成功将股票转让,转让金额为5个亿,前期先支付3亿,等股票解禁后再支付剩余的2亿。如果按当前股价25元左右计算,岳风烈持有的股票市值大约为15亿,变现为5个亿,基本上是打了3折。之前,岳风烈的家人均已经办了移民,岳风烈自己也偷偷办了移民,这次岳风烈携带3亿巨款,原想一走了之,永不回头。相对这笔巨款而言,岳风烈其他的一些罪行,如受贿、行贿,似乎显得不那么显眼。实际上,为了早日成功上市,为了办假身份证办绿卡,很多地方都少不了打点。

由于出了岳风烈这档事,常务副总选拔的事就被搁下了。春节之后,中央组织部、国务院国资委来到中信科集团公司,宣布姜华任集团公司党组副书记、集团公司副总经理。这样,姜华成为集团公司的二号人物,章明建虽然与岳风烈一事没有任何关系,继续担任副总经理,但这一事件已经造成了无法弥补的影响,本来章明建应该是二把手,现在姜华排在了章明建的前面,也许是永远地排在了前面。

岳风烈犯事,让全集团的人唏嘘不已,一个人的大好前程就这么没了,不仅前程没有了,能不能活命都不知道。岳风烈少年得志,早年海外留学,来到集团公司担任领导秘书,由于工作能力出众,没有几年就被提拔为处长,后来到广南省任职。由于在广南省提出了多项创新,并取得了明显的市场效果,深受集团公司高层赏识,很快被提拔为广南省副总经理,最近两年刚被提拔为一把手。谁知出了这么一件事,不过,从事情前后来看,岳风烈谋划这件事情不是一天两天了，从成立公司到公司上市，再找到人接盘退出股权，都需要不少时间。

事情的发展经常超出人们的想象，就在大家以为岳风烈事件告一段落之时，又发生了一件让人瞠目结舌的事情。李主任被发配到研究院给了一个闲职，实际上是挂了起来，意思是等着退休吧。

原来，春节之前李主任就知道，章明建虽然与岳风烈事件完全没有关系，但已经不可能升任二把手，也就是说，自己升任为集团副总的可能性一下子下降了许多。看着自己多年来经营的心血似乎瞬间化为乌有，李主任需要再搏一搏。春节期间，李主任去拜访了姜总，顺便送了一张卡，也不知道这张卡里面有多少钱，据说是3位数，但姜总很快把这张卡交给了集团公司纪检委。

这件事情可大可小。集团公司高层在研究时意见也比较激烈，姜总主张移送司法机关，但其他不少领导特别是章总表示，一送司法机关，李泽凯这辈子就完蛋了，考虑到这些年来李泽凯确实辛辛苦苦为集团做了很多工作，并且最近集团公司颇不平静，不能再折腾了，还是低调处理为妥。

唐总在这个问题上也是很伤脑筋。从私人感情上来说，李泽凯与毛道冰在伯仲之间，甚至唐总更欣赏李泽凯一点，这几年李泽凯鞍前马后做了很多事情，思路开阔，办事稳重，既懂技术、又懂金融，这种人在部门一把手中并不多见，不然，李泽凯也不会坐在集团公司管理部主任的位置上，从这方面讲，毛道冰是要有些逊色于李泽凯。这个李泽凯啊，怎么会这么糊涂呢？原来还有提拔的希望，这样一搞，别说提拔，现在的位置都保不住。保还是不保？保的话，自己需要承担一定的风险。姜华这么搞，是想把李泽凯一次搞惨，这样，毛道冰升迁自然是板上钉钉的事。不过，姜华这么搞的确有点狠。这个毛道冰，不知道在姜华身上下了多少功夫。唐总再三权衡，最后决定还是要保一保李泽凯，当然，现在的位置肯定是没有办法待了，去研究院吧，离权力斗争远一些。

周万胜退休后，人力资源部的毛道冰顺利升任集团副总。李泽凯离开后，张副主任自然转正。这种人事变化，完全超出了宋扬的想象力。当然，也超出了绝大多数人的想象力。宋扬有些悲观，如果是抽签，这次抽的一定是下下签。原来还想跟着李主任喝些汤，现在看来汤盘都彻底打碎了。宋扬记得自己刚来中信科的时候，曾觉得来这里工作的人，素质都比较高，都比较懂礼节，这次算是见识了一场没有硝烟的战争。岳风烈事件正好出现在姜华与章明建争夺二把手的特殊时点上，很难让人相信这是偶然事件，如果不是偶然，那么这件事的前后运作肯定不可能在短时间内完成，也许从开始姜华就知道自己会战胜章明建。想到这里，宋扬有些不寒而栗，自己以后会不会也成为别人的猎物？只不过，现在宋扬还没有资格成为别人的竞争对手。或许，在央企温文尔雅的面纱下，隐藏着一张随时准备吞噬猎物的巨嘴。

由于之前李主任和张主任关系并不太好，大家都在猜测，张主任接手后，可能会有一些动作。刘江现在也坐不住了，失去了往日的沉着。宋扬心想，刘江一定在思考着下一步该往哪里走。宋扬也在想自己的前途，忽然间想起来，费姐以前说过，"李主任是个强人，有希望再往上升，李主任看中你，你也有机会。不过，张副主任那边，你也要多注意一点，他是咱部门二把手，说不定什么时候就升一把手。我给你透露一点，李主任和张副主任关系不是太好。"妈呀，费玉无意中的一席话，竟然泄露了天机，但自己却从没重视过。张主任对自己的印象不太好，李主任在的时候没有什么关系，现在张主任当家做主，那事情可不好办啊。不过，宋扬转念一想，一个部门领导，就这么小的气量？犯得着和一个刚入职的小兵过不去吗？

二十二　就业波折

春节过后,时间一下子就到了3月份。芬妍还在等待着摩盛公司的初筛名单。今年摩盛公司在中国计划招聘5名毕业生,全国海选共收到了约2000份简历,初筛后将有200人获得笔试机会,然后会有50人获得一面的机会,然后有25人获得二面的机会,之后有10人获得和高管面谈的机会,最后录取5个人。

这天早上,芬妍收到了短信:"邱芬妍:您好。您已顺利通过摩盛公司初步筛选,祝您成功。"宋扬和芬妍非常高兴,毕竟,顺利通过10:1的初步筛选,也是对芬妍竞争能力的肯定,虽然后面路还长着呢,不过,总算前进了一步。

芬妍这几年读博士读得很努力,一分耕耘一分收获,进步很大。硕士毕业时,宋扬比芬妍整体素质要强一些,但3年后,芬妍已经有了巨大的进步。博士期间,芬妍和导师在《经济研究》上发表了两篇文章,《经济研究》是国内含金量最高的杂志之一;参加过两个大型的投资银行项目,可以说有理论有实践。而且,芬妍的英语也过了专业八级,学位论文也有望评为优秀博士论文。

有了扎实的基础,考试只不过是一种形式,芬妍顺利过了笔试关,进入50人之列。这个时候,宋扬也没有闲着,他打听到,现在摩盛公司的中国区老板还是中信科上市时的那个人,和章明建很熟悉。原来,宋扬想一开始海选的时候就去找章总,后来想了一想觉得不合适,毕竟,摩盛公司不是章总开的,如果差距太大,让章总也难做。现在芬妍已经进入面试环节,这个时候,应该到找章总的时候了。

宋扬仔细考虑了一下,觉得先给章总写一封邮件,然后再去办公室找他。这封邮件怎么写呢？既要表达出愿望，又不能让章总有被强迫的感觉。经过一番构思，宋扬写了这么一封邮件：

"章总，您好。抱歉打扰您，近期集团高层的变动，出乎所有人的意料，我不知道怎样才能表达我对这件事的愤慨，但我觉得，经过这件事，您在集团的威望反而更高。

"来到集团公司近3年时间，承蒙您的关心与指导，我在学习与工作上都取得了很大进步，特别是在您攻读博士期间，仍然给我很多指点，让我对很多工作中的实际问题有了更深入的理解。

"今天给您写信，是有一事相求，我的女朋友今年博士毕业，参加了摩盛公司的招聘，经过海选与笔试，现已进入面试程序。无意中得知您与摩盛公司的中国区老板很熟悉，不知道您是否方便帮助我们，向摩盛公司推荐一下我的女朋友。她的具体情况，请看附件的简历。非常感谢章总一直以来给我们的大力帮助，我们会永记在心里。"

宋扬之所以提到章总读博士的事，只不过是想提醒章总，博士论文是宋扬帮着写的，希望章总能记着这份情，虽然当时博士论文的致谢中没有提到宋扬的名字，但宋扬相信章总不应该忘记。宋扬想了一想，又把"女朋友"改成了"未婚妻"，以突出与芬妍之间的关系。宋扬在内网通讯录中选择了"章明建"，又看了一下邮件，才点了"发送"键。邮件发送完毕后，宋扬忽然发觉自己的手心有些湿，这封简短的信，似乎用尽了他的全身力气。宋扬往后仰在办公椅上，长长地舒了一口气。

这两天，宋扬经常往章总所在的楼层跑，希望找到一个合适的机会到章总的办公室去，当面和章总说一说。不过，章总的门一直都关着。这次在电梯里正好碰着王宇，王宇说："宋扬，看你愁眉苦脸的样子，还在想着你们李主任被下放的事呢？"

"没有，没有，"宋扬转了话题，"上周咱们和网站开发的人沟通过，他们有反馈吗？"

"又做了一些修改，比上次好不少，下班的时候你来我办公室看一下。"

"好。对了，我联系的那个性格测试网站的事也差不多了。"宋扬和王宇开发的网站，为了让创业者能够充分了解潜在合作伙伴的性格是否合得来，对付费用户提供的一项服务就是性格匹配度测试，宋扬找了一家专门做心理测试的网站合作，每个付费用户成功做一次测试，就给这家网站一定的费用。

"你是不是有什么事,说我听听吧。"王宇比较善解人意。

宋扬把芬妍的事情大概说了一遍。王宇说:"噢,难怪你愁眉苦脸的,去摩盛这样的公司,比读博士难度大多了。"

"是啊,只能碰运气了。"

"我想起来了,在我们部门推动下,集团公司最近刚成立了一个基金公司,好像叫中科投资基金公司,主要是学一些跨国企业,搞一些风险投资什么的,为集团公司培育一些新的业务增长点,集团公司的王冰副总担任董事长。这段时间正在招聘,好像是昨天挂在内网上的,你在互联网上也能搜到,据说比较市场化,待遇应该不错,你老婆可以试试。"

"有这回事,那我赶紧回去看一看,回头再聊。"宋扬被这个消息振奋了一把,像被打了一支强心针,飞快地跑回办公室查看网上消息。

由于章总好像总不在,后来,宋扬找了章总的秘书问了一下,才知道章总这几天在外出差,明天才能回来。宋扬算了一下,时间还来得及。第二天快下班的时候,宋扬又来到章总办公室旁边,发现章总一个人在里面,这是一个好时机,求人办事,特别是找集团高层领导,心里总有点发虚,不过,没有办法,为了芬妍,必须进去。

宋扬敲了敲门,叫了一声"章总",章总抬头,"噢,原来是宋扬,进来进来。"

宋扬感觉到了一阵温暖,不说整个集团几十万人,就集团公司大楼也有近2000人,大领导能记着你的名字,那当然是相当的温暖。

"章总,不好意思,在您百忙之中打扰您。"

"没事,我刚出差回来,来,说说看,什么事?"

"我之前给您发过一封简短的邮件,想请您帮个忙。"

"我还没有来得及看邮件,你说吧。"

宋扬把芬妍的事给章总说了一下,希望章总尽快大力推荐一下。章总想了想说:"我也只能试试看,你也知道,摩盛公司实在是太难进了。"

"太谢谢章总了,无论结果怎么样,我们都非常感谢您。"宋扬说完后,觉得没有必要再在这里待下去,就和章总道别下楼去了。宋扬心想,看来章总还是记得我当初帮了他的忙。

晚上回家,宋扬跟芬妍说已经找了章总,他答应给推荐一下。芬妍说:"那太好了,下周就要开始一面了。"

宋扬高兴地说:"而且,我还告诉你一个好消息,近期,我们公司控股的刚成立的中科投资基金正在对外招聘,你上网看一下,机会不错,摩盛如果不行,这个一定能行。"宋扬向芬妍使劲地挥了挥手,意思是,一切尽在掌握之中。

这些天来,难得看到芬妍露出一丝笑容。其实,凭芬妍现在的能力,完全能找到一份不错的工作,只是,她对自己的要求高,对工作的期望高。

"宋扬,这段时间难为你了。"芬妍有些难过地说。

"我KAO,你的事不就是我的事吗?"

第二周,芬妍参加了摩盛在北京的第一场面试。这是一场综合素质面试,由专业的HR公司和摩盛公司人力资源负责人共同面试。芬妍感觉马马虎虎,也不知道标准答案是什么。不过,幸运的是她通过了这一轮。

很快就被告知,明天就要进行二面,25个选10个。宋扬鼓励芬妍,章总打过招呼了,你就放开点吧。二面下来,芬妍感觉还不错,但这次结果要等到下周。焦急不安地过了这个周末,周一芬妍收到了短信:"邱芬妍:您好。我们遗憾地通知您,你未能进入三面。感谢您对摩盛公司的关注。"看到这个短信时,芬妍瞬间有些辛酸,摩盛的梦破灭了,不过她很快地镇定下来,对于这个结果,她是有心理准备的。正在这时,芬妍的手机响了,是宋扬打来的。

"宋扬,我被拒了。"芬妍小声地说。

"啊……芬妍,你别难过啊……还有别的机会,……你从2000份简历中到二面,这个概率比中国足球走到决赛的概率还要低,这已经是巨大的成功,还有别的机会。你别想不开啊!"宋扬结结巴巴地说了半天。

"我有心理准备,不用担心,倒是看你好像没有心理准备啊。"芬妍笑着对宋扬说。

"他妈的,我要去找一下章明建,问他怎么说的。"宋扬气愤地说道。

"好了,没关系,你下班了我们再说吧。"芬妍说完挂了电话。

宋扬的确很难受,没有帮助心爱的人实现理想,甚至比自己失败了更加难受。宋扬很想去问问章明建,但理智告诉他这是万万不行的,况且,下面中科投资基金公司正在招聘,到时候还要去求他。

在北京这个鬼地方,人才太多了,换句话说,竞争太激烈了,关键是还有人才不断往这里扎。社会上流传的"北大才子卖猪肉"、"清华博士修车"也不是空穴来风。网上流传一副对联:博士生、硕士生、本科生,生生不息;上一届、这一届、下一届,届届失业,横批是"愿赌服输",或许正是毕业求职的写照。

芬妍向中科投资基金公司投寄了简历,虽然招聘要求条件很高,芬妍还是得到了笔试邀请。一般来说,笔试对芬妍来说不是什么问题。参加完了笔试,芬妍感觉还不错,这两年做的一些投行项目的经验,还是派上了用场。

有了摩盛的失利,宋扬这次不敢马虎。芬妍笔试完的第二天,宋扬又去找章明建。按照一般的程序,宋扬根本是没有资格去找章明建的,别说宋扬,就是一个处长,也没有资格直接去找集团公司副总经理。所以,宋扬仍然有一点心理障碍,但是,必须迈出这一步。

"章总,又来麻烦您了。"宋扬抱歉地说。

"对了,上次怎么样?"章总关心地问。

"二面时被拒了。"宋扬说。

"唉,摩盛公司实在是太难进了。"章总说。

"是的,不过到这一步,也算不错的成绩了。"宋扬不敢问章明建到底有没有和摩盛老板打招呼,或者说怎么打招呼的,其实,问也问不出来,完全是信息不对称,章明建随便编一个说法,宋扬都没法去验证。"章总,还有一件事想麻烦您,咱集团的中科投资基金公司正在招聘,我老婆已经参加了笔试,现在工作不好找,还想请您打个招呼,给我们一次机会。"

章总想了想说:"噢,这个事,我先问问情况吧,回头我打你电话。"由于这次是集团的子公司招聘,宋扬觉得章明建应该有这个能耐,他打个招呼,这个面子还是要给的。

没过几天,就在快下班的时候,宋扬接到了章总打来的电话。

"章总,您好。"

"宋扬啊,我问了一下,说笔试成绩太低,没能进入面试啊。"章明建说。

"啊?我之前听她说笔试答得还不错,怎么会这个样子呢?上次,她参加摩盛公司的招聘笔试都通过了呀,会不会试卷改得有问题啊?章总,您能再给说说吗?您是集团副总,这个公司也是咱们的子公司,您说话肯定有分量,这份工作就指望您了。"

"宋扬,不是我不想帮,公司招聘有制度,要是分数再高一些就好办了。"章总回答说。

"章总,请您看在我当时帮您写论文的分上,帮帮我们吧。"宋扬放弃了男人的自尊,几乎是用哀求的声音说道。

"宋扬,你也不要让我太为难啊。"章明建一下提高了声音,似乎对宋扬把论文的事情提出来很不满。

我操,你他妈的,章明建,你是什么东西!宋扬差点对话筒骂了出来,但他忍住了。"那就这样吧。"宋扬觉得再说下去也没有意思,挂了电话。

宋扬越想越气,章明建,你给我讲什么招聘制度,你他妈当我是小孩啊。宋扬想不出用什么恶毒的话来诅咒章明建。宋扬不相信芬妍考的分数低到进不了面试,连摩盛那边都到了二面,再说,芬妍觉得自己笔试还不错。只能说,一方面,这里的水太深,以至于章明建这样的人物都无法搞定,但这种可能性不太大,在摩盛不敢说,在中信科集团,章明建的话还是起作用的;另一方面,章明建觉得没有必要为宋扬的事费心。现在看来,这才是原因所在!

现在来看,章明建根本就没有和摩盛老板打过招呼。是的,在帮章明建写完博士论文后,宋扬就没有价值了。再说,这个功劳,要算也应该算在李泽凯的头上,是李泽凯找宋扬来写的。宋扬觉得自己有些恬不知耻,一直还以为自己在章明建心目中有那么一小点位置,现在来看,狗屁!一点都没有。或许在章明建看来,让宋扬写博士论文,是看得起宋扬,还来要好处,没门!

宋扬决定不告诉芬妍真相,想了想,编个理由吧,或许这样芬妍会好受一些。宋扬回到家后,对芬妍说:"公司发现这次应聘的海归与经验人士很多,就不打算招毕业生了,他妈的,我们运气也太差了。"

"宋扬,别难受了,其实我原本都不打算去考试的,但想到你肯定不愿意,所以我就去考了。不就是坐一会儿嘛,也没少什么。"芬妍安慰宋扬说。

宋扬感觉自己像是犯了错误的小孩,也像是严重低估了敌情的指挥官。事情的发展远没有之前那么乐观,想想都觉得郁闷,感觉胸口有一堵墙。

"对了,宋扬,忘了告诉你一个好消息,我已经进了鑫华证券公司的终面,下周要去终面。放心,我一定会找到好工作的,我的运气正在转好。"

宋扬没想到芬妍这么沉得住气,看来自己把芬妍想得太脆弱。其实,冷静地想一想,芬妍有主见有志气,看她这几年一步步踏踏实实走过来,没理由找不到一份好工作。

一周之后,芬妍参加了鑫华证券的面试,感觉非常成功,面试结束后的一周,芬妍接到了OFFER,看来芬妍的预感是对的。但芬妍仍然在寻找其他的机会,之前投的一些简历接二连三地来了好消息。到了6月份的时候,芬妍手上已经有了3个OFFER,除了鑫华证券,另外两个分别是:宝盛基金、融丰集团。

鑫华证券是一家中外合资的券商，虽然业务规模不算很大，但在国内有比较大的影响力，经常发布一些关于宏观和股票市场走势的观点，这些观点媒体引用频率很高；宝盛基金是一家公募基金公司，随着股票市场2005年6月6日见底998点后，市场赚钱效应明显，基金发行非常快，宝盛基金目前业绩在所有基金公司居前四分之一；融丰集团则是类似中信科集团的一家金融央企，业务领域包括商业银行、保险、基金、证券，资产规模在全部金融企业中居全国第二位。

没有OFFER时痛苦，现在有了几个OFFER也痛苦。其实，人生就是选择，每个人的选择不同，便有了不同的人生。人有许多种选择，但是选择之后便不会再从头开始。

芬妍是金融学博士，知道选择中的机会成本，这几个OFFER都是不错的工作机会，的确要仔细思考。鑫华证券名声大，如果能到那边工作几年，再到别的地方去，会是一条不错的道路；宝盛基金是一家国内的基金公司，平台比鑫华要稍微小一些；融丰集团，就是一家央企，这几年关于央企的事，已经听宋扬讲了很多，有人说央企的平台大，但芬妍并不喜欢那种螺丝钉的感觉。最后，芬妍还是选择了鑫华证券，这是她得到的第一份工作，她相信冥冥中的缘分。

二十三　痛苦分手

佛说:每个人所见所遇的都早有安排,一切都是缘。缘起缘尽,缘聚缘散,一切都是天意。芬妍的工作落实了,宋扬感觉到前所未有的轻松,但是并没有持续多长时间,他和芬妍的缘分已经要倒计时了。

还有几天就到6月15日芬妍的生日,宋扬一直在想送芬妍什么礼物,最后决定送芬妍一只钻石戒指,太贵的买不起,选来选去,买了一只万元左右的戒指,准备当作芬妍的生日礼物。宋扬年纪也不小了,很快就奔三,父母已经催过几次,宋扬一直说等芬妍工作以后就结婚。宋扬原本是想到外面去吃饭,再把胡斌等几个人一起叫来庆祝,但芬妍不同意,说只想和宋扬两个人庆祝,并且说外面又贵又不干净,坚持要亲自下厨。芬妍做饭的手艺不错,宋扬喜欢吃芬妍做的饭菜,就依了芬妍。

6月15日这天,宋扬提前下班回到家,顺便从蛋糕店里取了预订的蛋糕。到家时芬妍还在忙着,桌子上已经摆满了菜,全是宋扬平时最喜欢吃的,红烧排骨、红烧鳜鱼、丝瓜炒毛豆、糖醋灯笼椒……

"芬妍,今天你做了这么多菜,怎么能吃得完啊?"

"都是你喜欢吃的,这段时间找工作,天天都比较马虎,现在有时间了,多做几样菜,再说,是我生日嘛。"芬妍笑着说,"红酒在包里,你开一下。"

"芬妍,菜已经满了,放不下了。"宋扬招呼说。

"好了,最后一个菜,马上就来。"

宋扬已经把餐桌收拾好,菜全摆好了,酒也倒好了。

芬妍把围裙一解:"好,终于完成了,忙了我一下午,好久没做这么多菜了,不知道味道怎么样。"

"以后这些菜分批做,一次两三样就足够了。"说完,宋扬准备点生日蜡烛。

"好,以后我每次就做两三样菜。"芬妍有些哽咽地说道,眼睛有些湿润。

"你眼睛怎么有些红啊?"宋扬不知原因。

"没有,没有。"芬妍急忙说。

"看着蛋糕激动吧,对不对?一过生日啊,就又大了一岁,小时候总想着快点长大,现在感觉时间越过越快,今年你28岁,我都29岁了,再过几个月我就是奔三的老男人了。"宋扬一边说,一边点好了蜡烛。

"祝你生日快乐,祝你生日快乐……许个愿吧!"宋扬催芬妍。

"好。"芬妍说完闭上了眼睛。

"芬妍,我有一个礼物送给你。" 宋扬说完转过身要去取戒指。

"宋扬,吃过了再送我好吗?"芬妍拉住了宋扬。

"行。"宋扬想了想,吃过饭后再拿出来也不迟。

"生日快乐,第一杯我们干了。"宋扬举起了酒杯。

"干!"芬妍说完一饮而尽。

喝完后,宋扬又斟了一些红酒。"芬妍,你这三年收获很大啊,我现在啥都比不上你。想想三年前,你还经常问我这问我那呢,三年不学习,根本赶不上邱芬妍。不过,这些都是你应该得的。"说完又要干杯,芬妍意思了一下,宋扬又全干了。

"唉,这几年,其他没学到,酒量倒是长了一点,每次到省公司去,都是一次锻炼。"宋扬有些自我解嘲地说。

"你也算博士,你不是也写了一篇博士论文嘛。"芬妍说。

"想想时间真快,想起我们一起在燕京财大的日子,仿佛就在昨天,可事实上已经好几年了,恐怕我这辈子都没有机会再进校园。"宋扬感慨地说道。

"当时,要不是我的水瓶打碎了,你会追我吗?"芬妍问。

"要没有那事,我还真不会追你,因为班上有人追你,再说你有点太清高。不过,后来我才知道,这些都是表象。"连续几杯红酒下肚,宋扬的话有些多了起来。

宋扬和芬妍一边吃饭,一边回忆昔日美好的生活。是啊,多么纯粹的年代,在校园的时候感觉不到学生生涯的宝贵,参加工作后又是多么想念当初的岁月。

酒足饭饱之后,宋扬从包里把准备好的戒指拿出来,"芬妍,这是送你的礼物,你猜猜是什么?"

芬妍嘴巴动了动,没有说话。

宋扬以为芬妍猜不出来,就说:"也不劳驾你了,是钻戒,戴上它,我们结婚吧。"

"宋扬,我知道已经没有退路了,我很痛苦,但我还是要对你说,我不能接受你这份礼物,宋扬,我们分手吧!"芬妍鼓起勇气说。

"什么?你再说一遍!"宋扬有些不相信自己的耳朵。

"宋扬,我们分手吧!"芬妍又说了一遍。

"你是在开玩笑吧?"宋扬笑着说。

"宋扬,我们分手吧!我不是在开玩笑!"这时的芬妍已经泪流满面。

"我们一起多少年?你一句话说完就完了?"宋扬质问芬妍。

"宋扬,你别逼我好不好,我很痛苦。"

"噢,那今天一桌子菜算是送我上路的吧?我怎么没有想到呢,早知道我就喝死算了,噎死也行,反正马上就要上路。"宋扬冷冷地说道。

"宋扬,你别这样说话好不好,我好难受啊!"芬妍的嗓子已经嘶哑。

"你难受?我看不出来。"宋扬已经有些出离愤怒,甚至是想故意让芬妍难受。

"全是我不好,全怪我,全是我不好,全怪我,全是我不好……"芬妍头发凌乱,双手捂着脸,浑身在不停地抽泣。

宋扬无论如何也不能理解,离开饭桌,从床头抽屉里找出一包烟,都说烟是男人的秘密情人,这话不假,在烟雾缭绕中,宋扬似乎找到了一点平衡。

两人有好一会儿没有讲话。

芬妍还在那里不停地抽泣,看着芬妍这个样子,宋扬心软了,不管怎么说,芬妍是他心爱的女人。或许是,痛苦到极点反而没有了痛苦的感觉,宋扬这时忽然感觉心里没有之前那么虚弱了。

宋扬走过去,扶起芬妍。芬妍抱住宋扬,放声大哭。

"芬妍,我们说说话好吗?"宋扬问。

芬妍轻轻地点了点头。

"能告诉我为什么吗?我需要你讲真话,我死也想死个明白。"宋扬问。

"宋扬,全是我不好,真的,我不是一个好女人。"芬妍顺了顺头发。

"你和别人好上了?"宋扬估计是这么回事。

"没有,你是我第一个男人,也是目前唯一的男人,我向你发誓。"芬妍说。

"那是什么原因?"宋扬不得其解。

"这几年,我越来越感觉我是一个物质女人,出差时和那帮做投行的女人在一起,我就觉得好自卑,穿的没有她们好,气质没有她们好,英语没有她们好,更别提挣得没有她们多。这几年,我发奋努力,就是想有出头之日,我就是要把这帮趾高气扬的女人比下去。你和我在一起,会有很大的压力,我不想你一辈子被我这样的物质女人绑架,痛在一时总比痛在一世好!我要你找一个淡泊名利的女人,和她一起好好过日子。我真的不适合你!"

"的确,你看不上我这样在央企里面瞎混,你也提醒过我好多次,现在是和我算总账吧。"宋扬现在把芬妍平时的言语联系起来,发觉今天他和芬妍的结局是有征兆的,只是他从没往那方面想。

"宋扬,每人有每人的活法,在央企很稳定,很多人梦寐以求,只要自己觉得舒服就行。我知道我这样很不好,我也提醒自己不要和别人去比,但我就是做不到。其实,我一直想和你在一起多一段时间,你可以说我自私。所以,我在这个时候才和你说,因为只有这个时候我才一点退路都没有了啊。"

宋扬明白了……

当晚,芬妍主动提出来要和宋扬做爱,宋扬没有拒绝,芬妍竭尽所能迎合宋扬,两人都知道,过了这一夜,以后不会再有肌肤之亲。记住这一夜吧!

第二天是周五,宋扬说:"芬妍,我今天不上班,我留在屋里帮你收拾东西。"

芬妍不同意:"还是让我一人在家收拾吧。"宋扬在家,芬妍根本没有心思收拾,"你不用管我,我会找几个同学来帮我搬,我先住到学校的宿舍去。"

宋扬答应了芬妍,一个人默默离开了。这一天,宋扬根本无心工作,满脑子都是芬妍的点点滴滴,宋扬怎么没有想到他和芬妍是这么一个结局。

傍晚下班回到家里,芬妍已经离开,屋里收拾得井井有条,宋扬很多衣服都被拿出来重新洗了一遍,挂在阳台上晾着。餐桌上留有一封信,宋扬迫不及待地打开看。

"亲爱的宋扬,我知道我深深地伤了你的心,请忘了我吧!你是一个好男人,但我不是一个好女人。和你在一起的每一分每一秒,都已经深深地刻在了我的脑海中,和你在一起,是我这一辈子最快乐的一段日子。我非常感谢上苍让你曾经出现在我身边,现在是把你交还给更好的女人的时候了!相信我,你一定会找到一个好女人,好好过日子吧。我不在的日子,你要注意自己的身体,少喝酒少抽烟,多锻炼。宋扬,无论如何,我都会为你祝福祈祷。爱你的芬妍。"

这封简短的信,有很多涂改的痕迹,上面还有不少泪渍。宋扬能够感觉到芬妍的伤心。看完芬妍这封信,宋扬再也忍受不住,放声大哭起来。哭了一段时间,忽然看到了橱里的茅台酒,那是去贵州省出差时别人送的,原来准备带给芬妍的父亲也就是自己未来的岳父,现在没有这个必要了。宋扬打开酒瓶,一个人坐在地上自斟自饮,竟然喝不出酒味。宋扬在心中喊道:"芬妍,去吧,我让你去,希望你能找到自己的幸福。"

忽然,手机响了起来,原来是胡斌打来的。"宋扬,你在哪呢?"

"胡斌啊,你怎么打我手机。你猜我在哪?"宋扬说。

"告诉我你在哪。快说。"胡斌焦急地问道。

"急什么呀,我一人在屋里喝酒呢,很爽啊,你要不要来喝点。"宋扬有了一些醉意。

"我马上过来,你等我。"胡斌说完挂了电话。

原来,芬妍给胡斌打了电话,简单说了一下情况,说放心不下宋扬,怕宋扬有什么三长两短,叫胡斌一定要去看看。

一会儿胡斌开车就到了。

"宋扬,你们怎么回事啊,怎么分手了?之前一点没有听你们说过。"胡斌说。

"来,来,不管她,咱喝酒。"宋扬拉着胡斌。

"别喝了,已经醉了。"胡斌夺下了酒瓶。

"兄弟,我难受呀。"宋扬点起了一支烟。

"芬妍也很难受,我能从电话里听出来,她叫我来看你,我问她怎么不来,她说她不敢见到你。"胡斌也点起了一支烟。

"什么样的女人不是女人,让她滚一边去!"宋扬愤怒地说。

"你们到底怎么回事?"胡斌不解地问。

"她嫌我没有用,没有用!"宋扬苦苦地说。

两人聊了一会儿,胡斌说:"今天晚上,你跟我走吧,你不能一人待在这里。"说完,拉起宋扬往外走。胡斌开车,大约过了30分钟,来到了一个SPA会所。

宋扬跟着胡斌来到里面,"到这里干什么?"宋扬问胡斌,虽然有点醉,头脑还是清醒的。"今晚你就听我的,先泡个澡,放松一下。"胡斌径直往里走。

"泡澡,好,泡澡我喜欢。"宋扬话有点说不清楚。

泡完澡,胡斌带着宋扬往里走,宋扬和胡斌一起到了3楼,看来胡斌对这里挺熟悉。"宋扬,完了你就到2楼休息室,我也会过去,今晚咱们就在这里聊聊。"胡斌说完,就和宋扬分别进了一个包间。

很快就来了一位年轻的小姐,身材不错,面庞还算标致。"先生,您好,祝您度过一个美好的夜晚。请躺下吧。"小姐彬彬有礼,宋扬享受着异性的按摩,这时他脑子里已经没有芬妍,有的只是情与色的激荡。小姐很主动,按摩完后自己宽衣解带,之前因为有芬妍,宋扬一直在回避这样的机会。这一次,他豁出去了,人生已经没有多大的意思,何必再压抑自己。宋扬感觉这个时候自己就是一个魔鬼,尽情地发泄。宋扬怕声音大,用手捂住小姐的嘴,小姐说没关系,这里的房间隔音效果好。这是宋扬第一次与芬妍之外的异性发生性关系,虽然用了避孕套,但仍然很满足。完事后小姐说:"先生,这里面有淋浴,您可以洗个澡再出去休息。不用签单,隔壁的先生已经签了。"

宋扬冲完澡后,穿上一次性外衣,去楼下休息。胡斌还没过来。宋扬要了一杯茶,刚才的快感已经消失得无影无踪,取而代之的是无法名状的空虚、痛苦、无聊。宋扬心想,胡斌啊胡斌,我是该感谢你,还是该骂你?

正在胡思乱想的时候,胡斌过来了。"感觉好一些了吧?"

宋扬说:"还行,你经常来吗?"

胡斌说:"很少,以前陪客户来过一次。"

宋扬说:"那今天我就算是你的客户吧。"

"以我对你的了解,今天是你的第一次吧,保不准是唯一的一次。你要恨我就恨我吧,把你带坏了,让你破了金刚之身。当然,也不绝对,哪天你成大款了,身边的漂亮女人一大堆,随你挑的时候,你也不一定能把持住。"

胡斌继续说。

"还成大款？你看我现在这样,芬妍都看不起我,我还指望什么啊？"宋扬苦笑道,"和你一比,我差远了,我现在仍然是无产阶级。对了,你老丈人升副部了吗？"

"没有,我看没戏,就等着退休吧。这种事,一次机会没有上,可能就永远没机会了。家家有本难念的经,现在我和吴姣已经基本上没有什么感情,先凑合着吧。"胡斌叹了一口气。

"到底怎么回事？"宋扬问。

"今天就不说我的事了,以后再说,你还是把你和芬妍的事详细说给我听听。"

宋扬把事情的经过说了一遍。胡斌听完说:"如果芬妍真是像她自己讲的那样,物质欲强,那我觉得芬妍做得对,否则以后你们会很痛苦。真的是长痛不如短痛。"

"现在已经不痛了,佛说,人应学会放手,放得越多,越觉得拥有的越多。或许我的人生从此会翻开新篇章。"宋扬说。

"你能那样想就好。对了,你赶紧考虑买个房吧,现在房子卖得火,价格正在涨,你要是想买,我帮你搞个内部价。你看看南二环的风月河畔小区,我们公司开发的。"

"好,我考虑考虑,看首付够不够。"宋扬想了想也是,总不能一直租房住,趁胡斌在房地产公司还能有些优惠。

"你到网上看看介绍,或者去售楼处看看,如果觉得合适,给我打个电话。"胡斌说。

这一晚,宋扬和胡斌就在会所里聊天看碟,待了一夜。一觉醒来,宋扬觉得没那么痛苦了,宋扬有点惊讶自己的恢复能力,当芬妍说要和他分手的时候,感觉天都快要塌了下来,现在发觉自己也还活着,也许该感谢胡斌吧。

命里有时终需有,命里无时莫强求。宋扬现在很相信这句话,和芬妍还是没有缘分。有多少东西明明就在眼前伸手可得,但却得不到,人不要太强求任何东西和事,越是珍惜的东西越怕失去的东西往往会失去得很快。一切顺其自然。

二十四　职业思考

张主任掌舵后,一直没有给综合调研处指派什么重要的工作,在部门的干部会议中,刘江也不像以前那样,会经常得到李主任有意无意的点评。是啊,这个处是李主任力排众议成立的,现在李主任已经被边缘化,这个处到底还能存在多长时间?宋扬最近已经听到风声,说张主任要把调研处撤掉,但一直没见到动作,不过,有门路的人可能早已行动起来。

这天在水房打水,宋扬碰到了费玉。"宋扬,你最近好像瘦了啊,锻炼身体了?"

"费姐,我们处都快撤了,还不知道往哪去呢?"宋扬苦笑一下。

"中午吃饭费姐叫你,我们聊聊。"费玉说。

宋扬正要咨询一下费玉的意见,就说:"好,我等你电话。"

12点多的时候,MSN上费玉留言:"上楼吃饭,楼上见。"

楼上吃饭的高峰已经过去,宋扬和费玉一边吃一边聊。

"费姐,帮我想想办法,当初你的话全应验了,张主任当了咱部门的一把手,而他以前一直不怎么待见我。"宋扬说。

"那是你和李主任太近,而张和李又有点不和。听说刘江要到省公司挂职,如果消息属实,你们处撤掉的可能性很大。"费玉说。

"我真不知道怎么办了,命背啊。"宋扬无奈地说。

"以我对张主任的了解,这事情的确不太好办。你在集团公司有什么关系吗?对了,你和章总的关系不是还可以吗,能不能找找他,给你换个部门或处室?"

"别提他,恨死他了。我不会再找他,那个小人。"宋扬说了上次找章明建帮忙的事。

"还有这么回事,把别人的辛苦当作了应该。你女朋友最后去了哪里?"

"鑫华证券,不过,已经不是我女朋友,我们分手已经有一段时间了。落花有意,流水无情。命,都是命。"宋扬平静地说。

"难怪你最近瘦了呢。过去的就过去,别太往心里去,人还要往前看,下次我给你介绍一个女朋友。我成功介绍过好几对。"费玉说。

"那真太感谢费姐了,不过,我现在还提不起兴趣。"宋扬说的倒是实话。

"你还打算当和尚吗?没事的,再过一段时间就好了。"费玉笑着说。

正如费玉所说,传言果真变成了现实,在张副主任转正后大约半年,综合调研处正式被撤,这是一个去李主任化的重要步骤,张主任要让大家知道,现在他才是当家的。由于传言已经有了好一阵,大家已经有了心理准备,所以真正操作起来也没有什么阻力。刘江找关系去了省公司挂职,高峰去了品牌处,任开达与纪开明去了行政处,宋扬和罗伟广都去了公关处。

宋扬觉得罗伟广到公关处,挺符合他的个性,而自己到公关处,简直就是滑稽,不知道张主任是怎么想的。公关处经常应酬,或者说要协助"摆平"一些事,宋扬唱不会唱,跳不会跳,喝也不太能喝,不过,宋扬对业务的了解,比公关处大多数人要多一些,毕竟,这几年在调研处写了不少重要的报告。话说回来,不到公关处还能到哪里去呢?宋扬想想觉得自己有些悲哀,有点"人为刀俎,我为鱼肉"的感觉,只能往好里想,虽然提高不了专业能力,但在公关处或许能多接触一些人。

在唐总的力推下,中信科集团的国际化步伐逐步加快,在全球多地展开收购。一个周六的早晨,宋扬还在睡觉,手机响了起来,是公关处处长索大伟打过来的。

"您好,索处。"宋扬说。

"宋扬,还在休息吧?"索大伟问。

"没有,没有,早起来了。"宋扬说。

"咱们处的几个人,就你的手机开着,值得表扬。下周一回去我一定要再强调一下,咱们处的工作特殊,不能随便关机。"索大伟说。

"索处,有什么重要的事情?"宋扬问。

"这样的,昨天晚上互联网上发了一篇新闻稿《中信科集团在美遭反歧视示威》,你上网搜一下,其中不少言论对集团不利,不知道是什么人捅出来的,张主任吩咐必须抓紧时间控制住。由于昨天是周五,很多网站尚没有更新主页,这篇报道目前转载量不大,我昨天晚上已经和不少媒体打过招呼,它们表示不会转载,但到目前为止,新狐网上的消息还没有删除。不过,我刚已经通过关系联系上了新狐网的一个高层,答应马上会删除新闻源。你上午去做几件事:一是去银行取4万块钱,一个信封装1万;二是在江南明月餐厅订个包间,中午我请几个媒体朋友吃饭,时间大概在12点,你早点过去。忙完给我打个电话。没问题吧?"索大伟说。

"没有问题,我一会儿就去办。"宋扬说。

"你上网再看看那个新闻,估计还能搜到。你以前在调研处的时候,给李主任整过一篇内参报告吧,内容好像是关于央企走出去的必然性,现在派上用场了,到时,你再把这些东西给他们洗洗脑,要让他们心理上也认可我们集团的一些做法,取得他们的理解,这样,以后再和这些媒体沟通时会顺畅些。"索大伟继续说。

宋扬已经没有了睡意,简单洗漱了一下,吃了点东西,上网搜了一下新闻稿,果然在一个不太主流的网站上看到了这篇转载的报道《中信科集团在美遭反歧视示威》,抗议中信科收购的ALT通信公司在资费政策、宽带速率等方面搞差别定价,涉嫌歧视用户以及不正当竞争。上个月,中信科刚完成对美国ALT通信公司80%股权的交割,现在ALT公司遭到反歧视示威,实际上是在抗议中信科集团。文中援引美国当地人批评说:"中信科集团在中国是当惯了'老板'的央企,到美国来后要首先学会如何做一个'公民'。"并且美国联邦通信委员会(FCC) 将视事态发展保留介入的权利。

由于中信科集团目前还有其他几桩收购案待批,此次在美遭反歧视示威可能对后面其他收购产生影响,或者在国内引起不必要的麻烦,索大伟不敢懈怠。这种事情,一次做不好,一年的工作业绩全完蛋了,所以,虽然几个主要媒体已经答应删除这则报道,但最好还是面谈一下,确保不出现意外。

宋扬11点半就到了江南明月餐厅,给索大伟打了电话,说已经全部办妥。快12点时索大伟来了,12点钟过一点,来了一人,是业内核心报纸《中国科技》的副总编曲平涛,与索大伟比较熟悉。

"曲总,好久不见。"索大伟迎上去说。

"索处,您是没有负面新闻时,就想不到我吧。"曲平涛开玩笑地说。

"主要是工作忙,实在分不出身。今天我多敬您几杯,赔个罪。"索大伟笑着说。

"不客气,咱们啥关系,他们几个到了吗?"曲平涛问。

"还没到,不过应该很快。曲总,这几个人我不是太熟悉,你帮着多介绍介绍。这几年媒体也是走马灯似的,一段时间不联系,就不认识了。"索大伟说完就把一个信封塞到了曲平涛的口袋里。

"好说,好说。都是圈内人,抬头不见低头见。"曲平涛说。

一会儿,陆续来了几个人。宋扬和他们交换了名片,都是国内几家主要媒体的人,有副总编、有首席记者、有主任编辑。席间,索大伟把其他3个信封也发了出去,觥筹交错之中,什么事都好办。酒桌上商定,由宋扬周末提供一个基本的素材,发给曲总,然后由曲总那边组一篇稿,为"央企走出去"正名。当然,其中会特别提到中信科集团,其它几个媒体都第一时间在显眼的位置转载。大家都表示,不能让美帝国主义得逞。

这个事情就这么摆平了,周末宋扬赶时间提供了一个稿子发给曲平涛。周一上班的时候,主要媒体上都没有出现这条反歧视游行的新闻,相反,出现了一篇要坚决支持央企走出去的新闻报道,其中很多素材都是宋扬周末提供的,索大伟在周一的处会上表扬了宋扬。

自从换了处室后,严格地说,从李主任被调走后,宋扬一直在思考自己的路,当然,与芬妍分手也是一个原因。冷静地一想,宋扬发现自己竟然不知道这辈子到底想干什么。当时来中信科工作,一点都没有考虑过这份工作是不是适合自己,是不是符合自己的长远规划,只是当时觉得这是家大央企,人人都说好,他就要挤破头往里面冲,冲进去后还暗自慨叹自己的运气好。回头看一看,不知不觉到中信科这家央企已经3年多,这3年学到了什么?芬妍以前一直在提醒自己,不要被央企荒废了。现在真有荒废的感觉。虽然这几年也见识了不少风景,开了一些眼界,但人生的风景有很多,怎么能把全部风景都看了呢?自己最想看的风景是什么呢?时间是有机会成本的。

这几年匆匆忙忙地在赶路,实在是忽略了方向。人们往往说,选择比努力重要,现在看来是有道理的。就拿和王宇一起创业这事来说,其实也没有仔细作过思考,更多的是被媒体宣扬的创业梦所感染,或者是对自己能力的过度自信。现在和王宇合作搞的网站已经正式上线,访问量倒还可以,但付费用户一个没有。宋扬和王宇商量,准备花钱在百度搞一些技术推广。

昨天在集团公司一个内部讲座上,宋扬碰到了研究院战略决策部的小张,听小张说李主任最近住院了,但不知道是什么问题。想想李主任对自己还算可以,宋扬决定还是去看看他。

宋扬给李主任打了电话:"李主任,我是宋扬,听说您住院了,我想过去看看您。"

"宋扬啊,你好你好,没什么大事,不用麻烦。"李主任口气似乎没有以前的那种锐气。

"应该的,李主任,您还是我的老领导,再说,我来中信科还是您招进来的,应该去看看您,我还想顺便汇报一下工作呢。"宋扬说。

"噢,那好吧,我在301医院601房间。"李主任说。

"我今天下班后过去,估计到您那边6点半左右。"宋扬说。

下班后,宋扬去超市买了两条软中华烟,宋扬记得李主任以前只抽这种烟。宋扬到了医院,问601怎么走,才知道这里是高干病房。

到了601,李主任一人在里面看电视,看见宋扬进来,"宋扬,来,进来。"

"李主任,好久不见,你这是怎么了?"宋扬关切地问。

"老毛病,腰椎间盘的问题,最近在这里做牵引。你来就来吧,还带什么东西?"李主任说。

"主任,应该的,只是一点小意思而已。"宋扬说。

"最近怎么样?"李主任问。

"我换了一个处,现在去了公关处。"宋扬说。

宋扬没有提调研处已经撤掉的事情,李主任也没有问,宋扬相信李主任是知道这件事的。宋扬小心地和李主任聊一些杂事,避免无意中触到李主任的痛处。聊了一会儿,宋扬看看时间,来了半小时,觉得是离开的时候了。

临走,李主任把宋扬送到门口。宋扬说:"李主任,改天再来看您。"

"不用了,你有这个心就好,"李主任说完拍拍宋扬的肩膀,又说道,"宋扬,你要仔细考虑一下自己的职业前途啊,公关处不适合你。"

"谢谢主任,我是要仔细考虑考虑,"宋扬感谢李主任,"那我走了,您多保重身体。"

"宋扬,我再送你一句话,你自己体会体会,像你这样白手起家的人,一定要依靠一个人,但也一定不要依靠一个人!"李主任说完推了推宋扬,"回去吧。"

虽然只有大半年的时间,宋扬这次感觉到李主任的变化很明显,看来,集团副总竞聘的事情,对他的触动很大。这次与李主任的谈话,似乎不是发生在上级与下级之间,而是发生在长者与晚辈之间。

回去的路上,宋扬一直想着李主任的话,的确是这样,公关处不适合自己,那种工作性质与自己的个性差别太大,也没有多少专业性。那张主任为什么要自己去公关处呢?难道就因为以前和李主任走得太近让他感觉很不爽,或者以前无意中冒犯了张主任,或者,张主任本就不想让宋扬再在这里干下去,但也不好直接让宋扬走,而是让宋扬觉得工作无聊主动辞职,想到这里,宋扬不禁有点发冷。李主任最后给自己说的话,"一定要依靠一个人,一定不要依靠一个人",这句话像是玩太极,正的反的都说了,似乎很简单,但从李主任嘴里说出来,似乎又不简单,这句话是不是李主任毕生经验的总结呢?

也许到了该换工作的时候,可是换什么工作呢?这几年有什么积累?出去拿什么应聘?以前总听人说温水煮青蛙,现在发现还真是那么回事。宋扬一直将这里比喻为保险柜,现在发现自己想离开保险柜并不容易,事实上,已经对这里有了一种依赖感。老婆没了,工作不顺心,花了很多心血的网站没有用户,想跳槽又没有信心,真不知道下面会是什么。

这个周六,已经约好了和胡斌去南二环的风月河畔楼盘,准备交订金。宋扬之前已经去过两次,看中了一个东南向大约100平米的两居室。有熟人好办事,胡斌进去直接找了售楼处经理,嘀咕了几句。经理说:"宋先生,我们这个房以内部最低价给您,也就是现价打8.5折。我们目前对外销售,最高的折扣只有9.5折。"胡斌帮了忙,8.5折和9.5折能差出十几万。宋扬交了订金,下周交首付。工作几年来,宋扬并没有存什么钱,和王宇搞了一个公司,花了几万,租房也花了几万,还有其他日常开销,首付还要让家里支持,用父母那点辛苦钱,越想越觉得对不起父母。好在是现房,装修后不久就能入住,可以省下房租。

费姐给宋扬介绍了一个对象,催了宋扬几次,这个周末宋扬安排去相亲。其实,父母也在催他,初中同学的小孩已经上小学几年级,高中同学的小孩现在也能打酱油了,可自己还孑然一身。费姐介绍的这个女孩叫徐彦芝,是费姐一个熟人的女儿,老家是山南省富安市的,算是宋扬的老乡,也是在北京读的研究生,毕业后留校做行政工作,比宋扬小一岁。徐彦芝挑来挑去,一不小心就成了大龄女,当然,在北京这个地方,感觉并不是太明显。徐彦芝自己不着急,倒是她的父母很着急,徐彦芝的母亲和费姐说了,只要有三好就行,人品好、身体好、工作好,最好再有房。

宋扬提前到了约定的餐馆,第一次相亲还有点小紧张,不过,宋扬很快就镇定下来,想想时间真快,与芬妍分手已经快半年。一会儿,进来一位穿红色大衣的女孩,大概一米六几,身材还可以,虽然称不上十分漂亮,但整体还不错。宋扬走过去问:"您是徐彦芝吗?"

"对,你是宋扬?让你久等了啊。"徐彦芝说。

"应该的,你把衣服挂这边吧。"说完就准备帮徐彦芝拿外套。

徐彦芝对宋扬的第一印象不错,虽然宋扬谈不上潇洒倜傥,但也是一个有棱有角的男子汉,说话有分寸,不像以前碰到的,不是不会说话,就是太会说话。

虽然宋扬和徐彦芝初次见面,但很快就没有了陌生感,倒像是老朋友,言谈甚欢,一方面双方老家都是山南省,另一方面宋扬谈的都是徐彦芝感兴趣的话题。徐彦芝算个文学青年,对文学比较感兴趣,宋扬和她聊唐诗宋词、聊《平凡的世界》、聊《围城》、聊徐志摩、聊张爱玲。徐彦芝心中感叹终于能找到一个对话的人,这些话在当今这个浮躁的年代显得那么不合时宜。宋扬则暗自惊奇自己还能聊出这么多东西,这都要感谢高中的语文老师,给自己打下了良好的文学基础。

快结束的时候,宋扬说:"我还没有告诉你,这是我第一次相亲。不过,我以前……"

徐彦芝打断了他的话:"现在不用说,我听费姐说过一些。"徐彦芝想了想又说:"说实话,我相过好几次,不过,我希望这是最后一次相亲。"

自从认识芬妍后,宋扬认为"曾经沧海难为水,除却巫山不是云",现在看来并不是那么回事,芬妍对物质的追求,和徐彦芝的淡泊名利形成了鲜明的对比。看到徐彦芝有些失落的样子,宋扬有了一种强烈的保护欲,竟然不自觉地抓住了徐彦芝的手,彦芝也没有拒绝。宋扬轻声地说道:"我也希望是最后一次相亲。"

第一次见面相当成功。有了第一次,就有第二次、第三次,只要没事,宋扬都会去找徐彦芝,看电影、打羽毛球、逛街,宋扬的生活节奏好像快了起来,下班后也有了盼头。两人感情飞速发展,很快开始谈婚论嫁。

因为房子首付是宋扬这边付的,徐彦芝说装修的费用就由她来出,其实,徐彦芝这几年也没有存下什么钱,还是靠家里帮忙,徐彦芝的家境比宋扬的家境也好不了多少,支持装修之后也没有多少积蓄。年底两人便去领了结婚证。宋扬有时间自己,这是不是有些太快了?不过很快就否定了想法,与芬妍的时间够长了吧,又是什么结局?

下篇

二十五　艰难转型

转眼又到了新的一年,时间过得越来越快。"岁月是把杀猪刀,紫了葡萄,黑了木耳,软了香蕉;时间是块磨刀石,平了山峰,蔫了黄瓜,残了菊花;经历是个开矿厂,挖了山丘,损了钻头,黑了河沟。"宋扬不知道怎么忽然想起了这首打油诗,这几句话说得还挺有道理。

算起来,到中信科集团工作已经快四年,宋扬也到了而立之年,但宋扬没有一点"而立"的喜悦,相反,充满了对前程的担忧,完全没有了刚到中信科集团的那份自信。自从去年想换工作,这种想法就在心中发了芽,而且日复一日地疯长,压得宋扬有点喘不过气。宋扬一想到要离开这个保险柜就有点胆怯,现在看来,还是赵洪超有眼光有魄力,早早选择了离开。胆怯归胆怯,宋扬知道,作为男人,对于必须面对的事情,就不能躲避,而且现在已经结了婚,还要对彦芝负责。宋扬已经下定决心,要对职业生涯进行重新规划。

房贷已经批下来了,一个月还贷款4000多,不巧的是,自去年取消住房补贴后,今年集团公司的住房公积金也封顶了,这两项并一起,一个月就少了4000块。这几年,国资委对央企管得很严,集团公司领导比较讲政治,眼睛往上看。这些措施,让宋扬这一批新进公司的员工意见很大,因为他们是最大的受害者。虽然普通员工通过不同的渠道向集团公司领导反映过,但反映有什么用?领导说过要研究解决,但并没有说什么时候解决。

年初时,一个去上海工作的研究生同学来北京出差,几个在北京的同学一起聚了聚,佟星、苏文景,还有其他几个人。无意中大家聊起了职业发展,苏文景感觉最郁闷:"他妈的我最悲惨,我到哪里,哪里就不行。从中丰银行跳到了中信科,现在中信科工资也不涨,还把房补取消了,公积金也封了顶。听以前同事说,中丰银行这两年业绩好,收入涨了不少。哎,不走就好了。"

宋扬说:"文景,你要再加一句,叫'你离开哪里,哪里就变好'。我当初说银行挺好的,你硬要换,现在后悔了吧?不过,这东西就像围城,有人进有人出,我也在考虑换工作。还是佟星规划得好,一步一个脚印,现在都买别墅了。"刚才聊天得知,佟星在天银证券做得不错,在寒冷的熊市坚持下来了,这两年股票市场起来了,佟星赚了一大笔,刚在北京买了别墅。

佟星接着说:"哎,别说我,其实我也没好好规划过职业发展。话说回来,有几个人对自己的职业发展认真思考过?在座的有没有?没有吧。我当时特别想去发改委,你也都知道,找关系也去不了,当时我郁闷了好一阵。那段时间,证券公司是人见人怕,破产的破产,合并的合并,没有多少人愿意去,我也是有点迫不得已,当时有别的选择可能我也不会去证券公司,我算运气比较好吧,走了狗屎运。不过,我感觉金融行业在中国还是很有前景的。"

说者无意,听者有心。佟星的话提醒了宋扬,还回到金融行业去?要说起来,金融才是自己的专业。不过,这几年没怎么学习,很多知识都要重新补上。人生就是这么奇妙,宋扬记得上次聚会时,佟星挺羡慕宋扬,这次,宋扬则又开始羡慕佟星;苏文景一心想到中信科来,现在却为来到中信科而后悔。三十年河东,三十年河西。处处能够踏准节拍的人,不是运气特别好,就是特别牛×。如果不能处处踏准节拍,那也要在踏准节拍的某些时候,狠狠地踏一下。苏文景算是踏错节拍的人,佟星则是运气不错,在关键的时候狠狠踏了一脚。

人的运气有好有坏,客观地说,宋扬的运气不能说有多坏,反而应该说不错。当初想考研究生考上了,研究生毕业后又在众人羡慕的眼光中去了央企,在最骚动的青春时期,芬妍和自己在一起。现在职业发展出现的问题,根还在自己,因为自己从来就没有仔细考虑过职业发展规划,现在到了欠债还账的时候。俗话说,"出来混迟早是要还的"。

宋扬和王宇合作开发的网站,一直没有大的起色,已经花钱在百度上搞过推广,仍然无济于事,前前后后两人已经一共投了有10万块,两人决定转变经营思路再试一试,不再定位于收费客户而是先做大注册用户。原先的豪情壮志消失得无影无踪,现在只想把网站做下去,最好能找到一个买家把这个网站卖了。

杜丽研究生今年就要毕业,现在正在找工作,3年前说过的话现在到了兑现的时候。杜丽给宋扬打电话:"扬哥,我是杜丽,最近好吗?"

宋扬笑着说:"还行。"杜丽不知道宋扬这几年发生的事情。

"扬哥,我在找工作呢,竞争激烈,等你帮忙呢。"

宋扬简单介绍了一下集团公司发生的事情,又接着说:"不瞒你说,我也正在找工作。本来想找我们部门李主任给西新省公司领导打个招呼,但现在看来不行啊。我和你们西新省公司办公室陆主任有一些交情,但我现在也是人微言轻,只能试试看,的确没有把握。不过你放心,这个电话我一定打。"

杜丽善解人意地说:"扬哥,你也别太为难,我知道你要是有可能,一定会帮我的。对了,嫂子最近怎么样?"

宋扬知道杜丽指的是芬妍,宋扬苦笑着说:"我们分手了。"

杜丽惊讶地说:"啊?怎么回事?"

"不提这事了,我们分手已经好一段时间,你不说我都把她忘记了。"

杜丽安慰宋扬说:"扬哥,我的工作自己能搞定,不给你添麻烦,你自己也要想开点啊。"

和杜丽通过电话后,宋扬没有食言,给西新省的陆主任打了电话,陆主任的意思是,在大家差不多的情况下会优先考虑杜丽。宋扬还能要求什么呢?

宋扬和彦芝把房子装修好,晾了一个多月就住了进去。在搬家整理书籍的时候,宋扬发现了一批成功学书籍,《20岁得志》《30岁年薪百万》《30岁之前必须明白的事》《35岁退休的秘籍》,想想都觉得可笑,他妈的见鬼去吧。

自从买了房后,每月都有固定的一大笔支出,彦芝的收入不高,宋扬明显感觉到了经济上的压力。宋扬想去买彩票碰碰运气,不过,很快打消了这个念头,他不相信自己会有那种运气。刚住进新房几天,彦芝便查出身孕,医生说为了保险最好不要住刚装修好的新房。怀孕是大事,宋扬既高兴又担心,和彦芝商量后,就在旁边的小区租了套一居室,自己的房就先空着,一是刚装修好的房不愿意出租被糟蹋,二是双方父母说不定什么时候就过来了。既然要租房,就又是一笔开支,简直是哪壶不开提哪壶,没有办法，为了下一代，就算砸锅卖铁，这钱也是必须花的。现在，宋扬忽然对钱有了无比的渴望，没有钱就没有安全感。

宋扬算了算现金流，基本上每月都没有多少积余，万一碰到什么意外，那怎么办？宋扬感觉现在抗风险能力太差了。宋扬希望多挣点钱，能让彦芝住好点、吃好点，能让双方父母的生活条件多改善一些。刹那间，宋扬似乎理解了广南省公司的岳风烈对钱的渴望，只不过，岳风烈渴望的层次更高。"我要挣钱！我要转型！"宋扬在心中怒吼。

一旦决定要离开中信科之后，手头所有的工作都变得那么无聊，简直是在浪费生命，不知不觉中已经浪费了几年光阴，现在连一分钟也不想浪费。宋扬有时郁闷地想把电脑从窗户扔出去。除了正常工作，宋扬把所有的时间放在网上找工作，了解现在的招聘热点与招聘要求，毕竟，几年后重新找工作，还有点陌生。

在一遍遍地扪心自问后，在一遍遍地自我解剖后，宋扬发现自己挺可怜的，好像什么都做不了，自己在这个世界上的生存能力并不比小商小贩强、甚至不比农民伯伯强。这种自我解剖是残忍的，但又是必须的。宋扬甚至觉得芬妍和自己分手是十分英明的决定，像自己这种人，的确不配芬妍那样的女强人。以前觉得自己信心百倍，什么都能做，创业行、当官行、打工也行，现在才发现，当时对自己的认识真是太肤浅。

宋扬有时也和一起进公司的同事聊天，发现很多人都没有明确的职业规划，反正这里也不错，过一天算一天，想多了也没用。大多数人在经历过现实生活的洗礼后，能够说服自己平静地接受现实，说这是成熟也好，阿Q也好，反正自己不再感到痛苦。他也想说服自己，就在中信科养老，近2000人的集团公司，那么多人都能待下去，为什么自己不能待下去？但人和人是有区别的，宋扬做不到。

宋扬想起了几年前考研究生时的激情岁月，想起了刚参加工作时带他的师傅，当年在十字路口的时候，是师傅鼓励了他，师傅对自己说过的话仍在耳边回荡。现在，宋扬又处在了十字路口，没有人再鼓励他，一切必须自己去面对。

首先是一个原则性问题，类似哲学中的方法论，是自力更生，还是依靠别人？是自力更生，还是依靠组织？依靠别人可能会发展得快一些，但心里不踏实，如果哪天人家不让你依靠了怎么办？或者所依靠的人下台了，甚至他的对手上台了，怎么办？李主任下台了，张主任上台了，现在自己的处境就是一个典型。依靠一个组织会有安全感,比如现在中信科集团,这是一个庞大的组织,但组织能靠得住吗?印象中,父亲当年所在的工厂很风光,是县里的利税大户,职工都以厂为荣,但还不是突然就破产拍卖了?组织也未必靠得住啊。现在觉得央企没问题,但谁知道以后会发生什么呢?以前的国企下岗潮,就一定不会重演吗?想来想去,还是要自力更生,要能够在完全不依靠其他人、其他组织的情况下,在社会中谋得一席之地。

去年去看李主任,李主任最后送了两句话,当时觉得有点像玩太极,现在似乎明白了这句话的含义。李主任的意思可以这么解读:要善于借助外力,但不能被外力所困。

其次,是行业问题。这个问题,比较容易想明白,相对实体产业来讲,中国的金融行业更加落后,落后就意味着机遇。而且中国的金融管制还比较严,在向金融自由化迈进的过程中,会有许多机会。再说,自己本身就是学经济金融的,转到金融行业也是自然的事情。

再次,是职业问题。宋扬认为,这种职业的选择,要能够做乘法,而不是做加法。有些职业,做得再好,也就是辛苦钱;但有些职业,做得好,就会有爆发性增长,比如佟星现在在证券公司的工作,行情不好的时候,挣份工资,行情好的时候,挣大钱,这就是一个有乘法性质的工作。再扩展一下,与资产管理有关的职业,似乎都具有潜在的爆发性。

宋扬这段时间研读了不少金融书籍,认真分析了行业发展前景,结合自己的个性,现在他已经把工作的方向定在了金融投资,但具体去什么样的公司,还没有考虑清楚,基金公司?证券公司?资产管理公司?宋扬在网上一搜,发现工作要求怎么都这么高!大盘自2005年6月6日见底后,目前还处于牛市之中,大量人才向金融行业流动,自然水涨船高,对应聘者的要求也越来越高,似乎没有CPA、CFA这些证书,都不好意思投简历。

宋扬仔细分析了自己的优势与劣势。这几年一直在信息科技行业工作,写了不少有分量的报告,虽然在集团内算不上什么专家,但相对于业外人士,自己应该是有发言权的,这是自己找工作最大的优势。这几年没有金融行业从业的经验,而很多公司的应聘中都有明确的金融从业年限要求,这是最大的劣势。因此,对于从业年限要求特别严格的公司,基本上是没希望。宋扬重新修改了简历,但投了多份简历之后仍然是石沉大海,连笔试面试机会都没有。

有一天,宋扬无意中看到一篇关于职场求职的访谈,其中有一句话,他的印象特别深,那位HR说,他在看简历时大都会打个折扣,因为现在简历的水分比较高。宋扬想了想自己的简历,实事求是,没有一点添油加醋,甚至可以说有些谦虚,这是不是太实在了?但HR不知道你的简历没水分,给你再打一折扣,你进入下一轮的机会就大大降低了。宋扬心想,他妈的,这不是逼着人说假话吗?为了赢得笔试或面试的机会,宋扬决定给简历注水,不过,都要能自圆其说,不能太离谱。投了简历之后,就是等待。

宋扬这一批毕业生,进入集团公司已经四年,正好这段时间集团公司不少部门集中搞干部竞聘。公关处这次也有一个副处长的职位,宋扬现在符合报名的资格,本来不想报名的,后来想想还是碰碰运气,万一瞎猫逮着死耗子呢。宋扬知道,罗伟广也报了名。

具有讽刺意义的是,注了水的简历发出去,好像就是不一样,宋扬陆续接到一些笔试的电话或短信,但大部分在面试关都被拒了。不过,宋扬也逐渐积累了面试经验。后来,宋扬接到了融丰国际的笔试通知,融丰国际是融丰集团的子公司,主要从事投资银行业务。宋扬想起来,这是一家去年给过芬妍OFFER的金融央企。

融丰集团近年来加大了在投资银行领域的投入,这次招聘的规模比较大,涉及到投资银行的多个领域,比如并购、投资、研究。宋扬投了两个岗位,一是资产管理部的岗位,二是研究部的岗位。笔试分两部分,一是专业考试,二是行政能力测试。经过多次被拒,宋扬终于有了一些收获,顺利通过笔试。之后,参加了第一轮面试,由专业的HR机构进行综合能力测试;第二轮面试在融丰国际的办公楼里。

由于融丰集团也是央企,面试的那一套,宋扬似曾相识,所以感觉还不错。宋扬心想,看来央企的文化还真是相通的。也许是到了时来运转的时候,融丰国际最后给了宋扬OFFER,但是给宋扬的岗位不是他的第一志愿——资产管理部,而是宋扬的第二志愿——研究部。宋扬有些犹豫,不知道现在还有没有做研究的能力?宋扬想到佟星在证券公司是做研究员出身,就和佟星联系了一下。佟星建议宋扬抓住这个机会,先到研究部做几年研究,把这几年荒废的知识补上来,待有机会再图别的打算,所以宋扬最后选择了研究部,去做TMT(科技、媒体、信息)产业研究员。

再后来,还有一家比较小的证券公司也给了宋扬OFFER,经过考虑,宋扬决定还是去融丰国际。主要原因是:第一,融丰集团也是央企,中信科也是央企,企业文化上有点类似,适应起来快一些;第二,宋扬对自己的职业转型没有充足的信心,小证券公司收入可能高一些,但抵抗风险能力差,自己现在羽翼未丰,不敢步子迈得太大,毕竟现在不是一个人。

部门内部的竞聘工作继续进行,宋扬参加了笔试,也参加了面试。面试结束后,领导找他谈话,说笔试分数有点低,继续努力,争取下次的机会。后来,罗伟广当上了公关处副处长。宋扬和人力资源的刘子华聊起了这次竞聘,刘子华告诉宋扬说,这次各部门竞聘,他们一批来的一共有两个人当上了副处长,再一打听,这两个人都是有背景的,一个老爸是省公司的副总经理,另一个人的家庭和章明建副总关系比较硬。

这样一想,罗伟广当上副处长就可以理解,听说他当时就是通过张主任的关系来集团总部的,现在张主任当家,这点权利还是有的。宋扬原来以为4年后可以参加竞聘是一个很好的政策,能给年轻人多一些机会,其他央企一般都是6年后才给竞聘机会,现在发现根本不是这么一回事。4年后,你是有了参加竞聘的资格,但有资格并不表示你就能上,实际上,这些条条框框只是为那些有背景的人降低门槛,让他们能早点走上干部岗位。宋扬心想,去你妈的,老子走了,不和你们玩了!

对于和王宇共同经营的网站,宋扬已经承认失败了。宋扬和王宇发现了另外一家非常类似的网站,而且运作力量明显比他们强,宋扬把股权全部免费转让给王宇,他实在是想和过去说再见,希望轻装上阵。

2007年10月15日至21日,十七大在北京召开。十七大召开完毕,宋扬就到融丰国际报道。宋扬在心中默默许下一个愿望,希望十八大召开的时候,他不再是今天这副熊样。不过,股票市场上证综指于2007年10月16日见大顶6124点,宋扬选择这么一时间点跳槽,是不是冥冥中暗示宋扬的职业生涯仍将是一波三折?

二十六　初来乍到

　　桃花谢了春红,太匆匆,年华如水,倏忽间春夏秋冬四季已轮回多少个三百六十度,所得几何?所失几何?以前总觉得年纪还小,蓦然回首,已成追忆。宋扬来不及慨叹30岁之前的时光,就又要匆匆忙忙赶路。

　　宋扬曾经以为考上研究生,这辈子就不会有大问题了,但考上研究生后,发觉并不是这么一回事;研究生毕业后去了央企,觉得这里是自己的归宿,可没有过几年,又发觉不是这么一回事;然后又折腾了一番,来到了融丰国际,以为自己总算能够转回老本行,做做金融方面的事情,其实,事情仍然没有想象中的那么好。人们每当跨越一个山头的时候,都把它当作最后的障碍,殊不知,这个山头过去,后面还有一个个山头等待着攀登。

　　2007年10月底,宋扬去融丰国际报到。虽然研究部招聘了18人,但实际上最后只来了15人。开始两天忙着办手续、装电话网线。两天后,研究部总经理刘明夫,大约40多岁,虽然叫总经理,但在融丰集团内部只是处长级别,大家还是习惯叫处长,这也是央企的特色之一吧,不过,和外面机构打交道时,有时又称刘总。另外,在集团内部,大家习惯上称融丰国际叫融丰投行,在集团开会的时候,融丰国际的领导也称自己投行部,似乎这样与集团总部的关系更亲切一些。

　　两天后,刘处长召集新入职的员工开了一次会。

　　"首先,欢迎各位新同事。你们过五关斩六将来到这里,大家算是有缘分。虽然融丰国际不像那些摩盛、鑫华这样的投行有名气,但也不是那么容易进来的,你们是我们从很多竞聘者中认真筛选出来的。我看过你们的简历,有一些是从央企过来的,其实,融丰国际仍然是央企背景,我想这一点你们可能都已经知道。因为你们这次不是校园招聘,至少都工作过两三年,大家来自各个行业,有四大、有咨询公司、有评级公司、有研究所、有民企,大部分公司规模估计都没有融丰集团这么大,我想,第一步,大家要稍稍熟悉一下公司文化。大家都有几年的工作经验了,这个应该不成什么问题。

"下面呢,我简要介绍一下融丰集团情况,融丰集团全称是融丰银行控股集团,是一家特大型金融央企。目前,从国际上来看,金融集团组织架构主要存在两种模式:

"一种是以花旗集团为代表的纯粹型金融控股公司,母公司作为控股公司,不直接从事业务经营,通过银行、证券、保险、基金等金融业务子公司经营金融业务。母公司主要负责集团战略制定、投资决策以及风险管理等。子公司主要负责独立的业务经营。

"另一种是以汇丰控股为代表的经营型金融控股公司,即以银行作为母公司,非银行作为子公司,建立混合型金融控股公司。在这样的组织结构下,集团母公司负有相当的经营任务,并通过银行控股的证券、保险、基金以及其他金融业务的子公司从事非银行业务,各个子公司在各自的经营上具有很大的自主权。

"融丰集团的架构非常类似于汇丰,以融丰银行为主体,融丰银行的利润占到了集团总利润的70%,集团下辖融丰国际、融丰基金、融丰国泰保险、融丰信托、融丰租赁等子公司。融丰国际实际上就是集团专门从事投资银行业务的子公司,当然,之所以叫'国际',说实话,也是有点赶时髦。当然,集团管理层也有这个愿望,有朝一日,我们的投行业务要走向全世界。"

"我想大家一定想了解融丰国际在集团架构中的角色,这里给大家解释一下。融丰国际的前身实际上是融丰银行集团公司的投资银行部;是融丰银行集团总部下辖的一级部门,2006年以后,集团领导为了探索新的投资银行业务模式,将投资银行部独立出去,成立了独立的子公司融丰国际,希望融丰国际能够探索出一条符合中国特色的投资银行发展道路,不过,这种发展是渐进的,融丰国际与融丰银行仍然有千丝万缕的联系,比如说,在融丰银行的省分行层面,投资银行部还是省分行的一个部门。从级别上讲,融丰国际与各个省分行投资银行部,上下级关系并不太明显,主要还是业务上的合作关系。不过,相对于集团总部的其他部门,融丰国际现在具有更加灵活的人事与薪酬权。

"虽然融丰国际的运作相对独立,但其级别仍然相当于融丰银行集团总部的一个一级部门,办公地点也设置在融丰集团总部的办公楼里。你们已经办了门卡了吧?融丰国际下辖几个主要部门包括直接投资、资产管理、债券承销、M&A、财务顾问、研究部等,说白了,除了传统的股票经纪与承销业务外,其他投行业务全部涉及。这里我就简单介绍一下,以后大家都会陆续接触到这些部门。这次我们招聘规模比较大,总人数大约在30人左右,其中,我们研究部招聘就占了半壁江山,这次一共招聘了18人,其中有3位由于各种原因最后没有到岗,所以你们这次实际来了15人。现在都是双向选择,这个很正常。

"以前我们把研究职能分布在各个处,每个处既要做业务,也要做研究,投行业务没有不动脑筋的,但这样是有问题的,有时要跑项目,根本没有心思静下来写一些东西。所以,领导决定成立独立的研究部,希望对投行业务形成强有力的支持。你们这次仅是招聘的第一批,后面还会有招聘。"说到这里,刘处长停了一停,喝了一口水。宋扬发现,大家和他一样,不停在本上记着什么。

"一提到研究,给人的感觉好像就是坐在研究所里写报告,其实我们的投行研究不是这个样子的。要说起来,研究可以分成三种:第一种是学术机构的研究,就像现在很多大学里的研究所;第二种是政府部门的研究,比如国务院以及各类部委下辖的研究所,主要是为政府服务的;第三种是投资银行的研究,就是我们这里所做的研究。投行研究与前两种研究的目的不一样,投行研究目的是为了发现投行业务机会,支撑投行业务发展。不少投行业务与宏观形势以及资本市场的走势密切相关,对宏观的判断,对股市的判断,将直接影响到业务的发展。昨天股市多少点?5500点左右吧,现在有不少专家说股市要涨到10000点,你们怎么看?如果大判断出错,基于这个判断做出的业务决策,就可能会出大问题。

"支持投行业务是我们研究部的另一个主要任务。还有一个也很重要的任务,就是大家要走出去,争取要上媒体、上电视,宣传我们的研究观点。想必大家都知道摩盛投行吧,为什么它一说涨,大家就认为会涨,它一说跌,大家就认为会跌,这就是影响力!鑫华证券也是这几年声名鹊起的一家合资券商,你们知道他们靠什么起来的?他们就是在2005年7月份,大胆在媒体上宣传2005年6月份股市已经见底而一举成名。研究上有品牌,自然就会带动其他投行业务的机会,投行研究与业务发展就会形成良性互动。"

一提到摩盛、鑫华,宋扬想起了芬妍。以前在中信科的时候,宋扬觉得与芬妍处于两条完全不同的职业道路上,现在自己也到了投行,虽然背景是央企,但无形中与芬妍靠近了不少,不知道芬妍现在是不是还在鑫华证券工作,不知道以后和芬妍还有没有相见的机会。

"大家一提到金融,就会想到华尔街。金融是经济的心脏,华尔街又是世界金融的心脏,什么意思?就是说,华尔街像心脏泵血一样,把经济循环的资金血液泵向经济的各个产业部门、各个商业领域。华尔街看好什么产业,全球资金就潮水般地涌向这些产业部门,于是这些产业就蓬勃兴起、大干快上。华尔街看淡什么产业,全球资金就退潮般地从这些产业部门流出,这些产业就节节衰败、欲振乏力。纵观美国产业史,铁路、钢铁、石油、航空、电子、塑料、生物医药、互联网、电子商务等等,哪个产业不是因为华尔街的热衷而兴起的?最近10年的科技创新和互联网产业兴起,活脱脱是华尔街烧钱烧出来的结果。说句玩笑话,华尔街爱上谁谁就香,嫌弃谁谁就臭。这就是心脏的意义。

"当然,我们并不是现在就要和摩盛比,也不是和华尔街比,但我们要有这种意识。实事求是讲,中国的几大金融集团,虽然资产规模在国际上能排上名,但是主要依靠传统的商业银行来支撑,投行还处于起步阶段。我们融丰集团的规模在国内金融业中虽然排进了前五,但邹小华董事长的金融战略意识应该是前三。按照邹董的设想,我们融丰国际的研究部要在国内甚至国际上都产生很大的影响力。我们任重道远……"

刘处长的一席话,讲得很精彩。当领导的都要擅长画饼,不过,这张饼画得要让别人觉得舒服才行。宋扬暗自有些兴奋,虽然没有去成资产管理部,但投行研究和自己的职业转型方向还是比较一致的,看来这次跳槽从方向上讲比较成功,下面关键是看自己的能力。就在宋扬胡思乱想的时候,响起了掌声,宋扬赶紧跟着鼓掌。刘处长接着说:"我讲的已经够多了,下面轮到你们了,大家都简单介绍一下,以后就是同事了啊。"说完之后一小会儿,没有人挑头。"看来大家还有点不好意思……那就从这边开始,从左向右介绍。"这下大家都开始准备自己的介绍了。

"大家好,我叫陈叶凯,我本科硕士博士均毕业于北京大学,毕业后在大学当老师,主要教授经济学,现在是副教授,我2006年获取了CFA资格,主要研究领域是宏观经济,出版过一本经济学专著,这次有幸来到这里,希望以后和大家多交流,共同进步。"

"大家好,我叫许安静,我本科毕业于南京大学,硕士毕业于英国约翰金融商业学院,英语八级,有CFA与CPA资格,之前在国立保险公司工作过五年,有幸来到这个大家庭,以后和大家共同努力,把融丰国际的研究品牌打出去。"

....

宋扬听得头有些大,好多人都有CFA或CPA,可惜自己什么都没有。有好几个人在国外读的硕士,英国、新西兰、加拿大,也不知道学校到底怎么样,但听起来像那么回事,中国人崇洋媚外的心理严重啊。

轮到宋扬介绍了,"大家好,我叫宋扬,我本科学计算机,硕士毕业于燕经财经大学金融系,之后在中信科集团工作了近5年,这些年陆陆续续在媒体上发表了几十篇文章。说实话,我没有之前各位那么多证书,有些汗颜,但我对TMT产业有比较深入的研究,这次来这里主要从事这一块的研究工作。以后和大家一起努力,争取做出点成绩,谢谢。"宋扬基本上做到了不卑不亢。

一个个介绍结束后,刘处长说:"大家介绍得都很好,估计一次介绍也不能全记住,过一段时间就没有问题了。这次你们15个人,根据大家填报的志愿与个人实际情况,一共有1名首席研究员、3名高级研究员、8名研究员、3名助理研究员。这种称谓和现在的主流券商的称谓基本上是一样的。

"下面,我把我们研究部的组织架构说一下。由于目前人数还比较少,只有15人,研究部暂时分成3个研究组,分别是宏观与市场研究组、行业与公司研究一组、行业与公司研究二组。宏观与市场组,主要研究宏观经济、股票市场、债券市场、外汇市场等;行业与公司一组,主要研究基础设施、能源等相关行业,包括房地产、交通运输、煤炭、钢铁等;行业与公司二组,主要研究科技、消费相关行业,包括电子、通信、互联网、传媒、食品等行业。为了简单一点,这3个组以后就简称为宏观组、行业一组、行业二组。"

"每组由首席研究员或高级研究员担任组长,宏观组由首席研究员陈叶凯担任,一共有3人,分别是陈叶凯、王驰、李新杰;行业一组由骆家仁高级研究员担任,一共有6人,分别是……行业二组由方小军高级研究员担任,一共有6人,分别是……"

给宋扬的是研究员级别，分在了行业二组，当然没有当组长。其实宋扬最想去宏观与市场组，因为股票研究的职能放在了宏观组，而他自从决定向金融投资方向转型后，就对股票产生了浓厚的兴趣，但是没有办法，没经验，别人也不会让你去做，可行的办法就是曲线救国，自己多积累，伺机转向宏观组做股票研究。宏观市场组研究股票的王驰，是从一家证券公司过来的，这次也给了高级研究员的职位，不过，由于宏观组有首席研究员陈叶凯，所以他没像其他两位高级研究员一样也当上组长。宋扬认真思考了一下，决定先要和王驰搞好关系。以前宋扬在中信科工作时总结出来的经验是，每到一个新环境，都要主动、迅速地和一个人建立起较好的关系。但是，王驰看起来并不太好接近，瘦高瘦高的，戴着一副黑色眼镜，总是深色服装，有点拒人于千里之外的感觉。

一周之后，融丰国际一把手王德江总经理又给研究部新来的员工开了一次会，刘处长介绍说王总是留美博士。王总发言的内容无非还是那一套，投资银行是现代金融业的明珠，前途是光明的，就看大家怎么干，大家都30岁左右，正是干事业的大好时光，机遇与挑战并存，抓住机遇就能上一个台阶。

来了一个月后，第一次发工资，宋扬心情竟然有些紧张，就像学生等老师宣告考试成绩。在网上打开工资单一看，非常失望，连公积金都算上，全部收入还不到1万，不仅和券商研究所研究员的工资比起来差远了，也比自己以前在中信科的收入要低。上次聚会的时候，苏文景不是说现在中丰银行北京分行收入很高吗？难道这里不一样？宋扬还听别人说，和自己一年进中信科的赵洪超，现在在汇富证券公司做IPO，不算奖金，月薪就好几万。和赵洪超一比，宋扬感觉自己像一个泄了气的皮球。

在来融丰国际之前，宋扬咨询过佟星，佟星说，虽然"融丰国际"的名头比较大，而且主要从事投资银行业务，但实际上还是央企，和市场意义上的投资银行还有很大的区别。宋扬已经有了一定的思想准备，不过，发了工资后，才发觉比想象中的差距更大。佟星说得对，基本上可以把"融丰国际"的"国际"两字去掉，因为央企的色彩深厚，人事、薪酬还是央企的那一套。

宋扬有些被骗的感觉。都说人往高处走，而自己却越走越低，费了好一番折腾来到这儿，收入反而变少了；这次招聘的15人当中，估计自己怎么也排在后5名，不好混啊。没办法，这次职业转型是认真思考后的选择，只有硬着头皮继续往前走,而且还要打起精神,不断寻找机会。唯一可以阿Q的是,按照央企的特点,其他人的收入也不比他好多少。

几天后,宋扬就约了王驰吃饭,王驰并不像看起来那样难以接近。宋扬在旁边饭馆订了一个包间。王驰说:"就我们两个人,还搞什么包间?"

宋扬说:"讲话方便些,外面大厅有些吵。"

王驰开玩笑说:"肯定是你在中信科腐败惯了。"

宋扬说:"哪里啊,主要是请教你老兄吃饭,我不敢怠慢。"

王驰赶紧说:"请教谈不上,大家多交流。"

王驰比宋扬大两岁,之前在国丰证券做股票策略研究员。宋扬问:"你老兄为什么从证券公司出来啊?现在券商这么火,股市要往10000点冲。"

王驰严肃地说:"别听网上这帮所谓的专家瞎忽悠,我觉得6124点已经见顶了,现在泡沫太大,估计会调整得很剧烈。我因为不看好后市,所以想找个安全的地方先躲一躲,碰巧就到这里来了。咱们有缘分吧,来,干一杯。"

宋扬觉得王驰是一个很有主见的人,别人现在挤破头想往证券公司里面冲,而他却能反其道而行之。宋扬又想起了赵洪超,大家都视央企为保险柜的时候,赵洪超却毅然辞职离开了中信科,人和人的确是有差距,不服不行。"噢,你这个观点很有冲击力。"宋扬仍然记得以前李主任说的话"冲击力"。

王驰说:"不说我了,你为什么从中信科出来,从一家央企又到了一家央企?"

宋扬无奈地说:"王兄,要说我也比较悲惨,在中信科的时候,部门领导对我不错,但天有不测风云,你知道我们公司岳风烈那件事吧?"

王驰说:"知道,知道,那段时间媒体上炒得沸沸扬扬。"

宋扬接着说:"如果没有那件事,可能我还不会离开中信科……"宋扬把离开中信科的经过简单说了一下。

王驰说:"要没有那件事,你有可能已经升副处长了吧?"

宋扬说:"有可能,我原来也是这么想,不过,后来又想,靠别人总是有风险。我已经想明白了,所以我才决定从中信科出来。"

王驰一拍手说:"你说得太对了。我研究生毕业的时候也可以去一家央企,但我还是没有去,选择了去证券公司锻炼锻炼。不瞒你说,我为什么喜欢做投资?在中国相对来说很少有事业能万事不求人,但投资可以做到。做投资的人活得自由、简单。靠自己的智慧赚钱,修身养性静心。"

宋扬激动地说:"老兄,你这句话说我心里去了,这就是我职业的终极目标。来,我敬你。"

王驰举了酒杯说:"不过,我现在还远没有到那种境界,共同努力。"

宋扬顿了顿说:"你刚才的话,让我想起了一首诗,杨绛翻译的兰德的《生与死》——我和谁都不争,和谁争我都不屑;我爱大自然,其次就是艺术;我双手烤着,生命之火取暖;火萎了,我也准备走了。我把它稍改一下:我和谁都不争,和谁争我都不屑;我爱股票,我也爱自由。"

王驰说:"宋扬,你太有才了,我要把这句话记下来。"说完,真的拿出手机记了上去。

王驰接着说:"你刚才启发了我,我想起了三毛的一首诗,好像叫《说给自己听》,不过,我只记得开头几句——如果有来生,要做一棵树,站成永恒,没有悲欢的姿势。一半在尘土里安详,一半在风里飞扬,一半洒落阴凉,一半沐浴阳光。非常沉默,非常骄傲,从不依靠,从不寻找。"

宋扬拍手说:"太棒了。中国的文字很奇妙,几十个字组织在一起,就完全是另一种意境。你刚才说的,和我刚才说的,有异曲同工之妙。"

两人都有些诗人的浪漫气质,竟有些惺惺相惜,不知不觉就把两瓶小二干掉了,宋扬又要了一瓶小二。宋扬说:"王兄,以后多指导,我做行业研究也是权宜之计,我之后一定会转到股票投资上来,等我找机会到你们组去。"

王驰说:"好说好说,咱们也算有缘分。我也向你透露一点,我在这里估计待不长,这个你千万不要和别人说。这里的氛围不适合我,这次竟然没有给我首席,只给了我高级,给了我高级却没有让我当组长,3个高级中,就我不是组长。再说,我自由惯了,不适应这里的文化,我来几天就感觉到了。还有,这里收入也太低。你要是真有心的话,现在就把股票作为你的研究内容,争取我一走,你就过来。"

宋扬说:"王兄,感谢你这样信任我。你绝对相信我,什么话能说、什么话不能说我还是知道的,在央企混5年总要有些长进。不过,我担心我以前没做过股票研究,到时领导不一定会安排我去做吧?"宋扬有些羡慕王驰,能来能走,不过,这是别人长期积累的结果,自己既然已经落后了,就要把心态放好,争取迎头赶上。

王驰安慰地说:"我相信,以这里的工资水平,肯定没法从业内比如说从券商或基金那里招聘到优秀的股票研究员,你做好准备吧,尽人事知天命。"

宋扬郁闷地说:"不瞒你说,虽然我也是学金融的,但我一直不敢进股市,当然,也没多少积蓄。到了5000多点的时候我实在忍不住了,买了点股票,满以为像媒体上说的要向万点冲,不想现在虽然指数还在5000点左右,但我已经被套了不少。我这人比较笨,王兄一定要多指点我。"

"好,"王驰说,"有事尽管说。"

宋扬这次请王驰吃饭,超过了原先的预期,不仅和王驰的关系走近了很多,而且,也明白了下一步努力的方向:做好准备,等待机会接替王驰。不过,目前本行业的研究还是要认真完成,不能把事情搞砸了。好在,写报告对于宋扬来说不难,毕竟以前写过那么多东西,现在还派得上用场,从写报告角度来看,那些海归以及CFA或CPA们,并不比宋扬强。

这段时间,彦芝的肚子已经有些明显,用不了多久,家里就要添丁,一想到这个,宋扬就感觉到无形的压力。刚到这里时心情并不爽,但毕竟有了新的追求目标,有了奋斗的动力,这次跳槽是自己经过认真思考后选择的道路,而不是像研究生毕业那阵,别人觉得哪里的工作好,自己就觉得哪里好。"我不去想是否能够成功,既然选择了远方,便只顾风雨兼程",宋扬又想起了这句诗。人们都说要在逆境中奋起,但如果能够顺水行舟,谁愿意在逆境中体会挣扎的滋味呢?往日的辉煌也好,耻辱也好,现在都重新开始,收拾好心情继续出发。

二十七　联欢聚会

宋扬之前在中信科已经有几年工作经验,准确地说,是工作教训。宋扬一直在想,现在到这里工作,之前的学费不能白交。宋扬有一个很重要的优点,就是能够及时总结经验教训。善于总结的人,一定不是傻子。很多道理,宋扬都明白,但落实到行动上,往往有一定的惰性,没办法,人的本性就包含惰性。从经验到实践,有一大步需要跨越,这过程可能要克服心理上的种种障碍。

年龄的压力、职业发展的压力、生存的压力、家庭的压力,迫使宋扬强迫自己做一些以前不屑于做的事情。其实,很多事情,一旦勇敢地迈出了步伐,并没有想象中那么困难,或者说,做就做了,碰壁就碰壁,失败就失败了,有什么大不了,又不会死人。宋扬刚来的时候,主动和王驰拉近关系,就非常成功,但宋扬要做的事情还有很多。

融丰国际有近两百人,其中这次招聘来的就有30多人,这么多人,如何才能让领导记住自己呢?根据这几年在中信科工作的经验,领导的重视,特别是一把手的重视,对于一个普通员工的发展至关重要。实际上,公司部门一把手基本上有生杀予夺的大权。

和一把手搞好关系是一个中长期的课题,当务之急是要在综合部安插下自己的人,这么说有点夸张,但思路就是这样,至少要在综合部和一个同事建立良好的关系。根据过去在中信科的经验,一个部门的综合处是各种消息最为集中的地方,不仅有正式的消息,也有不少小道消息,通过这些消息往往能够提早获取一些领导或事件发展的动态。当然,现在宋扬还只是小兵一个,由于级别存在差别,不太合适和综合部正副处长拉拢关系,因此,宋扬的目标也是综合部的小兵,除了正副处长外都是兵,到底找谁呢?女的肯定不行,气场差太远的也不行,宋扬把目标首先锁在许峰身上。这次来报到,就是许峰帮着张罗的,一般来讲,领着新人报到的这种事情,都是资历相对浅的员工来做,从电话簿上来看,许峰在综合处的排名的确在后面。不过,后面归后面,许峰看起来十分活跃。

宋扬在等待一个合适的机会和许峰拉拢关系。一旦有了明确的任务目标,人的各个器官都会被调动起来,这有点像间谍,虽然身在敌营,每天有很多无用的信息,但一接触到有用的信息,马上能分辨出来。说来也快,没几天,许峰过来发喜糖,宋扬感觉到这是一个机会,决定买一个礼物送给许峰。

送什么礼物呢?宋扬回想了一下,以前在中信科集团公司下去出差时,基本上是收礼,除了给芬妍和彦芝送过礼物,在职场上还真是很少给人送礼,严重缺乏送礼的经验。宋扬想起了曹雪芹的两句话,"世事洞明皆学问,人情练达即文章",看来送礼也不简单。宋扬中午去了一趟书店,买了一本有关送礼的书,大概翻看了一下,发觉有一些内容还是挺有启发的。想了一想,宋扬决定给许峰送家居用品,一套精致的玻璃保鲜盒,也不贵,200多,包装也挺好。下班的时候,宋扬故意走迟了一会儿,到综合处去看了一下。

"许峰,就你一个人了?"宋扬装作路过不经意地一问。

"对。你还没下班?"许峰问。

"马上走。你刚结婚,也不回去陪老婆?"宋扬笑着说。

"老夫老妻了,只是一直没有办酒。"许峰说。

"今天你发喜糖,我也没有来得及准备什么礼物,你稍等我一下。"宋扬说完转身就回办公室把保鲜盒拿过来,"结了婚,难免要做饭,我就送你几个保鲜盒,一点小意思。"

"你太客气了,这有点不好意思。"许峰说。

"不值什么钱,就一点心意,你要是不收就是看不起我了。"宋扬故作正经地说道。

"哪有哪有,那我就收下了,真是很感谢。"许峰说。

"这段时间,报到、办卡、领东西,老麻烦你。"宋扬说。

"那都是应该做的。以后有什么事尽管说,多交流。"许峰说。

宋扬想想差不多了,就说:"都下班了,早点回家陪老婆吧,我也准备回去,找时间再聊。"

"早些走吧,天已经全黑了。"许峰说。

送礼之后,宋扬和许峰走近了不少,在楼道里碰面也比之前热情了许多。过了几天,许峰碰到宋扬,偷偷地说:"咱们这里发生了一件你想不到的事。"

宋扬不知何事,问道:"什么事啊?"

许峰看了看四周,说:"咱们集团有一个部门的副总和一个女研究生晚上在车库里搞车震,被发现了。"

宋扬很惊讶:"有这回事?"

许峰说:"这个女研究生是他们部门的实习生,竞争比较激烈,估计只有一小部分实习生最后能留下来,为了留下来,这位女研究生只好献身。据说这个副总现在单身,几年前离婚了。"

宋扬真没有想到,这种只在电视或小说中看到过的事情,竟然就在身边发生了,而且是在一个冠冕堂皇的央企里。林子大了,什么鸟都有,也许以前这些事也有,只是自己不知道而已。宋扬问:"这事怎么传出来的?"

许峰说:"估计是车震动静太大,值勤的保安以为是有人在搞破坏,就过去盘问,然后就传出来了。"

宋扬心想,许峰果然消息比较灵通。宋扬说:"有意思,不过,最近集团好像并没有怎么传开吧?"

许峰说:"这种事可大可小,往小里说,是两情相悦,正好这位副总现在是单身,没什么好说的,最多是地点不合适;但往大里说也可以,比如说利用手中权力玩弄女毕业生,涉嫌搞权色交换。"

宋扬问:"那这件事,现在好像是往小的方面发展了?"

许峰说:"好像是这么回事,所以,你自己知道就行了,就当作一个笑话,不要再往外传,以免节外生枝。"

宋扬拍了拍许峰:"放心吧。"

许峰又说:"现在的女生真是不敢小觑,要怪就怪政府,就业机会少,竞争压力大,不过也许真是两情相悦不能自已呢!"

宋扬虽然对这些事情感兴趣,但也不是非听不可,宋扬真正关心的是有关公司与部门领导的消息,慢慢来吧。

宋扬到这里已经快两个月,基本上了解了这里的工作节奏,研究部有些像以前的民兵,"闲时农耕,战时上阵",平常主要是发一些研究报告给重点客户,涉及到宏观、股市、汇市以及多个行业,如果业务部门有项目时,相关研究员会加入项目团队做业务。

元旦之后,公司各部门开始张罗年会。刘处长过来嘱咐,研究部一共出3个节目,每个组1个。每个组的组长自然要操心节目,宋扬不是组长,也没有什么压力。组长方小军来征求组员意见,大家说要不就合唱,最方便。问了一下其他两个组,宏观组组长陈叶凯嗓子好,大家推荐他搞一个独唱;骆家仁这一组,搞了一个小品,听说组员都不太愿意搞小品,硬是骆家仁坚持要搞。

以宋扬在中信科的经验,集团公司的年会看起来热热闹闹,其实各个部门也在明争暗斗,哪个部门的节目好呼声高,似乎就是这个部门有本事。有些实力强的部门,可以出两个节目,有些实力弱的部门,只能联合起来搞一个节目,甚至再弱一些的部门根本出不了节目。为了博眼球,有一些部门从外面请声乐舞蹈专家来进行指导,甚至还有部门出去拍外景,台上表演的同时还在大屏幕上同步显示,有点像央视春晚。宋扬缺乏声乐才能,从小到大,宋扬都没有登台表演过,这一直是宋扬的一个遗憾。

为了加强与融丰银行下属各分行的联系,融丰国际每年会和某一个分行的投资银行部合作搞年会,一般是和距离北京不太远的省分行搞。今年这次年会据说本来是和另一个分行合作,后来不知道什么原因改为和北京分行合作搞。其实和哪个分行合作搞都差不多一个流程,先是表演节目,节目过程中抽奖,节目完了吃饭喝酒。

一共十几个节目,表演时间接近3个小时,从下午3点一直搞到6点。奖品分为特等奖、一等奖、二等奖、三等奖,没有抽到奖的人最后也会得到一个"阳光普照奖",这样说起来,每个人都会有奖。奖品从数千元的高端电子产品到几十元的手机充值卡。宋扬粗算一下,这次活动的经费要在好几十万,据说大部分从北京分行的费用中走,融丰国际只出了一小部分。

研究部有好几个人中奖,王驰运气不错,中了一等奖,但宋扬只有"阳光普照奖"。节目就那么回事,有几个亮点,但说多好也谈不上,节目结束后开始用餐。餐桌上桌签已经摆好,主桌是最靠近舞台的那一桌,是处长以上领导,包括融丰国际总经理王德江、融丰银行北京分行副行长马中民、融丰国际四个副总经理、北京分行投行部总经理以及融丰国际几个资格老一些的处长;其他副处长另开一桌;其他的人基本上就随便分,没有多少讲究。

这种场合,宋扬倒不陌生,以前在中信科的时候也多次参加,这里好像也不例外。晚餐开始后,先是马中民副行长致欢迎辞,然后是王德江总经理表示感谢,接着是全体起立干了第一杯。各桌自由活动大约十五分钟,主桌领导开始"巡回演出",王德江、马中民等挨着走了一圈,不过,领导喝酒只是意思一下。

马中民走到宋扬这一桌时,刘处长走了过来,"马行长,这桌全是去年10月份刚招聘过来的研究员,现在都在研究部,全都是硕士、博士,很多人都有深厚的行业经验,不少还是海归,很多人都有CFA、CPA资格。"

马行长点了点头说:"噢,年轻有为啊,发展投行业务的确需要很多行业专家,不懂行业搞投行,十有八九是要失败的。我发现你们这桌上好多人没有倒白酒,投行精英不喝白酒怎么行?"说完拿起旁边的酒瓶要斟酒。

刘处长看见了,赶紧拿过酒瓶,"马行长说得对,都满上。"

领导"巡回演出"之后,就轮到各桌去敬领导。一般来说,处长或主持工作的副处长会带着手下的人,去主桌敬酒,这算是必选项目。在必选项目之后是可选项目,各人根据实际情况可以自由发挥,比如某个领导今年对你特别关照,自然你也应该单独去敬一杯。

由于人多,敬领导酒还真是要会抓机会。刘处长过来一吆喝,把研究部的15个人都集中起来,大家都把酒满上,实在不能喝的以及女同事,就倒了红酒。虽然也没商量,陈叶凯、方小军、骆家仁3个组长自然走在了前面,紧跟着刘处长站着,15个人排成一个L形的队,宋扬站在中间,队伍还真比较长。

"王总,我带研究部的兄弟姐妹来敬您一杯。"刘明夫看见王总的酒杯空着,就用自带的酒瓶给王总斟满。

"明夫,这支队伍你要带好,带不好我可要找你麻烦。"王总从座位上站了起来。

"领导放心,您的支持就是研究部发展最大的动力。"刘明夫笑着说。

"我帮你把研究部架子搭了起来就是最大的支持,多发挥主观能动性,啊?董事长希望我们能够打出研究品牌,希望在国内甚至国际能够听到融丰国际的声音,今年你们就要做出成绩。"王总下了命令。

"是,是。不过,王总,现在研究部才15人,一般券商研究所都是30人以上,稍微上些规模的都在50人甚至100人,现在我们这里还要参加投行项目,有时候的确有心无力啊。"刘明夫借着敬酒的机会,向王总诉诉苦,也提了一些要求。

"明夫,你说的这些我都知道,但要一步步走。多少人干多少事,这次招聘的素质都不错,首先要把研究部既有的人挖掘好,在人员比较少的情况下,还能把事情干得出色,更显出你们研究部的水平。关于人员的问题,今年看时机,适当的时候可以再补充一些人马。"王总说。

"那就感谢王总,来,我们研究部的一起敬王总。"刘明夫说完对后面挥了挥手。

王总倒很客气,和站在前面的几个人碰了碰杯。刘明夫向王德江简单介绍了3位组长。宋扬发现,原来站在第3位的骆家仁,不知道怎么跑到了方小军的前面,而且酒杯举得高高的,都快举到了王总的眼前,生怕王总看不出他酒杯里的酒已经快溢出来了。

王总酒量好,一仰头干了,大家都把酒干了。王总前前后后已经喝了好多杯。据说,王总的酒量很大,果然如此。

宋扬观察了一下,他们这一批新招聘的研究员,行业一组组长骆家仁表现最积极,由于陈叶凯是首席研究员,骆家仁甘心居后。但方小军也是高级研究员,理论上讲,骆家仁和方小军并列第二,但骆家仁俨然以第二自居。虽然理性地想一想,骆家仁这样做也没有错,大家都是组长平等竞争,但是,怎么让人看了这么别扭呢?估计方小军更是觉得不爽。在这种场合,宋扬也不指望能出什么彩,就跟着大部队敬酒什么的,有时感觉很无聊。幸好有王驰一起瞎聊天,倒不觉得闷。

王驰忽然指了指处长那桌,问宋扬:"你发没发现处长那桌,有个人好像经常坐在那里,不怎么活动?"

宋扬指了指说:"你说那个穿灰衣服的是吧,他姓沈,应该是财务顾问部的副处长,你不说我倒没有注意。我想起来了,他们部有两个副处长,我路过他办公室时,有时发现他在办公室里戴着耳机,好像没有什么事做的样子,平时好像也不怎么说话。"

王驰肯定地说:"这个人有些奇怪,咱们刚来不久,有不少事情不知道底细。"

宋扬对这个也深感纳闷,也想知道怎么回事。

宋扬端了一杯酒,来到许峰旁边,"来,喝一杯。搞这个年会,你跑前跑后,都跑瘦了。"宋扬开玩笑地说。

许峰红着脸说:"都是为了工作嘛。今天已经有些高了,下面我可能还会有事,综合工作就是打杂,我们就意思一下吧。"

"来,意思意思。"碰杯之后,宋扬小声问,"那个桌上的沈处长好像有点特别,看他的样子,有40多吧?应该算老处长了。"

许峰说:"他应该是60年代的,绝对老资格。听说他本来前几年有一次提正处长的机会,但不知道因为什么事,得罪了王总,王总没提拔他。后来他非常生气,干脆不工作了,王总也懒得理他,他就这样被挂了起来。"

宋扬问:"那工资会受到影响吧?"

许峰说:"和级别挂钩的工资是不会受到影响的,那是规定死的,但奖金就不好说了。"

宋扬醒悟似的点点头说:"原来这么回事。啥事不干,白领工资,也只有央企有这个魄力吧。"

许峰又小声地说道:"央企是不随便开人,但你一点不干活好像也不行吧,我觉得换个人就不一定了,但沈处长资格老,在融丰集团工作了20年,早就签了无固定期限合同,不可能因为这事就把他开了。他刚进集团时,好像和李太和在一个办公室。"

宋扬说:"李太和,你说的是融丰银行的副行长吧?"

许峰说:"对,就是李行长。"

宋扬说:"现在简直是一天一地啊。"

许峰说:"没办法的事情,只能想开一点,人比人气死人。估计也是因为有这么一层关系,所以他才敢啥事不做等着退休,王总虽然可以不提拔他,但也不敢再过分。央企嘛,毕竟不是民企,要和谐稳定才行。"

宋扬继续问:"你这样一解释,事情就符合逻辑了。对了,王总是留美博士吧?他以前一直在这里工作的吗?"

许峰说:"王总是公派留美经济学博士,来融丰国际前在融丰银行的纽约办事处当头儿,也就是处长的级别,邹小华董事长去美国考察时,对王总的印象不错,应该是2004年底吧,邹董把王总提拔到现在的位置上。王总算是年轻有为,现在才40多,比沈处年纪还要小。"

宋扬想起了李主任送他的那句话,"一定要依靠一个人,也一定不能依靠一个人",真是这个道理啊。王德江是80年代留美的经济学博士,论智商比自己高多了,不也是依靠一把手邹小华才得以提拔,如果没有得到邹小华的青睐,天知道他现在做什么,反正不在目前这个位置。以前中学写作文时,写过"酒香不怕巷子深",现在是"酒香也怕巷子深",特别在北京,

"香酒"多着呢。宋扬想到自己,自己能依靠谁呢?人生、江湖、关系,从小就只接受认真读书考大学找份稳定工作的好孩子教育,现在要自己创造关系,难啊。难怪老外现在也会说"guanxi",取代了"relationship",中国的事真是这个样子啊。

年会散场的时候快夜里10点钟,散场时,有几个人还在卫生间不肯出来,吐得一塌糊涂。是酒太好,还是敬领导太多?在中信科,每次聚餐也都有这样的人。到这种地步,是不是很累?

散场后,在路上,宋扬给王驰说了一下刚才了解的情况。王驰感慨地说:"以前我在国丰证券公司的时候,基本上只看能力,看你对股票市场的判断正确不正确,给公司带来多少收入,把这件主要的事情搞定就行,其他事情无所谓,这样你就能集中精神做一些事情,基本上不用看老板的脸色。这里倒好,天天看领导的脸色,一不小心说错了话做错了事,就会提心吊胆,生怕永无翻身之日,可怕啊。看来我要尽早离开这里,春节后我就操作这件事情。宋扬,你准备早点接我的位子。"

"你同意了,领导还不一定同意。不过,我最近在股票研究上倒是花了好多心思,你还要多指点指点。"宋扬边说心里边嘀咕,这里是不是适合自己?但又能去哪里呢?自己和王驰性格有些像,但别人想走就能走,自己行吗?没有这个能力啊。

王驰说:"应该的,股票投资这东西,花了时间都不一定行,不花时间是肯定不行的,除非你是天才,就算是天才,也保不定哪天就消失了,杰西·利弗莫尔的传记你读过吧?"

宋扬说:"就是最后开枪自杀的投机客吧,读过一遍。"

王驰说:"我不是打击你的积极性,你一定要对从事这行有充分的心理准备,甚至是无论如何准备都不过分,研究市场只是一方面,更难的是人性的控制。利弗莫尔曾说过,股市是最难取得成功的地方之一,因为控制和克服人性十分困难。利弗莫尔对市场的心理层面非常感兴趣,曾经去上心理学课程,所花心血不亚于研究证券。"

宋扬说:"有些高深。不过,无论多大困难,我都不会放弃。"

王驰说:"简单一点说吧,像你现在这么努力,假设努力了10年,但你一无所获,甚至还亏了不少钱,这些钱是你辛辛苦苦挣来的,这种情况下,你还有坚持下去的信心吗?而这种结局,我想告诉你,是很有可能发生的。"

宋扬说:"是啊,这是一个很沉重的话题。"

王驰说:"好好读读这本书,作为华尔街20世纪最大的神话,无论是他的追随者还是劲敌都承认,杰西·利弗莫尔是最杰出的股市操盘手之一,但他为什么会自杀?他的遗书是这样写的——我已经无法忍受这一切了,所有事情对我来说都很差。我已精疲力竭,无力奋斗。我已不能够再继续下去。这就是唯一的出路。我不值得被爱,我很失败,真的很对不起,但这是我唯一的出路。"

宋扬的心中沉甸甸的,不知道前方等待自己的是什么,是地雷阵,还是鲜花,无论结果如何,这次是自己的选择,也是自己第一次把前途认真地交给自己,需要自己用一辈子去证明或证伪。

繁华背面是一片凋零,激情背面是一片虚无,生命摇摆于执着与了悟之间。也许在经历青春的躁动与不安之后,就该走完自己该走的路。趁现在还有斗志,再努力一次!

二十八　偶获表扬

最近股市不太妙,在2007年10月16日见顶6124点之后,快速下跌,去年底到今年初有过一波反弹,但很快就往下走。现在大约4500点左右晃悠。宋扬是在5000多点入的场,和许多人一样,多次计算过涨到10000点将会产生的盈利,但命运总喜欢捉弄人,自从入市之后,除了刚入市那几天账面上有一些浮赢外,之后就一直没见过账户翻红的时候。到现在,大盘指数虽然距离入场时跌了大约10%,但宋扬账户亏损已经超过30%,比大盘跌幅要大。虽然入市总金额只有几万块,不过,算起来亏损已经两万块,宋扬一想到这里就觉得心疼。投资要用闲钱,这点投资常识宋扬还是有的。都说新手运气好,宋扬纳闷自己的运气怎么这么差呢。

眼看自己已经30出头,开始向40进军,怎么现在一点安全感都没有?有时半夜醒来,一想到现在的境况,宋扬就难以再次入眠,甚至会无声地流几滴眼泪,第二天还要装作若无其事的样子,宋扬不想影响到彦芝的心情。上班的时候,更加要打起精神,不能刚到这里就给领导留下不好的印象。

这天上班的时候,宋扬被刘明夫叫到了办公室。

"刘处长,您找我?"宋扬不知道刘明夫找自己有什么事。不过,好像最近经常有人被叫到办公室去。

"来,坐。"

宋扬在刘明夫办公桌前的椅子上坐了下来。

"最近怎么样,来这里有几个月了吧,我一直想找时间和你单独聊聊。"刘明夫笑着说。

"还行,现在除了写报告,主要是抓紧时间把金融知识捡起来,虽然我研究生就是读的金融,但这几年在中信科,接触的还是少。光有行业知识还不行,要和金融知识结合起来。"

"对,你以前在中信科集团工作过,对于央企文化,你应该比其他人更加熟悉一些, 这是你的优势啊。"刘明夫说。

优势?宋扬倒没往这个方面想过,有什么优势呢,一时想不出来,但也不好否定。只好呵呵了两声。

刘明夫接着说:"我猜你对薪酬不太满意吧?"

宋扬心想,刘明夫主动说起薪酬,肯定是之前已经有人向刘明夫反映过,但反映有什么意义,央企的工资基本上与级别挂钩,或者不来这里工作,或者就接受,没有多少讨价还价的余地。

"现在收入的确是比以前低了,但也谈不上很不满意。毕竟,还是要向前面看。"宋扬有些违心地说道。

"嗯。虽然我们这里薪酬机制相对活一些,但比集团总部其他部门也好不了太多,央企嘛。不瞒你说,你们的收入水平,王总其实已经争取过了,相对于其他部门新招聘员工来讲,你们的收入还算高的,第一年会艰苦一点,第二年就会好一些。"刘明夫解释说。

"我们在部里都戏称,相当于1年实习期。"宋扬笑着说。

"按文件上说,实习期是3个月,但如果要从收入上来讲,的确有1年的嫌疑,因为3个月实习期后收入并没有调整。以前融丰集团,基本上不搞社会招聘,所以在社会招聘上没有多少经验。坚持一下,向前看,明年会好起来,不过,即使好一些也不可能达到市场化投行从业人员的收入。"刘明夫说得还比较实在。

"刘处,您说得对,是要向前看,而且不能仅看1年,而是要看5年10年。"宋扬的话一半是真,一半是假。

"宋扬,你这句话是说对了。讲到这里,我想起来了,这次招聘竞争很激烈,其实和你竞争的最后还有一个人,背景也很不错,我选择起来很为难。我就看你们提供的应聘材料,在你的材料里,你写了你对未来10年的职业规划,这很难得,在你们这批应聘的人中,就你主动提交了这个材料,说明你是一个有心人,认真考虑过一些事情。现在的年轻人啊,大多急功近利,就看着眼前的利益,你能考虑这么长远,不简单。最后我建议录用你,王总同意了。"刘明夫一边喝茶一边慢慢地说。

"谢谢刘处长,以后我一定要努力工作,不辜负您的心意。"

"谈不上谢,研究部要发展好,必须招聘一些有想法有能力的人,招聘你,相信也是共赢。你说对不对?"

宋扬觉得刘明夫的话还比较实在,没有那种想让人感恩戴德的意思,自然对刘明夫的印象好一些。

"对了,宋扬,我找你还有一件重要的事情。"刘明夫说。

"您说吧,我尽量完成。"宋扬回答。

"是这样,直接投资部最近看了一个项目,觉得还不错,搞了一个初步的尽职调查,有入股的打算,他们的赵处长找到我,问我们研究部能不能帮着看看,提提建议,看这个项目到底怎么样?我想到你这方面有丰富的经验,就答应了下来。"

"关于什么的项目?"宋扬问。

"与互联网有关的,好像是网络电话吧,我这里有一份他们直投部做的材料,你拿过去看看,写得比较详细。"刘明夫说。

"行,我看看,然后尽快反馈建议。"提到网络电话,宋扬不陌生,当年差点和王宇就搞网络电话方面的生意。

"不用太急,你下个星期给我就行。"刘明夫说。

"大概需要多少字?"这是宋扬在中信科养成的习惯,一定要问清楚。

"不用太多,主要是从专业的角度把这件事情讲清楚就行,具体你自己看着办吧。"

宋扬一点不敢怠慢,刘明夫说下星期给他就行,最好还是这个星期就给他,哪个当领导的不希望下属做事情超出预期呢?当年在中信科的时候,刘江经常说,交给宋扬办的事情他放心,也是因为宋扬经常能超出预期完成任务,有时是完成时间上,有时是完成的质量上。

宋扬给王宇打电话:"王宇,忙啥呢?"

"就市场部这些破事,你也不管我了,自己跑了。"

"别提了,来了之后才发觉失策了,我现在一个月税后都不到1万,真是王小二过年,一年不如一年。今天中午有没有空,一起吃饭?"宋扬现在上班的地方离中信科集团并不太远,地铁三站地。

"今天中午不行,我一会儿要开会,下午还要出差。下周才有时间。"

"那就下周再约。我有件事先问你一下,现在监管政策上对网络电话是什么态度?我们这里想投资广南省的一家公司,做网络电话的,现在规模还可以,准备明年到香港或纽约上市,现在领导要我写个意见。"

"公司叫什么名字?"

"神州通信。"宋扬说。

"我知道这家公司,以前广南省公司上报的材料里写过,规模比较大,广南省公司对他们很头疼,不过,我不太看好这家公司。一是现在广南省已经找到干扰甚至封堵他们的技术,估计下一步他们的话务量会掉下来;二是现在几家通信类央企正在联合起来向政府要政策,要政府明确民营资本做网络电话不合法,现在基本上游说成功了。如果正式发文的话,像神州通信这样的规模,很难再发展壮大。"王宇分析说。

"你那里有相关的材料吗?发我看看。"

"行,不过可要保密,不要把我害了。"

"绝对不会的,咱们一起这么长时间了,你也不是不了解我,我只会引用一些文件精神,不会直接引用文件。"宋扬说。

"我一会儿就发你邮箱里,你注意查收。"

"好,下周一起吃饭。"

宋扬把王宇发的材料仔细看了一遍,基本上心里有数了,第二天就拿了一份报告出来。宋扬打印了一份给刘明夫。"刘处长,我已经把反馈意见写出来了。您提提建议,我再修改。"

"好,这么快,我还跟赵处长说要下星期才能给他们呢。"

刘明夫对宋扬的高效率显然很满意,顺手把报告翻了翻,"看起来写得不错,我不懂技术,还是以你的建议为主,回头我把它给赵处长,咱们研究部发挥作用了啊。你再给我发一份电子版的,辛苦了。"

"应该的,我马上就去发。"说完宋扬就回到了办公室。正如宋扬所料,超预期完成任务是赢得信任的一个好途径。

每月第二周的周一,是融丰国际的管理层办公会时间,各个部门的处长都要参加。会后,刘明夫似乎相当高兴,打电话叫宋扬过去。

"宋扬,上午的办公会上,王总表扬了我们研究部,这次你立了功啊。王总还说,搞这个研究部,招聘一些有行业经验的人加入进来,会大大促进投行业务的发展,现在看来是正确的。上周你写的那个报告,我给了赵处长,赵处长又给了主管的高总,高总说你的这个报告信息量大,有不少是他们忽视的,他们已经决定不投这个项目。"

"这是刘处领导有方。"宋扬当然不能居功自傲。

"这件事主要还是你的功劳。王总说了,我们研究部以后要和业务部门多多加强合作,这次就是一个很好的案例。"刘明夫接着说。

宋扬事后想了想,如果是这周把报告交给刘明夫,不知道在办公会能不能得到王总的表扬,说实话,还真不一定,比如说下周王总出差了,或者王总当时心情不好,或者高总并不认为报告有多大用处,总之有很多不确定性。有时,实在是无心插柳柳成行。至于宋扬,根本就没有指望能得到什么好评。

刘明夫后来在研究部内部发了一封邮件,对宋扬第一时间高质量完成报告进行表扬。虽然宋扬知道这封表扬信起不了多大作用,但人得到了表扬,心情总会好一些。

中午,宋扬和王宇约好吃饭。俩人一边吃一边聊。

宋扬问王宇:"我们的事业现在如何?"

王宇知道宋扬问的是他们搞的那个网站,"还在撑着,撑一天算一天,一直没找到买家。"

"估计不会有人来买了,尽早关了算了,不然天天牵挂。"

"再坚持看看吧。"

王宇忽然问:"前两天发去年奖金了,你发了多少?"

"是吗,发奖金了? 我回去查查,什么时候发的?"听到发奖金,宋扬也比较兴奋。

"上星期才到账的,你也知道,中信科奖金发得迟。"

"我离职时问过人力,说像我这样没有工作满一整年,但可以以11个月的工作时间来折算奖金,奖金会发到部门总的奖金包里,但部门给我发多少,就是部门自己的事了。我也不知道张总会给我发多少,要是一分钱不给我就惨了。"

"不会的,张总不至于如此小人吧。你在融丰有奖金吗?"

"刚来怎么会有奖金,明年奖金都不一定有,所以我亏大了。不提心烦的事了,最近集团有什么新闻?"

"噢,有一个,财务部的一个叫王联顺的处长,你认识吧?"

"认识,我们一起打过乒乓球的,怎么了?"

"最近去世了。"

"什么原因啊,我记得他很年轻,不到40岁吧?"

"对,很年轻,癌症去世的。去年体检查出来,坚持了几个月时间。现在集团每年体检都查出一批问题,脂肪肝都不算问题。"王宇很有感触地说。

"现在人生活压力大,北京环境污染大,食品就像毒品,简直是作孽。"宋扬说。

"其实,在集团还好,要是没什么想法,混日子,也不会有多大压力,不像你们搞投行的,压力最大。我昨天看新闻,好像哪个证券公司又有一个人跳楼自杀。你可不能光要钱不要命啊。"王宇提醒说。

"谢谢你老兄提醒,我就是想赚钱,钱又从哪里来?融丰集团就是另一个央企,融丰国际也是央企的特性。别人跳槽越跳越好,哪个像我啊。赵洪超这两年在汇富证券公司,一定赚了很多。"

"你说赵洪超,我想起了一件事,你知道吗?他的小孩是肌无力!"

"啊,有这么回事?我记得他小孩不到一岁吧。"

"是啊。现在,赵洪超压力特别大,想多挣点给小孩看病,搞投行的压力本来就大。"王宇说。

"好一阵子没见过他了,上次见他还是他结婚的时候。要不,我们去看看他小孩?"宋扬。

"好是好,但这个消息是别人告诉我的,赵洪超并没有直接告诉过我,以他的性格,他不想太多的人知道这件事。"王宇说。

"我觉得没有关系,以前大家一起进集团参加工作的,关心一下也是应该的。虽然他没有给我们主动讲过他小孩的事,但我们去看他了,他总不会有意见的。"宋扬说。

"你说的也是,那什么时候去?"

"说去就去,不要拖,你和他联系一下,我们晚上下班去看一下就走。"宋扬知道,不少事情要做就马上去做,不然,一拖可能就不想做了。

快下班的时候,王宇给宋扬打电话。"我已经和洪超联系过了,他给了我他家地址。你到集团这边来,我们一起坐地铁去他家,估计我们到了,他也差不多到家了。"

大约一个小时后,宋扬和王宇来到了赵洪超的家。赵洪超的家比较宽敞,看来这几年从集团辞职出来挣了不少钱。赵洪超的父母、老婆都在家,赵洪超还没到家。

由于上次赵洪超结婚的时候,宋扬和王宇都去了,所以都有点印象。说明来意后,赵洪超父母把他们迎进了屋。赵洪超的父亲说:"洪超来过电话,说有同事来,他今天下班临走时突然有点事,可能要回来晚一些,叫我先给你们说一下。"

"没事的,叔叔,我们主要来看看孩子,洪超不在也没有关系。"宋扬说。

一提到孩子,老两口眼睛又有点红了,宋扬安慰道:"现在医学发展快,坚持一下,说不定很快就会有好的办法来治疗。"

倒是洪超老婆相对乐观一些,张罗着给他们泡茶。两人赶紧阻止。"别忙了,你还是多照顾孩子吧,我们看一下就走。"

等了一会儿,赵洪超还没有回来。

赵洪超的老婆说:"洪超像发了疯似的,工作不要命,说要多挣些钱给孩子看病。我劝他好多次他不听,你们帮我也劝劝,我现在既担心孩子,也担心洪超。"

宋扬说:"洪超的责任心太强,有什么事从来也不和我们说,一个人默默地扛,下次我们会劝劝他的。"

估计过了有10分钟,宋扬给王宇使了一个眼色,王宇拿了一个红包出来:"这个是我和宋扬的一点心意,给孩子买点营养品。"说完把红包递给洪超老婆,里面是2000元钱。

洪超老婆说:"这怎么行啊?"

宋扬说:"这有什么不行?你要是不嫌少就拿着。"

"这、这太让你们破费了。"

"回来你跟洪超说一声,说我们就不等他了。"宋扬说完,两人就和洪超的父母以及洪超的老婆告别。

要说起来,宋扬现在也很需要钱,不过,宋扬骨子里很善良,一想到洪超卖命苦干挣钱给孩子治病的情形,宋扬就很难受。

两人没有走出多远,就接到了赵洪超打来的电话,"宋扬,你们走得太急了吧,我有点事耽误了时间,你们回来我家吃晚饭吧?"

"洪超,饭就不吃了,下次有时间我们在外面聚聚。一定要注意身体,你老婆很担心你。"宋扬说。

"就是想趁年轻多挣些,给孩子多准备点。"

"我很理解你的心情,但还是要平衡好工作与家庭,你是独生子吧,以后父母还需要你来照顾呢。"

赵洪超叹了一口气,之后是短暂的沉默。"不说这个事了,感谢你们啊,还让你们破费。"

"别说这些见外的话,杯水车薪,只是表示一下我们的心意。以后有什么事,随时和我们联系,也许我们能帮你出出主意。"说起来,以前在中信科的时候,宋扬和赵洪超虽然关系还可以,但交情也不算太深,但是现在宋扬非常希望能帮助赵洪超做点什么。

二十九　接近领导

算起来,已经有好长一段时间没有和杜丽联系了。不知道是不是因为宋扬给西新省办公室主任打过招呼,还是杜丽自身表现就不错,反正去年杜丽最后去了中信科西新省公司,实现了她的愿望。但自己换工作的事,杜丽还不知道,还是应该和她说一下。

"杜丽,最近怎么样?"

"扬哥,我都还好。"

"一晃你再就业已经大半年了,好在你有工作经验,对你来说没什么陌生的。"

"想想时间真快,还记得你那时候到哈尼市公司锻炼,五年了,像做梦一样。"

"五年前的愿望实现了吧,我当时就说你一定能行,我没有说错吧?"

"说起来真要感谢你。也许你不觉得有什么,但要不是你的鼓励与帮助,我肯定没信心考研,现在肯定还在哈尼,没有多少变化。扬哥,我有个想法,想听听你的意见。"

"满脑子想法,这回是什么事?"

"我想到集团公司去工作。"

"啊?省公司不是很好吗,在西新省也算一个相当不错的公司,你愿意的话,干一辈子也没问题。再说,你这么上进,很累啊。"宋扬有些惊讶,看来人的欲望真是无止境的。

"读研究生这几年,我想清楚了,人这辈子很快就过去,我就是想看看我到底能走多远。以前读大学时我一直很自卑,现在我的心态很好,虽然不敢说有多大能耐,但我有信心去试一试。不过,我向你保证,如果能到集团公司上班,我就不会再折腾。"

"那不一定,说不定到时候你又要去国务院工作,我可不敢低估你。对了,我还没有告诉你,我已经换了工作,现在去了一家叫融丰国际的公司。"

"别担心,靠自己的能力,能去总部就去,去不了拉倒,无所谓。"

"现在有什么机会吗?"

"不瞒你说,还真有机会,集团现在特别重视移动互联网这方面的发展,我在省公司听说,集团总部为此专门成立了一个事业部。好像集团公司的人力储备不够,需要从基层借调一些人,我读研的时候恰恰研究过不少这方面的东西,或许我有机会。"

"噢,这个样子啊,那你可以试一试。我知道,集团公司从省公司借调人,如果表现好的话,是有可能留在集团公司的。"

"不说我了,扬哥,你刚才说你去了融丰国际,这是一家什么公司?"

"融丰银行,你知道的吧?金融央企。融丰国际是融丰银行的子公司,主要做投资银行业务。"

"投资银行,是做什么的啊?"杜丽是学技术的,对金融基本不懂。

"简单地说,就是除了贷款之外的事。比如,你有一家公司,想收购另一家公司,或者,你的公司要上市,要发行股票,这些都是投资银行的事。"

"噢,大概明白了。我读研究生时的舍友,她的亲戚是一个煤炭上市公司的老板,上次和她吃饭时,听她说她亲戚要发什么股票融资。你到那边上班,感觉还好吧?你有勇气从中信科集团公司出来,一定有好的前程,人往高处走嘛。"

"还行。"宋扬淡淡地说了一句。

"嫂子还好吧?"

"对了,她已经怀孕好几个月了,预产期6月份。"

"好事啊,侄子出生了一定要告诉我。"

"你怎么知道是男孩?"

"猜的。你肯定喜欢男孩。"

"男女都一样,只要健康就行。"

…………

宋扬和杜丽这个电话打了快一个小时。宋扬觉得,杜丽现在越来越上进,这是好事情,但凡事有度,过犹不及,宋扬觉得以后还要再和杜丽说一说。

上次给直接投资部的报告得到表扬后,宋扬以为一把手王总可能会对自己多少留有一些印象,但有一件事改变了宋扬的看法。今天下班的时候,宋扬到公司食堂去买了一点吃的准备带回家,从食堂买完东西出来进电梯,正好看见王总在里面,怀里还抱着一个看起来挺沉的东西,宋扬就帮着王总提了一会儿,送王总到车库。宋扬快离开的时候,王总无意中问了一下:"你是哪个部门的?"

宋扬觉得有些搞笑,来了几个月了,和王总也见了不少次了,王总竟然不知道自己是哪个部门的。宋扬笑了笑:"王总,我是研究部的宋扬。"

"噢,有印象,你刚才从二楼进电梯,我还以为是别的部门的。思维定式害死人。"王总有些尴尬地自我解嘲道。

"没关系,王总。您小心开车,我先走了,再见。"

"再见。"

宋扬心想,天知道王总说的真话假话,也许只是临时编出来的一个谎言。宋扬觉得挺失望,几个月了,一把手对自己如此没有印象,以后怎么办啊?想到这里,竟有些难受,感觉这几个月白混了。

上次办公会上,王总表扬的是研究部,间接表扬的是刘明夫,与自己没有多大关系。刘明夫当然也不会在会上强调报告是宋扬写的。对于王总来说,报告是谁写的并不重要,重要的是研究部有人能写,能够对投行业务形成有力的支撑。

冷静下来想一想,宋扬其实能够想明白,别说王总下面管着一百几十号人,仅宋扬一批招聘进来的就有30个。有不少人,宋扬也不知道名字。再说,宋扬自己从来没有机会给王总作汇报,怎么能记得住呢?

刘明夫对自己的印象还不错,但他毕竟是处长,说话哪有一把手管用。实际上,刘明夫应该归朱明亮副总经理管,但朱副总基本没有过问过研究部的事。据说,王总示意朱明亮多给刘明夫加些担子。朱明亮是明白人,刘明夫是王总带过来的人,王总有意栽培,那就随它去,也省些心,所以,朱明亮基本上不管研究部的工作。有要请示的事情,朱副总一般也是叫刘明夫直接去找王总,王总不在的时候,朱副总才真正履行主管副总的职责。

今年融丰国际的业务开局不是太好,特别是直投这一块,由于股票市场下跌,股权投资的风险比较大,很多参与定向增发的机构都被套住了。

听许峰说,王总最近一直在愁直投业务怎么做。宋扬忽然想起来,上次和杜丽打电话,好像她说过有一个同学的亲戚要搞定向增发,会不会有机会?宋扬心中一亮,要是能给王总整一个项目,那倒是接近王总的好机会。

宋扬拨通杜丽电话:"杜丽,你上次说有一个同学的亲戚是做煤炭生意的,想要融资是吗?"

杜丽说:"现在不知道什么情况,你等一下,我问下我同学,马上回给你。"

5分钟后杜丽打来电话。

"她亲戚的公司叫新新能源,具体情况我同学也不太清楚。她给了一个电话,你可以直接打电话问,你就说是关萍萍的朋友。她今天会和她亲戚说,你晚上去电话就行。"

"那好啊,我来记一下。"

"有事你再打我电话。"

"好,麻烦了。"

宋扬在网上查了一下新新能源的情况,看起来倒不错,业绩指标在同业中都是前列。到了晚上,宋扬打了电话:"关总,您好,我是关萍萍的朋友,她之前和您联系过吧?"

"你好,你好,萍萍和我说过。"对方是浓厚的西新省口音。

"听说你们好像在搞融资是吧?"宋扬问。

"是啊,我们想定向增发搞些钱,投一个项目。"

"现在成功了吗?"

"之前差一点就成功了,不过,最近公司股票价格掉得厉害,原来谈好的几家机构都不愿意进来了,说现在风险大。"

"关总,现在市场不太好,大家都比较关心风险。您想,从出公告定一个增发价,再到增发完成,怎么也得几个月,大家都担心股价会掉下去。说到底,市场环境不好啊,要是去年增发,肯定没问题。"

"是啊,但我们这个项目的确是个好项目,我们在前期公司公告里曾经提到过。"

"既然是这样,您可以适当考虑修改一下增发内容,让投资者多一些放心。大环境一好,你的股票价格肯定会回得很快。"

"我们公司管理层也讨论过这件事,不瞒你说,我们现在正在考虑一个回购条款。我们公司股价现在20元左右吧,增发价就定在18元左右,如果再跌下去,比如连续30天的平均股价在20元以下,我们保证以20元的价格回购股票。"

听到这里,宋扬觉得关总还比较专业,不是资本市场一点不懂的那种。"关总,您的意思是,能保证投资者有10%左右的固定收益?"

"差不多,你理解得对,不到10%的话,也有8%这样。"

"你们准备融资多少?"

"20个亿左右。"

"关总,您这样修改增发方案,我觉得可行性增加了不少。以前您是找什么机构来做的?"

"一家券商。"关总似乎不愿意说。

"关总,我现在融丰国际工作,也是一家投行,你知道的吧?"

"与融丰银行什么关系?"

"就是融丰银行的子公司,也可以帮您做这方面的业务。"

"嗯,我们和融丰银行没有贷款关系。不过,这方面倒可以尝试尝试。"

"这样,关总,我今天就是和您初步联系一下,我再和公司领导商量一下,回头我再给您电话,咱们再细谈,怎么样?"

"好的,好的。"

"那就先这样,再见。"

宋扬放下电话,仔细想了一想,刚才关总所说的"连续30天的平均股价低于20元",那就是说,如果有一天不低于20元,就没有回购的义务,那要是在尾盘大单突然一拉,也有可能拉到20元以上啊?好像还是有风险。想到这里,宋扬就打了王驰的电话。

王驰毕竟经验丰富,"我觉得没有什么风险,你每天都把股票挂在20元卖,能卖出去就行,卖不出去的话,股价肯定就会低于20元,反正你能保证固定收益。"

王驰说得对,风险没有多大。宋扬现在想的是,如何向王总推荐这个项目。

最直接的方法是,找机会去王总的办公室,但这样有些太突然,如果被别人知道,肯定会有一些别的想法。不过,也无所谓,也不是给领导送礼,看见了也没有什么大不了的。不过,如果有更自然的办法,应该会更好。宋扬最后想了一个办法,在洗手间碰到王总时和他提一下,这样似乎最随意。

之后,宋扬有意无意在办公室外面站一站,看王总出来是不是往洗手间的方向走。等了一两天,终于来了机会,宋扬跟着王总去了洗手间。

"王总,您好。"

"你好。"经过上次楼下车库的对话,现在王总对宋扬终于有印象了。

"王总,听说您最近特别关心直投部的工作?"宋扬一边往下拉裤子,一边和王总说。

"是啊,直投部的工作最近进展比较慢。"王总说。

"对了,王总,我这边碰巧有一个定增项目,我了解了一下觉得还可以,不知道王总有没有兴趣?"宋扬一边尿一边说。

"是吗?定增最近不好做啊。"王总说。

"不过,他们好像有回购协议,相当于有固定收益的保障。"宋扬说。

"噢,有这么回事?"王总似乎有了兴趣。

"王总,要不我到您办公室给您详细汇报一下?"宋扬往前进了一步。

"好,好,你跟我来。"王总说完提起裤子,洗了洗手。

宋扬洗了手,就来到了王总的办公室。"请坐。"王总说。

"谢谢王总。是这样的,我听一个朋友无意中讲了这件事,我就留了一个心眼,多打听了一下,然后我又和公司的总经理联系了一下。"宋扬就把了解到的情况和王总说了一遍。

王总听后问道:"你能再联系一下吗?我叫直投部过去一下,和他们当面谈谈。"

宋扬说:"好的,王总,我来联系一下,争取成功。"

王总说:"好的,谢谢你。你叫什么名字的,记性真不好。"说完,王总把部门的通讯录拿了出来。

"王总,我是研究部的宋扬,上次给直投部的那个反馈报告,主要就是我写的。"宋扬借机把上次的事说了下。

"噢,宋扬,"王总用笔在通讯录上画了一下,"感谢你惦记着公司的发展。"

"王总,您言重了,这是我应该做的。公司发展好了,大家才会有前途,业绩才能做得更好,形成良性循环,如果蛋糕做不大,个人再怎么折腾也不行。相信公司在您的带领下,会发展得越来越好。"宋扬这席话,有一些是真心话,有些则是拍马屁,不过,拍得恰到好处。

"好好好,好好干。对了,你是这次社会招聘来的吧?"王总一高兴,话也多了起来。

"我是从中信科集团公司过来的,看好投行的发展,所以来了这里。"宋扬回答说。

"噢,中信科集团也是大央企啊。"王总说。

"哪里都是学习。"宋扬说。

"光学习不行,还要做贡献,你们年轻人,以后要多承担责任。"王总说。

宋扬在王总办公室里聊了有十几分钟,很少有普通员工能在他的办公室待这么长时间,这次终于让王德江记住了自己的名字。想想有些悲惨,就为了让一把手记住名字,还要付出这样的代价。但也没办法,你总不能让领导主动接近你吧,除非你是某某高官的儿子、女儿,就像现在某些投行的太子党,根本不用做什么事,甚至不用上班,只要在关键时候搞定就行,不仅吃香喝辣,领导还会主动接近你,嘘寒问暖。谁他妈的说人生来平等的,真是一个天大的谎言,这个时代拼爹不比历史上任何一个朝代差。

记得以前看过一篇文章,某好事的经济学家做过研究,观点是:父母收入每增加10%,子女收入就会提高4.5%。如果父母在国有机构工作,则提高比例更高,同时,随着父辈收入差距加大,后代的差距也随之增大。这样的不平等,有70%是机会不平等所致。宋扬想起了罗伟广从省公司借调来集团公司,3年后就能顺利当上副处长,这与张主任有密不可分的关系。

有人说,在当今中国,如果你没有背景,就失败了1/4;如果你不会寻祖,就又失败了1/4;如果你不会说假话,又失败了1/4;剩下的1/4要靠上帝的垂青了。宋扬肯定是没有背景的那一类,不擅长寻租与说假话,也不相信自己会有多好的运气,想想不禁有些泄气。宋扬又想起了美国篮球巨星乔丹,高中时因不足1.8米被校篮球队淘汰;乔丹职业生涯中有超过9000球没投进、输了近300场球赛;乔丹有26次被托付执行最后一击,而他却失手了。乔丹的生命中充满了失败,但他没有放弃,他的身高长到了1.98米;他没有放弃,他6得NBA总冠军,5得MVP。乔丹说我可以接受失败,但绝对不能接受自己从未奋斗过。路还是要走,努力了不一定有好结果,但不努力几乎百分百没有好结果,这是一场概率游戏,所能做的,无非是让胜出的概率尽量大一些。

上次给直投部写的那份报告,多少也给刘明夫争了点光,刘明夫对宋扬很热情。但这几天,宋扬忽然发觉刘明夫对自己的态度有变化,见面最多打个招呼就没下文了,不像以前,打个招呼还会再搭上几句话,这让宋扬丈二和尚摸不着头脑。宋扬认真地想了想,最近并没有什么事得罪了刘明夫,噢,想起来了,肯定是关于新新能源这件事。从前至后都没有给刘明夫提过新新能源,但刘明夫肯定从别的途径知道了这件事,想到这儿,宋扬觉得这件事做得实在太唐突。刘明夫指不定对自己有多少误解:第一,作为下属,这件事情没对刘处提起,他是从别人那里间接得知,这肯定让他觉得没有面子;第二,普通员工直接找一把手,似乎不太合适,搞乱了层级关系,刘明夫会认为自己没把他放在眼里。

之前一心想接近王总,忽略了这个细节。怎么办?一定想办法补救,不然,前面的努力全都白费了。宋扬想着这个问题就有点烦,自己光想着怎么接近王总了。宋扬编了好几个故事,最后都被自己否定了,因为不能把刘明夫当傻子。人在出错的时候,本能的反应是找理由掩饰,但理性地看,不如真诚地承认失误或者道歉更加容易获得谅解。宋扬决定今天就去找刘明夫说个清楚。

下班后,刘明夫的办公室还半掩着门,宋扬来到门前,轻轻敲了敲门。

"请进。"里面传来声音。

"刘处长,打扰您几分钟时间,不知道方便吗?"宋扬小声地说。

"有时间,进来吧。"刘明夫说道。

"刘处,今天我是特意来向您道歉的。"宋扬说。

"道歉?怎么了?"刘明夫一边看电脑屏幕一边问道,有些心不在焉。

"这么回事,有次聊天从朋友那儿得知有一个定向增发的机会,前几天在洗手间碰到王总,无意中我就和王总聊了一下,王总比较感兴趣,就叫直投部去跟那个项目。"宋扬简单地把这件事说了一下。

"挺好啊,这是好事。"刘明夫没有一点惊讶的感觉。从刘明夫的口气来看,他的确知道这件事情。

"事情是好事,但我的做法实在不妥,第一,这个事应该先向您汇报;第二,即使没有先向您汇报,也应该第一时间告诉您。"宋扬把自己的姿态放得很低。

"噢,这个你不用多虑,为咱们公司好的事情,我也会大大支持。"或许是看宋扬态度诚恳,刘明夫也变得稍微热情起来。

"刘处长,这件事我做的的确不妥,我也做过深刻的反思,今天特意向您道歉,请您谅解,我保证下不为例。"宋扬说。

"宋扬,你不要想太多。虽然刚来了几个月,你的表现还是很好的,上次给直投部反馈的报告既快又好,为我们赢得了荣誉,你放下包袱,好好干,研究部还要大发展。"刘明夫笑了起来。

"谢谢刘处长,大人不记小人过,我一定努力,以后还请您多指点。"宋扬感觉到刘明夫已经没有之前的怨气,说话的语调也恢复了正常。

事后来看,宋扬的策略是正确的。首先一定要想办法补救。因为这件事可大可小,一次失误就可能让刘明夫改变了看法,如果不把事情挑明,会让自己之后的发展蒙上阴影;其次,不要找理由搪塞,而是真诚道歉。道歉有两层含义:一是表明自己能认识到这个失误,从而说明自己不是笨人,只是一时头脑发热。这点很重要,如果做错了事自己也察觉不到,那问题就大了;二是表明自己品质不差,不会故意编故事。虽然不能说德才兼备,但也是可塑之才。

真是应了那句哲学名言,凡事都是辩证的。好事可以变坏事,坏事也可以变好事。这件事情宋扬处理得很好,甚至还为宋扬加了点分。但宋扬觉得心挺累的,想做好事情真不简单,方方面面都要考虑到,一不小心就会惹麻烦。如果惹了一把手,那就完蛋了。

央企虽然不会像民企那样直接开除你,但把你放一边,实际上也是被废掉了。若干年后,当你一家老小都依靠你的时候,再来一次上世纪90年代末的"下岗分流,减员增效",你捶胸顿足也没有用,你能斗过制度?

宋扬想起了父亲说过的一件事,父亲的一个老同事曾是省劳模,因为内退的名单有他,他感情上接受不了,就拿了一瓶农药,在厂长办公室里,威胁厂长说,要是让他下岗,他就把农药喝了,厂长说你别拿这个来吓我。父亲的同事真的喝了,之后就死了。宋扬听到这个事的第一反应就是"悲哀",第二反应是"为什么年轻时不多为未来想一想?"现在轮到宋扬了,宋扬为未来又想了多少呢?很多事情都是说起来容易做起来难。

三十　股市残酷

每一轮牛市,都类似农民起义,裹挟大量的新股民在高潮时入市,然后渐渐步入漫漫寒冬,无数革命志士在严刑拷打下失去了斗争信念,然后是又一个轮回,但并没有多少人残留着上一轮的记忆:忘记过去就意味着背叛,没有历史就没有成熟。于是,投资如山岳般古老,周而复始。

大盘从6124点跌下来向3000点进军,现在已经有越来越多的人相信6124点是一个大顶,但股市万点论似乎就在昨天,关键是叫出股市向万点进军的人,不是普通小散,而是一个个有名有姓的大腕、专家。宋扬记得很清楚,一个崇尚价值投资的叫高文的基金经理说过不上万点不卖,那个安国证券叫李斌的首席经济学家说过行情远未结束,金国证券首席经济学家银树松明确表示2008年的股市是10000点,更有甚者说未来几年股市要到20000万点。至于用来证明观点的理由老百姓大多看不懂,什么资产重估、大象跳舞、证券化率、流动性推动等等,看他们言之凿凿的样子,似乎大盘涨不上去绝对不应该,涨不上去一定不是他们的错,一定是市场的错。

当然,不仅国内的机构唱万点,国外的大投行也在唱万点,包括摩盛这样级别的投行。还有许多叫嚣过的已经记不清名字,宋扬在5000多点入市,也是受了他们的影响。现在本金已经亏损了50%多,从感情上来说,宋扬有些恨这些人,但从理智上来说,只能恨自己,谁叫你听他们的?

因为人性总是那个样子,历史才惊人地相似。宋扬这段时间翻看了不少市场崩盘的案例,中外如出一辙,背后无一不是人性使然,要做到独立思考何其容易?

美国人亲手导演了两场人类文明史上最为壮观的投机热潮和最惨烈

的崩盘。20世纪20年代,人们对美国经济充满了信心。正是这一乐观态度,促成了全国上下的房地产和股市投机热潮。这场投机热潮的最大中心地之一是佛罗里达。那儿气候宜人,人口增长速度快,导致住房供不应求,地价暴涨。全国各地的投资投机者都纷至沓来,希望得到好回报。银行宽松的贷款条件更是火上浇油,房价能在几周内翻一番。人们确信不动产市场绝对没有下跌的可能。虽然时间过了几百年,这一论调却几乎与荷兰人在为郁金香发狂时候的论调一样。跟所有的投机狂热相同,这场投机热潮最后也无可避免地走到了尽头。到1926年,市场供过于求,不动产价格开始不断下跌,投机者们只得割肉出局,进而引发了整个市场的崩溃。1928年,投机战场从佛罗里达转移到了曼哈顿。这次是华尔街唱了主角。股市投机几乎成为一项全民爱好,成千上万的人无心正业,股票交易成为人们生活的重心。大资金、股票经纪人、咨询公司和上市公司联手操纵股价引诱公众上当的情况比比皆是。正当人们富贵梦正酣时,"晴天一声霹雳",1929年10月28日,纽约股市爆发著名的"黑色星期二",股指创下当日下跌12.82%的历史纪录,拉开了特大经济危机的序幕。世界著名的经济学家、教授们说:"股价没有反映出它们的真实价格,还应该再涨上去。"股市用下跌来回应。胡佛总统站出来说:"国家的经济基本面是健康、繁荣的。"但股市依然用下跌来回应。从1929年9月到1933年1月,道·琼斯30种工业股票平均价格从每股364.9美元跌到62.7美元,跌幅达82.8%。危机中,几千家银行倒闭,几万家企业关门,价值上亿的股票和几百万人的梦想随之灰飞烟灭。

20世纪后期规模最大的一次投机狂潮属于日本。"二战"后的几十年,日本人艰苦创业实现了经济的腾飞和国民的富有。80年代中期,不少日本人发现,炒股票和房地产来钱很快,泡沫迅速弥漫。人们的投机热情一浪高过一浪,根本不相信日本有限的土地价格会下跌,不相信股价会下跌。炒股成为日本大众生活的必需。根据地产价格,日本只需要卖掉东京市,所获取的资金足够买下全美地产,只要卖掉皇宫便可以筹到足够的资金购买整个加利福尼亚。终于,政府认识到"泡沫经济"的危害,紧急刹车,希望能把房地产价格涨势遏制住,让股市软着陆。但局势已经不能控制,日本股市彻底崩盘,1989年年底日经指数差不多39000点的水平,现在连当时的一个零头都没有。

中国也不是没有狂热的先例。上世纪80年代,荷兰郁金香的故事在中国重演。正值中国改革开放,市场上雨后春笋般出现了各种产品丰富人们的生活,其中包括家庭花卉,君子兰就是最吸引人的一种。这种植物原产地是非洲,引入中国后,成为身份显赫,富贵家庭高贵和品位的象征。80年代,北方城市长春将君子兰作为市花,全市一半以上家庭开始种植君子兰。由于君子兰生长期需要好几年,因此供给无法跟上,市场需求陡然上升,价格开始上涨。这消息不胫而走,传到了全国其他城市。许多个体投机者开始筹集资金,将市场上的君子兰一抢而空。很快,君子兰的价格达到一个令人目眩的高度。开始,君子兰一般售价是每株100元,然后价格翻了2000倍,高达每株200000元。这场投机热免不了会有同样的下场。君子兰还是君子兰,只是价格下跌了99%以上,令无数投机者血本无归。

这段时间,宋扬经常和王驰一起讨论市场的走势,与其说讨论,还不如说讨教。进入2008年以来,由于CPI继续攀升,一季度CPI涨幅达到了8%,与此同时,GDP增速从2007年3季度的14.2%,回调至2008年一季度的11.3%,经济显示出滞涨的迹象。不过,决策层显然对通胀更加担心。2007年,央行共6次上调金融机构人民币存贷款基准利率,2008年以来,为防止经济过热、防止价格上涨演变为明显的通货膨胀,央行仍然执行了"从紧"的货币政策。

大盘自6124点见顶后,至2008年4月份已经接近腰斩,政府也有些急了,但是在通胀压力明显的情况下,不能放松货币政策,只能通过其他方式来救市。4月24日,证监会宣布印花税从0.3%下调至0.15%,与之前4月20日出台的限制大小非减持规则《上市公司解除限售存量股份转让指导意见》一道,催生了4·24井喷行情,当天,上证综指和深证成指分别大涨9.29%和9.59%。

媒体上开始唱多,说跌到底了。宋扬问王驰:"王兄,股指跌了一半了,你怎么看最近的强势反弹?"

王驰说:"根据我的经验,十有八九还要再往下。"

"啊,这么严重?"

"我研究过历史上几次类似的表现,最近的一次,你可以去看一下2002年的6·24井喷。从2001年6月14日见顶后,到2002年6月份,股指已经腰斩,此时,国务院围绕国有股减持再次出台利好消息,国务院决定,除企业海外发行上市外,对国内上市公司停止执行《减持国有股筹集社会保障资金管理暂行办法》中关于利用证券市场减持国有股的规定,并不再出台具体实施办法。2002年6月24日,大盘暴涨9.25%。但成交量跟不上,大盘又走上漫漫跌途。"王驰对股市的研究的确比较深入。

"我打算用5至10年的时间来打好基本功,用这一辈子去实践。"

"如果你能坚持下来,我看好你!"王驰拍了拍宋扬的肩膀。

"说实话,我没有信心,但我知道我要坚持下去。"宋扬说。

"别灰心,至少你现在不靠股市生活。我昨天看了一则新闻,说一个人把他父母的退休金好说歹说劝了出来,投入到股市,关键是他在6000点入市,现在亏了70%,他觉得对不起父母,跳楼了。"王驰说。

"太惨了。我如果实在不行,一辈子投资都没有成功,我就把这个任务交给我儿子,子子孙孙无穷匮也。"

"你老婆快生了吧?看了没,男孩还是女孩?"

"最近一两个月吧。不管男孩女孩,健康就行,"宋扬接着说,"王兄,别怪兄弟说话不好听,你也不小了,赶紧找对象结婚吧,像你这样的钻石,一招呼一大把,实在不行,我给你介绍介绍。"

"还没想好呢,我实在是不想连累别人。你也知道在资本市场里混的不少人,下场都不太好,最典型的就是利弗莫尔。我心思一集中到投资上,其他的事就全忘了,我以前的女朋友就是受不了这一点才分手的。好在我还有个哥,我父母也不用催我了。"

"还是要把生活与工作平衡好。"宋扬说。

"道理当然明白,但有时是不能自已,或者是性格使然吧。你说你在中信科多好,为什么折腾到这里,肯定很多人想不通。这其中的道理是一样的,只不过程度有些差别。"

"老兄,今年的市场太凶险,刚入市就上了这么一课。"宋扬见有些沉重,就转移了话题。

"这种事要辩证地看,走不出来当然全废了,所以眼光要放远一些。我看你现在每天都看盘很长时间,有些感觉了吧?"王驰问。

"有些长进,主要还是你的指点。"宋扬说。

"谈不上什么指点,我也在研究。不过,投资这东西,指点是一方面,关键是靠自省。"王驰谦虚地说。

"对了,你现在找到下家了吗,准备什么时候撤?"宋扬发现最近王驰似乎停了下来。

"这和投资一样,快就是慢,慢就是快,我在等一个合适的机会,现在市场这么跌,已经有不少机构受不了了。原来想找一家公司,现在如果机会合适,我想出去自己搞。"王驰说。

"搞私募?"

"也许吧。"

"那我跟你去?"

"别,首先我还没决定,其次这其中风险太大,你还是再好好学习学习,我不能把你害了。你有家有口,还是要稳重些,不像我,一人吃饱全家不饿。你先留在融丰,这里还是有很多资源,如果我真出去自己干,你要帮我找一些资金,融丰银行各分支机构的负责人,都是目标客户。"

"行,没问题,我一定尽力。只不过我现在人微言轻,也没有多少渠道接触这些人。"宋扬说。

"没关系,等以后你提拔了,自然机会就多了。我一走,你来做股票研究员,做股票研究是很容易出彩的,你再折腾一两件漂亮的事情,最多也就两三年的时间。我看好你。"

"借你吉言,不过就算你走了,你也不能不管老弟吧?"看来,王驰真是一个聪明人,只不过,太聪明了,把这些都看明白又会觉得没意思,所谓"我和谁都不争,和谁争我都不屑"。

"扶上马送一程,是中华民族的优良传统。股票上我可以帮你,其他方面还要你自己多努力。"

原先以为王驰不好接近,但几个月相处下来,王驰从不遮遮掩掩,每次聊天都有很大收获,看来真不能以貌取人。宋扬从心里佩服王驰这位良师益友。

4·24井喷之后,上证指数在几个交易日内上升到3786点,从最低点算起,涨幅达26%,但短线暴涨之后马上显现疲态,或许这次王驰判断是对的。就在市场热议股指还能不能往上走时,神州大地上发生了惊天地泣鬼神的"5·12汶川大地震"。

2008年5月12日14时28分,四川汶川发生里氏8级地震。全国多地均有震感。截至12日17时28分,发生300多次余震,最大震级6级。截至13日零时,四川地震灾区已发现死亡人数近万名。

这几天,电视里播放的全是汶川的消息,电视里播放的画面强烈地冲击着每一个人的心灵。彦芝心情也有些不稳定,但她还偏想坐在那里看。宋扬说:"老婆,你就别看了,好不好?"

"没关系,我会控制好,看看这些画面,我知道活着才是最重要的事情,才会增加我顺产的勇气。"彦芝说。

"你真会联想啊,不用太紧张,到时听医生的。"宋扬握住彦芝的手,陪她看电视。

电视画面上,正在播出抢救人员抢救一位女士的画面。抢救人员发现她的时候,她已经死了,是被垮塌下来的房子压死的,透过那一堆废墟的间隙可以看到她死亡的姿势,双膝跪着,整个上身向前匍匐着,双手扶着地支撑着身体,有些像古人行跪拜礼,只是身体被压的变形了,看上去有些诡异。救援人员从废墟的空隙伸手进去确认了她已经死亡,又冲着废墟喊了几声,用撬棍在砖头上敲了几下,里面没有任何回应。当人群走到下一个建筑物的时候,救援队长忽然往回跑,边跑边喊"快过来"。他又来到她的遗体前,费力地把手伸进女人的身子底下摸索,他摸了几下高声地喊"有人,有个孩子,还活着"。经过一番努力,人们小心地把挡着她的废墟清理开,在她的身体下面躺着她的孩子,大概有三四个月大,因为母亲身体庇护着,他毫发未伤。抱出来的时候,他还安静地睡着。随行的医生过来解开被子准备做检查,发现有一部手机塞在被子里,医生下意识地看了手机屏幕,发现屏幕上是一条已经写好的短信:"亲爱的宝贝,如果你能活着,一定要记住我爱你。"

宋扬和彦芝一起落泪。彦芝说:"关了吧,我不想再看了,你陪我说说话。"宋扬赶紧关了电视。

彦芝继续说:"我们给他们捐些款吧。起不了多大作用,也表示一下心意。"

宋扬说:"我明天就去办,单位里已经要捐了,不过,那个捐得不多,我们处长才捐了500。我们自己可以另外再捐些,你看捐多少?"

彦芝摆了摆手:"你看着办吧。有时候,我真希望我们是大款,当然不是为了穿好住好,而是可以多捐些钱给需要的人。"

"你是一个善良的人,上帝会知道你的心愿,也会满足你的心愿。我们以后会有很多钱的,然后我们去做很多善事。"宋扬和彦芝认识没有多久就结婚了,相处久了,越来越喜欢彦芝这个美丽、善良、有爱心、爱看小说、没有多少物质欲望的老婆。这个物欲横流的年代,这样的人何其少。

"昨天妈陪我去做产检,听医生说,现在待产的人太多,有一个产妇都没有到产房里去生。现在床位很紧张,8个人一间,只允许一个家属陪。要是只一个人陪,到时我要你陪我。"

彦芝说的,宋扬都知道。因为要召开奥运会,很多人都想要奥运宝宝,宋扬误打误撞,也上了这班车。"8个人一间房太挤了,我找人看看,争取找一个单间。即使没有单间,也要找一个双人间,8人间不能待。"宋扬一直为没有能亲自开车送彦芝上下班而耿耿于怀,因为他还没有经济能力买车。当然,也不是绝对没有,买一辆便宜的也行,但总觉得有些牵强,不如把钱花在投资上。虽然彦芝无所谓,宋扬总觉得自己没尽到责任。

聊着聊着,彦芝就睡着了,但宋扬睡不着,宋扬还在思考股市。从A股的反应来看,5月12日(星期一)上涨0.37%,由于地震消息在快收盘时才发布,当日市场的反应并不充分。5月13日(星期二),两市大盘低开,收盘跌1.84%。最近市场上有一种说法叫"锁仓赈灾",有这门子道理吗?按王驰说的,肯定还要跌。宋扬想把股票卖了,但就是下不了这个决心。

第二天,宋扬一个人去彦芝产检的医院去问了一下,希望多花钱弄个单间。医生说床铺很紧张,不是有钱就行的。宋扬又找了读研时的一个师兄兼老乡,这个师兄好像在卫生部工作,好久都没有联系,不过,为了彦芝,没有办法。事情倒是出奇的顺利,师兄找了市卫生厅的一个处长,处长给医院打了一个电话,医院说单人间实在紧张,安排一个两人间,并且可以多人陪护。两人间也行,总不用挤大屋了。宋扬很感慨,中国的事都要靠关系,难怪这么多人热衷于当官。

三十一　项目出差

宋扬给王德江介绍的新新能源这家上市公司的定向增发项目,具体由直接投资部的赵际会总经理来负责,目前进展还比较顺利。这两天还要去一趟西新省,一是和新新能源再谈谈,争取增发价格能优惠一些。毕竟,价格越低对参与定向增发的机构越有利;另外,也想让融丰银行西新省分行投一部分钱进来,这样后期的投后管理比较方便。毕竟,新新能源是在西新省,平时有什么事,省分行能够及时响应。

这次出差一共4人,直接投资部的赵总与张光明,研究发展部的骆家仁和宋扬。赵总是负责人,张光明是具体经办人,骆家仁是煤炭行业高级研究员、类似行业专家的角色,宋扬则没有具体安排。宋扬这次被安排出差,估计是一把手王总或者是主管直接投资部的高副总的意思,毕竟这个项目上宋扬是出了力的。

由于彦芝预产期就在近期,宋扬其实有点不想出差。宋扬想找个理由和领导说一说,但转念一想,领导既然安排了,如果不去,是不是领导给面子而不要面子?这种不带任务的出差,通常是领导的特权,或者是领导对下属的一种恩赐。想想也是,也不干活,凭什么给你出机票、住宿费、餐费、旅游费、礼品费?当然,这些费用有些是记在分行名下,不过,不管记在谁的名下,好处反正是得到了。宋扬最后还是决定去,不过,宋扬跟彦芝说好,一有风吹草动就会马上回来。彦芝倒没有意见,觉得不会这么巧,出差前后一共就三天时间,离预产期还有两个星期呢。

中午的飞机,到达西新省西萨市已经是傍晚。宋扬对于西萨市并不陌生,毕竟这里是曾经战斗过的地方,但离开中信科之后,还是第一次来西萨市。宋扬这次不打算给杜丽打电话,一是出差行程安排比较紧,二是见面也不知聊些什么。

到了机场出口处,赵总走在最前面,张光明帮赵总提包,张光明、宋扬、骆家仁跟在后面。正在张望的时候,走来两个人,"赵总,一路辛苦。" 来接机的是融丰银行西新省分行公司业务部总经理陈国同以及副总经理陈大力,还有一个叫王小琦的科员,这也符合级别对等的惯例。当然,要论手中实际的权力,省公司的部门总经理应该要大一些。

骆家仁手疾眼快,不仅抢在宋扬前面、也抢在张光明前面,和西新省的两位陈总握手,"陈总,我是研究部的小骆,多多关照。"赵总补充说道:"骆家仁是专门搞煤炭研究的,我们研究部的高级研究员。"

"还是总行资源丰富啊,搞投行一定需要行业专家。"陈国同说道。虽然融丰国际是一个独立的子公司,但下面分行经常还是把它当作总行的一个部门。也难怪,融丰国际和各个省分行在业务上仍然有千丝万缕的联系。

宋扬和两位陈总握了手:"陈总,研究部的宋扬。"赵总继续补充道:"宋扬也是研究部的专家,这次新新能源的项目还是宋扬推荐的呢。"宋扬对赵总颇有好感,因为简单的一两句话,宋扬能感觉到他在照顾一同出差的小兄弟。赵总对宋扬印象还是很深刻的,之前宋扬给直投部提供过一个网络电话项目的投资建议报告,这次又帮直投部引荐了一个项目。

"欢迎欢迎。走,我们上车。一部车坐不下,赵总,我陪你坐这辆车。大力,你陪总部领导坐另外一辆车。"陈国同招呼着说。

"好。总部领导,这边请。"陈大力说。按理说,陈大力是副处级,比宋扬这厮人都要高。赵总坐的是一辆小车,宋扬他们坐的是商务车。

安顿好住宿,大家去吃饭。吃饭没有多少新意,赵总坐主位,两位陈总坐两边,骆家仁和张光明再坐两位陈总的两边,剩下就是宋扬和王小琦。根据在中信科的经验,谁离主座越远,谁的地位越低。

酒过三巡,话就多了起来。赵际会问:"陈总,今年马上就要过半,西新省投行收入怎么样啊?"

陈国同说道:"这个需要看总部的需要,总部给的计划是多少,我们就完成多少,不能少,当然也不会多。"

赵际会说道:"是呀,大部分都是利息转化的投行收入,左口袋装右口袋,全中国商业银行都一样,真正的投行业务没有那么容易干啊。"

陈国同接着说:"要转到真投行上去的确需要一个漫长的过程。你看,我们分行,现在连独立的投行部都没有,现在全国只有10多家分行设有独立的投行部吧?大部分是经济发达的东南沿海省份。"

赵际会说:"这个嘛,与经济发展水平有关系。不过,总的来说,现在利率市场仍然是管制的,靠吃利差仍然有发展的空间,商业银行普遍没有动力向投行方向转。一旦利率市场化,利差下降,银行的压力就会大增,到时不搞投行都不行。"

陈国同笑着说:"那估计要过不少年吧,到那时我就退休了。搞投行要有人力储备啊,不像你们有政策,去年搞的这个研究部,一下增加十几个人,我们分行哪有这力量?但我认为总部的战略方向是对的,对投行业务很重视,这方面要领先其他银行至少几年,特别是将融丰国际设立为子公司来经营,在规模居前的十几家银行中,我们行是首创吧?所以说,赵总,放长眼光,你们前途光明啊。"

赵际会说:"陈总别笑话我了,你不知道我们现在压力多大,以前是直接推分行就行,现在我们自己有指标,我这个月就没在家待过,辛辛苦苦搞这么久,最后成功的项目没几个。"

聊着聊着就聊到了项目上去,赵际会说:"陈总,明天还要和新新能源再好好谈谈,争取一些更优惠的条件。"

陈国同说:"还是之前我们商量好的,我们这次一共投10亿资金,你们出8亿,我们分行出两亿,咱们之间再搞一个结构化条款,我们做优先级的,你们做次级的。"

赵际会问:"新新能源这边能保底,我们做次级这一块没有问题。咱们西新分行以后在贷款政策方面能再给新新能源一些倾斜吧?"

陈国同说:"这个已经请示过行领导,政策可以倾斜。"

赵际会说:"那就好,明天谈起来就会顺利一些。"

陈国同说:"我们分行大力支持。不过,至于增发价格,还要靠你们去谈,毕竟你们更专业。"

赵际会说:"一提到谈价格我就头疼,这个东西最敏感。"

陈国同提议说:"赵总,要不饭后去唱唱歌,放松放松,反正明天和新新能源的会谈安排在10点钟。"看赵际会没有不同意的意思,陈国同对分行的王小琦说:"小琦,你先联系一下,老地方,我们吃过饭就过去。现在11点半,我们大概12点到。"王小琦领命后出去安排。

酒足饭饱之后,陈国同接了一个电话。陈国同抱歉地说:"赵总,是行长打来的,有一个饭局叫我过去,估计是要酒桌上办业务,今天晚上不能再陪你了。"

赵际会说:"陈总,咱们认识这么多年了,别客气,领导的事情大,大家都不容易。"

陈国同转身对陈大力说:"大力,晚上我就不去了,你把各位领导照顾好。"

陈大力说:"陈总绝对放心。"

陈大力、王小琦、赵际会等一行6人,坐了辆商务车,一起奔赴歌厅。车到了一家名为"夜上海"的歌厅,大家鱼贯而入。刚入座不久,就进来了一位中年妇女,王小琦迎了上去和她嘀咕了几句。一会儿,进来了7位小姐。陈大力一看,问王小琦:"怎么7个人啊?"

王小琦一拍脑袋,"嘿,国同总临时有事,我忘了减一位,不好意思,陈总。"

陈大力说:"这么回事啊,没有关系。"说完转身对赵际会说:"赵总,我不怎么会唱,就找了几位会唱歌的妹妹来陪大家唱一唱。"陈大力又对7位小姐说,"你们还站在那边干吗,领导在这边。"

7位小姐来到了赵际会面前,"赵总,您先挑。"

赵际会红着脸说:"这不合适吧。"话虽这么说,但眼睛已经在几个小姐身上转了好几圈。

骆家仁附和道:"领导先挑,理所应当。"

赵际会挑了一个,陈大力又说:"赵总,您再挑一个。"赵际会又挑了一个。

陈大力接着要张光明挑,张光明推托要陈大力先挑。陈大力说:"这样吧,我们大家都不挑了,按顺序,一人一个。"

陈大力分配完小姐后,招呼大家点歌。张光明先点了两首,一首是《敖包相会》,一首是《蒙古人》,张光明点歌比较到位,这两首都是赵际会拿手的,赵际会的嗓音还真不错。不一会儿,两位小姐都坐到了赵总的腿上,一位小姐和赵际会合唱,另一位小姐帮赵总拿麦克风,赵总一手搂一个。

赵总一带头,大家都放开了。宋扬身边的小姐也往宋扬腿上蹭,"你就坐我旁边吧。"宋扬对这位小姐说。虽然谈不上有多么拒绝这种场合,但真的提不起多大的兴趣,不过也不敢显得过于清高。领导在你面前都放开了,说明领导没有把你当外人,你不放开,明摆着你和领导不站在一条线上。

也不知道为什么,赵际会看上了宋扬旁边的这位小姐。"宋扬,我觉得你这位不错啊?"宋扬心领神会,赶紧对旁边的小姐说:"领导表扬你呢,赶紧过去陪陪我们领导。"说完就把小姐往赵际会这边推。赵际会顺手把左腿上的小姐推给了宋扬。宋扬心想,他妈的,你挑了两个,竟然还说我的好。

唱了一会儿,陈大力说:"赵总,这里面还有一个小房间。"宋扬往陈大力手指的地方一看,还真有个门,之前没有注意到。陈大力解释说:"这唱歌的地方太小,不方便跳舞,可以到里面跳跳舞。"看大家没有反应,陈大力说:"我先来吧。"说完,陈大力拉起了身边的小姐,进了旁边的小屋,顺手把门关了起来。

跳舞?宋扬当然知道其中的门道。门关起来,里面做什么,鬼才知道,至少可以过过手瘾。市场经济就是好啊,把人的需求挖掘得入木三分,唱歌的地方可以单独跳舞,既不会犯大错误,也相当程度上满足了生理需求。宋扬心想,这总比出轨要好一些吧,或许这也是央企文化的特点之一。宋扬想到了两个词,一个词叫"闷骚",另一个词叫"央企伪精英"。

央企不同于民企,民企员工放得开,没有条条框框的限制,央企限制多,大会小会都在讲政治、讲道德。在央企上班的人,一般不敢做明显有悖于政治或道德的事情,特别是辛辛苦苦混了一官半职之后,生怕一不小心,官帽没有了。这种打擦边球的"唱歌"与"跳舞"就是不错的选择,分行的陈总也深谙其中道理,当然不能带赵际会去找小姐,果真那样,估计赵际会也不会去的。

陈大力带了头之后,赵际会、张光明、骆家仁、王小琦也都去跳了一次。宋扬最后一个进去,进去是必须的,但进去后宋扬什么事都没有做,几分钟后就出来了。

夜里两点多钟,赵际会说该回去了,看得出来,他玩得比较尽兴。回到酒店洗漱完毕已经夜里3点钟,宋扬感到很疲惫,一头倒在床上睡了下去。不知道过了多长时间,宋扬被一阵急促的手机铃声吵醒,打开手机一看,原来是彦芝打来的,宋扬感觉心脏扑扑跳得厉害,不知道发生了什么事。"老婆,怎么了?"

"老公,我肚子疼,好像破水了,我和爸妈准备马上去医院。"彦芝说。

"啊呀,提前这么长时间,没有想到啊。我马上回来。现在几点了?"宋扬已经清醒了。

"早上5点。"彦芝答。

"好,你和爸妈小心点,我下飞机后直接去医院。"宋扬和彦芝又说了几句就挂了电话。

宋扬打电话订了机票,最早的班机是7点,距离现在还有两个小时。宋扬迅速地把衣服收拾好,到前台退卡,又交代了几句,就匆匆打车直奔机场。

宋扬也有过犹豫,怕这样影响不好,昨天刚到,今早就走。但犹豫只是瞬间的,打消这种犹豫只需要一个理由即可,那就是老婆生产的时候老公一定要在身边。在出租车上,宋扬给赵际会发了一条短信,简单说明了一下情况。现在,宋扬唯一担心的是,飞机会不会延误,刚才查一下天气,北京今天有中到大雨。

飞机按时起飞,宋扬的心终于定了下来。三四个小时的飞行,正常情况下,到北京也要11点钟,再到医院,估计要到中午12点以后,不知道这中间彦芝会不会生,如果真生了,那真是天大的遗憾,现在想也没有用,只有听天由命。

飞机基本准点,下了飞机,室外雨下得比较大,宋扬一边等出租车,一边给彦芝打电话,那边是母亲接的电话,母亲说彦芝还没有生,但已经进了待产房。宋扬松了一口气,回来得还算及时,打车到医院已经下午1点钟。

到了医院,母亲问:"宋扬,上次联系的房间怎么样了,赶紧落实一下。"

宋扬一拍脑袋:"妈,你不提醒我都忘了,我马上打电话。"

联系了一通,还比较顺利,护士带宋扬看了一下双人间,对宋扬说:"刚才我们领导说了,原来预订这个双人间的另一个人,现在调走了,你要是愿意的话,可以把这个双人间包下来。"

真是天意,原来一直想搞一个单间,没想到是这种形式。宋扬问:"多少钱一天?"护士说:"1500元。"宋扬再问:"那我们要住几天?"护士说:"顺产三天,剖腹产5天,医院有规定,没有特殊情况,一般就这个时间。"宋扬说:"行,没有问题。"护士说:"那你一会儿跟我去交押金。"

宋扬和护士好说歹说,进了待产区见了彦芝。彦芝说:"你才来啊,肚子疼得厉害。"

宋扬笑了笑:"咱们工人有力量,一会儿一使劲就生完了。医生说要顺产吗？"

彦芝说："医生说看情况，先顺产试试看，B超看脐带现在还绕颈两周。"

宋扬担心地问："要紧吗？"

彦芝说："应该没事吧，不然医生还叫先顺产。"

宋扬说："你身体一直很好，之前检查也没有什么问题，放心吧。"

彦芝说："你还是出去吧，不然护士又要催你。"

宋扬有些不舍地说道："好吧，我就在外面等着你，离你差不多几步远，你吼一嗓子，我就冲进来。"

大人急小孩不急，一直到了晚上7点多，彦芝才真正上了产床。就在宋扬焦急地在外面等待的时候，一个护士走了过来，"宋扬。"

宋扬赶紧应："这儿。"

护士说："这是一份知情书，产妇有点使不上劲，我们要使用产钳，你签一下字。"

宋扬问："这个有什么副作用吗？"

护士说："一般没有什么事。"

宋扬大概看了一下写的风险提示，把心一横，赶紧签吧，里面还在等着呢，印象中这是宋扬第一次在医院签字。

屋外风雨交加，宋扬站在窗口不知不觉中已经抽了半包烟，心里还是有些紧张，担心出什么意外。

到了晚上8点半，产房门打开了，一个护士走了过来，宋扬赶紧跑过去，心里激动得很。护士说："看一下吧，男孩。"

宋扬看了一下护士抱着的婴儿，自己有儿子了！儿子睁着两个大眼睛，茫然失措的样子。这一刻定在了2008年6月16日晚上8点半。就在宋扬看得发呆的时候，护士说："看过了吧，我抱走了，还要做一会儿处理。"说完，就把婴儿抱走了。

"麻烦您注意一下，别把孩子搞错了。"宋扬也不知道自己怎么冒出了这句话。

彦芝从产房出来的时候，宋扬在产房外候着，亲自将彦芝推到了病房。宋扬关切地问："现在肚子还疼吗？"

彦芝说："不疼，现在觉得挺舒服，就像吸了鸦片一样。"

宋扬说："那是你生的时候太疼了吧，一旦没有了疼痛，就会忽然觉得很舒服。"

彦芝说:"你还挺有经验。"

宋扬开玩笑说:"没吃过猪肉还没看过猪跑?对了,估计你父母一会儿就到,他们上午的火车,一会儿就下火车。"

宋扬回北京后给刘明夫打了电话,说明了情况,请了一个星期假。3天后,彦芝回家休养,接下来的日子是忙碌与充实的。初为人父的宋扬,感觉到肩上的担子沉甸甸的,上有老下有小,但是还没有事业啊。

三十二 投资论坛

一个星期后,当宋扬返回公司的时候,公司发生了一些变化,楼道里出现了一个陌生女人,打听一下才知道,研究部来了一位副处长,叫丰向莉,大约40多岁。据说,这位副处长之前是金融市场部的副处长,因为做外汇交易出了点事,和主管副总闹矛盾,在原来的部门待不下去了,另谋出路来到了融丰国际,再详细的情况大家就不太清楚了。丰向莉的到来,最令骆家仁感到不安,因为研究部多了一个副处长,无疑增加了他以后获取副处长职位的难度。据小道消息,研究部在成立之初配备的管理职位是:1个总经理(处级)、3个副总经理(副处级)。现在已经有一正一副了,现有的3个组长只有两个人能够升副处。骆家仁自认为比宏观组陈叶凯资历要差一些,所以,他要和二组组长方小军来竞争仅剩的副处名额。

应该说,骆家仁分析得有一定道理,宋扬基本上也是这么分析的,大多数人都是这么分析的。所以,有时宋扬想想也觉得很泄气,看不到希望。好在宋扬经常会想想过去,过去的经验给了他些许力量。根据之前在中信科的经历,宋扬知道,不仅要静态地看问题,更要动态地看问题,在人事方面,更是如此,不到板上钉钉的时刻,都不能说百分之百。

一起进研究部的十几位同事中,宋扬算得上表现最积极的研究员之一,总体上表现还不错,特别是一把手王德江,终于能叫得上宋扬的名字。宋扬相信,在研究部,王德江能把名字和人对应起来,这一批刚招聘进来的研究员中,可能不超过5个人。

中午宋扬和王驰共进午餐。王驰说:"宋扬,咱们以后共进午餐的机会不多了。"

"你已经准备撤了？"

王驰说："是啊,这几天就会递交辞职报告。"

听王驰这么说,宋扬既有些难过也有些高兴。难过的是,这里最谈得来的人要离开了,高兴的是,可能会有机会搞股票研究。宋扬问："为什么选择现在这个时机？"

王驰说："现在大盘3000点,虽然我估计向下还有不小的空间,但我还需要时间去准备一些东西。"

宋扬问："你是去公募基金,还是自己干？"

王驰说："原来的确是想去公募基金,但现在行情这么差,基金公司基本上不招人,有些基金公司还在裁员呢。干脆一不做二不休,自己干。"

宋扬问："不是你一个人吧？"

王驰说："3个人。一个是我大学师兄,我读本科时他读研究生,现在是一家公募基金的基金经理,准备出来自己干,还有一个是我师兄的朋友。我师兄算老大,我和师兄主要搞投研,他朋友主要做市场。"

宋扬又提到了老话题："你老兄不要忘记我啊,等我差不多的时候,和你一起干。"宋扬知道现在自己功力不够,所以只是对未来作了展望。

王驰轻轻地敲了敲饭碗,说："你先好好研究几年市场再说吧,私募这个活,真不是好干的。你有家有口,还是要稳健。"

王驰说的是大实话,看看现在市场风声鹤唳,就知道证券从业者日子过得多么难了,和2007年比,简直是一天一地。宋扬说："王兄,不管你去哪里,我跟定你了,难得这么聊得来。"

王驰说："我也有同感,这段时间就数和你说得最多。不过,有句话,不知道该说不该说？"

宋扬笑了笑说："你跟我还遮遮掩掩的？"

王驰说："我不是打击你啊,咱们一起半年多了,我个人觉得你在投资上悟性还可以,但是执行力还需要多加修炼。比如说,之前咱们有一次聊过市场,你也认为股票还会跌,但你没有采取任何操作。我知道,在亏损了一半后,才去做这样的行动,很难很难,但你要成为专业的投资者,有些事情是必须做的。不管你对市场的判断多么准确,最终必须落实到行动上,没有行动,一切都是空话。我个人有预感,你以后在投资这条路上,可能会伤痕累累,所以,你一定要做好充分的心理准备。"

宋扬从心里感激这位良师益友,只有朋友才会这么提醒。"王兄,感谢你的提醒,这半年多一直跟着你学习,收益良多。不过,我确实还欠缺很多,特别是在一些软技能上。但这是我认真思考后,对我的职业发展做出的理性思考。所谓:路虽远,行必至。"

王驰说:"继续努力,人这一辈子,做些自己想做的事,是幸福的。你没有看见很多人,也包括现在研究部的这些人,有几个人是在做自己喜欢的事呢?你真正在做喜欢的事情,你是快乐的。"

"就像你现在去干私募,也是快乐的。"

王驰说:"可以这么说吧,有些紧张,但也是快乐的。"

宋扬说:"祝你好运。"

王驰说:"谢谢。从我的经验来说,未来几年,相信你会在投资上遇到各种挫折,但我同时也相信你一定能走出来。期待我们未来的轨迹会有相交的时候。"

下午上班后,刘明夫召集研究部全体人员开会,主要是一个动员会,计划近期召开一次大型投资论坛。刘明夫说:"同志们,今年金融市场风云变幻。大家知道,去年4月2日,新世纪金融公司宣布申请破产保护,去年8月,美国第五大投行贝尔斯登旗下两大基金亏损,过了半年,今年4月,贝尔斯登不得不由于次贷危机带来的流动性困境宣布破产保护。随着这一投行巨头的轰然倒下,危机看似有所缓和。但下一步到底会向什么方向演变,不好说啊。随着股市的剧烈下跌,现在各大机构都找不到感觉了,以前这个时间,是各大机构最热闹的时候,但现在大家都集体失言了,为什么?看不清楚,不敢讲。我们能不能讲呢?我觉得这是双刃剑。我想近期搞一次投资论坛,打一打我们的品牌。大家都谈谈想法。"

丰向莉接着发言。一般来说,发言就是这么一个顺序,先官大再官小的,官差不多大的时候,那就看个人。丰向莉说:"我刚来这里不久,有些情况还不太清楚,主要是听听大家的意见。不过,我感觉这是一个好机会,值得一试。"

然后是陈叶凯发言:"刚才刘处已经讲得很清楚,我觉得关键不是做不做,而是如何去做。就宏观方面而言,我也注意观察各大机构最近的论调,的确有些莫衷一是的感觉,现在我们搞论坛是一个比较好的时机。"

接着方小军发言:"记得刚来这里的时候,刘处介绍过,我们融丰集团的规模在国内金融业中虽然排第四,但按照邹董的设想,我们融丰国际研究部要在国内甚至国际上都产生很大的影响力。举办论坛是提升这种影响力的重要途径,我同意叶凯的意见。"

宋扬正纳闷骆家仁怎么不积极表现,骆家仁说话了,口气很像领导总结:"前面两位说得非常好,都说到我心里去了,我觉得刘处长这个想法有胆有略,可以说非常英明,我们从现在开始,就要把这件事作为我们研究部的头等大事,我建议成立一个筹备组,专门负责这件事的前期准备工作。"

3个组长发言完毕陷入了沉默,刘明夫说:"刚才几位组长说得很好,其他人都说说,各抒己见啊。王驰,你是高级研究员,你也谈谈看法,现在股票是大热门啊。"

王驰知道自己即将离开,就说道:"刘处长说得很对,股票市场是一个大热门。根据我之前在券商的经验,我觉得要搞这个论坛,股票市场是必须讲的,而且处于一个非常重要的位置。"

骆家仁马上反驳道:"我觉得论坛上讲什么不讲什么,需要领导综合考虑才能定下来,现在说有些过早。"骆家仁的话里有些火药味。

王驰说:"我倒没有骆组长想得这么深远,我只是从品牌宣传的角度讲。即使我不做股票研究,我也会这么说。我再讲一遍,我是为了融丰国际说这句话的。"

刘明夫赶紧控制一下气氛:"大家说的都有道理,由于论坛的时间有限,的确不可能每个人都在论坛上发表演讲,内部也要搞一下竞争,论据充分、观点明确且有冲击力的研究报告才有希望最终在投资论坛上亮相。"刘明夫当然知道股票是论坛上的一个重点,但王驰这样说话仍然有些不妥,不能让大家觉得他刘明夫偏爱某个人。

王驰说完后,宋扬也觉得王驰这样说话有些不妥,但宋扬很快就明白了其中缘由:王驰是在给自己铺路。大家七嘴八舌又说了一些看法。刘明夫最后说:"这是融丰国际研究部第一次对社会亮相,意义重大,能够在这次论坛上演讲的研究员,将是融丰国际研究部的功臣,在以后的提拔方面会优先考虑。"宋扬知道,刘明夫在给大家画饼呢。

实际上,今年以来,刘明夫就没有停止过思考,研究部如何做出亮点?常规的报告写作、业务支持,都没有问题,但这里都没有太多出彩的地方。诚然,王德江对刘明夫还不错,也有意提拔刘明夫为公司副总经理,但研究部要想发展,自己要想升迁,还得有一些能拿出手的事情。

时值年中,以往这个时候,是各家券商、基金公司搞年中投资策略会议的大好时机。一方面是展示研究实力,提高研究品牌知名度;另一方面也趁机与客户进一步沟通感情。但今年,股市的暴跌让很多人摸不到北,不少从业人员都不知道路在何方,哪有心思搞投资论坛？所以,今年投资论坛基本上销声匿迹。

刘明夫打的是剑走偏锋的算盘,别人都不敢搞,现在融丰国际搞,肯定会引起市场的极大关注,如果能够发表一些重量级的研究观点,无疑对融丰国际名声是一个很大的提高。问题是,如果发表的观点出现重大失误,那会对融丰国际的名声有负面影响。刘明夫当然知道,央企文化下,不求无功,但求无过。但现在,他不能退缩,因为他知道,一把手王德江也很头疼,今年融丰国际的整体工作也没有多少亮点,到年底,王德江也没有办法向集团高层交代,所以,如果论坛搞得好,能提高融丰国际的市场名气,对王德江也是一个很大的支持。只要筹备得仔细一些,想得周到一些,想必会得到王德江的支持。

回到办公室,宋扬在MSN中对王驰说:"感谢。"

王驰回复:"一切尽在不言中。"

下班的时候,王驰去找刘明夫:"刘处,您有时间吗？找您有点事。"

"进来,进来。"刘明夫对王驰的总体印象还不错,王驰在股票上研究很深,多少也为研究部赢得过一些荣誉。

"刘处,我是来交辞职报告的。"王驰说。

"什么？你想辞职？是不是因为今天下午会议上和小骆有些不开心？"刘明夫显得有些诧异。

"当然不是因为和骆家仁的小争执。我辞职的想法有一段时间了,这是认真思考后的决定。"王驰说。

"能告诉我为什么吗？就算支持一下我的工作。"刘明夫想知道更多一些。

"其实很简单:第一,我不适应央企的文化,我是做投资的,希望生活简单一些;第二,和我以前比,这里的收入下降了不少。"王驰说。

刘明夫沉默了几秒钟,说:"你离开,对我们是一个损失,特别是我们刚决定要搞一次投资论坛,但既然你已经考虑清楚,我也不劝你了。"

王驰说:"谢谢刘处。我今天在会上讲的是心里话,绝对没有个人私利。作为一个研究机构来讲,股票市场绝对是重头戏。我们要想打品牌,股票市场应该是一个突破口。"

刘明夫说:"你说的这个,我明白,本来还指望你顶一顶,但现在你要走了。对了,你既然想走了,有些事我还是想解释一下,以你的资历本来应该当组长的,但有些事我也不能做主,但我一直在给你找位置。"

虽然无法验证刘明夫所说话的真假,但王驰还是说:"谢谢刘处,当不当组长对我没有任何影响。我最希望的是靠自己的能力在市场中赚钱,而不是依靠某一个机构生存。"

"有志气,祝你成功。对了,王驰,你有没有朋友或同事,一直研究市场的,帮我介绍一下?"

"刘处,我讲句实在话,以这里的待遇,虽然从融丰集团内部讲,可能还算偏高的,但这个薪酬,基本上招聘不到有水平的股票策略研究员。现在市场行情不好,也许能招到,但即使能来,很可能也是暂时的。所以,我建议您从内部培养为主。"

刘明夫问:"你觉得我们这儿,谁有能力接替你?"看王驰有点犹豫的样子,接着说,"你别有思想负担,有就有,没有就没有,就当帮帮我的忙,好不好?"

王驰说:"我觉得宋扬不错,悟性高,对股票市场很感兴趣,做事也很认真。其实,您也能感觉到,平时我们在开一些讨论会的时候,讲到股票市场,除了我,可能就是宋扬的话最多。不过,我不清楚宋扬有没有这方面的打算。"

刘明夫说:"好,我再找他聊聊。你下面去哪里?"

王驰说:"我准备创业,以后说不定还找刘处您帮忙呢。"

刘明夫说:"这半年多,我们相处得还不错,以后说不定我还要找你帮忙呢,祝你一切顺利。"

刘明夫第二天就找了宋扬。"宋扬,王驰准备走了,你知道吧?"

宋扬说:"我上午才知道的。"

刘明夫说:"我想让你接他的班,做股票市场研究,你有什么想法?"

宋扬说:"王驰经验丰富,这段时间,向他学习了很多,我自己对股票市场也很有兴趣,不过,我担心做不好,别给咱们研究部添乱。"

刘明夫说:"慢慢来,不要有思想负担。你们这一批进来的,你的表现算很突出的,王总对你的印象也不错,几个副总对你印象也不错,好好干。"的确是这样,宋扬抱怨归抱怨,但从没停止过努力。

宋扬说:"谢谢刘处,那我听领导的安排,努力完成任务。对了,我想问一下,那我现在算哪个组的?"

刘明夫说:"你现在算宏观组吧,明天我在会上宣布一下。虽然王驰辞职了,但报告会上,股市仍然是重点。"

宋扬说:"明白。"

王驰的离职,让宋扬有了从事股票市场研究的机会,这与宋扬的努力有密不可分的关系,但这种努力,何尝不是命中注定的呢?

时至2008年7月份,美股道琼斯指数从14000点跌向了11000点,并且有加速下跌的趋势。只有原油价格疯狂地上涨,已经突破了140美元每桶。从国内来看,上证综指从3000点又回落到了2700点上下。虽然通胀较高峰时有所缓解,但通胀率仍然处在7%以上的高位,1年期贷款利率仍然保持在近10年的最高位7.47%。油价也是大幅上行,从年初到7月初,油价已经上涨了约60%,与股市形成了鲜明的对比。现在已经有越来越多的人相信国际投行摩盛公司所做的预测:国际油价可能会在不久的将来上涨至200美元每桶。

搞投资论坛的建议,得到了王德江的同意,时间定在8月7日下午。关于论坛的准备工作,刘明夫已经向王德江汇报过两次,预算、场地、外请专家名单、外请媒体名单、外请客户名单,已经基本定了下来。

7月上旬,美国最大的两家住房抵押贷款融资机构:房利美和房地美陷入困境,有报告称房利美和房地美有可能面临严重资金短缺问题。房利美和房地美的股价重挫,带动纽约股市大幅下挫,进入漫漫熊市。7月11日,加利福尼亚州的印地麦克银行遭疯狂挤兑后宣布倒闭,被美国联邦储蓄保险公司接管。随后,位于内华达州的第一国民银行和位于加州的第一传统银行也相继关门大吉。

最终上场讲的人与演讲主题还没有最终定下来,这是论坛的核心环节,刘明夫也颇费心思。经过内部的试讲后,并报王德江同意,最后选报了六个方面的主题:次贷危机、股市、黄金、原油、房地产、科技。

宋扬准备的股市演讲,得到了王驰私下的大力帮助,严格说起来,宋扬所准备的PPT的核心观点都来自于王驰。主要观点如下:

第一,股市往下还有不小的跌幅;

第二,在连续下跌后,预计2000点左右政府会出台强力救市政策;

第三,救市后股市会有反弹,但之后会再创新低;

第四,预计6124点下跌的终极目标在1700点至1800点。

由于现在点位在2700点,距离宋扬的1700点还有1000点,王德江对宋扬大幅看空有些不满,不过,他也认同宋扬的观点很有冲击力。骆家仁暗地里提醒刘明夫,宋扬在股票研究上经验并不丰富,这次上台演讲行不行？刘明夫的意思是,股票市场是必须要讲的,现在没有更好的人选,就当作给宋扬锻炼一次。当然,这些话是通过其他人传到宋扬这儿,宋扬听了,一方面对骆家仁更加反感,另一方面发誓要超过骆家仁。为了准备这次演讲,宋扬把演讲稿全写了下来,对着录音机试讲了好多遍,甚至对着镜子调试自己的形体语言,功夫不负有心人,虽然宋扬有时还有些紧张,但整体上已经比较满意。

8月7日很快到来,正如之前所料,由于召开时机比较好,这次投资论坛引起了很大关注。这次论坛,王德江请来了集团的邹小华董事长,还请来了国内的顶级经济学家张金学,这是这次论坛的两个重量级人物,其他的演讲人都来自研究部,同时邀请了300多位重点客户以及数家重要媒体。这次论坛规模在今年算比较大的,由王德江亲自主持。

"2008年已经过去了一半,回首过去的半年,物价飞涨,股市一跌再跌,全球经济可以用惨淡经营来形容。正是在这段时间里,次贷危机、高油价和高通胀成了普通百姓耳熟能详的三个名词。去年夏天,美国次贷危机全面爆发,并迅速从房贷市场蔓延到其他金融领域并影响到美国的实体经济。次贷危机的爆发,源于美联储连续降息,实行宽松的货币政策。次贷危机宣布了美国房地产泡沫市场的终结,也对未来若干年世界经济走向影响深远。今年以来,次贷危机进一步蔓延和深化。3月,美国第五大投资银行贝尔斯登宣布出现流动性危机,最终被摩根大通低价收购。雷曼兄弟、花旗银行这些曾深度涉足次贷领域的金融机构如今都在艰难度日。那么,如何看待下一步的经济与市场形势,次贷、股市、房市、原油、黄金等等,将会如何演变？今年以来,国内的机构集体失言,国外机构进一步掌握了中国金融市场的话语权,现在是我们国内金融机构做些什么的时候了。融丰国际,作为融丰集团旗下的全资投行机构,愿意先行一步,我们今天将会发表我们诸多的研究成果,我们不怕错,我们不怕丢脸,中国金融机构必须掌握本土金融话语权。"

王德江激情四射的开场白,引发了热烈的掌声。"下面请融丰集团邹小华董事长致开幕词,掌声有请！"

邹小华说:"谢谢大家。刚才王总的开场白,引起了大家持久的掌声,我想这说明了一点,王总的话说到大伙的心里去了,那就是,中国本土金融机构一定要掌握话语权,一定要在重大事件面前有我们自己的立场!我知道,今天在座的很多是国内大公司的负责人,坦白地说,大家在做一些大的投行项目时,首先可能会找国外的机构,潜意识里面,大家认为国外机构的力量强大。但我相信,这会有改变的一天,这句话,不是为我们融丰国际而说,而是为我们中国所有的投行机构所说!……"邹董的发言,引发了潮水般的掌声。宋扬知道,之前给邹董准备了发言稿,但邹董基本上没有按照发言稿来讲。不过,宋扬承认,邹小华的即兴演讲,很有煽动性,大领导究竟是不一样。

由于之前各方面工作都准备得非常充分,论坛整个过程有条不紊,从头至尾3个小时,基本没有人离场。所有人的反馈都是:这是一次相当成功的论坛!

当天晚上,国内第一大门户网站新狐网在首页位置发表了多篇报道:"邹小华:融丰国际要做本土金融话语权的先行者"、"融丰国际预测股市大底在1700点"、"融丰国际预测油价仍在100美元上方徘徊"。

王驰也看到了新闻,给宋扬打电话:"宋扬,看到这次论坛的报道了。"宋扬说:"王兄,都托你的福,都是你的指点,我只是你的代言人而已。"王驰说:"我只是给你提供建议,最终还要靠你讲嘛,等着接受检验吧。相信这次演讲会给你带来好运。"

一时间,融丰国际名声大震,当然,融丰银行关注度也极大提高。这次论坛使很多人受益:邹小华提高了市场知名度,俨然成了中国金融话语权的一面旗帜;王德江得到了邹小华的肯定:有想法、有魄力;刘明夫作为论坛的直接负责人,得到了王德江的高度评价;几个在论坛上发表演讲的研究员,也得到了王德江的表扬。

8月8日,就在融丰国际发布股市大底预测的第二天,也就是奥运会开幕这一天,股市比较给面子,大幅下挫4.47%,收盘于2605点。

三十三　投行失色

去年4月份,华尔街第五大投资银行贝尔斯登轰然倒下后,危机并没有缓和,美国次贷危机的背后潜藏着更大的金融危机。下半年,国际上的形势越来越恶化。

2008年9月15日是一个重要的日子。由于陷于严重的财务危机,2008年9月15日,美国第四大投资银行的雷曼兄弟宣布申请破产保护。雷曼兄弟于1850年创立,有着150多年的光辉历史。带着无数美丽光环和传奇色彩的公司最终难逃被击溃的厄运,雷曼兄弟的破产也创造了历史:美国有史以来规模最大的破产申请。同一天,美国银行发表声明,宣布以接近500亿美元总价收购美第三大投资银行美林公司,美林被认为是美第三大投资银行和世界最大证券经纪商。继贝尔斯登被收购、雷曼兄弟破产以及美林证券被收购之后,仅存的两家投行高盛和摩根斯坦利获批转为银行控股公司,纳入美联储监管体系。转瞬之间,投行似乎成为历史名词。

奥运会的召开,没有给中国的股市带来什么利好,股市继续下跌。连之前质疑宋扬过度看空A股的王德江,现在也改变了观念,中国的股市正处于风雨飘摇之中,媒体上不时传来因大幅亏损而跳楼或离婚的消息。

宋扬的好友胡斌也遭遇了大幅亏损,虽然入市时间比宋扬早,大概在2007年的4000点,现在也亏损过半。

下午上班的时候,宋扬接到了胡斌的电话:"宋扬,晚上有空吗?喝两杯?"

今天和彦芝说好要早些回家的,不过,听起来,胡斌声音有些疲惫。"你一般没事不打电话,打我电话一定有什么重要指示吧?"宋扬问。

"指示谈不上,倒是有一些重要的事情向你汇报。"胡斌说。

"这样吧,晚上到我家吃饭?"宋扬说。

"算了,不合适。我们还是老地方吧,晚上7点。"胡斌说。

"好吧。"宋扬挂了电话。

下班后,宋扬就往他和胡斌以前常去的馆子赶,当他赶到那里的时候,胡斌已经坐在那里,一个人沉闷地抽着烟。"你来得挺快啊,"胡斌转身对服务员说,"服务员,上菜!"

宋扬拉开椅子坐了下来,说:"什么重要事情?"

"股市里的钱亏了几十万了,怎么办?"胡斌说。

"股市的钱哪能和你的房子比啊,你不差那点钱。你老丈人最近怎么样,能再升一把吗?"宋扬说。

"哥们,跟你直说吧,我离婚了。"胡斌说。

"我KAO,这是大事,你别和我开玩笑啊。"宋扬非常诧异。

"他妈的,这种事还能开玩笑,昨天办的手续。其实,上次你老婆生儿子的时候,我们就差点办手续了。拖了一段时间,我们都认真考虑了一下,最终还是决定分手。"胡斌猛吸了口烟。

"想起来了,上次你来我家的时候,的确是有心思。"宋扬说。

"本来上次就想和你聊聊的,但你刚生儿子,不想破坏你的心情。"胡斌说。

"这下我成了罪人,当初要不是我……"

胡斌打断了宋扬:"这与你有什么关系啊,我胡斌这点分辨是非的能力还是有的。"

宋扬说:"不管怎么说,我也是荐人不察。"

胡斌说:"你当时肯定是为我好,这点我毫不怀疑。要怪就怪我自己。"

"你把经过说说,怎么到离婚这一步的?"宋扬问。

两人碰了碰酒杯,胡斌说:"这事说来话长,我和吴姣性格上本来就有不合的地方。我以前也和你说过,她总有优越感,有好多地方我都在忍着她。她父亲本来以为能再升上一级的,但现在看来没有希望了,一个开发商找到了她父亲,想和她父亲做些交易,她父亲觉得反正升迁无望,就想利用手中的权力搞一把大的。她父亲要成立一个公司,并要我当法人代表,但我在了解完她父亲想做的事后,我拒绝了,那是违法的,我不想把我下半辈子搭上去。吴姣嫌我没有用,我们大吵一架,把陈芝麻烂谷子全翻了出来,我一时心急,推了她一把,正好撞了头,她说我要谋害她。后来,我们就离了,反正没有小孩,离婚方便得很。"

"到了这一步,我也没有什么好说的。来,干了!"宋扬和胡斌碰了碰杯,"先不说离婚这件事,你不做违法的事,我是支持的。虽然说无官不贪,噎死胆大的,饿死胆小的,但我们还是要管住自己,就是不为自己想想,也要为父母想一想。平安才是最大的福。"

"是啊,我也是这么想。命,都是命,你说你当初和芬妍如胶似漆,最后也拜拜了。"胡斌叹了口气。

"的确是命,我想明白了,即使和芬妍在一起,很可能最后也会离婚。现在我挺好的,平平淡淡才是真。你想开一点,时间会抹平创伤,很快就会好起来。我再帮你物色一个。"

"谢谢你,兄弟,我暂时想一个人待一待,再体会一下一人世界。"

"随时找我,我的时间对你是开放的。"宋扬很珍惜和胡斌的情谊。

"对了,你给儿子名字起好了吧?"胡斌问。

"宋汗乙,甲乙丙丁的意思。"宋扬说。

"好名字,我给侄子带了一件小礼物,你收下。"胡斌说完给宋扬一个小盒子。

"我代汗乙谢谢。"宋扬也不推辞。

回到家后,宋扬告诉彦芝,胡斌最近离婚了。彦芝听了也觉得有些惋惜。彦芝说:"我觉得胡斌做得对,我要你也向他学习,我不指望你能大富大贵,只想我们能平平安安在一起。"

宋扬搂了搂彦芝,说:"我一定听你的,你是上帝送给我的天使,和你在一起才是最重要的。"

彦芝睡下后,宋扬又打开了笔记本,每天夜里的潜心研究已经形成了习惯。宋扬自己的账面上已经亏损了70%,但是,宋扬仍然在坚持研究,有时眼睛一闭,脑子里浮现的就是红红绿绿的K线图,做梦也会梦到大盘。很多投资家的经验都告诉他,无论道路多么艰难,都必须坚持下去,坚持下去就有希望,一放弃就完蛋了。

北京奥运会上,中国获得了51枚金牌,领先了美国15枚,但这个成绩丝毫不能提振市场的信心。雷曼破产对金融市场的影响越来越明显,9月15日之后,除了黄金在上涨外,其他资产都在下跌。上证综指正在逼近1800点,也就是宋扬在报告会上发布的底部区域点位的上限,原先尚比较坚挺的美股也岌岌可危。

就在市场愁云惨淡之时,9月18日,中央出招救市:决定单边征收印花税;中央汇金公司高调宣布入市购买工行、建行和中行的股票;国资委明确表态支持央企回购、增持股票。9月19日大盘应声暴涨,出现历史上罕见的盘中股票全线涨停的奇观,沪综指收复2000点大关。一时人声鼎沸,似乎大盘已经见底。

宋扬在上次报告会上提到的政府救市,现在得到了市场的验证。王德江对于宋扬的研究能力,现在颇为赞许,有时也会把宋扬叫到办公室聊一聊,还有两次叫宋扬帮着写了两个关于股票市场的发言稿。

宋扬心中感叹,终于能在一把手心中谋得一席之地。刘明夫也觉得,让宋扬代替王驰做股票市场研究的决定是正确的。因为上次报告会,宋扬在研究部的地位得到了提高,现在仅排在3个组长的后面,也就是说现在排在了第四位。不过,相对于研究部的职位配置来讲,第四位也没有多大用处。忘掉排名,继续努力往前赶,或许还有希望。

雷曼破产的消息传到中国,央行立马开始行动,先是于当天下午宣布:自2008年9月25日起,下调人民币存款准备金率一个百分点;第二天,也就是9月16日,央行自2002年以来首次降息:将一年期基准利率从7.47%下调至7.2%。随着国际金融危机急剧恶化,对我国经济的冲击明显加大,在首次降息后,央行在短时间内数次下调利率,这在历史上是少见的。

9月19日之后,大盘并没有连续上行,而是很快掉头向下。到10月28日的时候,股指最低下探到了1664点,已经跌破了宋扬在报告会上预测的底部区域的下限,不过,基本上在1700点稳住了。

2008年11月5日,国务院常务会议提出10项措施扩大内需,10项措施主要包括:加快建设保障性安居工程,加快农村基础设施建设,加快铁路、公路和机场等重大基础设施建设,加快医疗卫生、文化教育事业发展,加强生态环境建设,加快自主创新和结构调整,加快地震灾区灾后重建各项工作,提高城乡居民收入,在全国全面实施增值税转型改革,加大金融对经济增长的支持力度等。初步估算,实施上述工程建设,到2010年底(两年内),约需投资4万亿元。4万亿投资计划一经公布,就引发了各界的高度关注和评价。一时间,媒体上铺天盖地都在议论"4万亿"。

中国的4万亿投资规模超出了很多人的预期,出手之快,出拳之重,让全球感觉到了中国救市的决心,这不仅是全球经济寒流中的一股暖意,也是中国冬天里的一把火。在此消息发布后的第一个交易日(11月10日),沪深股市强劲上扬,沪指大涨7.27%,投资者露出了久违的笑容。同时,亚太、欧洲股指受此影响纷纷走高。

王德江自然也不例外,对于"4万亿"的影响也颇为关注,但看网上的新闻稿千篇一律,没有多少用处。这天中午,王德江临时通知刘明夫:"明夫,最近中央出重拳了,我看见研究部也出了一些报告,今天下午我正好有空,想和研究部的开一个会,聊一聊。"

刘明夫说:"没问题,那我们做一些具体的准备。"

"不用,就和以前一样,大家随便聊聊就行,研究主要靠平时积累嘛。"

"好的,王总,那下午几点钟?"

"就下午上班后,两点,一号会议室。"

刘明夫不敢怠慢,挂了电话,就给丰向莉打了电话,要丰向莉通知一下。丰向莉到各个屋通知了一遍,"同志们,下午两点王总给咱们研究部开会,我的建议是,同志们中午就不要休息了,准备一下。"

骆家仁马上问:"丰处,大领导主要是和我们聊什么内容?"

丰向莉说:"估计就是4万亿的事。领导百忙中专门来和我们开会,大家多表现表现。"

宋扬和丰向莉不太熟,对丰向莉的印象,谈不上好也谈不上坏,丰向莉到研究部的几个月时间,感觉主要是传达传达指令,没有什么特别具体的工作。以宋扬的理解,说得直接一点,就是到这里来养老的,四十多岁的女人,副处长级别,因为犯了点事到这里来,能向上再升一级基本就到顶了。最近听人说,丰向莉老公是融丰银行国际部的一个处长。这种消息听多了,宋扬也不感到稀奇,融丰集团有不少人,夫妻两人都在一个单位。其实,当初在中信科集团时,这种现象也很普遍,比如,不少领导把自己的亲属安排在研究院工作,工资不少拿,工作又很清闲。

之前,王德江召集研究部召开过两次会议。宋扬理解,王德江召集研究部开会有几个目的:一是通过会议掌握一些情况,了解一些动态,丰富一下头脑,毕竟王德江经常与客户以及一些媒体打交道,一定的谈资是必须的;二是临时召集开会,可以检验一下研究部的水平,挖掘一些笔杆子,好给他写发言稿,毕竟一些深度的讲话稿,业务部的人很难写出来;三是,这支队伍是他建立起来的,对支持投行业务起到了不小的作用,但是,研究这东西,必须长久积累,这样,不定期地给研究部一些压力,也是个促进。王德江自己就是美国海归博士，对研究比较在行，所以找研究部聊一聊，也是情理之事。

下午1点55分，研究部的人已经在会议室坐定，刘明夫去王德江的办公室，"王总，大家都到齐了，就等您过去。""好。"王德江端起茶杯就和刘明夫往会议室走。

"都到了。这样，我们今天开一个简单的讨论会，主要讨论一下关于最近4万亿的事情，听听大家的想法，"王德江开门见山，"来，谁先开头？"

陈叶凯是首席研究员，又是做宏观研究的，本来他先发言最合适，不过，正好今天他请假，一下子冷场几秒钟。"大家都说说，王总来一次可不容易。"刘明夫带着笑容鼓励大家。按照惯例，会议上的发言顺序是以职位高低排序，职位差不多的时候，看具体情况。

"我先来说几句，"丰向莉看了一下王德江就说了起来，"中央目前投资4万亿启动铁路等基础建设，是非常英明非常有远见非常正确的决策，出手之快、出手之准，实属罕见。从投资内容看，概括地讲，主要是投资于基础设施和公共事业领域。"

丰向莉刚讲了几句，王德江就皱起了眉头。但丰向莉并没有注意到，继续说道："我觉得4万亿是一箭双雕，不仅为国家经济命脉为国家长远发展奠定了基础，也大大提高了或者提振了市场信心，增强了我们战胜金融危机的信心，比注资国企、注资股市更实际，此举就是促进市场经济、实施国家计划经济的组成部分，是政府的英明之处。"

王德江打断了丰向莉的发言："小丰，你讲的感觉就像新华社的社论啊。"丰向莉刚想解释几句，王德江一摆手，"不说了，不说了，现在媒体信息量很大，作为研究部，一定要有不一样的东西。"丰向莉的脸唰的一下红了，在王德江面前就像一个小学生。其实，她比王德江还大一岁。刘明夫也有些尴尬，王德江批评丰向莉，其实也是在批评刘明夫。

骆家仁开始发言："王总，刘处，我接着丰处说的谈几句。"骆家仁也参加了上次的投资论坛，当时判断国际油价会在100美元上方，但现在已经跌到了75美元左右。当然，不像摩盛，年初时唱多至200美元。"今年年底推出的4万亿经济刺激方案主要集中在投资领域，这是不得已而为之的应急之策。出口严重下滑，经济收缩的速度非常快，私人部门的投资在很大范围内也出现了大幅下降。而要刺激私人部门的消费，短期之内很难取得明显的效果。在这个时候采用快速激进的财政刺激，增加基础设施来稳定经济,是完全可以理解的。从财政刺激的角度来看,稳定需求,短期来说就是扩大财政支出,其效果比减税等要快得多。既要扩大财政支出,又要在一定程度上防止与民争利,最好的办法当然是基础设施投资,因为如果投资于钢铁、玩具等一般竞争性行业,就会与民间投资形成直接的竞争,甚至可能挤出民间投资。对于民间投资,我们一方面通过大力的财政刺激来稳定经济总量,改善经济预期,从而有助于刺激私人部门投资的上升;另一方面通过宽松的货币政策来保证信贷的可得性,降低资金成本。如果民营投资有意愿,在资金来源方面就不会受到太大的约束。在整体经济企稳回升的背景下,资金可得性有了保障,民营投资,就能够跟进,整体经济就能够运转起来。结论就是:4万亿的财政刺激方案,重点是在保增长。"

骆家仁的发言比丰向莉强多了,看得出来,中午的时候做了不少准备。王德江问:"网上都在说4万亿保增长,这里面的机理是什么,你能解释一下吗?"

骆家仁并不是学经济学出身,所以下面王德江一问,就没有前面这么流畅了。骆家仁说:"投资拉动GDP,4万亿的经济刺激计划可能在未来数年总共带来6万亿以上的GDP。"

王德江问:"4万亿投资对GDP的拉动是怎么计算的?"

骆家仁一时无语,的确很少人问这么基础的问题。"媒体上都这么说,我这里主要是引用一下。"

王德江说:"现在天下文章一大抄,媒体记者的文章就更不用说。引用没有问题,但引用的时候一定要考虑一下引用的数字有没有错误,对数字的来龙去脉要做到心中有数。我也在网上看到了这个数字,好多地方也都在说,我想问一下,准确吗?你们有没有自己去估算过?研究部的人说话更要严谨啊。"

留美博士果真不同凡响,看问题是一针见血,宋扬觉得王德江的确有两下子。王德江提的这个问题,宋扬倒是认真考虑过的,但需要找到一个合适的说话时机。

"这个问题的确很基础,但基础的问题不一定就是简单的问题,不一定是大家都真正明白的问题。研究部可不能这个样子啊。"王德江有些不高兴。

"大家都说说,谁有想法都可以说,说错了也没有关系。"刘明夫有些尴尬,用期待的眼光扫了一下大家。

宋扬清了清嗓子,说道:"王总,我来谈一下粗浅看法。这几天A股止跌企稳,走出了一些独立行情,而支撑独立行情的因素,显然与4万亿政府投资有最为密切的关系。

"我觉得关于4万亿有以下几个问题需要讨论。首先,就是王总刚才提到的,4万亿拉动多少GDP?首先我们从支出法GDP来理解,支出法GDP=最终消费支出+资本形成总额+净出口。静态地看,两年4万亿投资,一年两万亿投资,但是,由于投资具有乘数效应与挤出效应,所以仅仅静态来看投资对GDP的拉动,是远远不够的。最近年份看,政府投资占到全社会固定资产投资的一半,这样来看,每年一共能拉动全社会固定资产投资大概4万亿,从最近两年的数据来看,1元的投资大概产生0.8元的资本,这样,每年会增加3.2万亿的GDP;去年的GDP为26.5万亿,那么能拉动GDP约1.5个百分点。也可以通过计量回归的方法,直接从全社会固定资产投资导出与GDP的关系,从历史上来看,1元的全社会固定资产投资,大概对应2元GDP,所以基本上还是靠谱的。结论是:两年4万亿投资,每年拉动GDP大约1至2个百分点。"

"好,好,宋扬讲得不错。虽然我也不清楚宋扬讲的数据是不是完全正确,但是,他已经把这里面的逻辑关系讲出来了,"王德江喝了一口茶,"我们研究部出去的人,和业务处以及经济新闻记者区别在哪里?大家想一想。我想就两个字,细节,有句话叫,魔鬼总在细节处。4万亿谁都知道,但4万亿真正含义是什么,他们可能不清楚,但你们要清楚。"讲着讲着,王德江又去端茶杯,但茶杯中已经没有水,丰向莉还算眼疾手快,赶紧过去给王德江满上。

其实4万亿对经济的影响,宋扬原先也不知道怎么估算,但宋扬平时爱琢磨事,所以花了不少时间专门研究了一下这个问题,这次正好王德江问了这个问题,说起来也是一分耕耘,一分收获。看得出来,王德江对宋扬回答非常满意。刘明夫对宋扬甚至有些感激。王德江的问题,是一个很细的宏观经济学的问题,如果陈叶凯在,应该没有问题,但其他人都不是做宏观研究的,回答不出来王德江的问题,也是情有可原,但王德江可不会这么想,所以,宋扬的表现的确超出了刘明夫的预期。

之后讨论会继续进行,从整个会议来看,宋扬无疑是今天最大的亮点,得到了王德江的肯定。临结束时,王德江说:"宋扬,上次你提的1700点,现在看起来很准啊,大盘在1700点果真下不去了,你看下面市场还会跌吗?"

宋扬谦虚地说:"王总,您过奖了,上次我提的1700点,有很大一部分是运气。再说,在报告会之前,这些观点也是向您汇报过的,如果没有得到您的同意,我也不敢说,所以还是您的把关非常重要。"言外之意,王德江的功劳也是很大的。宋扬这点常识还是有的,领导表扬时,一定要表示领导指导有方。"我个人觉得,有4万亿作支持,大盘基本下不去了。所以,我也不像媒体上那么悲观,再回到1000点。"

"嗯,不错。"王德江说。

想想真是今非昔比,年初的时候,王德江还不知道宋扬姓甚名谁,现在却对宋扬不惜溢美之词。想想真是这样,领导对一个人有了好感之后,你即使有一些小错误,也瑕不掩瑜;但如果领导对你有偏见,你即使干了一件漂亮的事,领导也不一定记在你的头上。经过不断努力,宋扬在研究部的地位正在逐步提高。

三十四 运程转好

时间过得飞快,在新的公司、在新的工作岗位,不知不觉中,又过去了一年多。宋扬感觉到,随着年岁的增长,每年并不是均匀在流淌,而是在以一个加速度往前赶,年岁越大,加速度越大。30岁过后,宋扬能明显感觉到时间在指尖飞快地奔跑。好在,过去的一年多时间,宋扬做了不少事情。

2008年股票市场跌幅很大,美国投行开始没落,中国的投行业务也受到了影响,融丰国际自然也逃不过大环境的影响。由于2008年业务发展并不是很好,领导的意思不再和融丰北京分行联合搞年会,但年会还是要搞的,不过,过程要简化一些,简化归简化,酒还是要喝的。

每年的年会没有多少新事,喝酒是重头戏,集体行动之后就是单独行动,领导可以意思一下,敬酒的人可没有意思一下的权利。宋扬在单独给王德江敬酒的时候,王德江说:"宋扬,这一年干得不错,不仅股票研究做得好,而且有很强的集体荣誉感。"宋扬当然知道集体荣誉感指的是什么,去年在杜丽的帮助下,给融丰国际拉了一个参与定向增发的项目。宋扬谦虚地说:"王总,这些都是我应该做的,有做得不对的地方,您多批评指正。我先干为敬。"说完,宋扬一仰头,酒杯底朝天。

王德江也痛快,竟然把酒也干掉了,宋扬得到了领导的意外重视,宋扬提起小酒壶,给王德江再次斟了八分满,然后给自己又斟了十分满,"王总,感谢您一年多来的指导,我再敬您一杯,您就不用了。"宋扬说完又是一仰头,这次王德江没有再喝。不过,王德江给宋扬透露:"宋扬,今年你们部会有处级干部竞聘,好好努力。"宋扬说:"那是必须的。"宋扬感觉这第二杯酒喝得很值。虽然王德江并没有给宋扬任何承诺,但宋扬仍然感到王德江现在对于自己的印象还是相当不错的,不然,这个信号是不会给自己的。人要知足,领导能给自己交这个底就已经相当不错了。

给一把手敬过酒后,接下来是给各个副总敬酒,一个都不能少,少了谁都不行。就这样,一杯接着一杯,酒虽然是好酒,但到嘴里全一个味道。虽然胃有些难受,但总算把敬酒的任务顺利完成了。

夜里到家的时候,已经接近12点,彦芝带着儿子已经睡觉。宋扬洗漱完后,觉得胃里难受,恶心得很,感觉是稍有不慎胃里的东西就会倾巢而出,一个人把卫生间的门关紧,就坐在马桶旁,准备吐出来。宋扬对呕吐有种天生的恐惧感,不到万不得已,他总是忍着。

宋扬想想觉得好笑,没有谁强迫自己去喝,但为什么喝得这么积极,难道就是因为不用自己掏钱买酒?当然,不止宋扬一人,其他人似乎都是这个德性,都争先恐后地给领导敬酒。领导也乐意看到下面打成一片的样子,似乎这样才是一个安定团结、和谐向上的局面。

经过一番折腾,宋扬终于"哇"的一声开始呕吐,一发不可收拾,一把鼻涕一把眼泪,吐到最后胆汁都吐了出来。彦芝被卫生间里的动静惊醒了,打开门,看见宋扬的头正埋在马桶里,心疼地说:"宋扬,不能喝就别喝呀。"宋扬挥了挥手,嘟哝了一句:"我没事,吐完就好了。"

彦芝出去端了一杯红糖水,宋扬先漱了漱口,然后把彦芝端来的糖水喝了下去。彦芝生气地说:"宋扬,以后不许这个样子,你这个样子不是第一次了,本来胃就不好,还这样糟蹋。"宋扬刚想说些什么,被彦芝制止住,"你肯定有你的理由,但我只有一条理由,我要你身体好好的,其他的都无所谓。看着别人老公升官发财,我没有逼过你吧,也没有埋怨过你一句话吧。"

看得出来,今天彦芝是真有点生气了。宋扬也不知道今天为什么会喝这么多,为了升官?有一点,但好像不全是,更多的是,在那种氛围中,好像情不自禁地被感染,人啊,从众的劣根性总是随时在左右你的行为。"你去睡吧,我没有事,我过一会儿去睡沙发,我今晚估计是睡不着了,不能影响到你和儿子。"宋扬知道自己将是一夜无眠。

彦芝越是理解宋扬,宋扬越是觉得难受。30多岁的男人,现在似乎什么都在原点。虽然确定了把投资当作终生奋斗的事业,但这条路似乎有些过于艰辛,每个深夜的苦心研究,换来的仍然是大幅亏损,这其中的滋味,没有深深投入其中,是不能体会的。王驰说得没有错,认真研究5年,并不一定能够毕业。

快到早晨的时候迷迷糊糊地睡了一会儿,一看时间不早了,宋扬赶紧起床,洗漱完后就往单位赶,在餐厅里正好碰到了方小军,以前宋扬和方小军是一个组的,和方小军关系还不错,就走过去坐在一起吃饭。

"方组,昨天喝高了没?"

方小军说:"你看我这样子,还没有醒呢。你呢?"

宋扬说:"彼此彼此,不然今天早上也不会迟到,现在已经过了8点半,我们俩都迟到了。"

方小军笑着说:"恭喜啊,昨天下午开会,你和许安静两人升为高级研究员。你知道了吧?"

"昨天晚上聚餐的时候,刘处告诉我了。听说你们还讨论了吧?"宋扬说。

"别说讨论的事,一说我就生气,凭你的能力,升高级研究员一点问题没有,刘处也是这个意思,和我们讨论,也只是一个形式,谁知道骆家仁……"

"怎么了?"宋扬问。

方小军看了看,说道:"我就告诉你了,倒不是我说骆家仁什么坏话,只是觉得他这么做有点太缺德。昨天刘处长征求他的意见的时候,他竟然说你不适合当高级研究员,还举例说了一些你平时的几件事情。"

宋扬生气地说:"也太小人了吧,妈的,真是林子大了,什么鸟都有。"

方小军说:"你记得刘处说过吧,高级研究员就有参加副处竞聘的资格,你升高级,不就意味着骆家仁多了一个竞争对手了吗?这个人,天天眼巴巴地等着提副处长呢。"

宋扬说:"我看他这样子,差得远呢。要是有两个名额,也轮不到他,陈叶凯一个,你一个,他靠边站。别看一有什么事他都争着往你前面站,要和你拼个高低的样子,大家的眼睛都明白着呢。"

方小军说:"他拼错人了。哥们,我有件事要你帮帮忙。"

宋扬说:"别客气,尽管说,看我能不能帮上忙。"

方小军说:"我们来了也有一年多了,这一年来我思前想后,觉得搞投行的周期性太强,中国的投行好像一时半会儿搞不起来,我还是想找一个更加稳定的地方,所以去年我报考了发改委的公务员。"

"难怪你好多时候都不和骆家仁争,其实,凭你的能力,他哪里是你的对手?现在怎么样?"

"骆家仁那种人,的确少见。我现在已经通过了面试,通知我要政审。"

宋扬说:"好事啊,能通过发改委面试,那可不简单。发改委多热啊,我研究生毕业时,有一个同学也报考了发改委的公务员,并且找了一位司长,但最后仍然没有去成。"

"虽然到了政审环节,但还是有不确定性。我现在面临两个选择:一是放弃,就当什么没有发生;二是同意来我们单位进行政审。这样,单位领导肯定会知道我的事情,如果去不了发改委,那我就惨了。"

"这倒是个问题,那你现在决定了吗?"

"决定了,还是要试一试,毕竟到政审环节,也实在不容易。"

"支持!"

"政审时,肯定要找几个人谈话,到时你帮我去说说。"

"没问题,一定会让政审的人满意。"

"谢谢。到这个环节,我也不敢大意,像骆家仁这样的人,打死我也不会叫他的。这件事,你先给我保密啊。"

"绝对放心。"

"行,到时候我通知你,估计就最近。"

两人聊着聊着,一看时间,快9点了,好在昨天晚上聚会,不少人都喝高了,迟到一点,领导也不会计较的。

两人往办公室走时,发现综合部的许峰正领着一个人转来转去,宋扬和方小军都不认识这个人。没有多久,刘明夫就过来了,后面的人正是之前在楼道见到的那个人。刘明夫拍了拍手说道:"大家都在吧,给大家介绍一下,这位同事叫马天明,清华大学博士,是研究房地产行业的专家,今年来我们部工作,暂时先在方小军这一组吧。再给大家透露一个好消息,去年,我们研究部整体表现不错,被评为优秀部室,另外,王总同意我们部门今年再招聘15人,规模扩大一倍。"

没过几天,宋扬就把马天明的来历摸了个八九不离十。马天明原来是在另一家国有商业银行的信贷管理部专门做房地产信贷,据说王总很赏识他,把他从别的银行挖过来了,并且给了马天明高级研究员的职位。

经过2008年金融危机的洗礼,原以为中国房地产市场会像美国房地产市场一样,将会经历一段较长时间的下行周期,但2008年底的4万亿投资以及之后对房地产政策的倾斜,房地产行业经过短暂的调整,很快又恢复了生机,房价开始逐步上升。实际上,近年来,很多投资银行业务都与房地产行业密切相关,所以王总找一个房地产行业的人来研究部也可以理解。

不过,傻瓜才会这么天真地去想。一般地说,融丰国际作为国有金融央企的全资子公司,进人有严格的招聘流程,但马天明直接就过来了,完全没有走流程。这说明了两点:第一,马天明走的是上层路线,至少是到王德江这一层次的;第二,原则、流程,这些冠冕堂皇的东西都是为没有关系的人所设置的说辞,只要你有关系,有足够硬的关系,这些都不是问题。宋扬心想:"又来了一个竞争对手,何时是个头啊?"

接下来,刘明夫调整了研究部的组织架构,主要是为了进一步招聘的需要,因为下面还要招十几个人,现在3个组的架构不能满足之后管理的需要。经王德江同意,研究部由原来的3个组改成了5个组,宋扬和马天明也升为组长。当然,这种变化令骆家仁很不开心,宋扬不仅提升为高级研究员,现在又当了组长,而且,又来了一个马天明。

宋扬一度非常担心,马天明后台比较硬,在部门内的排名上,很可能会在自己的前面,但这种担忧很快就消失了。在部门的通讯录上,宋扬在马天明的前面,5个组长的排序分别是:陈叶凯、骆家仁、方小军、宋扬、马天明。现在骆家仁排在第二位,俨然把自己当成了部门的准副处长,宋扬最看不惯骆家仁这副小人得志的样子。

过了几周,方小军找到宋扬,"宋扬,明天上午发改委的人要过来政审。"方小军的话未完,宋扬就接着说:"我这儿你绝对放心。"

方小军说:"不仅找同事谈话,还要找领导了解情况,我已经跟刘处说了这件事。"

宋扬问:"刘处长怎么说?"

方小军说:"他说虽然不希望我走,但他也不会耽误我的。"

宋扬说:"那就好。"

第二天早上,宋扬去谈话的时候,的确说了方小军的很多好话,从政治信仰到为人处世、从群众基础到工作能力,全是正面评价。其实,宋扬对这套程序有些反感,这就像招聘中的原则、流程之类的东西,只要你关系硬,即使有人说坏话,也不会构成实质性的威胁;反过来讲,如果你关系不硬,即使谈话的人吹得天花乱坠也无济于事。

快下班的时候,宋扬收到一条杜丽的短信:"扬哥,我下周要来北京啦。"宋扬拨了杜丽的电话:"来北京出差?"

"北京是首都,我来瞻仰瞻仰总是可以的吧。实话跟你说吧,去年我和你提过,集团公司成立移动互联网事业部要从省公司招人,我也报名了,运气好,被录用了,我下周就来总部报到。"

宋扬听着也高兴:"你还真有能耐,以前以为你说着玩玩的,谁知道你玩真的。户口能解决吗?"

"不瞒你说,户口暂时不能解决,以后要看情况。以后的事谁说得清楚呢? 先来了再说。"

宋扬这时发觉杜丽和以前的自己颇有几分相似之处,敢想敢做。当年自己一腔热血考研究生不就是这个样子? 现在她越来越有想法,倒是自己没有以前的冲劲了。

"对,来了以后再慢慢想办法。你这次来还回西新吗?"

"可能要回吧,不过行李什么的,就这次全运过去了。"

"对了,集团怎么解决住宿问题?"

"集团公司统一安排了宿舍,不用担心。"

"你把航班告诉我,到时我找一辆车接你去。"

"好啊,来接我当然好了,正好东西有点小多。"杜丽笑着说。

听得出来,杜丽现在是幸福的。6年前,她还在那个穷乡僻壤里奋斗,那时她的理想只是离开那里。现在她不仅离开了那里,而且是到了北京,到了集团总部,或许这是她的最高理想吧。宋扬顺手给胡斌打了电话,叫胡斌下周和他一起去机场接杜丽。

过了几天,宋扬悄悄地问方小军:"那件事办得怎么样了?"

方小军当然知道是什么事,苦笑地说:"命苦啊,估计被刷下来了。"

宋扬有些意外,"啊,还真有这么回事,到政审这个环节,竟然还被刷下来。"

方小军说:"虽然也有些准备,但我还是没有想到会是这个结果,原以为他们说政审也不一定录用只是官话,谁知道玩真的。"

宋扬愤愤不平地说:"干脆之前就不要去搞政审,搞了政审,又不录用,这不是坑人嘛。"

方小军说:"这个时代,什么都不靠谱。本来,我家是有些关系可以打打招呼的,但我嫌麻烦,就没有去折腾,看来侥幸心理要不得啊。"

宋扬提醒方小军说:"你要是打点打点,估计结果就不一样了。对了,你这次政审,现在已经是公开的秘密,不少人都知道了这件事。"

方小军说:"我知道。但事情既然这样,我也就只好应着。"

宋扬问:"那你下面有什么打算?"

方小军无奈地说:"走不掉,只好先在这里混着。"

宋扬说:"那你和领导还要注意搞好关系,要不然……"

"谢谢,我明白。"

据说,方小军后来去领导那边几次,对自己报考发改委公务员的事表示后悔,并希望得到领导的谅解。人在屋檐下,不得不低头。领导能说什么呢?当然是不要有思想负担,继续努力工作,积极发挥组长的作用。或许是为了扭转领导的印象,方小军工作比之前积极不少,至少在宋扬看来是这样。

三十五　忙碌工作

四川汶川地震快过去了一年,社会各界拟于今年的5月12日举行各种形式的悼念活动。4月20日早上,宋扬打开新狐网首页,"北川县委宣传部副部长冯翔自杀"出现在新闻首条。

"据四川新闻网消息,汶川地震极重灾区北川县委宣传部副部长冯翔于20日凌晨2点左右在绵阳家中自缢身亡。记者在其博客中发现,他留下的最后两篇博文,已经透露出了离去的信息……冯翔今年33岁,在去年的汶川大地震中,冯翔在北川县城曲山镇读书的8岁儿子冯瀚墨遇难,遗体至今没有找到。冯翔忍住巨大的悲伤,全身心投入到抗震救灾工作中,做出了突出的贡献,并被破格提拔为县委宣传部副部长……"

宋扬赶紧找到了冯翔生前的博客,在冯翔自杀前的几个小时,冯翔在博客中留下的绝笔是《很多假如》:

"假如,某一天,我死了,哥哥,请您担当起照顾父母的重任,我来到这个世间,本就是来体会苦难,承受苦难的。要不,我们怎么能以孪生兄弟的面目出现。

"假如,某一天,我死了,妻子,请你不要悲伤,抑郁,是我这30年来,最亲近的朋友,抑郁带走了我,也就带走了所有的悲伤。

"假如,某一天,我死了,爸爸,请您不要哭泣,我真的活得太难了,人生为什么总是充满苦难、充满艰辛、充满离愁……

"假如,某一天,我死了,妈妈,请您不要难过,短短30年,我体会到了您对我的爱,对我无微不至的关照,但是,我实在觉得活着太痛苦了,请您让我休息吧,真的,让我好好休息休息……

"假如,某一天,我死了,儿子,那是我最幸福的事,我会让你妈妈,把我的骨灰,撒在曲山小学的皂角树下,爸爸将永远地陪着你,不弃不离……儿子,你离开了,爸爸没有了未来,没有了希望,没有了憧憬,与您相聚,是爸爸最大的快乐……

"假如,某一天,我死了,亲爱的朋友,请你们不要忧郁,我的离去,让很多人快乐,让很多人舒服,我的存在,是他们的恐惧,是他们的对手,一个对手的离去,对于他们,是多么值得庆贺的事情啊!

"假如,某一天,我死了,我的儿子,我还是要提到你,我们将不离不弃,永远在一起……相信一个父亲,对你最深,最深的爱……

"假如,某一天,我死了,亲爱的网友们,感谢你们一直以来的关心、爱护,我相信,假如,我在天堂,我能够进入天堂,我会许你们,一个没有痛苦的来生,谢谢你们……谢谢……"

在距最后一篇文字发出前的37分钟,冯翔写了一篇《只能告诉您三点》,"第一,我本苟且偷生,不要逼我,我很少爆粗口,但是,请您,请您手下留情,不要让我无路可走,真的,我活着,只是因为我相信朋友,相信友谊,求您,不要把我认为最美好的东西,在它背后把残忍的一面撕裂给我看。第二,我对生死,早就置之度外,我想告诉您,人这一生,生命是短暂的,死亡才是永恒,您能告诉我,您不朽吗?您永垂吗?告诉您,不要逼我,真的,不要逼我。好不好?……朋友,您究竟要干啥?明说好吗?我连5·12,我连最悲伤的丧子之痛,都忍受了。您说,我还有什么不能忍受?是不?我说过,孤单,是一个人的盛宴。聚会,是许多人的孤单。当我某一天,永远地离开了您,您快乐吗?您高兴吗?真的,我告诉您,别这样,好吗?与人宽容,也就与己宽容……"

一篇篇看下去,不自觉中宋扬已经泪眼婆娑,看着冯翔给儿子写的博客,字里行间透露出舐犊情深,同情、悲伤在心中此起彼伏,简直不能自已。冯翔写他儿子,其中有这样的一句话,"在这个世界上,你只是一个尘埃,但是对于我来说,你是整个世界。"现在宋扬也有了一个快一岁的儿子,特别能理解冯翔的心情。宋扬把冯翔的多篇博客反复地读,试图了解冯翔并找到冯翔自杀的真正原因,网上也有很多分析,但终究没有找到特别令人信服的理由。

站在冯翔的角度来看,也许他太难了,所以从冯翔在临终前的只言片语看,他并不特别地难过,反而有一种解脱。有句话是这么说的,"连活着都不怕,我还怕死吗?"冯翔,你失去了儿子很痛苦,可你还是儿子、丈夫,你的年迈的父母、相濡以沫的爱人,他们又该如何承担这样的悲伤呢?

宋扬不知道别人在看到冯翔自杀这则消息时会有什么样的反应,反正办公室里没人讨论。也许,在工作场合不适合过多流露出情感,也许,本质上,工作就是冷漠的。在5·12快一周年之际,一个同龄人突然自杀,给了宋扬很大震动。也许有的经历,我们一辈子无法去实践,但我们只要用心去体会,一样会感同身受,这是上苍赐予我们的最宝贵礼物。什么升官、发财、与别人比,都滚一边去吧。人只要健康地活着,就有希望,就是上苍最大的恩赐。但是,人啊,真正看得开,并不是一件简单的事情。

虽然现在融丰国际也算是央企,但工作压力一点不小。除了大量的报告撰写任务,还要参与业务部门的项目工作。对于宋扬这种希望尽快得到提拔的人,更是要有所担当。

宋扬和马天明接到任务,第二天要和财务顾问部的人一起,到西山省出差,游说一家叫隆基太合的房地产企业上市。宋扬的任务主要是向隆基太合的管理层介绍股票市场前景,马天明的任务则是向隆基太合的管理层介绍房地产市场的前景。

刘明夫向宋扬和马天明交代说:"你们这次出差和财务顾问部的陈处长,还有他们处的张良一道。机票什么的他们都办妥了,你们和他们一起去就行。隆基太合每年的房地产销售额有几百亿,是一家很有实力的房地产企业。"

宋扬顺便问道:"刘处,感觉这件事比较突然。"

刘明夫说:"是有一点。原来这家公司不准备上市的,但不知道为什么,最近管理层好像又有上市的想法了。"

马天明问:"噢,咱们公司信息很灵通啊?"

刘明夫笑着说:"你们可能不知道,隆基太合是融丰银行西山省分行的重点公司客户,和分行有贷款关系,一直以来关系都不错。他们的一举一动,都被省行的人关注着呢。昨天晚上,西山省行的宋行长和太合的王董事长吃饭时,王董事长透露了这个想法,但也不是很强烈。今天早上,宋行长和王总通了电话,王总马上派财务顾问部的人出面去进一步营销,研究部要全力配合。这次隆基太合的项目,王总非常重视,你们要认真准备PPT。这次要你们过去,一是与你们的专业相关,二是因为你们两人都是高级研究员,也都是组长,一定要让他们觉得我们很专业。"

宋扬说："放心,我们一定认真准备。"

由于明天上午就要出差,晚上免不了又加班。虽然天天在跟踪股票市场,但要给别人系统地介绍市场,还是要花些时间认真准备一下。宋扬给彦芝打了一个电话,说晚上加班,在单位吃饭。

夜里加班快到12点,宋扬出单位时,地铁已经停运,等了好久才来了一辆出租车。每到这种时候,宋扬就觉得有一辆自己的车多好。宋扬决定今年一定要买一辆车,毕竟今年的收入比去年涨了不少,买辆车还是有能力的。由于第二天直接从家去机场,所以,起床可以迟一些。

到机场的时候,宋扬看看时间还早,就想到VIP休息室去休息一下,现在很多银行在机场都有休息室,融丰银行也不例外。由于不知道休息室在何处,就问了机场工作人员,机场工作人员告诉宋扬说大概要走15分钟。宋扬算了一下,来回大概要半个小时。犹豫了一下,宋扬还是决定去"享受"一下,其实也就是吃些点心、喝喝茶什么的,屁股还没坐热,就要去登机口登机。宋扬想想也好笑,就为了吃几块饼干,竟然走了这么长的路!人啊,有时竟然这么不理性。

到登机口,陈处、张良已经在那里,一会儿马天明也到了。飞机上,宋扬的座位碰巧和张良挨着,两人就聊了起来。

宋扬问:"咱们公司不是没有IPO承销的牌照吗,怎么给隆基太合做上市?"

张良说:"咱们是没有承销牌照,不过搞投行要创新,我们可以拉一个券商一起做嘛。你想,客户资源在我们手上,上市需要做的事情,我们基本上都可以做,比如尽职调查、盈利预测、路演什么的,我们就是缺少这个承销牌照。我们找一家券商合作,然后和券商来分承销费。"

"噢,这么说来,我们公司实际上也是全牌照的公司。"宋扬来融丰国际后,一直在研究部做,之前没有和财务顾问部在项目上合作过,所以对财务顾问部的业务模式也不是很清楚。

"话是这么说,借用别人的通道,也有个度的问题,毕竟,有些做法是游离在政策边缘,监管层可以说你违规,也可以说你没有违规。不过,这个度的把握,主要靠领导来把握,不用我们来烦心。不过,总的来说,监管层没有说你明显违规之前,都可以试探着做。"张良进一步解释说。

"我们这次去隆基太合,券商有人去吗?"宋扬问。

"有一个人。正常情况下,中午能到,不影响我们今天下午的会谈。"

"我们去4个人,券商只去1个人,从人数上来看,这个项目是由我们来主导吧?"

"的确如此。"

下午两点半,隆基太和会议室。券商的人已经到了,大家交换了名片。宋扬一看名片,有点怔住了,名片上写着"鑫华证券投资银行部 副总裁 毛向华",芬妍不就在鑫华证券吗?宋扬情不自禁问了一句:"毛总,你们公司有位叫邱芬妍的吗?"

"邱——芬——妍,好像有这个人,不过鑫华证券人员流动比较大,我记得不是很清楚,但我肯定她不是投行部的人,投行部的人我都有印象。你们认识?"毛向华说道。

"同学,好多年没联系了。"

"这么回事,要我给你打听一下吗?"毛向华热情地问道。

"没事,不用不用,只是随便一问。"宋扬感觉到自己有些紧张,心跳也快了不少。

"没关系,宋总,需要的话就跟我说一下。"毛向华还是很热情。

一会儿,隆基太合的CFO皮总和两个助手走了进来。会议不复杂,陈处先代表王总说了几句,隆基太合的CFO代表董事长也说了几句。然后就是宋扬讲股票市场,说明现在是上市的时间窗口;马天明讲房地产市场,介绍了现在房地产市场的动态以及融资方式;毛向华介绍了鑫华证券的历史以及近年来在房地产市场运作的成功案例;最后是张良介绍了融丰国际的情况,以及如何和券商合作给客户提供一揽子的融资解决方案。

看得出来,皮总对融丰国际与鑫华证券的介绍很有兴趣。晚上,皮总请投行的人吃饭,晚餐相当丰盛,看来民企在吃上也毫不手软。吃饭免不了喝酒。宋扬向皮总敬酒的时候,皮总说:"宋扬,今天听你讲股票市场,我很受启发。你能提前判断出1700点出现大底,真是不简单啊。"

"哪里,哪里,雕虫小技而已,像您能把隆基太合的财务管得这么好,那才是真本事。"

"太谦虚,投行的人一般不会谦虚的。"皮总说。

"我对股市的研究,主要是靠我的一位朋友指点,和他比,我只是小弟。"

"噢,你这位朋友做什么的?"

"以前在证券公司,现在和几个人搞了一个私募基金,主要帮别人打理一些投资。"

"什么时候成立的？"

"大概是去年下半年吧，所以这一拨行情，他们应该抓得很准。"

"那是不简单，他们现在管理多少资产？"

"这个我还真没有问过。不过，他们的客户标准我大概清楚，至少500万，才帮助打理。少于500万的单子，他们好像不接。"

"噢，钱倒不是问题。"皮总轻声地说了一句。

宋扬感觉皮总可能有戏，以前王驰也说过，帮他介绍一些客户，现在就是一个好时机。"皮总，我这位朋友在股市有很多年的投资经验，他的合伙人也都在大基金公司干过基金经理，无论从人品上还是从技术上，我都很佩服他。正如您刚才所说，投行的人基本上不懂得谦虚，但在这位朋友面前，我不谦虚也不行啊。您要是感兴趣，我叫这位朋友亲自给您打电话，看有没有合作的可能。"

"那怎么行，叫他亲自给我打电话？"

"要说您也是甲方啊，今天有些迟，明天一定给您打电话。来，我再敬您一杯。"

"好，我把手机写在名片上，下午给你的名片上没有手机号。"看来，皮总对宋扬的这位朋友真有了兴趣。

"好的，我晚上就和朋友联系，具体情况你们再谈。"

晚饭后回到酒店，宋扬给王驰挂了电话："王兄，睡了没？"

"没呢，你在哪呢？"

"我在西山省出差呢。有件事跟你说一下，我刚和隆基太合的CFO一起吃晚饭，他对你的私募很感兴趣。你明天找时间和他联系一下，谈得来，可以帮他做。"

"你跟他说过，我们一般要500万起了吧？"

"这点我说过，不过，其他的我都没说。你直接和他谈。"

"噢，明白了。上次给你推荐的股票还可以吧？"

"你老兄搞的票，很少有错的。"

"见好就收吧，不要太贪。"

宋扬从2008年以来被套住的股票，一直没有多大起色，虽然自己天天研究股票，但买的股票就是不涨，看着大盘涨，宋扬也急了，只好求助王驰。以前王驰从来不给宋扬推荐股票，用王驰的话说，这样会害了宋扬。

但经不住宋扬的再三要求,王驰第一次给宋扬推荐了股票,推荐的是一只叫江海实业的股票,短短一个月,已经有了一倍的收益,宋扬第一次尝到了丰收的喜悦。宋扬有时会想,不知道王驰这一波行情赚了多少钱,自己有一天能赶上王驰就好了!

从西山省回来刚歇了一天,刘处长就来找宋扬。"宋扬,王总下周要参加一个很重要的经济论坛,陈叶凯最近出差,就由你负责给他准备一下演讲PPT,主要是两部分,一是国内外宏观,二是股票市场。前面这部分,由叶凯准备,到时他会发给你,后面这部分你准备一下,最后你统稿,然后打印出来给王总先看一下。对了,这里是王总的一些想法,我记了几个要点,你们做PPT的时候要突出一下,你记得和叶凯也说一下。"说完,刘明夫把会议邀请函留给了宋扬。邀请函后面是刘明夫在王德江办公室里记下的几个要点。

王德江提出的要点倒是言简意赅,但别人搞出来可不是一会儿工夫就能搞定的,没办法,周末加班,搞PPT。周一上班,宋扬打印了两份PPT材料,给刘明夫和王德江送去。但最后王总又说这些内容放在PPT里不太合适。领导就这样,想到什么就要什么,花了不少时间搞出来,领导一看,不是想象的那样,就不用了。宋扬又做了些调整,材料基本就做好了。

自从去年成功地搞了一次投资论坛后,王德江就开始比较热衷参加论坛,当然,他参加的论坛是有选择的。像这次的经济论坛,请的都是国内经济学界、金融界以及产业界的一些知名人物,王德江参加这样的论坛,一方面可以提高自己的名气,另一方面也打通一些关系,挖掘一些潜在的业务项目。因为去年投资论坛上,宋扬准确地预测了1700点左右的大盘底部区域,一下子提高了融丰国际在市场上的知名度,所以,这次论坛主办方才会想到请王德江来讲一下股票市场。

本来说是王德江和刘明夫两人去的,后来,不知道谁的提议,叫宋扬也跟着一起去。去就去吧,领导也许是好心,认为是体恤下属,但宋扬觉得这不是多好的差使,三个人出差,就自己是个兵,鞍前马后、点头哈腰,总觉得不是很爽。以前在中信科的时候就是这种感觉,现在还是这样,不过,不爽归不爽,表面上做起来,还要显得很乐意的样子。

这次论坛是在东安省的省会东州市举办,东安是中国东部省份,经济发达,东州是一个海边城市,时近夏日,是一个开会的好地方。宋扬对这里并不陌生,工作后,到这个城市出差过好几次。以前关系不错的张宇就是在中信科集团东安省公司,已经有好长一段时间没联系了,换工作后,一共就打过两三次电话。宋扬考虑到东州后,要不要和张宇联络一下。

论坛共一天时间,上午是主会场,下午是分会场讨论,王德江的口才相当不错,把宋扬准备的20来张PPT,讲得绘声绘色,很有说服力。宋扬相信,虽然PPT是自己做的,但要是上台去讲,肯定没有王德江讲得好。宋扬不禁心想,要是王德江来做股票研究员,一定会是一个出色的研究员。

三十六　竞聘风云

　　由于第二天要去东安省公司做调研,并会见几个重要的客户,当晚,王德江一行3人就被融丰银行东安省分行的人接走了。3人先被送到了一家五星级酒店,然后又被拉到了饭店。

　　一是到融丰集团时间不长,二来出差跑项目的机会不多,所以宋扬对于东安省分行的人基本不认识,只能通过名片来分辨每一个人。东安省分行一共有5个人,分行副行长任长军、投行部总经理冯飞、公司部总经理马进浩、投行部的副总经理李硕、投行部的一个科长李小虎。宋扬一看,今天晚上吃饭的,基本上都是带"长"的,都是副处级以上。论行政级别,宋扬和李小虎差不多,不过,融丰国际虽然是独立子公司,但分行也习惯于把他们看成是总部的领导。根据惯例,李小虎主要是来做一些买单之类的工作。

　　席间,任行长问起:"王总,您那边最近还有招聘吗? 我一个侄子,刚从美国留学回来,想到北京工作,还要干投行,以后想做基金经理,您给帮帮忙?"

　　王德江说:"他是什么专业的?"

　　任长军说:"应该是金融方面的,具体的我还不很清楚,他还在摩盛实习过一段时间。"

　　王德江说:"您也知道,集团的招聘制度很严格,这样吧,估计下半年还有一次招聘,您侄子先参加笔试,这一关还是要过一下,不过,凭他在摩盛实习的经历,考个试也没有什么问题,考过试再说。"

　　任长军问道:"真这么严吗? 您打个招呼不就成了?"

　　王德江对宋扬说:"宋扬,你给任行说说,你们进来时的流程。任行,小宋来我们这里时间不长,他可以具体说说。"

宋扬把招聘流程简单说了一下。

任长军说:"王总,看这个样子,你们那里也不好进啊。"

王德江说:"任行,不瞒你说,我们上一批招聘的,不少都是海归。宋扬他们上次招的人中,就有不少海归。不过,您放心,难度也不会太大。"

任长军端起酒杯,"王总,我再敬您一杯,表示感谢。"在任长军和王德江喝酒的同时,其他人也觥筹交错。

任长军继续问道:"王总,您是专家,您说他以后想干基金经理,最好先到哪个部门?"

王德江说:"要说起来,投研不分家,最好先在研究部干一干。我们这位小宋,就是研究部的组长,负责股票等资本市场的研究。"宋扬朝任长军浅浅地笑了笑。

任长军说:"宋扬,专家啊,来,我也敬一杯。"

宋扬赶紧站了起来,堂堂省行副行长给自己敬酒,可不敢怠慢。"任行,我们研究部在王总和刘处的带领下,最近一年的进步还是相当大的。以后,您有什么吩咐尽管说。像您侄子这样的优秀人才,我们当然是欢迎。"宋扬也不知道这样说,是不是合时宜,但也没有想到更好的说辞。

任长军问:"你们这个组长是什么级别,副处长吗?"

宋扬有些尴尬地说:"还不是副处。"

刘明夫在一旁插话说:"现在还不是,但属于重点培养对象。"

任长军点了点头,"噢,明白了,宋扬你一定要多敬敬王总吧,我看你今天喝得不多。"

宋扬说:"任行,我的酒量不行,几杯就头晕,怕出丑。"

任长军说:"你们干投行的,没有点冲劲怎么行呢?"

宋扬一想,任长军说得有道理,以前和王德江吃饭,都是很多人,不仅有其他公司领导,还有很多同事,今天这个桌上,人很少,的确是个好机会,应该多敬王德江几杯,毕竟,自己的升迁全系于王德江一人之身。

"任行,您批评得非常对,我接受批评,我应该敬王总酒,"宋扬转过身,"服务员,给我加满。"这一盅估计有二两多。

"任行,您看到了吧,我们的人相当有战斗力。"王德江叫服务员把自己的小酒杯也添满了。

"王总,今天是一个好机会,我满心满意地敬您一杯。我干了,您随意。"宋扬说完,就仰头把二两酒灌进了肚子。

王德江干了,说道:"宋扬,你也应该敬任行一下。"

宋扬说:"对,那是应该的。"宋扬再次加满酒,走到了任长军面前:"任行,我敬您。"说完,宋扬又喝了一酒盅。

"好,好,好样的。"任长军一仰脖也干了杯中酒。

回到座位上,宋扬明显感觉到头晕,四两白酒下肚,加上之前喝的酒,宋扬手上的动作已经有点不到位。好在,同桌上的人继续谈笑风生,没有太注意到宋扬的状况。旁边的刘明夫笑着问道:"宋扬,喝得有点急,没事吧?"

宋扬说:"感谢刘处的关心,没啥事,我休息会还要敬您呢。"

刘明夫说:"不搞了,我们就免了,再说,前面都喝过了。看不出来,你的酒量真不错。"

宋扬苦笑了一下小声地说:"刘处,其实我不能喝,刚才没办法嘛。"

刘明夫不经意间小声地说:"敬敬王总也好,你们今年下半年要搞竞聘,要是安排得开,估计也就是过一段时间的事情。"

宋扬"噢"了一声,脑子里飞快地转了起来,如果不久就搞竞聘的话,是不是要再敬王德江一杯?现在宋扬胃里面难受,但脑子里还是很清醒的。思考的结果是,还要再敬王德江一杯,而且是像刚才那样的一满杯。这样,才能给王德江一定的冲击力。考虑清楚之后,宋扬自己把酒盅再次加满,然后就是等待时机。瞅着一个空隙,宋扬又走到了王德江面前:"王总,我再敬您一杯。"

"啊?还要来一杯,宋扬,你行不行,不行就别喝了。"王德江说道。

宋扬不知道王德江这番话是什么意思,但他知道,开弓没有回头箭,这杯酒必须干掉。"我没问题,我干了,您随意。"说完,仰起头来,宋扬故意把酒喝得慢一些,让这个仰头喝酒的动作在空中停留的时间更长一些,希望这样能给王德江留下更深的印象。

又是一酒盅的酒,前后三大杯,就六两多,再加上前面喝的,估计喝的白酒总量在八九两,宋扬从来没喝过这么多的酒。酒在胃里翻江倒海,随时都会冲出喉管,但宋扬强忍着,不能在这么多人面前吐出来,太失态。好在晚餐一会儿就结束了,宋扬撒谎说要去看一个朋友,没和王总一同坐车回酒店。

等王总一行人走后,宋扬打了一辆出租车回酒店。下车后,宋扬小心翼翼地控制着自己的步伐,好不容易回到房间,直接进了卫生间,抱着马桶一阵狂吐,吐得直到麻木。宋扬一直坐在马桶边,不知道把马桶冲了多少次。也不知过了多长时间,宋扬感觉到地面有些冷,就一路爬着摸上了床,迷迷糊糊地睡着了。醉了,真的醉了!

第二天醒来的时候,宋扬想看时间,却怎么也找不到手机,用房间电话一打,已关机,手机搞丢了!现在头还是晕,宋扬怎么也回忆不起昨天晚上从上出租车到酒店的经过。手机是什么时候丢的?从饭店出来和王总说过什么话?今天早上几点吃饭?上午怎么安排?全不记得了。

宋扬强忍住头晕,赶紧洗漱收拾了一下,下楼吃饭,还好,碰到了分行的李小虎。"早,小虎。"宋扬打招呼说。

"早,昨天说8点钟吃早饭的,领导们还没有下来。冯总一会儿过来陪王总。"李小虎说。

"噢,没事。"宋扬稍松了一口气。可是,宋扬什么也吃不下,只喝了几杯牛奶。

接下来的一整天,宋扬只喝了一点稀饭,随便吃了一些菜,头依然晕沉沉,跟着王总和刘处去拜访了两家客户。宋扬很担心今天的表现给王总留下不好的印象,很懊悔昨晚喝了那么多白酒。现在想起来,宋扬自己也搞不明白着了什么魔,难道就是为了升职?

经过周末两天的休息,宋扬感觉好了一些。周一上班,综合部传来消息,近期要搞竞聘,提拔一批干部。宋扬听了暗自有些高兴,看来,和王德江的两盅酒喝得还比较及时。如果王德江能记住这两盅酒,也不枉大醉一场。

过了一周,竞聘消息果然在公司网站公布出来了,这次竞聘的职位一共有10个,其中研究部竞聘两位副总经理(副处级),基本上是在预期之中。不过,这次不仅是在内部竞聘,而且公开对社会招聘。

研究部高级研究员(含)以上的都可以报名参加竞聘,通过资格审查的进行笔试,根据笔试成绩择优进行面试。从参加笔试的人来看,高级研究员都报名参加了,陈叶凯、骆家仁、方小军、宋扬、马天明、许安静。据说,还有两个外部的人参加了笔试,不过,大家都知道,对社会招聘只不过是个幌子,从外面来的人基本上没戏。笔试结束后,等了一个星期,公布了参加面试的名单,一共有4个人:陈叶凯、骆家仁、宋扬、马天明。

方小军没有进入面试名单,有些出人意料。虽然上次政审的事情,让方小军颇为被动,但这段时间,方小军明显比以前更加努力了,按理说,给一个面试的机会还是应该的。方小军没有进入面试名单,最高兴的是骆家仁。骆家仁一直将方小军视为最大的竞争对手,最大的障碍没有了,骆家仁这次晋升板上钉钉,至少在骆家仁看来是这样的。至于宋扬和马天明,骆家仁似乎都没放在眼里。

第二天面试,但面试的顺序变为陈叶凯、宋扬、马天明、骆家仁。宋扬一看排序,心里比之前踏实了不少。根据自己在央企的经验,面试时的排序,基本上代表了成功率,越往前,成功率越高,越往后,成功率越低。四个人中选两个,前面两个面试的人,成功率最大,这样来看,陈叶凯肯定没有问题,宋扬的概率也相当大。马天明的概率要小一些,骆家仁则已经出局。

骆家仁一副满面红光、西装革履的样子,看来他一点都没有意识到风险,还在做着副处长的梦。看着骆家仁这副模样,宋扬竟然有些可怜他。看来,领导的眼光是雪亮的。

宋扬把自己与马天明反复对比。宋扬的优势是比马天明先到研究部,对研究部以及融丰国际的贡献比马天明大,从面试顺序来看,领导似乎也更看重宋扬。但宋扬知道,马天明的来头比较大。虽然马天明对研究部的贡献比宋扬小一些,但这半年时间也做了不少事,特别是参加了不少房地产相关的投行项目,颇受领导器重。

这是宋扬第二次参加副处长竞聘,上一次还是几年前在中信科。由于准备充分,宋扬面试发挥出色,面试官对宋扬的回答都比较满意。临结束时,王德江问了宋扬最后一个问题:"你们四个人参加面试,但只有两个晋升的名额,也就是说有两个人要落选,如果你落选了,会有什么样的想法?"

这个题目是在宋扬的预期之中,之前已经做过准备,略微思索后,宋扬说道:"王总,我参加这次竞聘,一方面是希望有所进步,我来融丰国际快两年了,在工作上一直以高标准要求自己;另一方面,也是希望承担更大的责任,实事求是讲,有些事情,必须有了一个位置才能去做。当然,任何事情都要做好两手准备,所以,如果这次竞聘落选,说明我还有需要进一步提高的地方,我会认真总结经验教训,找到自己的差距,并将之转化为我前进的动力。通俗点说,即使没有竞聘上,我也不会气馁,我会继续努力工作,为融丰国际的事业添砖加瓦。"

王德江点了点头,几位评委也点了点头。王德江说:"嗯,好,你还年轻,机会总会有的,你的面试就到这里吧。"

宋扬走出面试的房间,看了看表,大约20分钟,比预定的15分钟面试时间多了5分钟。面试虽然结束了,但王德江最后的问题,一直在耳边回响,"你还年轻,机会总会有的"。这是不是说这次宋扬没有希望了呢?也不一定,也许王总会问每一个人这个问题。想来想去,不得其解。

过了几天,刘明夫把宋扬叫了过去。"宋扬,你对这次竞聘的结果,有什么预测吗?"

宋扬不知道刘明夫问这个问题是什么意思,就回答道:"刘处,我觉得陈叶凯应该没有问题。"

"那你觉得自己这次能上吗?"

"这个问题有点难,搞不清楚,不过,上就上,不上就不上,工作一样要干好。"宋扬还是一副高风亮节的样子。

"我也不知道最终结果是什么,不过,不管结果怎么样,王总对你的工作是认可的,我对你的工作也是很满意的。这次竞聘的最终结果是要综合笔试和面试成绩来决定,但我了解了一下,你笔试的成绩不是很好,你也要有些思想准备。"刘明夫说。

宋扬猜测结果实际上已经出来,刘明夫来做自己的思想工作。"刘处,你不用担心,我有思想准备,有这个工作的平台就已经相当不错。"又闲聊了几句,宋扬就离开了刘明夫的房间。

出来后,宋扬感到一阵阵悲凉,想起过去的快两年里,在这份工作上所花费的心思,再看看现在的结果,失望的心情难以言表。不知道是心情不好,还是别的原因,胃部传来一阵疼痛。上周去医院看了消化科医生,医生建议宋扬去做胃镜检查,但宋扬下不了这个决心。

虽然理性分析,宋扬觉得自己没有希望了,但仍然抱有一丝侥幸心理,希望王德江突然转变想法。难道这种面试的排列顺序不能说明什么问题吗?如果面试顺序的意义不大,那么,虽然骆家仁是最后一个面试的,也可能竞聘成功?毕竟,骆家仁一来这里就当了组长,时间和陈叶凯一样长,方小军没有参加面试,论资排辈的话,除了陈叶凯,骆家仁的资历最老,这样一想,还真是有可能。

又过了几天时间,竞聘结果全部公布。研究部陈叶凯与马天明晋升为副总经理(副处级),陈叶凯算是众望所归,马天明则是一匹黑马。骆家仁怎么也没有想通,自己为什么落选,或者说,骆家仁根本就没有落选的思想准备,据说骆家仁因为落选去找了刘明夫,一度还想去找王德江,后来被刘明夫劝住了。

宋扬落选了,虽然有思想准备,并且在刘明夫找他谈话后,基本上已经在意料之中,仍然觉得有些难受。宋扬不知道马天明到底凭什么竞聘成功,有后台?送礼?或者兼而有之。其实,在竞聘前,宋扬也想到王德江家里走动走动,联络一下感情,但后来还是打消了念头。一是觉得和王德江关系还不错;二是给公司介绍过项目,创收数目不小;三是从本质上来讲,宋扬不希望通过送礼这种方式来拉拢感情,而是希望通过自己的努力达到目的。回头想想,面试时王德江说"你还年轻,机会总会有的"这句话时,宋扬已经出局,再远一点,在面试之前,面试的结果已经定了下来。想来想去,宋扬实在不知道症结到底在哪里,就像一个永远无法解开的谜,算了,领导要提拔谁早就定了下来。从外面调来的丰向莉,这么长时间好像什么事也没干,不照样在副处长的位置上稳稳坐着吗?越想越郁闷。

方小军约宋扬吃了一次饭,两人同病相怜。方小军说:"宋扬,我原来以为这次你能上呢,现在看来,我他妈的太天真了!"方小军看起来非常郁闷。

"哎,我还以为不管最终结果怎么样,至少要给你一个面试机会吧,看来,我也很天真。"

方小军苦笑:"很明显,上次政审的事使我在王德江那里彻底失去了信任,虽然事后我也做了不少工作,希望弥补一下,现在看来完全无济于事。"

"我感觉王德江也有点过分了,不能因为曾经一些小事把人一棍子打死。"

"咱们这里不好混,表面上风平浪静,实际上水也很深。一到提拔的时候,就会显山露水。这次竞聘,你也不用难受,你的表现大家有目共睹,相信王德江也是认可你的,但有些事情,说不定他也没办法。"

"随他去吧,人生来就是为了修行。"

"哎,你想不想换个地儿,现在市场好,像你这样做股票策略分析的,到哪里不比这里强?你要是想,我给你推荐推荐。"方小军试探着问。

"我以前也想过这档子事,不过,我还想再等等。一方面,咱不能让骆家仁占便宜,我要是撤了,你要是撤了,下次有机会,还不轮到他了,对不对?另一方面嘛,其实,在哪里打工都差不了多少,我最终的目的是想实现自由,freedom,你懂的。"

"你是想自己创业?"方小军问。

"不一定,只要能实现自由就行,比如说做一个全职投资者,通过资本市场实现财务自由,继而实现人生的自由。"自从王驰走后,宋扬很少和人再谈起他的理想。

"这个社会,能实现自由的人生,是一件很奢侈的事啊。"方小军感慨地说。

"当你有了更远的目标时,路边的一些绊脚石,你不会太在意。这次竞聘不过是一个小的绊脚石,从人生长河来讲,不值一提。"

"宋扬,希望你能成功,要是你有这一天,以后,我的资金就交给你来打理,我相信你。"

"好,好,没问题,但这一天真不一定等得到。"

"路虽远,行必至。再说了,就算没有达到目标,也没有什么,至少我们曾经奋斗过,老了可以和儿子讲,老子尽力了,人生无悔了。"

"对,岂能尽如人意,但求无愧我心。"

三十七　人生多舛

因为听不少人说，做胃镜比较痛苦，宋扬一直拖着。最近，融丰集团一位刚提拔的部门副总经理，还不到50岁，因为胃癌去世。这对宋扬的刺激比较大，媒体上也在宣传，现在胃癌年轻化，要引起重视。宋扬思考再三，终于下定决心去做胃镜。

去做胃镜的前一天晚上，宋扬翻来覆去睡不着觉，有些紧张，一是担心胃镜本身，二是担心检查出问题。第二天早上5点钟，宋扬和彦芝说，"老婆，我先到医院去排队。你在家吃过早饭再去，8点钟到那边就行。"宋扬想的是，反正不能吃饭，还不如排在前面，早点检查。

"老公，我陪你去，你一人我不放心。"说完，彦芝就要起床。

"没事的，你一走，汗乙就要醒，等天亮了你再起床不迟。"洗漱之后，宋扬一人带着胃镜预约单去了医院。

由于来得早，宋扬排在了第八位。由于几台胃镜同时做，实际上宋扬是排在第二、三位的样子。7点多钟，彦芝到了医院，在知情同意书上填写了"徐彦芝"3个字。8点钟，护士把宋扬叫走，宋扬喝了十毫升一种黏黏的东西，具有一定的麻醉作用，这个东西味道不好，本来一紧张就想吐，现在更想吐，干呕了两声。几分钟后，护士把宋扬领到了一个灯光昏暗的屋子里，叫宋扬侧身躺在床上。大约过了几分钟，护士过来给宋扬嘴里塞上了一个圆筒状的东西，告诉宋扬胃镜从这里穿进去。当主治医生把胃镜穿过喉咙时，宋扬忍不住又开始干呕。护士叫宋扬放松，正常呼吸。到了这一步，宋扬只好忍着。

虽然喝了一点麻醉剂，但宋扬仍然能够清醒地感觉到胃镜在胃里穿来穿去,宋扬睁着眼,看着医生把胃镜上下抽动,又叫护士拿了一个活检钳,从胃镜中间穿进去。"难道是有什么大问题,需要做活检?"就在宋扬胡思乱想的时候,听到了护士的喊声,"胃镜结束,可以下床了,把嘴里的东西扔到那边的桶里。"宋扬赶紧下床,把嘴里的东西拿了出来,接着是一阵强烈的干呕,宋扬擦了擦嘴。

"你可以到外面等了,半小时左右到分诊台取结果。"护士对宋扬说。

宋扬来到屋外,彦芝正焦急地站在门外,眼睛有些红红的。"有问题吗?"彦芝问。

"半小时取结果。"宋扬说。

宋扬和彦芝坐在椅子上,互相握着手,焦急地等待着。宋扬感觉自己就像一个等待宣判的犯人,一会儿的结果,有可能会让生活发生翻天覆地的变化。"宋扬,宋扬在吗?"

"这里。"宋扬的心一下子提了起来,赶紧走到分诊台的护士身边。

"这是你的检查结果,问题不是很大,胃炎。消炎药已经开好,一个疗程之后如有不适,再来医院做检查。"这是宋扬听到的最好的声音。

"你喝酒多吗?"分诊台的护士问。

"还行。"宋扬说。

"以后尽量不要喝酒、抽烟。"护士叮嘱道。

"噢,好的。"宋扬答道。

从医院回家的路上,虽然北京的天空仍然一如既往地不能让人恭维,但境由心造,宋扬感觉到自己好像从鬼门关处转了一圈又回来了,所以心情不错,什么功名利禄,都滚一边去吧。

前段时间,副处长竞聘没成功,当时宋扬很泄气,现在宋扬看开了许多,在楼道里碰到王德江,宋扬不卑不亢,就像竞聘这件事从来没有发生过。工作上,基本上保持了一贯的工作作风,当然,宋扬知道,现在做的事情,与自己的职业规划是一致的,不是为公司做,而是为自己在做。宋扬有时也问自己:如果干的事情不是自己愿意干的,是不是还能保持心态平衡?答案不一定。看来,一个人找到自己感兴趣的工作是多么重要。

股票市场并没有一直上涨,2009年8月4日见顶3478点之后,就开始逐步下跌。王驰推荐的这只股票,让宋扬赚了不少。宋扬和彦芝商量后,决定先不买车,还是再买一套房,毕竟儿子一岁多了,需要更大的活动空间,而且双方父母过来也不好住。2008年底以来,信贷投放高速增长,让市场形成了巨大的通胀预期,房价节节攀升,已经超过了2008年的高点。经过一番考察,宋扬贷了些款,在所住的小区,又买了一个一居室。彦芝很满足,这让宋扬很感叹,还是知足者常乐!

2009年上半年的行情,宋扬赚了一些钱,宋扬开始有些自我感觉良好,"总算快熬到头了,王驰说我至少要5年,看来我的悟性还可以。"这两年,宋扬的确在股票投资上下了大功夫,基本上把所有的空闲时间都用在研究花花绿绿的K线图上。

前几天,宋扬请费玉出来吃饭,虽然离开了中信科,宋扬仍然对费玉感激有加,一是在中信科时得到了费玉的照顾,二是帮宋扬介绍了对象。吃饭的时候,两人聊起了股票投资,费玉2007年入市,现在还被套着,2007年进去50万,现在只剩30万。宋扬主动说帮费玉搞投资,费玉当然也很相信宋扬,把账号和密码都告诉了宋扬。

上周出差的时候,宋扬刚好和海辰制药的董秘一起吃饭,饭间聊了起来,董秘告诉宋扬,海辰制药最近就要停牌,复牌时会有重大消息公布。宋扬问什么消息,董秘告诉他是公司的乙肝疫苗取得了重大进展,下面会正式投入商业化运作。宋扬看了看这只股票,技术形态相当完美,中短期均线多头排列。这段时间,大盘表现相当疲弱,但这只股票完全是一种独立行情。观察了几天之后,宋扬决定博一把,如果果真像董秘说的那样,那这只股票至少还有一倍的空间。

宋扬打开费玉的账户,一看有好几只股票,就全清了,然后买了这只叫海辰制药的股票。不仅给费玉买,宋扬还跟别人借了些钱,一共几十万投入到这只股票。买入后的几天,这只股票表现比较给力,大盘跌,它横盘,大盘小涨,它大涨,是一种典型的强势特征股,几天的收益率就快接近了10%。

这两天,海辰制药的换手率明显增加,盘中大幅波动,每天的换手率都在10%左右,成交金额在10多亿,是两市交易最为活跃的股票之一。宋扬暗自庆幸在大盘不好的情况下,买到了一只强势股。费玉也很高兴,半个多月时间,股票账户的市值增加了20%,以这种势头下去,扭亏可能不需要太长的时间。周五这一天,大盘大幅下跌3%,但海辰制药盘中竟然拉出涨停,不过,中间数次打开,到收盘的时间,勉强再次收出涨停板,不过,买一上只挂了1000多手。这天,海辰制药换手率达到25%,成交了30亿,成交额排在两市第一位。宋扬在掂量,如果就此收手,3周时间内大盘下跌了

5%,但在这只股票上的收益率达到30%,这个成绩非常好;但是,宋扬也知道,新手的毛病就是涨了不敢持有,收益最丰厚的时候可能还没有到来。唯一担心的是,今天的换手率太大,放出了天量,有强弩之末的征兆。想来想去,宋扬决定再看一看,等乙肝疫苗消息公布,即使有问题,也能在股价冲高时卖出。根据以前的经验,这种强势股不会一两个交易日就出现趋势性逆转。

周五收盘后,海辰制药发布了停牌公告,将有重大事项公布。宋扬感到有些兴奋,看来海辰制药这位董秘的话还比较靠谱。当晚,很多媒体上都在传海辰制药乙肝疫苗的事,不少周五追高买进的投资者庆幸自己运气好,没有买到的投资者则懊悔不已,为什么没有早一点追涨停板。

三十八　时来运转

有一个公式叫：幸福＝能力－欲望，就是说，一个人的幸福与其能力成正比，与其欲望成反比。如果能力不能提高，那就降低欲望，这样才能保持较高的幸福感。在融丰国际，基本上都是博士、硕士，或来自于名牌大学，或有海外留学的经历，英语能力很强，还有不少人能够"拼爹"，父母已经铺好了路。冷静地想一想，和大家相比，宋扬发觉自己很平凡，甚至连中等水平都算不上，想明白了这一点，宋扬对升职的欲望降低了许多，甚至有些消极。

转眼时间就到了2010年。年初时，传言王德江要调到融丰基金任总经理，融丰基金是国内第一梯队的公募基金公司，管理资产有几百亿。听到这个消息，宋扬有些郁闷，他辛辛苦苦和王德江建立起来的关系将付之东流。新领导一来，谁知道你是什么货色，要想取得领导的信任，又要付出很多努力。一想到这，宋扬就头大。

又过了几天，综合部的许峰那儿传来消息，近期还要搞一次竞聘。大家都是明白人，王德江想在自己离开之前，再提拔几个人，也算做一些好事。没几天，许峰的消息得到了验证，不过，从综合部公布的竞聘职位来看，这次解决的人不多，一共只有4人，而且研究部一个职位都没有，据说是因为1正3副的职位已经满编。不过，从竞聘要求看，并没有限制报名，也就是说，只要满足基本条件，报别的部门的职位也是可以的。

宋扬在考虑要不要报名试一试，估计研究部其他几个人也在考虑这个事情。中午吃饭，方小军问宋扬："你报名了吗？"

"没有，不太想报，你报了吗？"

方小军劝宋扬说:"你还是试试吧,万一可以呢?你想我上次那么惨,这次还能有希望?根本不可能,我不想去做分母,没意思。"

宋扬叹了一口气:"咱公司,跨部门竞聘的成功案例很少,我也不想做分母。"

午饭后,宋扬又想了想这个问题,决定去问一下刘明夫,也许刘明夫能够给一些建议,这两年来,刘明夫对宋扬的印象还是很不错的,上次宋扬竞聘失败后,刘明夫还安慰过宋扬。宋扬来到刘明夫办公室,"刘处,方便吗?占用几分钟时间。"

"进来吧,坐。"

"是这样,刘处,最近又有一些竞聘的机会,我想您给我一些建议。"

"噢,你是怎么想的呢?"

"实事求是讲,如果一点希望没有,我不想凑这个热闹,免得又来一次打击。说打击可能有些言重,主要是不想做一点把握都没有的事情。"

"这么说吧,宋扬,竞聘这种事,不到最后一刻,都可能存在变数,但只要有机会,就要去努力争取一下,我支持你去报名试一试。我对你的工作是认可的,王总对你的工作也是认可的。如果王总征求我的意见,我一定尽力推荐。谋事在人,成事在天。"

"谢谢刘处,那么我报哪个职位呢?"

"这个,还要你自己多考虑,主要是把现在的优势和职位的需求结合起来。"

"我明白了,我再仔细考虑考虑。"

离开了刘明夫办公室后,宋扬决定还是试一试。成就成,不成拉倒,就报了资产管理部的副总经理职位。这个部门所做的事情和资本市场有一定的关系,而自己一直研究资本市场,还是能找到结合点的。

报名完毕后,就是笔试阶段。所有人集中在大会议室中笔试,宋扬一看,骆家仁也报名了。试卷主要分两大部分:一是专业部分,二是英语部分。专业部分全是主观题,宋扬看了看试卷,似乎都不太会做,最后乱扯一通,把纸上写得满满的;英语部分是英译汉与汉译英,英语本来就不是宋扬的强项,而且工作中很少用到英语,管他是不是词不达意,把纸写满再说。从早上8点半一直到11点半,写了3个小时,很少用笔这长时间,交卷的时候,手酸得厉害。宋扬交卷时,看见骆家仁还在奋笔疾书,宋扬不知道他报的是哪个部门,也懒得去问。

笔试结束后,宋扬基本上不抱希望,一是对资产管理部的业务不熟悉,二是笔试太差,要是真的算分数,估计连及格线都到不了。

等了一个多月,海辰制药终于发布了公告,不过,投资者盼来的却是噩耗,海辰制药乙肝疫苗的三期临床数据不佳,宣告疫苗研制没有取得预期中的进展,据业内人士分析,这基本上意味着十多年的疫苗研制失败。宋扬这才紧张起来,手上还有不少货,怎么办?晚上宋扬给王驰打了电话,王驰的建议是挂跌停盘出货。宋扬有点不甘心,或者说仍然抱有一点侥幸,希望能在好一点的价格上出货。

第二天9:15,开始集合竞价,宋扬傻了眼,近百万手的大单挂在跌停板上!宋扬根本不想再去凑热闹,再挂跌停板,也不会成交,今天很可能是无量跌停。宋扬的猜测是正确的,9:25,集合竞价结束后,只在跌停板上成交了几百手,跌停板黑压压的卖盘压得人喘不过气来。好在宋扬买的点位还不错,一个跌停板后,还有20%的盈利。

第三天开盘又是一个无量跌停板;第四天开盘又是一个无量跌停板。三个跌停板后,宋扬的账户已经出现了一些亏损,但根本卖不出去,每天都是无量跌停。第五天又是跌停板,成交量稍有放大。连续四个跌停板后,海辰制药距离高点下跌幅度接近了50%,股价接近腰斩,宋扬的账户已经亏损了十几个点。第五个跌停时,可能有不少抄底资金入场,成交量大幅放大,股价一度翻红,换手率达到了10%,不过,收盘时,股价还是收在了跌停板上。宋扬欲哭无泪,由盈利30%到现在亏损接近30%,而且还不知道下面会是什么走势。

之后几天股价有所反弹,宋扬的账户一度亏损减小至10%多,宋扬下不了斩仓的决心,还是再看看吧,如果回到成本价,一定全卖。自己的账户亏就亏了,但费玉的账户亏这么多,不好交代啊。

一个多星期后,公布了笔试名单,宋扬和骆家仁都在面试名单之列。宋扬有些意外,笔试那么差竟然也能参加面试。不过,由于最近海辰制药跌得惨烈,宋扬对能够参加面试并没有多少喜悦。

回到家中,宋扬没把参加面试的消息告诉彦芝,只是逗着汗乙玩,现在汗乙已经会走路会说话,还会扮鬼脸,常把宋扬逗乐。宋扬不知道是自己在逗儿子,还是儿子在逗自己。这一年多来,宋扬也没有少带汗乙去医院,有时候,宋扬宁愿自己代替儿子来受罪,不过,人从一出生,生老病死就是谁也无法逃避的。看着汗乙在地上爬来爬去,宋扬忽然对这次竞聘的职位又充满了渴望。

宋扬决定去王德江家里坐坐,先是跟许峰要到了王德江家的住址,然后考虑带些什么礼物。带少了不好意思,带多了人家可能不收,自己也没有这个经济实力。考虑再三,决定送一些虫草。宋扬联系了以前在中信科工作时的朋友,从云南那边快递了两盒虫草过来,其实,这种虫草在北京也能买到,不过,托人在云南买,一是价格便宜些,比北京便宜2000多;二是能体现出宋扬的真心。这么多年,宋扬对于送礼这种事,还是门外汉,不像有些人,天生就会搞这种事情。

到了王德江楼下,宋扬给王德江打了电话。"王总,您好,我是宋扬,您在家吗?"

"宋扬,你好,我在家,有什么事?"王德江有点意外。

"这样,王总,听说您要调到别的地方去,我想到您家里看看您,我现在您家楼下。"

"噢——"王德江迟疑了一会儿说,"上来吧,A座202。"

"好,马上来。"宋扬提着礼品盒到了王德江的门前。

按门铃,开门。"王总好。"

"进来,进来。"宋扬换了鞋进屋。在客厅坐下来和王德江聊了起来。

"王总,听说您要走了,很有些舍不得,两年多来,您给了我很多指导,要是有机会,想和你一起过去。"

"哈哈,慢慢来,慢慢来,你在这里表现还是很不错的。明夫经常在我面前提起你,说你工作认真负责,也出成绩。"

"刘处过奖了,都是应该做的。"

"最近工作怎么样?"

"做了两年多的研究工作,主要是支持业务部门,我还想做些具体业务方面的工作,比如与资本市场关系密切的资产管理方面的工作。"

"这次竞聘你报了吗?"

"虽然研究部没有职位,不过,在征求了刘处的意见后,我还是报了资产管理部的职位。行不行再说,主要是积累一些经验,也向领导表明一个积极进取的姿态。上次竞聘面试时,您问过我上不去怎么办,我当时说,一如既往地干好工作,这次也一样。"

"好,积极要求进步就是好。"

大概聊了几分钟,宋扬觉得应该走了,再聊下去意义不大。"王总,您平时工作压力大,我托朋友从云南带了些虫草,您不要见外。"

"还带什么礼物啊,下次可不许这样。"王德江说道。

"下不为例。"

离开了王德江的家,宋扬如释重负。一切听天由命吧。

海辰制药的股价又反弹了一些,现在浮亏不到10个点,宋扬希望股价再涨一些就解套了。突然,跟随大盘的下跌,这只股票开始大幅跳水,收盘时跌了9个点。宋扬根本没有斩仓的勇气。现在宋扬感觉自己就像茫茫大海上的一叶小舟,生死存亡完全取决于海风,自己已经没有任何努力的空间。

面试中,发现难度没有那么大。王德江简单地问了一些问题就过去了,宋扬准备的一些材料还没有用上。面试之后,就是等待结果。大约半个月后,开始进行民主测评。宋扬一看名单,自己的名字赫然在列。"终于成功了",宋扬在心中呼喊。民主测评就是走一走形式,一般很少有意外。

踏破铁鞋无觅处,得来全不费功夫。对这次竞聘本来没有抱多大希望,结果竟然成了。宋扬现在成了资产管理处副总经理,曾经十分渴望的职位,现在到手了,却没有多少喜悦。宋扬想起了10年前的那个雨夜,当朋友告诉他考研的成绩时,他也没有太多的喜悦。宋扬不知道,如果没有去王德江家里坐一坐,会是什么结果。

以前在宋扬面前总感觉高人一等的骆家仁,这次仍然只当了分母。现在在楼道里,骆家仁碰到宋扬的时候,基本上不怎么打招呼。宋扬也懒得理他,骆家仁这种人,既可怜又可恨。

宋扬很快走马上任,资产管理部在公司内部只是一个小部门,一共7个人,其中一个总经理(正处级),一个副总经理(副处级),一个高级经理,其他都是普通员工,还有两个实习研究生。竞聘结束后,王德江离开了融丰国际。新的一把手很快上任,新领导叫钟复生,是从一家外资投行过来的。

部门开会,只有副处级以上干部才能坐上圆桌,其他人只能坐在围在四周的椅子上。现在,宋扬也能够坐上圆桌。宋扬对于这种座位的转变还有点不太适应,就像一个吃惯了粗茶淡饭的人,突然吃了大荤,难免会出现肠胃不适。

没过多久,宋扬第一次参加了干部会议,由钟总主持,主要部署今年的招聘计划。这实际上是2009年遗留下来的任务。钟总在会议上强调,鉴于现在投行业务发展迅速,需要增加一些熟手,没有特殊情况,一般就不招收应届生。宋扬在笔记本上,把钟总这句话用红笔框了一下。

回到办公室,处长赵兵对宋扬说:"宋扬,有件事,我该给你先透露一下,我很快就要去地方挂职,如果手续办得快,估计也就是最近的事情,所以,现在有什么事,基本上就由你来负责。"

"啊,赵处,您也知道,我是从研究部过来的,很多业务我还不太熟悉,还指望您给指点一下。"宋扬有些意外。

"其实,也没有多少事情,你很快就能上手。我和张总已经打过招呼,张总也清楚我的情况,我最近要办不少手续,工作上的事主要由你来负责,你直接向张总汇报就行。"赵兵的意思很明白,虽然他还没有走,但基本上不管事了,工作上的事就由宋扬来主抓。

赵兵所说的张总是分管资产管理部的副总张力宏,50岁左右,戴着一副黑框眼镜,体态偏胖,平时见面宋扬和张力宏也经常打打招呼,之前在研究部的时候,因为工作上的事情曾经和张副总有过一些交道,感觉张力宏比较容易接近。

最近一段时间,根本就没有心思管股票,海辰制药这只股票,在反弹的时候没有出,反弹过后又是大幅下跌,从高点算起来,已经跌去了60%,宋扬与费玉的账户都亏了将近50%。宋扬不好意思见费玉,虽然费玉没有说过什么,但宋扬心中很是愧疚。宋扬发誓,一定要把费玉的账户做出来,再不行,就用自己的资金补给她,千万不能辜负了费姐的信任。

下班时,宋扬接到胡斌的电话,得知杜丽怀孕了。放下电话,宋扬觉得很感慨,不知道把杜丽和胡斌拉在一起,是不是一件好事情。不过,从良心上讲,他的出发点是好的。杜丽到北京来发展,30岁,没有北京户口,没有房子,虽然有一份不错的工作,但还是挺难的;胡斌虽然离过婚,但有房,北京房价这么高,房子是个很关键的问题,总体上说,胡斌也是个相当不错的男人。杜丽虽然一开始还有点犹豫,但经不住宋扬的劝说。当然,这也是因为杜丽从心里信任宋扬。这样一撮合,解决了两个人的大问题,应该是件好事吧。当然,谁也没说杜丽的事需要宋扬来负责,但宋扬总觉得自己有这个责任。现在这个问题得到了妥善解决,自己也感觉踏实多了。

三十九　辛苦工作

第二天上班,宋扬将一份材料送到张力宏的办公室。刚回到办公室,张力宏来电话,"宋扬,今天上午一个香港公司过来,已经到了大厅,你下去接一下他们,带他们去小会议室。"

"好,张总,这个公司名称是什么?"

"凯世通资产管理。"

"好的,我马上下去。"说完,宋扬就下楼去接客人。宋扬不知道这个公司是干什么的,之前没有听张总说过,也不知道此行的目的是什么。

到了大厅,看见一个中国人和两个老外站在那里,宋扬把这3个人引到了会议室,赶紧过去叫张力宏。

"张总,凯世通资产公司的人到了,一共有3个人,我已经把他们带到了小会议室。"

"我手头有些急事,钟总正等着要一个材料,我还要再改一下,你先过去和他们聊一聊,主要就是介绍一下我们这里的业务,看有没有合作机会。我一会儿就过来。"

"好的。"宋扬感觉有些意外,本来以为只是迎接一下客人,没有想到张总突然交给自己这么一个任务。说起来,这也不算有难度的任务,只不过,宋扬刚到资产管理部还不到两个星期,还没有来得及仔细梳理资产管理部的业务,更谈不上与客户深入交流合作方面的事宜。但这种情况下,宋扬没有一点退缩的余地,只能硬着头皮上。

宋扬只好回到会议室,和这3个人交换了名片,然后向他们解释道:"不好意思,张总临时有点急事,可能要稍晚一点过来,我们先谈一谈。"

"没事,没有关系。"3个人中的中国人说道。

"您的普通话很好。"宋扬看了看名片,这人中文名叫"蒲家良",有点像以前香港录像片中的人名。

"我是香港人,普通话还可以,这位Mr.Peter是我的老板,这位Mr.Paul是我的同事,他们都是美国人。"

"欢迎各位。"虽然是一对三,但面子上仍要镇定,"这样吧,蒲先生,您看要不介绍一下凯世通资产管理公司,虽然我也有所耳闻,但了解还不够全面。"宋扬心想,先打发时间,具体业务方面的事情,等张总过来再说。

"好的,宋总,那我就来介绍一下。凯世通资产管理公司是一个全球性的投资管理集团,为世界范围的机构和个人投资者提供资产管理服务。公司成立于1976年,总部位于美国,曾被知名的标准普尔公司评选为最佳美国投资管理公司第五名,公司管理资产总额截至去年底为2000亿美元,是近来扩展最迅速的跨国投资集团之一。凯世通专长于美国、欧洲及亚洲新兴地区的投资,在亚洲地区存在已久,公司除在美国上市外,现在也是新加坡证交所的上市公司,近几年扩张迅速。现在除了位于纽约的总公司及香港的亚洲分公司之外,旗下的分公司及行政业务机构遍及全球各主要金融中心。2009年8月公司获得中国合格境外机构投资者(QFII)的资格。目前整个集团专注于为第三方提供资产管理服务,凯世通资产管理公司的投资专长于三种主要的资产类别:固定收益、股票和不动产。现在我们集团十分重视在中国内地的业务发展,希望同本土投资银行或资产管理公司合作,共同开拓业务。这也是我们今天拜访贵公司的主要目的。"

在蒲家良介绍公司情况的时候,宋扬也在盘算下面怎么讲,无论怎样,不能冷场,一定要拖到张总过来。

"听了您的介绍,我对凯世通资产管理公司有了进一步的认识。我想你们也都知道,2008年金融危机之后,政府为了救市,向市场注入了大量的流动性资金,房地产资产价格快速膨胀,但股票资产却一直萎靡不振。这种背景,为资产管理公司开展业务开拓了广阔的空间。不知贵公司对内地的股市怎么看?"宋扬想把对方引到自己比较熟悉的领域。

"从去年8月份以来,我们认为,内地的牛市基本结束,一个重要的原因是银行与信托大量发行保本的理财产品。我们公司在保本型产品的设计上也有不少经验,如果和贵公司在这一领域开展合作,不知道有哪些方式?"显然,对方对具体的业务合作更感兴趣。

凯世通对股市的见解与宋扬看法一致,宋扬暗自惊叹凯世通公司的研判能力。"贵公司对大陆股票市场的见解非常深刻,我深表赞同。贵公司对大陆的房地产市场有什么见解?"宋扬的策略仍然是讨论一些具体的市场,而不讨论资产管理业务本身。

宋扬偷看一下表,时间已经过去了20分钟,怎么张总还没过来?宋扬能谈的都快谈完了,宋扬有些着急,对方在讲话的时候,根本没有多少心思听,使劲盘算下面该谈什么内容。

就在快要冷场的时候,张总终于进来了。"不好意思,让大家久等了,"张总说,"上一次在晚会上和Peter见面时,大家约定就业务合作来做一次深入的交流,说起来,好像也有两个月了吧。"宋扬松了一口气,下面的场面主要由张总来控制,而宋扬只要负责记录就行。

张力宏用简洁的语言介绍了融丰国际的资产管理体系,有时张力宏直接用英语交流。宋扬对张总的专业能力与英语能力都颇为佩服。这个会谈进行了一个半小时,宋扬在笔记本上记录了好几张纸。

总算把这三个人送走。宋扬也在反思,如果今天张总直接把这个任务交给自己该怎么办?肯定会冷场,这太丢人了!宋扬今天得到了一个十分重要的教训:作为部门负责人,必须对自己所负责的业务了如指掌,能够随时随地对别人进行介绍,如果需要介绍一小时,就能介绍一小时;如果需要介绍五分钟,就要介绍五分钟。

从研究部的研究员突然到资产管理部负责一个部门的工作,这种角色转换有点过于迅速,甚至可以说宋扬一点思想准备都没有。竞聘时只是抱着试一试的心态,根本没想能成,从专业能力储备上来讲,宋扬还有不少欠缺。宋扬很希望有一个学习与过渡的过程,但没人给他这个时间,特别是在张力宏面前,宋扬经常感到一种无形的压力,今天也算领教了一回。

快到中午的时候,张力宏把宋扬叫到办公室:"宋扬,前几天开会时,钟总布置了招聘的事情,这个事情比较急,今天下午上班时你拿一个方案出来,包括招聘人数、招聘要求,我想了一下,先报五个人吧。细节情况,你再想一想。"

"好,我立刻去办。" 宋扬心想也太急了吧,现在到下午上班一共不到两个小时。

宋扬回到办公室时,基本上没有人在屋,现在已经到了午饭的时间。宋扬赶紧去食堂匆忙吃了点,就回到办公室搞招聘方案。

宋扬想起钟总说过，原则上不招应届生。那么，这个招聘方案中，全都社会招聘。年龄上要求，35岁以内。然后又参照以前的招聘要求，写了一些其他的要求：比如说硕士研究生（含）以上学历、拥有CFA、CPA等资质优先。方案搞完后，宋扬又仔细看了几遍，不能出现错别字。

下午一上班，宋扬就把方案打印出来，送到了张力宏的桌上。宋扬本来还期望张力宏能表扬两句，比如工作效率高、方案简明扼要，但接下来的对话让宋扬大感意外。

"宋扬，你认真考虑了吗？"张力宏简单看了一遍方案后问道。

"张总，我认真考虑了。"宋扬的确考虑了。

"你这里怎么全是社会招聘？这怎么行？"

"钟总在会上不是说原则上不招应届生了吗？"宋扬反驳道。

"那是说原则上嘛，具体问题还要具体分析，"也许是宋扬的反驳激起了张力宏的反感，张力宏提高了声音，"我问你，你们处现在平均年龄多大你知道吗？"

"这个不知道。"宋扬承认。

"这个都不知道，你做什么招聘方案啊？"张力宏质问宋扬。

"我刚过来，情况还不太了解。"宋扬又反驳了一次。

"这是理由吗？你找处里同事商量了么？"张力宏又问，"不要因为自己当副处长，什么事情就自己说了算，要团结同事，多和大家商量。"

宋扬很生气，这哪跟哪啊，上纲上线，哪有这种道理。"张总，时间紧，再说中午不少同事不在座位上，我还没有来得及——"

张力宏粗暴地打断了宋扬的话："那我来告诉你，你们处平均年龄也就30多一点吧，有的人可能比你还要大，你在招聘中要求年龄基本上在30岁左右，这帮人招聘过来后，年龄档次没有拉开来，以后你怎么管理？所以，校园招聘也要搞一两个。"

张力宏说的这点，倒是宋扬没有考虑到的。

"还有，为什么你们在招聘要求中总写什么CFA、CPA优先考虑之类的话？"

"张总，我是参考了之前的写法，以前每次招聘中都有这句话，我以为这是惯例，就加了上去。"

张力宏用手指了指自己的脑袋说："惯例，什么叫惯例？做事要用点脑子，你有CFA和CPA证书吗？"

"没有。"宋扬是真的没有。

"你们研究部有人有这些证书吗？"

"大概一半的人有吧。"宋扬实事求是的回答。

"那他们现在都当副处长了吗？"

宋扬没有回答，当然张力宏也不需要别人回答。"你没有这些证，你现在当副处长，他们有证，现在没有当副处长，这就说明，CFA与CPA有用吗？"张力宏稍停顿了一下继续说，"不能别人怎么写、怎么说，我们就要跟在别人后面。还是那句话，要用自己的脑袋认真想一想。不然，要你当副处长干什么？"

"那，张总，我回去作一些调整，过会儿再拿给您看。"宋扬希望尽快结束这场对话，完全没有一点思想准备。

"你回去吧，再认真想一想。"

回到办公室，宋扬越想越气，这么点破事，张力宏至于这副模样吗？而且声音那么大，可能被办公室里的同事听见了，以后怎么树立威信呢？不能说张力宏的话一点没有道理，但说话也要考虑对方的感受吧？况且，自己到资产管理部的时间并不长。

宋扬带着郁闷的心情把招聘要求按张力宏的意思改了一下，再次来到张力宏办公室的时候，张力宏的办公室已经关了起来，问了一下综合部，才知道张总有事提前走了。宋扬心想，看来，这个事没有这么急。为啥张总搞得这么着急的样子？宋扬想不明白。

宋扬决定找赵兵聊一聊。"赵处，哪天有时间，我想请您吃顿饭。这段时间没有少打扰您。"

"哪里，哪里，不用客气。"赵兵说。

"这样吧，就在咱们附近，中午的时候吃个便饭，不耽误您的时间。今天中午怎么样？"

看宋扬诚心诚意，赵兵就答应了。吃饭时，宋扬问："赵处，我刚来就被张总狠狠地批了一通，您和他相处时间比较长，方便透露一点和他相处的技巧吗？"

"我送你几不吧，一不误时，二不顶嘴，三不生气。"

"前面两不我理解，工作及时完成，批评的时候不反驳，第三不的意思是……"

"不管你怎么做，你都可能被批，这时，你需要调节好自己的心态，不要和他生气,不然,你会经常很郁闷。"

"您这两年算是修炼出来了啊!"

"哪里,哪里,我下周就撤了,你自己多小心。"

"感谢赵处的指点。"宋扬点了点头。看来,赵兵下去挂职也是受不了张力宏的脾气。宋扬后悔,在竞聘之前,没有仔细作调查,早知道这样就不报资产管理部的职位了。

和赵兵聊过后,宋扬才知道自己自作自受,自己反驳了张总好几次,在张力宏看来,就是对他一贯权威的挑战,那怎么可以呢?

一周后,赵兵走了,现在是宋扬主持部门工作。听起来,赵兵和张力宏相处得不是非常融洽,这应该是赵兵要去挂职锻炼的重要原因。不过,宋扬后来才知道,赵兵下去锻炼还有一个重要的原因:王德江离开了。赵兵原来一直是跟着王德江,王德江走后,赵兵觉得再在这里混下去,往上的空间不大,还不如换个环境。所以,刚有王德江调离的小道消息时,赵兵就开始运作,几个月后,王德江换地儿,赵兵也很快换地儿。有了赵兵的指点,宋扬比以前知道怎么和张力宏相处。

招聘工作看起来容易,做起来比较复杂,要出笔试题,要出面试题,要改考试卷,还要作为面试官参加面试。面试分为两轮,第一轮是由外面的专业人力资源机构进行综合能力测试,第二轮是专业面试,专业面试小组共4人,分别是钟复生、张力宏、宋扬,还有一个是融丰集团人力资源部过来监督面试工作的人。进入专业面试程序后,一共有13个人参加面试,要招聘5个人,也就是2.5:1的比例。人力资源部再根据面试成绩以及笔试成绩,加权计算得到最终成绩,根据成绩高低录用。

在专业面试前,宋扬把参加面试的人的资料打印了一份,交给张力宏。张力宏叫宋扬把办公室门关上,张力宏说:"最近招聘工作,你比较辛苦,前前后后做了不少事。"

"哪里,都是分内的工作。"宋扬印象中,这是张力宏第一次表扬自己,真是太阳从西边出来了。

"我这里有3个人的名单,你记一下,如果没有什么意外,这3个人是要确保录用的。"

宋扬赶紧把这3个人名字抄了下来。张力宏继续说:"其实在国外,招聘时一样也有人推荐,甚至比中国更加厉害。这几个人都是领导打过招呼的,招聘进来,对开展工作也有利。"

张力宏还怕宋扬不能完全理解,补充说:"你也知道最终录用结果是根据分数从高到低排列的,没有回旋的余地。这3个人的笔试分数,并不靠前,你也看到了,只有面试分数很高才行。"

宋扬笑了笑说:"张总,我明白,您放心吧。"宋扬心想,张总平时一副义正词严的样子,还以为真是不食人间烟火呢。

张力宏也笑了笑,不经意地说:"行,今天聊的就限咱们知道,好吧?"

"那是当然。"宋扬把笔记本一合。

宋扬不知道张力宏所说的领导打招呼,是什么级别的领导,甚至是不是张力宏自己,但这个谜底永远没办法去揭开。

为了保证这3个人能被录用,宋扬在规则允许的条件下,把这3个人分数打得很高,把其他人分数都往下压了压。宋扬也想过,如果这3个人没有录用,不知道以后怎么对张力宏交代。虽然分数打得高,宋扬还是担心这3个人能不能被录用,结果证明他的担心是多余的,这3个人都被录用了。

宋扬不是那种眼里揉不得沙子的人,但这次亲自参与了面试过程,还是颇有一些感慨。这种招聘,有不少职位基本上是内定的,真正公开竞争的名额并不多,除非很优秀,完全靠自己的难度还是很大的。那些规定、原则,都是给没有路子的人设置的障碍,有路子的人早就走了别的路子。想想自己这次能够竞聘成功资产管理部副处长,一方面是自己还比较努力,另一方面也是运气好,说起来这还是要感谢王德江。有时宋扬还会想,如果王德江没有调走,现在能当上资产管理部副处长吗?不得而知。人生啊,往往就是由许多偶然组成的,人的命运,似乎总是掌握在别人手中。

自从负责资产管理部的工作后,宋扬比以前更忙,经常是晚上九十点钟才回家。经过这段时间的集中学习,宋扬对部门的工作熟悉了许多。第一,梳理了部门的工作体系,能够或长或短把部门工作流利地介绍出来,再有客户或机构来谈业务,宋扬基本上做到得心应手;第二,背下了不少重要的数据。之前宋扬观察到,有些领导在讲话中,不时地会精确地引用一些数字,显得业务十分精通,这让宋扬十分佩服,所以,现在宋扬也要这样去做,记这些数字,也比较痛苦,宋扬的记忆力不行,他只好把一些数字打印在纸上,每天重复十几遍,就像以前记英语单词一样,毕竟,重复是最好的老师。这段时间之后,宋扬对开展工作更加有信心。

四十　关系恶化

王德江走了,钟复生来了,如何与现在的一把手搞好关系,是最近宋扬一直思考的问题。多年的经验告诉他,一把手具有生杀予夺的大权,要想在这里有一个好发展,或者说,要想不被边缘化,与一把手搞好关系是必须的。当然,很多人都明白这个道理,所以大家都会努力去迎合甚至巴结一把手,那么,如何在这群人中脱颖而出是关键。比如说送礼,如果大家都给领导送了同样的礼,你送的礼基本上没有多少价值,但你不送可能就会出问题。当然,领导也有区别,每人情况不一样,有人好色、有人爱财、有人喜喝酒、有人好赌博等等。

钟复生来了之后,在一次全体会议上提出了一个"既要又要"的要求,既要把工作搞好,又要把身体搞好,不能因为辛苦工作而牺牲了健康。钟复生让综合部去附近的体育场给每个员工办了运动卡。钟总的这番言论倒是很合宋扬的胃口,但老实说,很少有人做到"既要又要",原因很简单,把工作搞好已经很不简单,哪有时间再去做运动?就像宋扬现在,基本上每天到家都要到晚上8点钟以后,都没有多少时间和彦芝说话,有点时间就想休息。

听许峰说,钟总很喜欢打羽毛球,没有特殊情况,每周会去打两次球。说者无心,听者有意,看来钟总是一个热爱体育锻炼的人,宋扬决定通过羽毛球和钟总密切一下关系。一方面,宋扬有一些羽毛球基础;另一方面,体育锻炼对身体也有益处,如果不能以此接近钟总,就以此为机会锻炼一下身体也好。有了目标后,宋扬展现出了强大的行动力。宋扬在网上搜索了一番,找到了体育大学的一个羽毛球教练,这个教练收费比一般教练高,不是一般的高,而是相当高,20小时的课收费要1万,比一般教练高出7000元,宋扬觉得这个价格有些不可思议。和这个教练联系后,教练给宋扬解释了高收费的原因:"首先,很多人看到高收费根本就不愿意进一步了解,无缘成为师徒就算了;其次,我并不靠教打球为生,所以,也不想教太多的人;再次,有人想学,我还不一定教,还要看学员的基本素质如何,这需要通过一场球进行检验,通过检验才肯教;最后,20小时的训练,我不能保证方方面面都训练到,但是可以教给学员一套自创的方法,这套办法是我花了几十年时间才总结出来的,对于打败非专业选手,有相当高的成功率。"宋扬作了一番了解后,感觉和这位教练比较投缘,缘分这种东西,可意会不可言传。虽然有些冒险,但还是决定就跟这位教练练习羽毛球,训练时间都在周末。

对于和张力宏之间的相处,虽然有了赵兵的一些建议,但仍然不时会出现一些摩擦,宋扬也想过其中原因:一是张力宏对自己的工作能力不满意;二是张力宏与自己的气场对不上,通俗地说,就是没有缘分;三是不知道在何时得罪过张力宏;四是张力宏与王德江不和,而自己是王德江提拔起来的人。要说工作能力,宋扬已经全身心地投入工作,张力宏再不满意也没有办法。也不知道什么原因,在张力宏面前,宋扬总觉得很压抑,但一时也找不到解决之道。宋扬知道,张力宏是自己的直接领导,虽然不是一把手,但在没有搞定一把手的情况下,直接领导还是会起到相当大的作用。

周四下午,张力宏把宋扬叫到办公室。"宋扬,上午公司开了总经理办公会,钟总计划召开一次公司战略研讨会,要求各个部门在对辖内业务进行梳理的基础上,进行战略性思考,提出下一阶段工作方向。你来写一个专题报告,下周交给我,有问题吗?"

宋扬已经摸清张力宏的语言习惯,询问的口气,实际上是要求的意思,"张总,没问题,我一定仔细考虑考虑。"

回到办公室,宋扬群发了邮件,通知周五召开部门会议,讨论部门业务发展战略的问题。周五,大家七嘴八舌唠叨了半天,最后指定一位高级经理统了稿,宋扬拿到手一看,这材料肯定用不了。原因有二:一是大家并没有重视这次部门内部的讨论会,只是把以前的一些工作拿出来又说一遍;二是大家没有多少思路,大多数人都处在执行的层面,能想多远呢?

但是,大家可以随便,自己作为负责人是不能随便的。这个材料要是交到张总手里,不被骂个半死才怪。宋扬知道,这个周末又要亲自加班写材料。说老实话，如何写这份材料，张力宏并没有给多少指点，只能凭借自己的理解来写这份报告。想了又想，宋扬决定把这份材料落脚在未来一年的工作计划，包括资产管理业务收入、产品、宣传、管理等多个方面。写完报告，已经是周末晚上10点多，宋扬甩了甩胳膊，酸得要命。最近这段时间，也许是伏案时间太长，胳膊开始疼痛，早上起床时，一只胳膊需要另一只胳膊支撑才能举起来。宋扬点开word中"字数统计"一看，大概6000多字，再将字号调成3号，共10页，最后又检查了一遍错别字。

周一一上班，宋扬就把材料交给张力宏，潜意识中，希望张力宏能表扬一下，毕竟，张力宏要求本周给他就行，现在宋扬周一刚上班就给了他，效率很高。张力宏看材料时，宋扬就站在旁边，就像小学生等待老师公布分数。张力宏把材料前前后后快速翻了两遍，丢给了宋扬一句十分意外的话："宋扬，你这是写的什么东西？"

宋扬瞬间紧张起来，估计血压也随之升高不少，"张总，我们部门讨论了一下，周末我又加了班，赶出了这个材料。"宋扬言外之意是：第一，这个材料是部门集中讨论过的，以免张力宏又说自己一个人想当然；第二，材料是周末加班写的，即使没有功劳也有苦劳。

但张力宏似乎毫不领情，"宋扬，你现在是部门负责人，很多东西，要你拿主意，你这份材料动脑筋了吗？"

宋扬也沉下了脸，"这个材料，参考了之前一两年的工作总结与计划，也结合了一些个人的思考，时间紧，我已经把想到的内容都体现在这份材料中了。"

张力宏继续批评宋扬："上周四我和你说的是，公司要召开战略研讨会，要写一份关于业务发展战略思考的材料，但你这份材料充其量就是一个工作计划，看起来洋洋洒洒，实际上没有什么实质性内容，你是想蒙我吗？以为我不懂业务？"

宋扬对这场谈话完全没有思想准备，"张总，我已经尽力写了，我昨天加班到夜里11点，就算写得不行，也是水平的问题，我完全没有必要蒙你。"

张力宏听出了宋扬语言中的隐约不满，语调也提升了八度，"宋扬，你加班不加班与我没有关系，我要的是这份材料，你材料没有写好，再加班也没有用。"

真他妈的不可理喻，宋扬心中暗自骂道。"张总，您是领导，您看怎么办吧,您要怎么改我就怎么改。"

"宋扬,你这是什么态度,你现在主持工作,不是我叫你怎么改,而是你要拿出你的建议让领导来决策。不要把顺序搞反了。"张力宏用劲地拍了拍桌子。

宋扬尽量压低了声音,说:"张总,我刚才说过,我已经努力做了,做不好是水平的问题。"宋扬以为经过前一段时间的集中学习,对本部门的业务已经掌握,怎么一到张力宏面前,自己变得一无是处?

"你这个副处长是怎么当的,不行就别当了,让别人去当!"

宋扬有些愤怒,现在真宁愿自己上次竞聘没有成功,但又一想,凭什么?我这个副处长又不是你张力宏给我的,你凭什么不让我当?虽然宋扬心中很火,但还是不得不强压住怒火,理智告诉他,不能现在和张力宏关系彻底搞僵,否则倒霉的还是自己。

"这样吧,我回去再修改一下。"

"战略,战略,你要仔细想一下什么叫战略,战略不是眼前的事情……"张力宏断断续续地说了不少,但宋扬基本上没有听进去,他只想早些离开张力宏的办公室。

之前和同学、朋友聊天,不少人都说现在的领导很变态,宋扬不以为然,宋扬一直认为一个巴掌拍不响,领导变态可能也是因为下属工作不力或者和领导关系没有处好,自从宋扬参加工作以来,工作中遇到的领导都还是不错的。直到这一次碰到张力宏,宋扬算是彻底改变了看法,有些领导的确很变态!以前纯粹是自己运气好,没有碰到这种类型的领导。为了搞清楚为什么会出现这种情况,宋扬特意翻看了一些心理学方面的书,心理学上解释可能是缘于一种补偿心理:有些人在职场上受了很多挫折,比如说受别人排挤、得不到领导的重视、工作干不好,但凭借自己不屈不挠的努力,终于获得了一个不错的位置,在这个位置上,这些人会对下属要求非常苛刻,稍有不如意,就会横加指责。赵兵的离开,现在宋扬有了更深一步的认识。

上次胡斌给宋扬打电话,说杜丽怀孕了,宋扬想了一想,已经有一段时间没有和杜丽联系,觉得应该打一个电话,说打就打,"杜丽,最近怎么样,反应大吗?"

"哎,胡斌估计这两天还要找你呢。"

"什么事?"

"我怀孕后一直在妇产医院作检查,在那里也登记了,医院说3个月后才能建档,到时通知,谁知道3个月了,我们一直没有接到建档的通知,后来胡斌过去问了一下,才知道根本就没建上档。胡斌很生气,和医院理论了一番,当然没有什么用。我现在已经怀孕3个多月,哪儿都不接收,我现在都不知道在哪里生。"

"北京这个地方,就这个样子。你别着急,我再想想办法。"

"你等下,胡斌回来了,我让他接电话。"说完把电话递给胡斌。

"我说胡斌,你怎么到现在还没有搞定建档这事啊?还让你老婆在担心。要是不在妇产医院生,到其他医院生,你们去不去?"

"现在这种情况,哪能挑这拣那啊?"

"这样吧,我再去找一下我老乡,你等我消息。"

宋扬不敢耽误,马上给这位老乡打了电话。"师兄,我宋扬啊,最近还好吧?"

"宋扬啊,还好还好,你最近怎么样?"

"有段时间没向师兄汇报工作了,想晚上请你吃顿饭,不知道你有没有时间?"

"你肯定是高升了吧,今天晚上可以,还有什么人吗?"

"没有,专门请你。"

宋扬在卫生部旁边的一个餐厅订了一个小包间,早早到了那里。一会儿,师兄过来了。

"师兄,好久不见。"宋扬走上前去,递了一张名片给师兄。

"你现在可以啊,副总经理?"

"师兄,投行都这样,把名头都写得很大来唬人,实际上没那么牛。"

"那这是什么级别?我不了解你们系统的惯例。"

"也就是副处级吧。对了,师兄,你现在已经转正了吧?"

师兄给宋扬一张名片,"不瞒你说,我也刚转不久。"宋扬一看,现在果真是处长了,帮杜丽找个医院应该问题不大。

两人一边吃,一边聊。快结束时,宋扬正在考虑怎么跟师兄开口。师兄问:"宋扬,今天找我还有什么事吧?"

"师兄,不瞒你说,现在我一个朋友要生小孩了,碰到点麻烦,还想请你再帮帮忙……"宋扬把杜丽的情况简单介绍了一下。

"我就猜到这档子事。宋扬,你和这个人关系怎么样?要是关系一般,我还真有点为难。"

"师兄,关系相当好,不然我也不好意思又来麻烦你。"

"现在医院搞得乌烟瘴气,特别是产科这一块。这两年北京小孩出生的多,比你老婆生的时候难多了。"

宋扬一听这话,连忙说:"师兄,有什么难处你就说。"

"宋扬,实话跟你说,这个事得要花钱,当然不是我要钱,我可以给你找到关系,但钱还是必须的。现在稍微好一些的医院,都是人满为患,差一点的医院又没有人去。不瞒你说,找我的人还不少,一个两个人我可以凭关系,但人多了,实在不行,你要体谅我的苦衷啊。"

"明白,明白,师兄,你能帮忙找到关系就很感谢了,现在大家都想找一个好一点的医院,求一个心理安慰。这年头,即使有关系,也要小心维护好关系,大家都不容易,感谢师兄。"

"这样吧,宋扬,还是去你上次生的医院,那边我熟悉一些,我给产科主任打个电话,你明天过去见一下产科主任,顺便意思一下。"

"师兄,多少钱合适?"

"你看着办吧,也不用多,意思一下就行。我打过电话应该问题不大,但咱总得表个心意。"

第二天宋扬和胡斌来到医院,医院大楼上方"拒绝红包,和谐医患"8个大字,看起来是那么的刺眼。宋扬和胡斌找到产科主任,和主任说了一下情况,并把一个信封塞给了主任,主任开了一个单子,叫宋扬和胡斌拿这个单子去建档。OK,这个事情就算解决了。

记得以前跟一位朋友吃饭时,说过医院的各种内幕,比如医生乱开药,乱做手术,医生护士淫乱!这个社会怎么了,专门治病的医院,难道也病了?想想也没有什么大惊小怪的,医生也是人,也要养家糊口,也会遇到各种各样的生活中的不便,没办法,医生也只能利用手中的权力,为自己谋一点利益。"达则兼济天下,穷则独善其身。"看来,虽然国家富裕了,GDP多年两位数增长,但大家都很穷。

四十一　无欲则刚

转眼间,宋扬到资产管理部已经1年了,到融丰国际也已经快4年了。这4年中,宋扬还是有收获的,至少初步完成了职业转型。对于一开始就走对路的人来说,可能有些可笑,三十好几的人,还在说职业转型,但一开始走对路的人又有多少呢?

这一年来,宋扬一直在小心翼翼地处理着他和张力宏的关系,既不能远,也不能近,但张力宏仍然随时给别人一种压力,当然是给他的下属,在上司面前,张力宏一样也会点头哈腰。宋扬曾经认为,只要把工作干好,张力宏可能会逐渐改变这种不考虑别人心情而随时向别人施加压力的工作方法。但直到有一天,宋扬算是彻底认清楚了,江山易改,本性难易,张力宏的性格是改不掉的。张力宏说:"我觉得人就需要一种压力,我对自己有这种要求,对你们也会有这种要求,所以,你们要适应我的这种压力。一旦顶住这种压力,就会有一种很大的成就感。我不会表扬人,只会批评人,你们要想得到我的表扬,那不是一件容易的事情。"

张力宏说的"成就感"有些含糊,到底是他本人有成就感,还是底下干活的人有成就感,还是兼而有之。宋扬分析认为,这种成就感应该更多地属于张力宏自己,因为从宋扬角度来说,虽然他顶住张力宏的压力做了不少事,但并没有多少成就感。相反,张力宏的批评,让宋扬经常感到精神紧张,有时压力大到会失眠。前几天走在路上,一路都在想怎么回答张力宏的问题,过十字路口的时候闯了红灯,差点被汽车撞,宋扬吓出了一身冷汗。

宋扬这段时间总在问自己,有必要这么委屈自己吗?现在毕竟不是刚来融丰国际,4年前委曲求全,那是为了实现职业的转型。这3年来,宋扬卧薪尝胆,虽然没有实现终极目标,但翅膀已经硬了许多。实在不行,就换个公司,不能因为工作总这样压抑自己,时间长了会出事,宋扬准备联系一些金融猎头,为跳槽做一些准备。

不过,另一方面,目前这个平台,宋扬觉得还不错,能够接触到许多人,了解资产管理行业的动态,为自己的职业理想奠定基础。虽然一直在赶路,甚至有时会走偏路,但宋扬并没有忘记职业之路的终极方向。所以,不到万不得已,宋扬暂时还不想离开这个平台。虽然张力宏很让人压抑,但客观地说,张力宏对有些问题的看法,的确比宋扬要高明。宋扬也知道,不能因为不喜欢张力宏这个人,而对张力宏的一些有益的看法置之不理。

还有,和一把手钟复生的关系要搞好,不然,张力宏在钟复生面前的任何负面意见,都会影响到宋扬的职业发展。虽然因为工作关系,宋扬和钟总有一些交道,但基本上限于工作层面,需要找到合适的机会,进一步密切与钟总的关系。宋扬跟教练学习羽毛球已经快半年时间,还有一两次课就要结束,这位教练的确有一套,果真不是吹牛,从击球动作到移动步伐,总有一些独到的见解,让宋扬开了不少眼界,看在高额学费的分上,当然宋扬也希望把羽毛球学好,宋扬学得很认真,教练布置的训练任务总是不折不扣地完成,教练说宋扬的进步很大,但宋扬因为没有和其他人打过球,所以也不知道技术到底长进了多少。

总的来说,经过这几手准备,宋扬的心态放好了不少,也不和张力宏生气,虽然张力宏说过让宋扬下课的话,但宋扬也知道,只要自己不犯错误,即使工作没有成绩,也不会被贬,他张力宏也只能过过嘴瘾而已。一是张力宏不是一把手,二是融丰集团这么多年,没有出现过因为工作不出色而降级的事情。话说回来,就算宋扬同意下课,操作上也会有很大的困难。

当然,宋扬也不是吃素的,既然主持了资产管理部的工作,他还是希望做出一点成绩,这不是为张力宏而做,而是为了证明自己,也为自己的职业生涯作个交代。以前,资产管理部开发的理财产品,主要围绕信贷市场、货币市场以及银行间债券市场设计,很少涉及到二级市场,包括股市与期货市场等。其中原因很简单:目前挂钩一级市场的理财产品,虽然没有承诺预期收益率,但实际上是刚性兑付的,也就是预期收益率都能实现,所以,公司对风险管控的要求相当高。也许之前的产品赚了不少钱,但只要有一个产品出现问题,前面所有的工作都完蛋了。金融央企这种保守的特征,在融丰国际体现得非常明显。当然,当领导的也希望下属去搞创新,因为领导自己也需要工作业绩,但创新不能惹麻烦,不能带来风险。

经过认真思考,宋扬拿出了一个同券商合作发行理财产品的计划,这款理财产品是挂钩股市与股指期货的对冲产品。宋扬把这个产品计划书的方案交给张力宏,张力宏眼前一亮,但他也知道这个产品的风险。

"宋扬,你这个想法是不是有些异想天开?"

"张总,的确,以前我们没有发行过对冲产品,虽然这个玩意在国外很普遍,但这在中国还是新东西,新东西就有宣传的亮点,甚至会为我们的产品线开辟一块新的增长点。但是,我也知道,公司对风险的管控是相当严格的,你肯定担心这个方案到钟总那边过不了关。"

"对啊,你也知道会这个样子,还要搞这个玩意?"

宋扬知道张力宏会这么说,所以早就准备了应对之词:"张总,这方面您是专家,我相信您也知道,中国的资产管理迟早要走到这一步的,证监会推出股指期货以来,大方向已经非常明确,放松管制已经成为证券行业的大趋势。在这种背景下,资产管理也要与时俱进,我们要从100%的安全向前稍进一步,比如说90%的安全性,应该也是可以适当展开的。其实,从大概率上来讲,如果我们的产品都有90%的成功率,总体上来讲,我们的产品就是非常成功的。"

"是这个道理,但是向前这一步,到底是谁来走,不一定是我们。"

"这个我明白,但是,我认为,到钟总那边,他最担心的还是风险,只要我们把风险点全部明示出来,并且对每种风险都提供解决的方案,如果经过论证,比如说我们失败的概率只有1%,他应该会接受的。"现在在张力宏面前,宋扬不再像过去那样唯唯诺诺,已经有猎头对他感兴趣,只要宋扬愿意,宋扬随时可以离开,而且收入比这里高。

"你把这个方案再细化一下,搞一个简化版,我找机会跟钟总汇报一下。不过,你也不要等,你可以联系业内一些做得不错的券商,先和他们谈起来,考察一下,看哪家券商这方面经验丰富。我的建议是:中资、外资、中外合资的各选一两家考察一下。"

"好,我来办,不过,可能到时候还需要您出马。"

"需要我出面的时候,你提前告诉我。对了,我这边有一张名片,是我上次吃饭时遇到的一个证券的,你看看有没有用?"

这次与张力宏的对话,是很多次对话中最轻松的一次,从张力宏办公室出来的时候,宋扬的脑海里闪现出4个字:"无欲则刚",因为有金融猎头已经向宋扬抛出了橄榄枝,宋扬不再担心张力宏影响到自己的发展。以前在张力宏面前感到压抑,也是因为自己在职业发展上有求于他,所以他说什么就是什么,也不敢据理力争。现在无所谓,只要宋扬觉得有道理,会和张力宏据理力争。宋扬仔细看了一下张总给的名片,是鑫华证券的副总经理徐清芳,不知道芬妍现在还在不在鑫华证券。

业内最有名气的券商当数摩盛,宋扬去摩盛公司和对方洽谈过一次,感觉对方不太把融丰国际放在眼里,即使合作,也是摩盛主导,融丰国际只是一个被边缘化的角色,显然,这没有合作的基础。第二次宋扬联系了中资券商,谈得还可以,对方倒是愿意合作,但宋扬考察了一下他们的二级市场的投研能力,觉得没有太多的亮点,在对冲产品方面经验并不很多,这样,即使发产品,怕销售起来难度会比较大。

宋扬觉得应该早点向张力宏汇报,就来到张力宏的办公室。"张总,我给您汇报一下,这几天向券商谈的结果。"

"行,你说一下。"

"我找了一家外资券商和内资券商,效果都不是很满意,……上次您给我的名片是鑫华证券,我看了一下他们的情况,总体还可以,我想约她来过谈一下。这个人级别还挺高,要不这次您也参加一下会议?"

"好,你去办吧,提前通知我一下,我参加。"

宋扬领命后退出。回到办公室,立刻按名片上的电话联系到了徐清芳,说明了意图,对方也很痛快,约好了周五上午10点。

周五上午快10点,宋扬接到了鑫华证券徐清芳的电话,宋扬叫手下的人去楼下接一下,并把人领到会议室去。一会儿,手下的人回来汇报说人已经到会议室,一共2女1男。宋扬先去张力宏的办公室,"张总,鑫华证券的人已经过来了。"

"行,那我们过去。"张力宏跟着宋扬去会议室。

到了门口,张力宏在先,宋扬跟着张力宏进去。一进门,宋扬愣住了,鑫华证券3个人中,坐在中间的显然是徐清芳,右边是一位男士,左边的那个女人正是芬妍,实在太出乎宋扬的意料,小概率事件又一次发生,宋扬只能认为这是上天注定。芬妍显然也发现了宋扬,瞬间也怔住了。

芬妍,看起来更加成熟、干练、有气质,打扮入时,终于成为她曾经羡慕的投行女精英分子。宋扬看着看着,怦然心动一下,这么多年了,还是没有完全放下这个曾经喜欢过的女人,不知道她现在过得好不好。

"徐总,您好啊,上次聚会,一晃有两个多月了吧?"张力宏和徐清芳打招呼。

"时间过得真快,一直想过来拜访您。前几天,您这边的宋扬和我联系,我想真是太好了,咱们想到一块儿去了。"徐清芳笑着说。

"徐总,今天请您们过来,主要是想探讨一下在资产管理领域有没有合作的可能。鑫华证券,我记得从2005年开始,在中国的名声一下子起来了,现在算是国内最有影响力的券商之一。宋扬之前和我说过,鑫华证券这两年在资产管理领域发展得也很好,有很多丰富的经验,所以,今天我们主要是向徐总请教。"

在张力宏说话的间歇,宋扬瞟了瞟芬妍的名片:资产管理部 董事总经理。看来,芬妍现在做得还不错,已经做到部门的头了。

张力宏接着说道:"徐总,我们就直奔主题,我们现在想发行一款产品,主要是想做一款挂钩股票市场与股指期货的对冲型产品。以前我们产品的基础资产大多是挂钩信贷、非上市公司股权,现在想做一些新的尝试。当然,也可以在产品设计中,再做一部分基础资产挂钩收益率有保障的信贷资产。宋扬,你也来谈一下。"

"我来简单谈一下我们的想法。我们想做一款集合资产计划,50%投资于固定收益的类信贷资产,30%投资于二级市场股权,20%投资于债券,并且想做成开放式的,初步设想是T+10,投资于类信贷资产和债券,没有多少技术含量,但投资于二级市场股权这一块,需要有对冲,减少产品净值的波动率,这块目前产品做得不多,另外,因为是开放式的,还需要进行流动性管理。"宋扬说话时,基本上没有和芬妍眼光交流,芬妍眼神也集中在别的方向。

徐清芳说:"宋总说得对,股指期货推出来时间不长,券商能够参与股指期货的时间就更短,目前国内还没有发行过对冲产品,所以,这款产品在国内即使不是首创,也是相当领先。其实我们也有这方面的想法,因为从国外来看,肯定会有不少产品会往对冲这条路上去发展。正好我们的外方股东,在对冲产品上具有丰富的经验。所以,这款产品中的技术活,我想问题也不大。"

"哈哈,我们想到一块去了,看来这事有戏啊。"张力宏说,"不过,我们公司对风险管控相当严格,甚至苛刻到了零风险的地步,所以,这款产品还有不少细节性的地方需要探讨。"

"这个没有问题,我们这位邱总、邱博士,是我们部门的产品设计专家,邱总也简单说一说。"徐清芳对芬妍说。

"好,我也谈一下。对冲又叫套期保值。美国证券交易所(SEC)认为对冲基金没有精确的或普遍接受的定义,但有几个公认的市场特征:投资方式非常灵活多样,即可多、也可空;杠杆交易。能利用资金杠杆或衍生品放大投资杠杆来增强收益;最少的法规管制;一般具有一两年的锁定期;投资者主要包括大资金的个体投资者和机构,比如养老基金、高校捐款基金、基金会和其他的合格机构投资者;费用高,根据绩效奖励给基金经理。管理费一般为基金净值1%~4%,标准为2%,绩效费为基金利润的20%,一般在10%~50%波动。1949年,世界上出现了第一只对冲基金——琼斯基金,而对冲基金的快速发展是在20世纪90年代。

"对于A股来说,2008年年中以来,大盘就步入漫漫跌途,而且,这种熊市暂时还看不到结束的迹象。单靠买入持有和通常的择股择时来管理资产,有着靠天吃饭的窘境,系统性波动风险太大,而投资者现在对于风险的偏好愈发降低。在这种背景下,市场上各类基金中,唯有量化对冲基金能够取得正收益。对冲基金跟大盘系统性波动相关度较低,收益率曲线比较平滑,回撤幅度较小,风险相对较低,运用多种投资工具,通过多空中性的方式来降低风险,取得一定风险下的绝对收益;一般来说,交易都很频繁,不会因为某一只股票的仓位大小或者一次投资的成功或失败影响最终的收益。"

"对,现在很多资金都不喜欢波动大,宁愿收益率低一些。资金量越大的投资者,越是厌恶风险。"张力宏说。

"所以,对冲产品在中国发展的前景还是相当大的,"徐清芳补充说,"把对冲问题解决了,产品整体设计的难度不大,再由您这边来募资,这个事情应该能够做成的。"

双方又讨论了一些具体的细节,比如,产品费率、产品管理等。最后两边领导决定由宋扬和芬妍来具体负责这个产品的运作。

四十二　缘分终尽

送走徐清芳一行人,宋扬久久不能平静。自从和芬妍分手,5年没见面了,这次意外的重逢,难道就这样结束了吗?如果这个产品继续往下做,下面还要和芬妍合作,以后怎么处理和她的关系呢?宋扬犹豫要不要和芬妍再聊一聊,就像老朋友一样,宋扬想给芬妍打个电话,但又觉得打电话不合适,要不就发个短信吧,于是按照名片上的手机号码,宋扬编了一个短信,写好后却不敢点"发送",有点"近乡情更怯"的意思。正纠结,宋扬收到了一条短信:"有时间吗?晚上7点,老餐厅。芬妍。"老餐厅是以前他和芬妍常去的一个餐厅,档次不算高,但很干净。

真有点英雄所见略同的意味,宋扬立马回了短信:"7点见。宋扬。"

下午上班时,宋扬在想,晚上和芬妍说些什么好,想来想去也没有眉目,算了,不想了,想到啥就说啥。

宋扬到了老餐厅,心中一阵感慨,这里是他和芬妍曾经来过多次的地方,华灯初上夜未央,个中滋味慢品尝。宋扬看了一下手表,6:45,早点进去吧,不能让女人等。

宋扬进入餐厅,发觉前面靠窗的地方有个背影很像芬妍。宋扬竟然有点心跳加速,宋扬深呼吸,来到前面,果然是芬妍,"请问,这里有人坐吗?"宋扬开了一个玩笑。

"我约了一个叫宋扬的人,他马上就过来,不过,你可以先坐一会儿。"

"行,谢谢,那我就先坐一会儿,人来我就走。"

"这么多年,你还这么贫嘴?"

"我也不知道为什么,见到你,我想严肃也严肃不起来。"

多年不见,两人果真如多年的老朋友重逢,这很好,这是宋扬希望的效果,至少大家都不尴尬。

"过得还好吧?"

"过得还好吧?"

两人几乎又是同时,不禁哑然失笑。

宋扬说:"先不谈这个,先点菜。"

"我已经点好了。"

"又不给我机会,本以为早来十分钟就没有问题了,谁知道你又在我前面。这么多年,我一直赶不上你。"

芬妍没有接宋扬的话。"说实话,今天遇见你,我很意外。"

"今天遇见你,我也很意外,也很高兴。"

"要知道是你,估计我就不来了。"

"要知道是你,我就不会向领导建议推这件事了。"

"不许学我说话。"

正在说话的时候,服务员已经开始上菜,宋扬一看,都是自己喜欢吃的家常菜。"感谢你还记得这几个菜。"

"不知道你的口味变了没有?"

"一点没有。"

"喝点什么?我没点喝的。"芬妍说。

"喝点红酒吧。"

"没问题,那就点红酒。"说完就叫服务员点了一瓶比较贵的红酒。

宋扬给芬妍斟了半杯,自己也斟了半杯。"芬妍,意外见到你,很高兴,来,喝一杯。"碰了碰,宋扬一干而尽,芬妍也一口干了。

"你以前基本不喝酒的,喝一点脸就红,现在一口能干这么多,不简单啊。"

芬妍没有接话。宋扬给芬妍又斟了点酒。

"宋扬,给我说说你这几年的事吧。"

宋扬往椅背上一靠,"从哪儿说起呢?说来还得感谢你,你走了后,我也认真想了许多事情,后来还真想明白了,你离开我,真是太对了,我那时就是垃圾,烂泥扶不上墙。一年后,我离开了中信科,想见识一下投行,去了融丰国际,就是你当时看不上的地方。一直在融丰国际,做了几年的股票市场研究,然后到了现在的资产管理部。"

芬妍认真地听着:"下面呢？你老婆呢？"

"她啊,就是一个平凡的人,和你这种投行精英不能比。"

"你能不能不这样说话,你想挖苦我,是吗？"芬妍有点生气。

"我只陈述一个事实,你在这么有名的证券公司,当部门的头,从成功人士的标准出发,我和我老婆加起来,也比不上你。不过,我还是为你骄傲,真的,发自内心。"

"你们有小孩了吗？"

"有一个儿子。"

"带照片了吗？让我看一下吧。"

宋扬想了一下,还是把钱包拿了出来,里面有一张他和彦芝以及汪乙的全家福。

"你儿子真可爱,长得像你,几岁了？"

"3岁,准备上幼儿园小班,"宋扬说,"别光问我,你现在怎么样啊？"

"我去年结婚的。他是中国人,沃顿毕业的,在美国一家投行,他现在住在美国。"

"你们都很优秀,很配啊。你也要过去吧？"

"我一直在犹豫,下不了这个决心,现在我终于知道为什么下不了决心了。"

"为什么啊？"

"意外遇见你,我才下定了决心。我相信这是上天的安排,让我在去美国之前能见你一面。现在好了,见过你之后,我可以去美国了。"

"来,再干一杯,祝你在美国一切顺利。不过,我们的业务怎么办？"宋扬举起了酒杯。

"有人会接替我。"

"想想真有意思,5年前我还在中信科,你读金融博士。5年后,我们竟然会从事同样的工作。"

"宋扬,你是好样的,我没看错你,只是,我们有缘无分。"

"不说这个了,你现在很好,也算实现了读博士时的愿望。我呢,我也很好,我很知足,我每天都在感恩,感谢上帝赐给我所有的这一切,我甚至会感谢我们的有缘无分。当然了,这些东西,也是这些年来我逐步悟出来的。"聊着聊着,宋扬提了一下红酒瓶,酒瓶已经空了,看看芬妍,脸已经有些红,"酒已经完了,不喝了吧？"

"听你的。"

"那就不喝了。时间不早了,你也应该早点回家。"宋扬虽然没有看时间,但估计现在已经不早了,不仅芬妍应该早些回去,自己也应该早些回家。

"宋扬,我想问你一句,你还爱我吗?"

"听真话,还是假话?"

"真话。"

"不爱了。"其实,宋扬也说不清楚,到底爱不爱芬妍,既然说不清楚,就是还爱着。但他不能那样说。

"那我们还能做朋友吗?"

"应该可以吧。不过,异性朋友很难,你懂我的意思。"

"宋扬,你是一个好老公,你老婆真幸运。"

"不用夸奖我,我也是男人,我也有非分之想,但是我老婆很好,我知足了。对了,我也建议你一句,事业生活要兼顾,到美国后,赶紧多生几个娃吧,美国没有限制,你们经济条件好,不生白不生。"

"宋扬,感谢我的生命中曾经有你陪我度过一段美好的时光。"

"芬妍,我也很感谢你陪我度过一段美好的时光。不过,我们都回不去了啊!"

"是啊,我们都回不去了!"

"那就结账吧。"宋扬叫服务员买单。

芬妍摊开手问宋扬:"不想再聊聊?"

"送君千里,终有一别。"宋扬叹了口气。其实,宋扬还有很多话想和芬妍聊一聊。

"那,好吧。"

"芬妍,我们或许还会见面的。"宋扬故作轻松状。

上出租车前,芬妍说:"宋扬,能再抱抱我吗?"

宋扬没有拒绝,他轻轻抱了抱芬妍,"芬妍,异国他乡自己多保重!"说完这句话时,宋扬心中涌起了无限感慨。

"宋扬,祝你幸福。"芬妍说完这句话,猛一转身,钻进了出租车。

宋扬看见芬妍在车中抱头痛哭。哭吧,哭完了,一个时代就结束了。

宋扬站在车外,坚强地向芬妍挥了挥手,不知不觉中,他也泪眼迷离。曾经自己生命中最重要的女人,曾经在彼此生命中占有那么大的分量,现在这一别,或许就是两人这一辈子的最后一面,此情此景,怎不让人唏嘘?

回到家已经是晚上10点半,彦芝正斜靠在床头看张爱玲的小说《十八春》。"老婆,还没睡?"

"等你呢,晚上人多吗?今天没怎么喝酒吧?"

"就几个人,没怎么喝。"宋扬不想告诉彦芝,晚上是和芬妍去吃饭的。

彦芝倒也不怀疑,"赶紧洗洗睡吧,不早了。"

洗漱后,宋扬拿起《十八春》随手翻了翻,竟然正好翻到了曼桢和世钧重逢,这次重逢距离他们俩初次见面,整整隔了18年。宋扬有些惊奇,这也太巧了吧。不同的是,世钧日后还能经常看到曼桢,但自己已经看不到芬妍了。从意外遇见芬妍,到晚餐后再次分手,中间一共也就十几个小时,但宋扬感觉今天过得好漫长,芬妍的出现,还是在自己平静的心中投下了一块石子。

没过几天,宋扬就收到鑫华证券另一个人发来的邮件,大意是芬妍辞职了,鑫华证券指派他接替芬妍。芬妍走后,不知道为什么,宋扬对这个项目已经提不起兴趣,好在张力宏跟钟复生汇报了与鑫华证券的合作进展后,钟复生建议还是先放一放再说。这样,这个事就放下来了。要是平时,宋扬估计会有些郁闷,但现在他觉得有些高兴,领导保守一些也挺好。

宋扬的羽毛球教练课已经结束,现在水平到底怎么样,宋扬也没有底,因为按照教练的规定,学球期间不允许和教练之外的人打比赛。宋扬决定找机会去公司订的场地去打打球,更深的目的是想和钟总拉拉关系。这一年来,宋扬和钟复生之间的关系,不能说不好,领导交办的任务,宋扬大多能圆满完成,见面打招呼也很热情;但也不能说有多好,始终限于工作层面的交往。宋扬知道,要让钟复生对自己更感兴趣,还要多下点心思。

钟复生一般周三去打羽毛球,宋扬决定周三去会会钟总。到了场地,钟总还没来,公司好几个人在练球,宋扬估计是经常陪钟总打球的人,骆家仁也在其中。宋扬已经有一段时间没见过骆家仁,虽然在一个公司,但不在一个楼层,业务上接触的机会也不多。

"宋处长,今天太阳从西边出了,你也来打球?"骆家仁问。骆家仁说"宋处长"这3个字时,让宋扬听得怪怪的。

"身体是革命的本钱嘛,响应钟总号召,加强锻炼,你经常过来打球?"宋扬倒不生气。

"有时间就过来。天天写报告,身体不行了啊,有时候胳膊都抬不起来。"

骆家仁到现在还没被提拔。方小军对这里彻底失望了,但这小子路子野,不知道找到哪层关系,参加了融丰集团的董事会办公室副处长的竞聘,估计近期就会公示。方小军一走,研究部除了1正3副外,下面就雷打不动地排到了骆家仁。根据央企的提拔特点,骆家仁还是很有机会的,只要发挥"把牢底坐穿"的精神。骆家仁也明白这一点,所以,不管多郁闷,他也要忍着,而且,还要注意和领导搞好关系,不能让快煮熟的鸭子飞了。

钟复生今天没来,宋扬就和骆家仁打了几局,每局骆家仁得分都很少,而且这几分还是宋扬有意识地放了点水,这让宋扬心中感到神奇,那位教练果真不是吹牛,的确有一手,看来这个,万元的学费交得值。

"宋处长,你的球技很高啊,真人不露面。"

"都是业余选手,差不多。以前工作忙,天天加班,没有时间来打球,现在想开了,身体更重要。不过,要论锻炼的意识,还是你比较超前,听说你还在练瑜伽。"

"我不像你,都奔40了,也没有一官半职,再不把身体搞好,就啥都没有了。"骆家仁说的话有一定道理。

"别急,领导肯定想着你,耐心点,位置有限,只能一个一个慢慢来。"要在以前,宋扬对骆家仁很反感,现在,宋扬却有点同情骆家仁。虽然,宋扬比骆家仁早提拔,但本质上,大家都一回事。所以,从骆家仁身上,宋扬也看到了自己的影子。

宋扬又和其他两位同事练了练球,都大获全胜,这让宋扬的自信心大大提升。虽然打球的套路就这么一套,发球抢攻,高远球与网前球的有效结合,加上快速的步伐,但真的很适用。宋扬现在悟出了教练的意思,就好比下象棋时采取的某一种定式,只要别人没有找到破解之道,那么你获胜的可能性就很大。

四十三　工作生活

周三时,宋扬又一次来到球场,这次钟复生也过来了。"钟总,您好,我今天来凑凑热闹,向您学习一下。"

"宋扬啊,我印象中第一次遇见你,怎么样,一起打?"

"你们先打,我先在那个场地热热身。"

"那也好,你先练练。"

宋扬在旁边练习挥拍,这是每次打球前都要做的动作,正好也可以在旁边观察钟总的球路。钟总的确打得好,难怪大家都说打不过钟总,宋扬原来以为大家让着他,现在看来,不是这回事。

现在宋扬通过打球的动作基本上能知道这个人的水平,在这里打球的,都是业余选手,钟总也不例外,只不过打得多,技术还比较突出。

打了有一会儿,钟复生说:"宋扬,来,我们打一场。"

宋扬说:"钟总拍下留情啊,不然,下次不敢来了。"

钟复生说:"年轻人要有冲劲,让还有什么意思?"

听钟复生的口气,没怎么把宋扬放在眼里。倒是宋扬刚才观察了钟总的球路,心理上准备更加充分。

开球,宋扬仍然是那个套路,一出手,连续得分,这让钟复生有点吃惊,一远一近的组合球,钟复生有点顾不过来。不过,钟复生很快稳定下来,局面逐步相持起来。宋扬11∶8赢了第一局。

"宋扬,你的球技可以啊。"

"钟总,我主要赢在了体力上,您一直在打,我基本上是在休息。"宋扬说的是实话。

"休息几分钟,再打一局。"钟复生喝了点水,擦了擦汗。第一局输球,有些出乎意料,原来只想和宋扬打一局,现在看来,至少要打两局。

第二局开始后,钟复生做了一些调整,宋扬也有意要输这一局,但不能太明显。两人分数咬得很紧,最后钟复生以11∶9赢了第二局。两局下来,宋扬也是汗流浃背。

赢了第二局后,钟复生说:"宋扬,再休息一下,咱们来个决胜局。"

宋扬思考第三局怎么办,是全力去打争取赢下来,还是输给钟总。想了想,前面还是全力打,到后面再看情况。

第三局一开始,两人就打得很激烈,每一分都要多个回合。中间打到了8∶8平,宋扬决定让钟总赢这局球。就在拉锯的时候,宋扬突然听到"啪"的一声,原来钟总的球拍断了。

"哎呀,这个球拍坏得真不是时候。"钟复生有些遗憾。

宋扬把钟总的拍子拿过来看了看,型号是:YONEX 外星人1201,在心中默默记了下来。"钟总,今天的球很明显,您赢了,我和您还是有一定的差距,您要是前面没有消耗掉那么大的体力,我估计很快就落败了。"

"那不一定。输赢不重要,关键是要打得过瘾。今天有点遗憾,下次再战。"钟总的这番话倒是很对宋扬的口味。

回家后,宋扬上网查了一下YONEX 外星人1201,大概5000元的价格,而且要从香港进货。宋扬和卖方联系了一下,现在下单,3天内应该收到。宋扬没有犹豫,马上就在网上付了款。

3天后,宋扬收到了球拍,和钟总的拍子一样。周一早上,宋扬到公司很早,把球拍也带到了公司。宋扬要找到合适的机会尽早把这个拍子送给钟总,要是钟总已经买了,或者别人已经先送给了钟总,那这个球拍就没有意义了。

今天钟总下班比较迟,宋扬去看了一下,楼道里基本没有多少人,就给钟总打了一个电话:"钟总,我是宋扬,方便吗,我到您办公室去一下。"

"你来吧,我刚准备走。"

"那好。"

宋扬小心翼翼地穿过走道,感觉自己是一个准备行窃的小偷,幸好楼道里没有人。

"钟总,上周您的球拍坏了,您这么忙,肯定没有时间,我正好有朋友做羽毛球网店的,渠道比较熟,我就让他帮我弄了一个拍子。"宋扬怕钟总不接受,就故意编了一个故事。说完,宋扬把拍子递给了钟总。

"噢,谢谢,你别说,还真没有时间,这款大陆没有卖的,我是以前在香港买的,多谢多谢。"看得出来,钟总比较满意。

"领导满意就好。行,那钟总您赶紧回吧,我不打扰您了。"

"对了,宋扬,上次你们部想和鑫华证券合作搞一个对冲产品的事,是我压下来的,主要还是风险原因。你知道,我们所有的产品基本上是零风险的。"

"钟总,您放心,我明白的。我只是从工作的角度来想这个问题的,实际上,还是领导考虑得更加全面,我以后多加注意。"

"创新是好事,你放开胆子,不要有顾虑,我们要在控制风险的前提下,进行创新。总的来说,你们部门工作做得不错。"

"谢谢钟总,我们部继续努力,做得不好的地方,您多批评。"说完,宋扬从钟复生的办公室退了出来,今天的球拍送的时机不错,如释重负。

之后几天,在楼道里遇见钟总时,宋扬感觉到钟总比以前热情了一些,看来,给领导送些礼就是不一样。其实,宋扬向钟复生献殷勤,也不指望被提拔,而是求个心理安慰。这个年代,大家争先恐后地献殷勤,你不搞点小动作,就不放心。当然,领导不一样,结果也不一样。有些领导,主要看工作业绩;有些领导,则非常难伺候,不仅要有工作业绩,还要在方方面面都小心翼翼,一不小心说错了话、或无意中得罪了领导,最后自己怎么死的都搞不清楚。话说回来,如果你的路子野,也不用多担心,就像方小军,东边不亮西边亮,在这里搞不定,干脆去别的地方混,但这种路子大多数时候要"拼爹"。

这段时间工作很累,宋扬跟张力宏申请休了年假。原想好好睡几天,但刚休假,儿子就开始咳嗽。这几天,北京的雾霾很严重,50米外就看不见人,PM2.5早已爆表。

"宋扬,要不我们带汪乙去儿童医院看看吧?"彦芝有些着急。

到医院,人很多,抽血化验、看看嗓子、听听肺,开了好几样药回家。汪乙还比较懂事,讲了一会儿道理,就配合着把药吃了。

夜里,汪乙越咳越凶,宋扬摸了摸头,有些发烧。药已经吃了,没啥办法,听着儿子的咳嗽声,宋扬一夜无眠。

又吃了两天药,没见好转,宋扬和彦芝商量,去挂专家号。儿童医院的专家号可不好挂,宋扬一大早5点钟就去儿童医院排队,已经排了不少人,这里的人来自全国各地,有的人带着铺盖来的。宋扬运气不错,挂到呼吸科的主任医师号。主任医师听了听肺音后说,要拍片。拍片的结果是肺部有阴影,就又重新开了一些药。

回家吃了5天药,还是没怎么见好,汗乙的嗓子都咳哑了。宋扬听在耳里,疼在心里,宋扬真希望自己代替儿子来受这个罪。彦芝也急了:"老公,要不你去挂特需号,我们带儿子再去看看吧。"

"好,我也在想这么咳,不咳出肺炎才怪。我马上就去。"

特需号不是排队就能挂到的,一个号200元,外加号贩子200元好处费,一共400元。宋扬知道这里的利益链条,但没办法,形势比人强,不得不低头,宋扬从号贩子那里买到了第二天上午一个呼吸科特需专家的号。再做化验,专家看了化验单后,用毋庸置疑的声音说:"支原体肺炎,要输液。"

"这么严重啊?"宋扬问。

"前面开的药,主要是治衣原体的,不太对症,耽误了一些时间。"专家说。

宋扬无语,北京儿童医院,多少人带着最后的希望来到这里,医生竟然出这种错。

这次输了两天液后,汗乙才逐渐好起来,算了算,前后花了3000块。钱也就算了,把汗乙折腾得够呛。宋扬也觉得精疲力竭。本来想休息几天,谁知道出这档子事。

半个月后,汗乙终于又恢复了健康,体重下降了好几斤。"汗乙,这段时间生病,你表现很勇敢,老爸送你一件礼物,奖励你一下。你想要什么?"

汗乙把宋扬的脖子一抱:"老爸,我什么都不要,就要你陪我玩,跟我打架。"

"真的吗?你不是一直想要航空母舰的模型吗?"

"你要买也行,但我更想你陪我玩。"

听着不到4岁的儿子说的话,宋扬鼻子酸溜溜的,突然想哭,宋扬转过头去深深地吸了一口气。以前经常看报纸上写父母没有时间陪小孩,当时自己还觉得很奇怪,现在这种事就确确实实发生在自己身上。汗乙出生的那一幕就像在昨天,现在儿子都这么大了,宋扬一下子记不起来汗乙是怎么一天天长大的。天天被工作压着,到底是为了什么?

以前总觉得外企会天天加班,央企则比较松散。现在看来,并不是这样。就宋扬的观察,以融丰集团来看,有些部门的确很清闲,但也有很多部门工作量很大,晚上加班是常有的事情,自从负责资产管理部的工作以来,加班成了常态,最迟的一次,半夜两点钟才回家。宋扬有时宁愿自己不要这个一官半职,虽然收入多了一些,但付出了健康、付出了与儿子玩耍的时间、付出了与老婆交流的时间。

宋扬现在特别想把工作与生活平衡好,但发觉这事很不好办。首先,既然现在职位上已经上了轨道,再向上升一级,提拔为正处长,只是时间的问题,趁现在部门还没有正处长,好好干一干,早点再升一级,但这是有代价的,必须努力表现;其次,在公司几位副总中,张力宏最为要强,无疑会把压力向宋扬传递,但宋扬没法把全部的压力向下属传递,很多事情还要自己搞定,事情搞砸了,张力宏不会找别人,只会找宋扬。事实上,宋扬为了工作,基本上牺牲了自己的生活,也一定程度上牺牲了自己的健康。

宋扬不知道其他人什么感觉,或许,大家都是在苦苦地硬撑着,只要没有趴下就要忍着!或许这就是生活!但这样生活的意义在哪里?宋扬很苦恼,不知道怎么办才好。要说起来,别人可能会觉得宋扬矫情,在这么好的一个金融央企当副处长,而且看得到上升空间,努力一把就能当上处长,还有什么不满意的呢?

宋扬的最终目标是希望成为一名成功的职业投资人,那是一种自由的状态,宋扬并没有忘记自己的目标。但现在,一是股票市场不好,2008年8月以来,就是一个震荡下跌的态势;二是对自己的投资水平没有信心,好心帮助费玉理财,现在还浮亏10多万,这比宋扬自己亏损还要难受。

但宋扬知道,现在的工作,只是职业规划中的一个分支,迟早还是要汇入主流。但到底什么时候才能汇入主流呢?不知道。一想到这个问题,宋扬就觉得很郁闷,有时半夜醒来,甚至也会想到这一档子事,这已经成为宋扬的心病。

这段时间,因为儿子生病,宋扬忙前忙后,吃饭休息都不规律,儿子好了,宋扬却觉得身体有些不适。本来想请几天假休息一下,眼看快到年底,工作上还有很多事,宋扬就忍住了。也许是伏案时间太长,经常眩晕,有时走路瞬间也会晕一下。宋扬在网上查了查原因,很担心,觉得还是要去医院看一下。到了医院,宋扬向医生简述了一下情况,医生说这种现象的原因很多,宋扬想做个脑CT,但医生说暂时没有必要。凭医生的经验,是亚健康的原因,要多休息、多运动、少伏案。过一段时间,如果症状没有缓解,再来医院,医生给宋扬开了缓解压力的药。

回到办公室后,张力宏来电话:"宋扬,明年的工作思路出来没有?"

宋扬一惊,这段时间总有点不在状态,差点忘记了这档事,幸好已经交给下属去办了。"张总,我一会儿就送过来。"

宋扬看了看下属根据自己的意思写的工作思路,基本上可以,就打印了一份。

"张总,我们初步制订了一份工作思路,您看一下。"说完,宋扬递给了张力宏。

"这是你写的吗?"张力宏看了一会儿说道。

"是啊!"宋扬一时不知道张力宏什么意思。

"你这样写是不行的,会把整个部门带上歪路的,你仔细考虑了没有?"

"张总,我……"宋扬刚想解释两句,就被张力宏粗暴地打断了。

"这些指标你认真测算过没有,你想过订这个目标的影响是什么吗?以后你和别的部门怎么处好关系?你这个部门负责人是怎么当的?……"张力宏一连串的问句,让宋扬压抑得喘不过气来。

"张总,您说得对,我的确胜任不了,您看怎么办吧?"宋扬本来心情就不好,忍无可忍,无须再忍。

张力宏从来没有这样被下属将过军,一时竟然不知道怎么说才好。宋扬也觉得刚才的话不太妥。"张总,在工作上我已经尽力了,您也知道,我基本上天天加班。当然,您也很辛苦,每天也走得迟,这段时间我身体不好,上午我还去了医院,本来我想请个病假,但想到工作上事情多,我就一直忍着。就这份工作思路而言,虽然不敢说很完美,但也基本上融合了钟总这段时间的想法,我认为方向上是没有大问题的。没想到,一到您这儿,竟然一点没有可取之处。这样下去,我真的干不了,我很抱歉。"

"宋扬,你身体不好,要给我提啊。我刚才也不是说你工作不认真,只不过我对人的要求高,你一年多来还是做了很多工作的,你的工作我还是认可的。"张力宏语气上软了不少,宋扬不知道张力宏这席话有多少可信度。

宋扬走出张力宏的办公室,心里感觉很爽很爽,以前在张力宏面前基本是压抑自己,今天解放了一次,这是人性的解放啊!但宋扬也知道,今天或大或小地闯了一个祸,不知道张力宏下面会怎么对付自己?宋扬在思索,要不要先到钟总那边去谈谈,以免张力宏恶人先告状,说自己的坏话。

四十四　虚无缥缈

日子一天天过去，不会因为高兴或者郁闷而变长或变短。算起来，今年已经是宋扬来融丰国际的第五个年头，宋扬记得很清楚，党的"十七大"的时候，他离开了中信科，一晃5年就要过去，今年下半年将要召开"十八大"，曾经的梦想又在哪里？"知我者谓我心忧，不知我者谓我何求。"宋扬无限感慨地想。

宋扬正在紧张地工作，电脑MSN上传来王宇的头像。"在？"王宇问。

"在。"宋扬回答得也很简洁。

"出大事了！"

"别咋呼咋呼的。"

"洪超去世了！"

"KAO，上个月我还在地铁碰到他，上周我俩通过电话，准备近期小聚一次的。"

"真的，千真万确。"

"哪来的消息？"

"财务部。"

宋扬想起来，洪超以前的确是在中信科集团的财务部，但怎么会突然去世呢？

"到底是什么原因？说具体一点。"

"好像是突发性脑溢血，再详细的我也不知道。"

"太突然了吧！"宋扬现在完全相信了王宇说的话。

"明天上午10点开追悼会，我们要不要去？"王宇问。

"去,一定要去,最后再送洪超一程吧!"

"那我们一起过去吧,明天9点钟左右我在地铁站等你。"王宇说。

"好。明天见。"

敲完最后几个字,宋扬觉得心里很难受。宋扬和赵洪超研究生毕业后一起去了中信科,一起参加拓展训练,关系还不错,洪超最先离职去了证券公司做IPO。宋扬一直觉得,赵洪超有想法、有能力,是他们这一批去中信科集团的同事中的佼佼者。怎么一个人说没有就没有了呢?

第二天是个晴天。上午9点多钟,宋扬和王宇在地铁站碰头一起去八宝山,这是宋扬第一次参加一个同龄人的追悼会。宋扬、王宇到的时候,告别厅外面已经有不少人,看样子大部分是赵洪超现在的公司——汇富证券过来的人,也有不少是中信科集团的人。大家三三五五地聚在一起议论着什么,各自沉浸在或深或浅的悲伤中。宋扬只认识几个人,集团采购部的王刚、国际部的李向峰、法律部的康辉。在签到处,宋扬领了《赵洪超生平》和一枚白色的小花,宋扬认真地把白色的小花别在胸前。

快10点钟,外面的人越聚越多。"洪超是一个好人啊,每到一个工作单位,都会有这么多的人记着他。"王宇说。

"估计还有不少人不知道这个消息呢,你要是不告诉我,我也不知道。"宋扬说。

"天妒英才啊!我要是哪天死的时候,能有这么多人来为我送行,我就知足了。"

告别仪式开始,外面的人陆续排队进场,宋扬还在外面的时候,就听到里面传来的哭声,"孩子啊,你这么早就走了,让爹娘怎么办啊……"让人听得心碎。轮到宋扬时,宋扬向被花圈包围着的洪超深深地鞠了三个躬,刹那间,宋扬感觉到死亡离自己是如此之近,泪珠在眼中打转,"兄弟,一路走好!"宋扬握了握洪超老婆的手,哽咽地说道:"洪超走得太突然,你一定要坚强!"不知道洪超的老婆对宋扬还有没有印象,她点了点头,暗紫的嘴唇泛着血丝,憔悴又哀伤,但眼里已经没有泪水,看得出来,这是一个坚强的女人。

从八宝山往回,一路上天空依旧晴好,宋扬想起了顾城的那段诗句:"人时已尽,人世很长。我在中间停下休息。走过的人说,树枝低了。走过的人说,树枝高了。"

宋扬和王宇见的面多一些,但和王刚、李向峰、康辉都有好长一段时间没有见过面,大家商量中午一起吃顿饭,其实大家都没有什么心思。经过大家七嘴八舌的议论,宋扬终于拼出了洪超辞世的前因后果。由于股票市场不好,市场投资者天天叫嚷着要停发IPO,不能再从市场"抽血",证监会压力很大,已经开始考虑近期暂停IPO。洪超同时负责几个IPO的项目,他想在证监会暂停IPO之前,把这些项目都报上去,这段时间拼得很凶,经常半夜回家。不巧的是,前一段时间,洪超小孩的肌无力复发,更让他心力交瘁。而且,父母的身体一直不太好。所有这些,洪超一个人扛着,也很少和别人说,他希望趁着年轻多挣些钱,一个星期前,洪超在办公室加班到半夜,站起来刚准备回家,一下就倒下了。同事立马打120送他去医院,但最终还是没有挽留住他的生命。洪超,一个好男人,就这样离开了。

"宋扬,还是你走得对啊!"王刚一边吃,一边说道。

"王刚,你想走,现在也可以走啊?"王宇故意说道。

"现在还走啥呀,我都37了。"王刚郁闷地说。

"要说起来,就算想换工作,现在真的太迟了。在中信科这些年,已经被废掉了。其实,中信科性价比也还是不错的嘛。"李向峰自我解嘲道。

听李向峰这么一说,宋扬很是感慨,5年前离开中信科的时候,纠结了好久,要是现在还在中信科,宋扬肯定没有决心离开,就算有天大的不如意,也只好忍着。机会成本越来越大。

"不管怎么样,宋扬,你已经解决了位置问题,咱几个还在挣扎呢!"王宇有点羡慕地说。

"等着吧,央企有央企的好处,虽然慢一些,但解决位置只是迟早的事情。对了,原来我们部门的费玉现在怎么样?"宋扬有一段时间没和费玉联系,帮助费玉理财亏了那么多,实在不好意思见她。

"费玉啊,要提拔为副处长了吧,我在集团网站上看到好像最近在公示。"王刚说。

"费玉这么多年,不也熬到了副处长了吗?兄弟们再耐心一点。"宋扬为费玉感到高兴。

吃完后,大家约定,以后每隔几个月时间都要聚一聚,混得好也罢,不好也罢,交流一下,也有利于缓解压力。

一连几天,宋扬都睡不好觉,眼睛一闭就想着洪超,想着他的家人,小孩还在治疗,父母卧病在床,这个家因为洪超的离开,全乱了套,幸好洪超在世的时候挣了些钱,但以后怎么办呢?一想到这些,宋扬就不能自已,深深地为洪超难过。

宋扬决定和费玉见个面,一来向费玉道喜,二来把费玉的股票市值汇报一下,看来,这个市场,一天两天起不来,宋扬想干脆把费玉亏损的十几万补上,一起还给费玉,免得天天看着难受。

宋扬约了费玉在中信科旁边的一家餐厅见面,宋扬早些到了餐厅,点好了菜。一会儿,费玉进来了。菜很快就上来了,两人边吃边聊。

"费姐,你升职了,也不告诉老弟一声。"宋扬似乎有点责怪的意味。

"你怎么知道的?"

"我在中信科有线人。"

"我这么大年纪了,提个副处长有啥意思?你才是年轻有为!"

"啥叫有为啊?你交给我操作的股票账户都亏了那么多,我很不好意思。"

"亏多少?我都好久没有看了。"

"大概10万左右吧。这样吧,费姐,我想把亏的钱给你补上,这样,我心里会好受点。"

"嗨,宋扬,你还不了解费姐啊?你费姐虽然没有多少钱,但这点钱还真不在乎。你说在北京,房价这么高,这点钱也干不了多少事,再说,我也不急钱用,你就放那边,没准哪天又涨回来。"宋扬没想到自己心中一直解不开的结,一下就被费玉解开了。

"让你失望了,这几年投资上没有多少长进。"

"我还是看好你!以后理财我还指望你呢,继续努力。"

"是,是,继续努力。"

"我忽然想起一件事,我一姐们说有一些钱,想找人帮着投资点股票。"

"噢,多少钱?"

"没有具体说,但她要是说有些钱,肯定不会少,估计怎么也有几百万吧。"

"我有一个很好的朋友在做私募,能够保本保收益。比如说你朋友出450万,他们出50万,一共500万在一个账户,如果股票跌幅在10%以内,都是跌他们的。如果跌幅超过10%,账户就会自动清仓。也就是说,怎么也不会亏到你朋友的资金。如果股票涨了,比如说翻一倍,股票市场现在是1000万,那么盈利的500万中,你朋友拿250万,他们拿250万。"

"那好啊,我把她的号码给你,你叫你朋友联系一下她。"

宋扬回家后,就给王驰挂了电话。"喂,驰兄,方便吗?"
"方便,有何指示?"
"是这样,我一个朋友的朋友,有不少资金,你和她谈谈,看有没有什么合作机会。"
"感谢,这两年,你帮我介绍好几次业务。"
"举手之劳。"宋扬自从负责资产管理部后,经常有机会接触一些有钱人士。
"我正想找你呢。最近我们公司准备扩张一些业务线,估计会增加一至两个人,你不是一直说过要过来嘛,不知道你现在是不是还感兴趣,毕竟,你现在在这里发展得也不错。"
"做合伙人,还是打工?"
"当然是当合伙人,要是叫你来打工,我还会叫你吗?"
"那——我考虑一下,毕竟,有点太突然。"
"你好好考虑一下,我和老大提起过你,老大对你也挺感兴趣,不过,你到底能来不能来,我只有建议权,最后还要老大定夺。"
"明白。"
"这样吧,找机会你和老大见一面,不管你来不来都没有关系。"
"老大就是你以前说的师兄吧?"
"对。他叫魏进。"
"好啊,你安排时间吧,要不这个周末?"
"好,我定下来通知你。"

王驰所在的这家非阳光私募叫神木投资有限公司,管理资产并不大,目前只有几千万,但业绩做得不错,对于几个人的公司来说,已经很不错。

周末,宋扬来到王驰这家公司。"王兄,我来了。"
"好,我领你先去见师兄。"
"魏师兄,您好。我一直想过来拜访您。"魏进剃了一个光头,40出头,这就是王驰所说的开宾利的师兄。
"王驰经常提起你,你也帮过我们介绍过客户,很感谢。最近,我们考虑扩充一些产品线,需要增加一些人手,我们最先想到的就是你。"
"感谢魏师兄,我水平不行啊。"宋扬还是有些不自信。
"王驰介绍过你的情况,凭你的努力与悟性,水平不会是一个大问题。"
"不瞒你说,我现在对二级市场关注得不多,部门的事情搞得我焦头烂额。不怕你笑话,我的投资业绩并不好。"

"我喜欢你的坦率。我不怕你亏!"魏师兄笑着说。

"宋扬,我猜你最大的问题还是在执行上,如果有一个团队,你的投资业绩会上升很快。"王驰插话说。

"这样,宋扬,你觉得怎么样才能做好投资?随便谈,反正这个也没有标准答案。"

宋扬知道,魏进其实是在测试自己,王驰说过,能不能来最终要看魏进。不过,宋扬这几年,看着投资上的涨涨跌跌,还是有过深入思考,再说现在当资产管理部副总经理,还是有不少想法的。

"魏师兄,那我就班门弄斧了。我觉得,股票投资需要具备很多素质,不同角度有不同的答案,如果高度概括一下,我认为只有两条标准:第一,知道怎么样做才是正确的操作;第二,严格执行操作。用第一条标准来衡量,就可以将绝大多数投资者挡在门外。比如说,大盘破位后怎么办?个股破位后怎么办?底部放量后会有几种演变格局?高位放量大阴后是否意味大趋势逆转?通胀见顶后股市往下还有多大的跌幅?等等。好在这些技术只要努力学习总会掌握,无非要花些时间、花些金钱。从这方面讲,股票投资技术与其他技术一样,没有太多捷径,需要认真学习。"

"嗯,那执行呢?"

"股票市场有一赚二平七亏的经验规律。如果说只要你不断地学习就可以达到第一条标准,那么,第二个标准就不仅仅是学习就可以做到的了,其中涉及到人性和一些违背常人意愿的东西。打个比方,大家都知道锻炼对身体有益,但真正能坚持锻炼的人不多,相信那些天天坐在办公室上班的白领会有非常深的体会。同样道理,知道怎么样做才是正确的操作,但未必能严格地执行。我就是一个典型。"

"你能够认识到自己投资中存在的问题,很好!再谈谈你对交易系统的看法。"魏进继续问。

"关于交易系统的相关讨论,实在是非常多,这里主要谈一下我的理解。我认为,之所以需要交易系统,是因为我们对市场判断会经常出错。实际上,我们在对股票市场进行研究时,基本上是相关分析,而不是因果分析,在方法论上存在天然缺陷。就算我们分析的结论没有问题,但突然出现了黑天鹅事件,它对原先的结论可能会有颠覆性影响。所以说,市场不确定性的存在是我们需要交易系统的根本原因。只要市场存在不确定性,我们就需要交易系统,交易系统是我们能够在市场长期生存的保证。如果用一个简单的公式来表示交易系统,我认为交易系统＝大概率事件＋止损。大概率事件与止损相辅相成。没有大概率事件的止损,只会让你的本金越来越少,最后彻底丧失信心;没有止损的大概率事件,很可能会在某一次意外中被扫地出门。只有建立在大概率事件与止损基础上的交易系统,才会久赌必赢。"

"你怎么看风险与收益?"

"以前我总把收益放在第一位,经过这些年的涨涨跌跌,我算是明白了,风险绝对要放在第一位,钱可以不赚,但不能亏。一般情况下,我会有试探性仓位,没有赢利保护时,一般不会加仓。"

"宋扬,这几年你的进步很大啊。"王驰在一旁说。

"王驰说得不错,看来你现在对市场的理解已经相当不错。实际上,你要是过来,还有一个重要的任务,就是我们想在一级市场上有所发展。你知道,这两年银行与信托理财发展火爆,而二级市场一直萎靡不振,你要是过来,我们想在理财、PE等方面也做一些,这样,我们一二级市场可以协同操作。你在融丰国际当资产管理部副总,这方面肯定比我和王驰的经验多。"

"噢。"宋扬点了点头。

"收入方面,我也不遮遮掩掩,咱们这种体制外的私募机构,必须要有真本事,所以,我们这里的收入与个人贡献直接挂钩,当然,我们几个人都会有基本工资,但很少,主要要靠分红。多的时候,我想过百万肯定没有问题,极端情况下,干一年可能一分钱都没有,甚至还要倒赔。具体薪酬分配机制,王驰回头和你再详细说。"

"我再仔细考虑一下,毕竟这对我来说也是一件大事,魏师兄。"

"对,是要仔细考虑,要说起来,你现在也不错,在体制内,副处长,收入也不低,安安稳稳地过日子,其实挺好;到体制外,你一下子就会感觉到失去了保护,心理上还是有落差的。这个事,也不着急,你多考虑考虑,没有想清楚的话,到这里来你会很痛苦。回头有什么情况,你就和王驰直接联系吧。"魏进说。

"谢谢师兄,我明白您的意思。"

"对了,王驰,下次咱们私募圈开小会的时候,你找一个合适的机会,叫上宋扬,一起去听听,多方面感觉一下,可能也有些帮助。"

"好,没问题,这个事下面我具体联系宋扬吧。"王驰说。

临走时,王驰和宋扬说:"我觉得魏师兄对你还是很满意的,你再考虑考虑,回头我们再联系。也不瞒你,现在他还要再看一些其他人,最终我们想再进两个合伙人,所以,你也不要着急,还是想清楚。"

聊了一会儿,宋扬和王驰握手告别。回去的路上,宋扬忽然感觉到自己离终级职业目标近了一些,当然,到底去不去神木投资,还要认真思考一下,也要征求彦芝的意见。

四十五　重新起航

算起来,托王德江的福,宋扬当上副总经理已经有两年的时间,按照之前公司规定,副处长满两年可以参加部门总经理(正处长级别)的竞聘,宋扬这段时间干得更起劲,经常陪钟总去打羽毛球,希望临门一脚能射进。

不过,最近公司中层以上的领导正在传阅一份《融丰集团及下属公司干部竞聘指南(征求意见稿)》,宋扬自然也能够看到这份文件,根据文件精神:以后参加副处级干部竞聘,至少需要有一年基层工作经验,参加正处级干部竞聘,至少需要两年基层工作经验;对于已经是副处级的干部,没有基层工作经验,原则上不可以进一步提拔,但如果表现优异,担任副处级干部满4年后可以参加处级干部竞聘。

说简单点,像宋扬这种没有基层工作经验的副处级干部,至少需要再干两年,才有资格竞聘正处。融丰国际综合了大家的意思,回复了一份意见,大体意思是,总体上支持集团的改革,但要注意到延续性,建议给两年过渡期。

宋扬在楼道里碰到骆家仁的时候,骆家仁一副垂头丧气的样子,"家仁,想开点,这个指导意见还不一定能出来呢!"宋扬知道,这个政策要是出台的话,对骆家仁有很大的影响。

骆家仁有些难过地说道:"你知道,去年没搞竞聘,我全指望今年,谁知道今年又搞这么一个政策。"

"哎,我理解,我理解。"

"不过,我现在也想通了,就算给我解决了位置,又能怎么样呢,我都快奔四的人，天天为一个副处牵肠挂肚，没啥尿意思。"言语中透露着一丝悲凉。

"你讲得对，我们除了想开一些，好像没有更好的办法。"宋扬不知道怎么安慰骆家仁才好，以前觉得骆家仁有些小人，现在却有些同情他，要是换作自己，也一定很郁闷。

宋扬和方小军通了一下电话，方小军已经联系好路子，准备去基层挂职，看来，方小军的关系的确比较硬，政策还没有下来，方小军就已经准备好。所谓政策规定，历来是限制没有路子的人们。过了一段时间，集团的指导意见一直没有下来，听说集团各部门以及下属公司的反应很大，看来，这个政策的推进的确存在障碍。

这天，王驰给宋扬来电话："宋扬，这个周日我们有一个圈会，你一起过去听听？"

宋扬想起来，上次魏师兄提过这件事，"主要是什么内容？"

"嗨，就是神仙会，大家交流一下对市场的看法。"

"那行，我跟你去感受一下。对了，王兄，魏师兄那边怎么样，催我这件事了吗？"

"这段时间，他也谈了其他几个人，有些人素质还可以。最近他比较忙，没有和我提过你的事情，不过，你还是抓紧吧，拖也不会拖多久。"

"明白，你那边有什么动静，也让我知道一下。这件事，说起来容易，做起来不简单啊，我还没有完全考虑清楚。"实事求是讲，要是宋扬现在没有职位，他会毫不犹豫地去这家私募，但现在他有了一定的职位，而且，可能还会再提拔一级，这种情况下，天平就没有那么容易倾斜了。

"认真考虑是对的。周六晚上我再和你联系，告诉你时间地点。"王驰也没有催宋扬的意思，他也知道，这种职业上的转型，必须自己想清楚才行，不然，日后对谁都不好。

周末，宋扬跟着王驰来到一家茶舍，人不多，一共10个人，颇有煮茶论道的感觉。王驰向大家简单介绍了宋扬，宋扬和这些人交换了名片，估计这帮人比较熟悉，好几个人都没带名片。看了一下名片，宋扬发现了几个厉害的名字，以前在网上经常看到的私募机构，一个叫剑道，一个是磨铁，还有一些是没有怎么听说过的，比如伯通、合一等。宋扬发觉，这些机构起的名字都挺有意思。

"魏总怎么没来？"剑道的肖总问王驰。

"魏总最近比较忙,本来说过来的,但实在脱不开身。"王驰说。

"是不是忙转型呢?上次电话中就听他说过这事。"肖总问。

"对对,郭树清主席新官上任几把火,好像烧得越来越旺。"王驰答。

"是啊,今年5月券商创新大会一开,资产管理就进入了战国时代,不仅你们神木谋求转型,我们剑道也在考虑这件事。"肖总说。

"肖总,不转不行啊,据我了解,像我们这帮专做二级市场的私募,有不少人已经从二级市场撤出来,去买银行的固定收益理财产品。连我们都去买理财了,还能够指望有多少人和我们合作,或者买我们的产品呢?"

"而且,现在有一种趋势,资金量越大的客户,越偏爱银行理财,我们现在一些客户,都跟了我们好几年,因为私交不错,所以没撤,但如果股市再这样低迷,我觉得难保这些客户不离开我们。"王驰说。

"王总,你们今年也签一些结构化的单子吧?"肖总问。

"肖总,不瞒你说,今年年初行情不错,我们签了几个资金量比较大的单子,如果大盘再这样跌下去,就有清盘的危险,我们也很着急。"王驰说。

这些情况,宋扬之前从来没有听王驰说过。宋扬心想:今天,王驰当着自己的面说这些,一方面是没有把自己当外人,另一方面也是想让自己多一些思想准备,用心良苦啊。其实,自己是有思想准备的。从这几年自己的观察来看,私募界很少有常胜将军。就拿阳光私募来说,前年的冠军,去年倒数第一;去年的冠军,现在基本上处在倒数四分之一。按理说,阳光私募的风控要强于非阳光私募,但从实际来看,业绩波动竟然这么大,对于非阳光私募来说,更不好说。

"我知道的今年就有好几家私募已经清盘,看来,结构化的单子不好搞啊,不是一般人能玩的。王总,你也不用谦虚,你们的业绩还是相当稳定的。"伯通投资的曲总插话说。

"这行情,真折磨人,从2008年年中跌下来,已经4年了,到现在还没探底,对于我们追求绝对收益的私募来说,实在太残酷。"合一投资的贾总叹了一口气。

"我一直是一个乐观主义者,还是想开一点,今天活得好好的,明天都不知道在哪里。你说这几年,瘦肉精、地沟油、一滴香、胶面条、皮革奶、镉大米、石蜡锅,还有PM2.5,哪一个不要人命,活着就好,活着就好啊。"曲总吐了一个烟圈。

"各位老总,你们说的都有道理,不过,你们别骂我,看到北京这两年的雾霾天气,我特别高兴。"王驰说。

"高兴啥?"有人问。

王驰说:"北京的特权阶级多,但现在特权阶级没有特供空气了啊。"

王驰的话引起了在座的深思。宋扬也觉得王驰这句话含意非常深刻。

"王总的话很有道理,其实,咱们做私募的,很多时候是不屑于与别人争,更不用说与特权阶级争,争也争不过,只能靠自己的努力改变一下小环境。要说起来,咱们是幸运的,选择了私募这个行业,而且成为这个行业的幸存者,但是,这个行业鱼龙混杂,一不小心就会前功尽弃,我们一定要坚持我们的底线啊。

"昨天晚上,我陪我家老爷子喝酒,老爷子跟我聊到一个老同事,令我印象异常深刻。这位老同事在国家工资整体上涨前,节衣缩食,整整存了15年的钱,现金终于达到10000元左右,但还没高兴了几年,工资开始大幅上涨,结果很快工资额度就超过10000元,与之相伴的是社会商品价格的急剧提高,等于他过去15年的辛苦积攒在一夜间从凤凰变乌鸡。虽然这无关生老病死,但毫无疑问属于人生中的巨大悲剧。咱们选择私募,就是要最大可能地避免这种不幸。"肖总感慨地说。

"肖总,不和您比深刻了,您骑马练得怎么样?改天和你比比。"磨铁投资的何总接着说。

"骑马肯定赶不上你,你的马1000万,我的马500,差了一个档次,不和你比。我找了一个太极拳高手,最近开始练太极,你要是愿意,再过几个月,我和你比太极拳吧!"肖总笑着说,"各位,我们不闲聊了,言归正传,下半年的市场怎么看?魏总那边已经忙着转型,下一阶段都有什么样的安排,大家都聊聊吧。"

…………

回到家里,宋扬心里颇不宁静,这是宋扬第一次离私募圈这么近。宋扬决定和彦芝商量一下,这是一件大事情,必须考虑彦芝的感受。晚上,宋扬把彦芝拉到卧室里,"老婆,我准备换工作,去一家私募基金去干,从体制内走到体制外。想听听你的意见。"宋扬开宗明义。

"为什么啊,你现在不是挺好吗,是不是工作太累了?"

"去私募干是我长久以来的一个心愿……"宋扬把事情的前因后果向

彦芝解释了一下。

"你说得头头是道,看来你已经想清楚了。说实话,我也觉得你现在离开这里有些可惜,但你看看你现在的手下,谁不比你的背景好,不是海归,就是博士,不是博士,就是双A(CFA与CPA),大多数人的英语也都比你强,如果大家在同一起跑线上,你未必能竞争过他们。"

"这点我承认,现在年纪越大,越能认清楚自己几斤几两,不像以前,觉得自己什么都能干。"

"当然,你也有你的优点,你比一般人有恒心,有决心,认准了方向,会千方百计地坚持下去。看得出,你很纠结。像我们这样白手起家在北京混生计的人,实在不容易。别纠结了,虽然你现在的位置不错,有些舍不得,但是,我知道,如果不让你去王驰那里,你肯定会更郁闷,既然你想清楚了,我还是支持你!"彦芝说,"我不指望有多少物质上的享受,你要保证不出什么事情,我们平平安安活着就行。"

宋扬对彦芝的理解,感到很欣慰。现在宋扬越来越感觉到,和彦芝在一起是自己上辈子修来的福分!

既然决定要离职,下面该找机会和钟复生说。事不宜迟,这天下班后,宋扬来到钟复生的办公室。"钟总,有件事情,我想和您说一下。"

"宋扬,进来,什么事情,最近工作很忙吧?"

"钟总,这两年,我得到了您的诸多提携,这件事很难开口,但是——"

钟复生打断了宋扬的话:"有话就说,不要犹豫。"

"行,钟总,我打算辞职。"

"为什么?以后没有人陪我打羽毛球了啊?"钟复生笑了笑说,看来,钟复生对宋扬的辞职没有一点思想准备。

"钟总,这事说来话长,主要还是因为我的职业发展规划,……"宋扬把想好的理由大概说了一下。

"宋扬,我还是要问你一下,是不是最近集团正在征求意见的《干部竞聘指南》让你想不通?"

"钟总,绝对不是这个原因。人这一辈子很短,我希望做些更有挑战的事情。"

"年轻人有想法是好事。那你是不是和张总那边有些不开心?"钟复生似乎仍然相信还有其他原因。

"张总那边要求严格,这两年我受益匪浅,我很感谢他。"

"这就好,张总对你的工作态度与工作能力都很满意。有些话我本来不想说,但既然你想走,我还是和你说了吧。集团下发《干部竞聘指南》征求意见后,我们也在想办法,通过我们和集团总部沟通,可以在正式下发这个文件前,再搞一次干部竞聘,经过我们班子讨论,我们已经制定了一套方案,你的名字也在这次提拔之列,张总也是大力荐你啊,我们准备就在这两天向集团备案,然后就启动竞聘流程。"

宋扬没有想到张力宏竟然会大力推荐自己,更没有想到的是,这次处长竞聘,自己已经上了名单,不出意外,职位上能够再提升一级。"这个,钟总,感谢您们的厚爱,我还是有些——"

"这样吧,宋扬,你现在不用答复我,再考虑一下,这两天给我一个答复,你也知道,一个处长的名额也是很宝贵的,我还是希望把它用在刀刃上。"

宋扬离开钟复生的办公室后,一时拿不定主意,一边是不可卜测的未来,一边是即将到手的处长职位。没有选择的人痛苦,选择多的人也痛苦,选择多意味着机会成本大,原来十分坚决的辞职,现在似乎打了一点折扣。宋扬没有忘记自己的终极职业目标,但现在,当另一个诱惑就放在眼前的时候,宋扬才发现自己并不是十分的坚决。

晚上,宋扬接到了王驰的电话,"宋扬,你那件事考虑得怎么样?魏师兄这边问你考虑的结果了。"

"我还在考虑,基本上还是去你们那边。"宋扬这句话底气不足。

"魏师兄这边另外一个人已经定了下来,你尽快给我一个说法,不能再拖了。"

"王兄,就这几天,我一定给你最后的答复。"

"好吧,抓紧。"

今天下班后和钟复生谈话的事,宋扬没有告诉彦芝。经过一个晚上的认真思考,宋扬去意已决,决定第二天去找钟复生再谈一次。

第二天早上,宋扬在MSN上看到许峰的留言:"在吗,有急事!"

"在,何事?"

"下楼说。"

宋扬来到楼下,许峰已经在那里。"有件事我要和你说一下,有点违反了组织规定,但我还是提前告诉你一下。"

"什么事啊?"宋扬问道。

"今天一大早,我们处长就接到钟总的电话,把你从这次竞聘名单中拿了出来。你可能不知道我们要搞竞聘的事情吧?"

"不知道,这种事你们保密工作做得这么好。"宋扬不愿意和许峰透露昨天找过钟总的事。

"这次有些特殊,因为那个《竞聘指南》的事,领导也没有十足的把握。不过,之前班子讨论过几次,你都在名单中,本来是今天要上报集团总部备案的,但早上出现这件事,我觉得这里有些问题,就赶紧告诉你。"

"谢谢兄弟,难为你了。"

"这话就不说了,你再想想办法,看有没有什么补救的措施,或许,钟总能把你的名字再加回去。我感觉,领导对你的印象还是很不错的。"

宋扬谢过许峰,陷入了沉思。钟复生的速度真够快的,宋扬感觉很不爽,昨天说要尽快给他一个答复,宋扬还没有给他答复,今天早上就直接把宋扬取消了。其实,理智上讲,宋扬并不怨钟复生,因为钟复生肯定担心,如果把宋扬的名字报上去,宋扬却离开了,这事怎么解释呢?无疑会让钟复生非常被动。

现在既然把自己名单撤了下来,宋扬一时并不急于再去找钟复生,这两天,一连串的事情出乎宋扬的预料,需要再仔细梳理一下。

下班了,宋扬按时离开办公室,这是为数不多的时候。走到屋外,下起了雨,晚秋的雨,已经有些凉,但宋扬并不想找个地方躲雨,现在他需要更加清醒一点,这是一个关键的时刻。

忽然间,宋扬想起得知考研分数的那个夜晚,也是一个雨夜,算起来,已经过去了12年。宋扬又想起来,研究生考试结束那天,天空下着大雪,就在那个雪夜,宋扬一个人在操场的雪地狂奔。一晃12年过去了,当年意气风发、桀骜不驯的小伙子已经往40奔了!

宋扬想起了芬妍,当年的海誓山盟只不过是年轻时美好的谎言,无所谓拥有,经历过就好,不知道芬妍在美国过得怎么样?

宋扬想起了一起进入中信科集团工作的那帮同事,除了留守的为数不多的几个人外,大多数人已经各奔前程。

宋扬想起了自己曾经的创业历程,失败就失败吧,至少曾经经历过。王宇,这位和自己曾经一起奋斗的兄弟,现在仍然在中信科苦苦等待。王宇已经想通,就在中信科混一辈子,这很好,中信科还是不错的嘛。

宋扬想到了赵洪超,一想到这位兄弟,宋扬的眼泪就止不住,这是一位最优秀的兄弟,也是最先离去的兄弟,只能说天妒英才!兄弟,安息吧!

宋扬想起了从中信科辞职时的彷徨与不安,想起了职业转型的痛苦,好在勇敢地走了下来。并且用5年时间,实现了从普通员工到副处长以及差一点到处长的转变,相对于自己的智商与情商而言,宋扬是知足的,也是自豪的。

宋扬想起了费姐,费姐终于在中信科当上了副处长,央企还是很有人情味嘛。没有费姐,就不会认识彦芝。彦芝是一个好女人,值得一生珍惜。

宋扬想起了胡斌,想起了自己干过的诸多荒唐事,想起了杜丽这位个性鲜明的女子。

宋扬还想到很多很多,就让这些都过去吧。

宋扬的心里,最后只剩下4个字:"感恩"与"活着"!

一路走来,虽然自己付出了心血,但付出没有收获的大有人在,自己是幸运的,要懂得惜福知福,懂得感恩;这个社会,有太多的不确定性,但我们现在还活着,活着本身就是一件天大的事情,有什么比"活着"更重要?有了这个信念,我们就努力去干自己想干的事情,从而淡泊名利,从而无欲则刚。

十几年前写下的小诗忽然回到了嘴边,原来这首诗一直在宋扬的心中未曾离开:

>人生无常,苦海无边。
>居安思危,知足常乐。
>谦虚谨慎,修善养德。
>宠辱不惊,得失两忘。